헤밍웨이 발자취 지도

㊲

A Moveable Feast

by Ernest Hemingway
Translated by Kim Bo-Kyoung

Published by Hangilsa Publishing Co. Ltd., Korea, 2023

헤밍웨이
내가 사랑한 파리

어니스트 헤밍웨이 지음 | 김보경 옮김

한길사

"자네가 아주 운이 좋아 젊은 시절 한때를

파리에서 지낼 수 있다면

남은 평생 어디를 가더라도 파리에서의 추억이

자네와 함께할 걸세,

파리란 이동축제일처럼

언제나 축제와도 같은 곳이니까 말이지."

– 1950년 헤밍웨이가 한 친구에게 보낸 글 중에서.
『*A Moveable Feast*』(찰스 스크리브너 선즈, 1964) 속표지에서 재인용

헤밍웨이
내가 사랑한 파리

제1부

파리는 이동축제일

헤밍웨이를 안고 있는 그레이스, 1899년
헤밍웨이는 뛰어난 성악가로 자신에게 첼로를 가르치고
여자아이의 옷을 입혔던 어머니를 극도로 증오하면서 마찰을 빚었다.
하지만 그의 화산 같은 정력과 열정은
평생을 증오했던 자신의 어머니와 매우 흡사했다.

1915년 7월 미시건 월룬 호숫가의 여름 별장 윈더미어에 간 헤밍웨이 가족
뒷줄 왼쪽부터 헤밍웨이의 누나 마르셀린,
둘째 여동생 마들렌(써니), 헤밍웨이, 첫째 여동생 어술라,
앞 왼쪽부터 아버지 클래런스 박사, 셋째 여동생 캐롤,
어머니 그레이스, 막내 남동생 레스터.

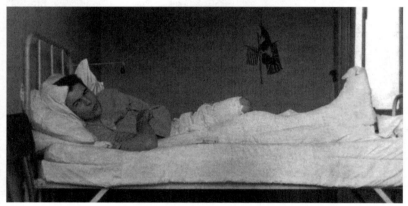

▲ 1918년 밀라노에서 만난 아그네스 폰 쿠로프스키와 헤밍웨이

제1차 세계대전에 미국이 참전을 선언하면서 헤밍웨이는 육군에 지원한다.
하지만 시력이 나빠 징병이 유예되자 적십자 신병모집에 지원해 구급차
운전병이 된다. 7월 8일 전선의 군인들에게 나눠줄 초콜릿과 담배를
가져오다가 박격포에 맞아 다리에 파편이 박혀 입원한 병원에서, 일곱 살
연상의 아그네스를 만나 결혼을 약속한다.
그 후 미국으로 돌아온 그는 1919년 3월 이탈리아의 장교이자 귀족인
도메니코 카라촐로와 약혼한다는 아그네스의 편지를 받는다.
하지만 아그네스를 신분 상승을 꿈꾸는 무모한 여자라고 생각한
도메니코 어머니의 반대로 결혼은 이루어지지 못했다.

▼ 1918년 7월 밀라노의 미국 적십자병원에서 회복 중인 헤밍웨이

약 6개월 동안 입원해 있던 이곳에서 칭크를 만나게 된다.

THE OAK PARKER

Published every Saturday at 723 Lake
street, Oak Park, Ill., by
THE OAK PARKER COMPANY
Phones: Oak Park 7800, 7801, 7802

ALBERT E. BERRY..............President
M. A. J. BERRY..........Secretary-Treasurer

Entered as second class matter at the Oak Park,
Ill. Postoffice.

Subscription rate $2.00 per year, payable in
advance
Advertising rates upon application

FIRST LIEUTENANT HEMINGWAY

Comes Back Riddled With Bullets and Decorated With Two Medals

By Roselle Dean

When the war broke out Ernest M. Hemingway was wielding a pencil for the Kansas City Star. His future looked promising as a newspaper man, for Ernest had a style of diction that was all his own. When uniforms began to collect and circulate about the streets, the young scribe lost his interest in "scoops" and "spreads" and waxed moody and restless. The spirit of the war was in his veins! One day he tossed the pencil into the waste basket and started out to enlist. But here his patriotic spirit met with rebuff—for one of Ernest's bright brown eyes did not work as nimbly as it should in the estimation of the navy and Marine Corps recruiting inspectors. Even the British army could not overlook that eye—which to all appearances, is a perfectly good orb. But Ernest had the patriotic spirit and enthusiasm of nineteen years, and he made up his mind to "go over" at all costs. Then his opportunity came to get into the Italian ambulance service, and the young scribe sailed across—with the eye that had caused him so much trouble in enlisting—and had no doubt to its credit a record for breaking hearts. Last

he plunged without fear into the most dangerous places, his commission, the silver medal of valor and the cross of war are honors none too great for him to bring back. The greatest thing of

FIRST LIEUTENANT HEMINGWAY
Returns from the Ambulance Service
in Italy

all, perhaps not to him, for death could have had no terrors for one who persisted in facing it as he did, but to those who love him, was that he has lived to come back.

Lieutenant Hemingway scoffs at being referred to as "a hero." "I went because I wanted to go," he said, in his frank way. "I was big and strong, my country needed me, and I went and did

A soldier-grandfather, Anson T. Hemingway, at 400 North Oak Park avenue, who did his bit in the Civil War, also rises with the rest of us to salute "First Lieut. Ernest M. Hemingway, hero of the Italian war ambulance service."

FIRST PRESBYTERIAN NOTES

Dr. John M. Vander Muelen of the First Presbyterian church preached in Detroit last Sunday, occupying the pulpit of Dr. Joseph Vance, formerly pastor of the Hyde Park church of Chicago. In his absence the pulpit of the First Presbyterian church was filled morning and evening by Rev. John E. Kuizenga of Holland, Mich., a professor in the Western Theological seminary of the Reformed Church of America and a longtime friend of the Oak Park pastor.

Dr. Kuizenga is one of the strong men of the denomination and, unlike some other specialists in his profession, his work in the study and classroom has not diminished his power as a great preacher. His large audiences both morning and evening expressed their high appreciation of the man and his message.

Dr. Kuizenga selected as his theme for his evening serman "The Limitations of Life," based on Paul's words in "Remember my bonds." He said when Paul wrote these words he was chained to a Roman soldier, and this was his delicate apology for his signature to a letter which he had dictated to another person. Every life, he said, had its limitations either of birth, of race or of conditions. In the second place, God reckons with our limitations. At the end He will not ask, "How far did you get?" but "How far have you come?" Browning expresses this thought in the words, "All that I aspired to be, but failed to be, comforts me." In the third place, our limitations are our supreme opportunity. "This does not mean that we accept the doctrine of submissions as a sort of fatalism," said the preacher. "I know a girl who hated God because she was homely, and her mother had told her that she ought not to complain, for God had made her that way. But God over-

---

1918년 오크 파크 집 마당에서
첫 직장 『캔자스시티 스타』의 햇병아리 기자로 집을 떠나는
헤밍웨이에게 작별을 고하는 아버지 클래런스.
헤밍웨이는 집안일을 하지 않던 어머니와 달리, 가족을 위해 음식을 하고
식단을 짜고 빨래도 도와주고 계절별로 병조림을 만들기도 하며,
자신을 사내아이답게 키우기 위해 들로 산으로 데리고 다니며 사냥과 낚시를
가르쳐주고 자연에 대한 사랑을 함께 나누었던 그의 아버지를 무척 사랑했다.

1921년 9월 3일 호튼 베이에서 해들리와 결혼식
헤밍웨이는 친구 빌 스미스의 형 예러마이어 켄리 스미스와 시카고의
그의 아파트에서 함께 지낸다. 그때 빌 스미스의 누나 케이트 스미스의
파티에서 그녀의 오랜 친구로 여덟 살 연상인 해들리를 만난다. 해들리를 처음
본 순간 그는 그녀에게 반했고, 그녀와 결혼하게 될 거라는 사실을 직감했다.
왼쪽부터 여동생 캐롤, 누나 마르셀린, 해들리, 헤밍웨이,
어머니 그레이스, 남동생 레스터, 아버지 클래런스.

1922년 스위스 샹비에서 해들리와 헤밍웨이

1923년 헤밍웨이의 여권 사진
이때 헤밍웨이는 해들리와 함께 파리에 살면서
『토론토 스타 위클리』의
해외 특파원으로 일하고 있었다.

▲ 헤밍웨이가 살았던 파리 카르디날 르무안가 74번지의 그의 첫 번째 아파트
아파트 바로 오른쪽에 콩트르스카르프 광장이 있다.

▼ 아파트 1층 벽면
"미국 작가 어니스트 헤밍웨이가 1922년 1월부터 1923년 8월까지
이 건물 4층에서 부인 해들리와 함께 살았다. …'이 모든 이야기는 우리가
무척 가난하고 무척 행복했던, 우리들의 젊은 날 파리의 모습이었다.'
―『헤밍웨이 내가 사랑한 파리』에서"라고 적힌 안내판이 붙어 있다.

카르디날 르무안가 74번지 헤밍웨이의 집 앞 풍경
"창을 활짝 열어젖히니, 밤새 내린 비에 젖어 있던 도로의 자갈들이
뽀송뽀송하게 말라가고 있었다. 우리 집 창으로 보이는 맞은편 집들의
벽면도 따스한 햇볕을 받아 기분 좋게 마르는 중이었고,
가게들은 아직 덧문이 내려져 있었다."(85쪽)

◀ 데카르트가 39번지
프랑스의 상징주의 시인 폴 베를렌이 이곳 5층에서
1896년 1월 8일 저녁 7시경 사망했다.
헤밍웨이는 바로 위 다락방에서 「미시간 북부에서」를 쓰고 있었다.
현재 1층은 '라 메종 드 베를렌'이라는 프랑스 전통 식당이다.

▶ 플뢰뤼스가 27번지의 거트루드 스타인의 아파트 현관
오른쪽 안내판에는 "미국 작가 거트루드 스타인이
이곳에서 1903년부터 1938년까지 오빠 레오 스타인과 이후에는
앨리스 B. 토클라스와 살았으며, 이곳으로 수많은
예술가와 작가들을 초대했다"라고 적혀 있다.

▶ 앨리스 B. 토클라스, 1923년
"선생과 함께 살던 친구는 듣는 사람의
기분을 좋게 하는 명랑한 목소리에, 키가
작고 머리는 아주 짙은 검은색으로 부테 드
몽벨의 그림책에 나오는 잔 다르크 같은
단발머리를 하고 있었으며, 아주 심한
매부리코였다."(54쪽)

▼ 푸들과 함께 산책하는 스타인과 토클라스,
1944년
두 사람은 세 마리의 스탠더드 푸들을
키웠는데, 이들의 이름은 모두
'배스킷'이었다. 사진 속의 개는 파리의
도그쇼에서 데려온 '배스킷 2'로 '배스킷 1'
이 1937년에 죽은 후에 데려왔다.
두 사람은 이외에도 '바이런'과 '페페'라는
치와와도 키웠다.

플뢰뤼스가 27번지 거트루드 스타인의 거실, 1923년
"스튜디오는 큼지막한 벽난로가 있다는 사실만
아니면 역대 최고 박물관에서도
가장 훌륭한 전시실 같아 보였다.
따뜻하고 아늑한 그곳에 가면
마음이 편안해졌다."(52~53쪽)

▲ **콩트르스카르프 광장**
정면의 빨간 차양의 카페 델마스가 예전의 카페 데 자마퇴르가 있던
곳이며, 카페 왼쪽으로 보이는 골목이 무프타르 골목시장이다.

▼ **생쉴피스 광장의 사자 분수**

**카루젤 개선문 사이 일직선을 이루고 있는 콩코르드 광장 오벨리스 너머
에투알 개선문과 라데팡스의 그랑 다르슈**

"어느새 거리에는 어둠이 내려앉아 있었다. 튈르리 정원을 지나
왔던 길로 되돌아가던 우리는 걸음을 멈추고,
카루젤 개선문 사이로 뚜렷이 좌우 대칭을
이루고 있는 암흑의 정원 뒤로, 불빛이 반짝이는
콩코르드 광장을 가로질러 일제히 개선문으로 향하는
기나긴 빛의 행렬로 이루어진 샹젤리제의
오르막길을 바라보았다."(91쪽)

▲ 1928년 3월 오데옹가 12번지의 셰익스피어 앤 컴퍼니 앞에서
헤밍웨이와 실비아 비치
헤밍웨이는 얼마 전 욕실 채광창이 떨어지는 사고를 당해
봉합 수술을 받고 이마에 붕대를 감고 있다.

▼ 뷔셰리가 37번지에 있는 현재의 셰익스피어 앤 컴퍼니

셰익스피어 앤 컴퍼니에서, 1938년
왼쪽부터 제임스 조이스, 실비아 비치, 아드리엔 모니에.

◀ 셰익스피어 앤 컴퍼니에서 실비아 비치, 1919년경
"실비아는 아주 날렵한 턱선과 생기가 넘치는 또렷한 얼굴에,
몸집이 조그만 동물의 눈망울처럼 또랑또랑 반짝이며
소녀의 눈동자처럼 해맑게 빛나는 갈색 눈을 갖고 있었다.
그때까지 나는 그녀보다 나에게 잘해준 사람을 알지 못했다."(69쪽)

▶ 셰익스피어 앤 컴퍼니에서 헤밍웨이, 1923년
이때 실비아는 늘 이렇게 말했다.
"왜 이렇게 여위셨어요, 선생님.
식사는 잘 챙겨 드시는 거예요?"
"지금 먹으려고 집으로 가는 길입니다."
배가 고프다 못해 속이 메슥메슥하고 울렁거릴 때면
헤밍웨이가 하던 말이었다.

▲ 셰익스피어 앤 컴퍼니에 있는 실비아 비치, 1941년

▼ 1926년 4월 26일자 헤밍웨이의 셰익스피어 앤 컴퍼니 도서 대출증
4월 26일에 "예이츠의 초기 시선," 9월 11일에 "폴 세잔"이 기록되어 있다.

▲ 베르 갈랑 공원에서 바라본 시테섬

"뾰족한 뱃머리 모양을 한 시테섬 머리에 조그만 공원이 하나 있었다.
강가에 잎을 드리운 아름드리나무들과 함께 우람한 마로니에가 서 있는
공원이었다. 그곳에는 섬의 양옆을 지나 파리 외곽으로 흘러나가는 센강의
강물이 고인 강물과 만나면서 만들어내는, 물결이 잔잔한 후미 덕분에
낚시하기에 좋은 곳이 몇 군데 있었다."(80쪽)

▼ 베르 갈랑 공원에서 바라본 퐁네트 다리 위의 앙리 4세 기마상

▲ 뤽상부르 정원 옆 뤽상부르 미술관

▼ 투르 다르장 식당 건너편 헌책 노점상들

문학·예술·여행 서적, 그림, 엽서 등 노점마다 특색이 있다. "강변길을 따라 줄줄이 늘어선 헌책 노점상에서, 가끔씩 아주 헐값에 파는 최신판 미국 서적을 발견할 때가 있었다. '어디 볼 만한 게 있긴 한 거유?' 서로 친해지자 그녀가 내게 물었다.

'가끔 있습니다.' '그걸 어떻게 알 수가 있담?' '읽어보면 알 수 있습니다.' '그럼 나한텐 도박이나 매한가지지 그게. 게다가 영어를 읽을 줄 아는 사람이 몇이나 된다고?' '그런 책은 놔두시면 제가 훑어보겠습니다.' '그건 안 되지 안 돼, 놔두다니. 댁이 여길 자주 다니는 사람도 아니고. 한 번씩 발길을 딱 끊을 때도 있는데 무슨.'"(78쪽)

▲ 투르 다르장 식당

▼ 파리 오퇴이유 경마장의 패덕

▲ 오퇴이유 경마장 경기 모습

▼ 오퇴이유 경마장 관중석

▲ 빅토르 리나르의 드미퐁 경주 모습, 1920년대

◀ 빅토르 리나르, 1927년경
"벨기에의 위대한 챔피언 리나르가 커다란 모터사이클 뒤에서 막바지
결승점을 향해 맹렬히 속도를 내다가 그때그때 고개를 숙여,
자신의 경기복 셔츠 속 온수통과 연결된 고무튜브로 체리브랜디를
빨아 마시며 경주했던 경기장이다."(108쪽)

▶ 귀스타브 가네, 1922년
1926년 8월 23일, "폴린과 나는 그 트랙에서 유명한 사이클 선수 가네가
넘어지면서, 크래시 헬멧 속의 그의 머리가 시멘트 트랙에 부딪혀
탁 하고 깨지는 소리를 들었다. 그건 마치 소풍 가서
단단하게 잘 삶아진 계란을 돌에 대고 깰 때 나는 소리 같았다."(108쪽)

◀ 1918년 스위스 취리히에서 제임스 조이스의 부인 노라와 아들 조르조,
딸 루시아
"그의 옆에서 부인 노라는 우아한 모습으로 아주 맛있게 식사하고 있었고,
맞은편에 앉아 뒷모습만 보이는 그의 아들 조르조는 마른 체격으로
멋 부린 티가 나는 세련된 머리를 하고 있었다.
머리숱이 풍성하고 굽슬굽슬한 딸
루시아는 아직 앳된 티가 나는 소녀였다."(96쪽)

▶ 에드워드 오브라이언, 1920년
왼쪽이 오브라이언이다. "라팔로 계곡의 한 수도원 기숙생으로 있던
오브라이언에게 그 경마 소설 「나의 아버지」를 보여주었다.
온화하고 내성적인 그는 안색이 창백하고 옅은 푸른빛의 눈에,
자신이 직접 자른 숱이 적고 긴 생머리를
찰랑거리고 있었다."(133쪽)

▶ 이집트 엘 알라메인에서 칭크, 1942년 8월
밀라노 병원에서 만난 헤밍웨이의 친구로
이름은 에릭 에드워드 도먼 스미스인데,
칭크란 가젤의 일종인 친카라를
닮았다고 해서 붙은 별명이다.

◀ 빌프랑슈 쉬르 메르에서 블레즈 상드라르, 1948년
"권투선수처럼 얼굴이 성한 데가 없는 그는 그때,
전쟁 때 팔꿈치를 잃은 오른팔 소매는 걷어 올려
옷핀을 푹 꽂아놓은 채 한 손으로 담배를 말고 있었다."(142쪽)

▶ 포드 매덕스 포드, 1912년경
"그는 숱 많고 빛바랜 금발의 콧수염 너머로 거칠게 숨을 몰아쉬면서,
잘 차려입은 걸어 다니는 와인 통처럼 꼿꼿하게 서 있었다."(144쪽)

◀ 힐레어 벨록, 1915년
"이제 막 글쓰기에 입문한 젊은이로서 나는 선배 작가인 그를
무척 존경하고 있었기 때문이다. 요즘 같아서는 이해하기 어렵겠지만,
그 시절엔 흔한 정서였다."(150쪽)

▶ 알레이스터 크로울리, 1899년
"'방금 지나간 저 사람, 힐레어 벨록이야.'
내가 친구에게 말했다.
'아까 말이야, 포드가 왔는데, 저 사람을 보고도 모르는 척했다 하더라고.'
'멍청한 소리 좀 하지 마.'
친구가 말했다.
'저 사람은 말야, 악마 연구가 알레이스터 크로울리라고.
세상에서 가장 사악한 사람으로 알려진 사람이라니까.'"(151~152쪽)

▶ 몽파르나스의 황태자로 불린 화가 줄스 파스킨과 자매 모델, 1925년
왼쪽부터 화가 피에르 마르세이유, 모델 자매 중
동생 로제트와 언니 나나, 파스킨.

생미셸 광장의 멋진 카페

그때 파리의 날씨는 고약했다. 가을이 끝나갈 무렵이면 어김없이 찾아오는 날씨였다. 밤이면 비가 들이칠까 창문을 닫아야 했고, 콩트르스카르프 광장의 나무들은 차가운 바람에 맥없이 잎사귀를 떨구어내곤 했다. 비에 흠뻑 젖은 나뭇잎들이 거리에 드러눕고, 종점에 서 있는 커다란 초록색 버스 위로 세찬 비바람이 내리쳤다. 사람들로 발 디딜 틈이 없는 카페 데 자마퇴르의 창가에는 실내 열기에 담배 연기까지 더해져 희뿌옇게 김이 서려 있었다. 그곳은 늘 동네 술주정뱅이들로 북적대는 허름하고 지저분한 카페였다. 언제 씻었는지 모를 사람들 몸에서 나는 쾨쾨한 냄새와 후끈한 취기가 뿜어내는 시큼한 냄새로 절어 있어, 나는 그 근처에도 발걸음하지 않았다. 카페를 들락거리는 사람들은 여자든 남자든 언제 봐도 취해 있지 않으면 언제라도 취할 수 있을 사람들이었는데, 거의 모든 사람이 반 리터나 일 리터로 담아 파는 와인을 마시고 있었기 때문이다. 카페 여기저기에 하나같이 이상한 이름의 아페리티프* 광고 전단들이 붙어 있었지

---

* apéritif, 입맛을 돋우기 위해 식전에 마시는 술. 약
  칭으로 아페로(apéro)라고도 한다.

만, 와인에 아주 거나하게 취하지 않고서야 그런 술을 사 마실 여유가 되는 사람은 얼마 되지 않았다. 여자 술꾼들을 '프와브로트'*라고 불렀는데, 그건 프랑스어로 '여자 술주정뱅이'라는 뜻이었다.

카페 데 자마퇴르는 콩트르스카르프 광장으로 이어지는 무프타르가의 시궁창이기도 했다. 좁다란 시장 골목인 무프타르가는 언제나 볼거리가 넘쳐나고 사람들로 붐비는 곳이었다. 오래된 아파트라면 층마다 계단 가까이에 화장실이 있었는데, 변기 구멍 양쪽에는 발이 미끄러지지 않도록 격자무늬로 거칠거칠한 요철이 있는 신발 밑창 모양의 시멘트 발판이 올려져 있었다. 그런 재래식 화장실들이 무프타르가의 시궁창으로 죄다 쏟아낸 것을, 밤이면 오수 탱크를 실은 마차가 와서 펌프로 퍼 올려 갔던 것이다.** 창문이란 창문은 다 열어놓는 여름철에, 오수를 퍼 올리던 펌프 소리와 함께 사방으로 진동하던 그 냄새는 참으로 지독했다. 카르디날 르무안가에서 달빛을 받으며 갈색과 진한 노란색으로 칠해진 오수 탱크 마차가 작업하는 모습을 보고 있으면, 말이 끌고 있는 바퀴 달린 커다란 원통 모양의 오수 탱크가 마치 브라크[1]의 그림 속에서 빠져나와 있는 듯한 착각마저 들었다. 그런데도 카페 데 자마퇴르에는 사람들의 발길이 끊일 날이 없었다. 공공장소에서 취태를 부리지 못하게 하는 법 조항과 벌금이 명시된 누렇게 빛바랜 경고문에는, 그곳을 찾아오는 한결같이 악취를

---

 * poivrotte, 프랑스어로 술꾼이란 뜻의 'poivrot'의 여성형이다.
 ** 콩트르스카르프 광장 2번지의 카페 데 자마퇴르가 있던 자리에는 현재 카페 델마스(Café Delmas)가 있는데, 지금도 카페 바로 앞 보도에는 지하 정화조 뚜껑이 있다.

풍기는 손님들과 마찬가지로 그 누구의 눈길도 받지 못한 채, 끔찍한 파리 알만 들끓고 있었다.

겨울 들어 처음 내린 차가운 비에, 도시가 가진 온갖 쓸쓸함이 홀연히 모습을 드러냈다. 길을 걷다 보면 높고 하얗기만 하던 건물이며 지붕들은 온데간데없고, 보이는 거라곤 비에 젖은 거리와 약초상, 문방구, 신문가판대, 한물간 조산원 같은 조그만 가게들, 그리고 베를렌[2]이 숨을 거둔 곳이자 내가 꼭대기 층에서 작업하고 있는 호텔의 닫힌 눅눅한 문에서 녹아 나오는 음울함뿐이었다.

호텔 꼭대기 층까지는 여섯 아니면 여덟 개였을 계단을 올라가야 했다. 작업실은 무척 추웠다. 나는 실내를 따뜻하게 데울 수 있을 만큼 불을 지피는 데 돈이 얼마가 드는지 알고 있었다. 자잘한 나뭇가지 묶음 하나와 연필 반 토막만 한 길이로 짧게 잘라 철사로 칭칭 감아놓은 불쏘시개용 소나무 묶음 세 개, 그 외에도 보통 가게에서 파는 장작 절반 정도 길이의 단단한 참나무 묶음 하나가 필요했다. 그래서 나는 지붕 위를 올려다보고 연기가 피어오르는 굴뚝이 있는지, 그리고 연기가 피어오른다면 얼마나 많이 피어오르는지 살펴보려고 길 건너 끝까지 비를 맞으며 걸어갔다. 연기는 어디에도 보이지 않았다. 굴뚝이 얼마나 싸늘할지 짐작이 갔다. 굴뚝이 차가우면 연기가 빠져나가지 못할 수도 있는데, 아마 그렇게 되면 내 방 굴뚝은 연기로 가득 차게 될 것이다. 그러면 열효율은 떨어지고 연료는 연료대로 낭비되면서, 결국 돈만 날리게 될 거라는 결론이 나왔다.

그길로 나는 내리는 빗속을 걸어, 앙리 4세 고등학교를 지나 고색창연한 생 테티엔 뒤 몽 교회 쪽으로 내려갔다. 바람이 휘몰아치는 팡테옹 광장에 이르러 오른쪽으로 난 샛길로 접어들면, 길 끝에 바람이 잔잔한 생 미셸 대로가 나왔다. 거기서 다시 클뤼니를 지나고 생 제르맹 대로를 건너, 내가 아는 생 미셸 광장의 멋진 카페가 나올 때까지 생 미셸 대로를 죽 걸어 내려갔다.

그곳은 따뜻하고 깨끗하면서 친절하기까지 한, 정말 기분 좋은 카페였다. 나는 입고 온 낡은 레인코트를 말리려고 옷걸이에 걸었다. 그런 다음 닳아서 해지고 색 바랜 내 펠트 모자도 긴 의자 위 모자걸이에 걸쳐놓고, 카페오레 한 잔을 주문했다. 웨이터가 커피를 가져왔고, 나는 코트 호주머니에서 공책과 연필을 꺼내 글을 쓰기 시작했다. 미시간 북부에 대한 이야기[3]를 쓰는 중이었다. 춥고 사나운 날씨에 바람까지 많이 불던 그날처럼 이야기 속의 날씨도 그랬다. 어린 소년에서 사춘기를 겪고 청춘을 지나오면서 이미 나는 그렇게 가을이 끝나가는 것을 숱하게 봐왔고, 나에게는 그런 이야기를 그 어떤 곳에서보다 더 잘 쓸 수 있는 나만의 장소가 있었다. 그것을 나는 그곳에 나 자신을 옮겨심는 것이라 생각했는데, 그건 자라나는 식물이나 작물 못지않게 사람에게도 필요한 일일 수 있다. 그런데 아까부터 글에서 이 친구들이 술을 마시는 대목에 이르자 나도 덩달아 목이 컬컬해졌다. 세인트 제임스 럼주 한 잔을 주문했다. 추운 날 혀끝에 착 감겨오는 술맛은 기가 막혔다. 기분이 한껏 좋아진 나는, 고급 마르티니크산 럼주가 목줄기를 타고 짜르르 흘러 내려가면서 내 몸과 마음 곳곳을 따끈하게 녹여주는 느낌을 만끽하며 계속 글을 써 내려갔다.

그때 한 젊은 여자가 카페로 들어오더니 창가 테이블에 가서 홀로 앉았다. 빗물에 씻긴 듯 매끄러운 살결에, 동전에다 비유하자면 막 찍어낸 동전처럼 생생하게 반짝이는 그녀의 얼굴이 너무나도 예뻤다. 앞으로 뾰족하게 빠져나온, 까마귀 날개처럼 윤기 나는 검은 보브컷 단발의 옆머리가 그녀의 뺨 위로 비스듬히 흘러내리고 있었다.

그녀를 바라보고 있으니 내 마음이 산란해지면서 심장이 마구 쿵쾅거리기 시작했다. 마음 같아선 그녀를 지금 내가 쓰고 있는 이야기 속, 아니 그 어디에라도 등장시키고 싶었다. 하지만 나는 알고 있었다, 바깥 거리와 카페 입구가 보이는 자리에 앉아 있는 그녀가 누군가를 기다리고 있다는 것을. 그래서 나도 계속 글을 이어나갔다.

이야기가 술술 풀려나가자 그 흐름을 놓치지 않으려고 무진 애를 쓰는 중이었다. 세인트 제임스 럼주를 한 잔 더 주문했다. 연필깎이를 술잔 받침 위에 대고 도르르 말리는 부스러기를 받침 속으로 밀어넣으며 연필을 깎거나, 고개를 들 때마다 그녀를 바라보았다.

그리고 생각했다. 아름다운 여인이여, 그대를 보고 있었습니다, 그러니 이 순간만큼은 그대는 나의 것입니다, 당신이 기다리고 있는 사람이 그 누구든, 내가 다시는 당신을 보지 못한다 하더라도. 당신은 나의 것이며 파리도 다 나의 것입니다, 하지만 나는 이 공책과 이 연필 것이라고.

나는 다시 글쓰기로 돌아왔고, 내가 쓰고 있는 이야기 속으로 완전히 빠져들어갔다. 이제 글을 쓰고 있는 주체는 온전히 나였으며, 저절로 써지는 글이 아니었다. 나는 고개도 들지 않았고 지금이 몇 시인지, 내가 어디에 있는지도 몰랐으며 세인트 제임스 럼주도 더 이상 시키지 않았다. 아무 생각 없이 그냥 세인트 제임스 럼주가 싫어졌다. 그러고 나자 이야기는 어느새 끝이 나 있었다. 나는 녹초가 되었다. 마지막 단락을 훑어보고 나서야 고개를 들어 두리번거리며 그 여자를 찾아보았지만, 그녀는 가고 없었다. 어느 멋진 남자와 함께 나갔기를 바랐다, 생각은 그랬다. 하지만 마음은 왠지 슬펐다.

이야기를 완전히 마무리한 나는 공책을 코트 안주머니에 넣은 다음, 웨이터에게 포르투갈산 굴 일 인분과 달지 않은 화이트 하우스 와인 반병을 주문했다. 글 한 편을 끝내고 나면 나는 언제나, 마치 사랑을 나누고 난 것처럼 가슴속이 텅 빈 것 같은 공허한 기분이 들면서 쓸쓸하기도 하고 행복하기도 했다. 그런데 이번 글은 아주 잘됐다는 확신이 들었다. 다음 날 다시 읽어봐야 정말로 잘된 글인지 알게 되겠지만 말이다.

가늘고 길쭉한 굴을 입에 넣고 살며시 깨무는 순간 진한 바다 향이 톡 터져 나왔다. 입안 가득 번지는 쇳내 같은 약간 비릿한 뒷맛이 차가운 화이트 와인에 씻겨 내려가고 나자, 바다 향과 육즙을 가득 머금은 부드러운 굴의 식감만이 남았다. 껍데기 하나하나에 고인 차가운 굴즙을 마시면서 상큼한 와인 향으로 입속을 씻어 내리니, 조금 전까지 느꼈던 공허함은 어느새 저만치 달아나버리고 그 자리에 행복감이 밀려왔다. 머릿속에는 새로운 계획들이 차곡차곡 들어서기 시작했다.

파리는 이제 우기로 접어들었다. 아내와 나는 잠시 파리를 떠나 있어도 될 것이다. 이 지겨운 비가 눈이 되어 소나무 숲 사이에 내려앉아 길이며 높은 산비탈을 온통 눈으로 뒤덮을 그런 곳으로 말이다.[4] 그곳의 산악 마을에서 밤이 찾아오면, 집으로 돌아가는 길에 뽀드득거리는 눈 밟는 소리를 듣는 것이다. 레자방* 마을 아래 산장이 하나

* Les Avants, 스위스 몽트뢰 윗자락에 있으며, 몽트뢰에서 골든패스라인 기차로 30분 거리에 있다. 레만 호수가 내려다보이는 아름다운 마을이다.

있었다. 우리는 그 멋진 오두막 호텔에서 함께 지내면서 책을 읽고, 밤이면 열어둔 창으로 쏟아지는 별빛 아래 침대에 누워 서로의 따스한 온기를 느끼는 것이다. 우리가 갈 곳이라면 바로 그곳인 것이다.

지금까지 작업하던 호텔 방은 정리를 해야 할 것이다. 그러고 나면 카르디날 르무안가 74번지의 집세 문제만 남는데, 그건 얼마 되지 않았다. 토론토 신문사*에 썼던 기사 원고료 수표가 들어올 예정이고, 기사라면 언제 어디서 어떠한 상황에서든 쓸 수 있을 테니 우리가 여행하는 데 드는 경비는 마련된 셈이었다.

그때 나는 파리에 살면서 미시간에 대한 글을 쓸 수 있었던 것처럼, 어쩌면 파리를 떠나 있어도 파리에 대한 글을 쓸 수 있을지도 모른다고 생각하고 있었다. 그러기에는 너무 이르다는 사실을 미처 깨닫지 못했던 것인데, 파리에 대한 글을 쓸 수 있을 만큼 내가 파리에 대해 잘 알지 못했던 때였기 때문이다. 하지만 결국에는 글이 얼마나 잘 풀리는지에 달린 문제였다. 아무튼 아내만 가고 싶다고 하면 우리는 떠날 것이다. 굴 접시와 와인 잔을 비운 나는 계산을 마치고 카페를 나왔다. 비를 맞으며 언덕 꼭대기에 있는 우리 아파트로 돌아갈 때는 생트 쥬느비에브산5) 위로 올라가는 지름길을 택했다. 이제 비는 그저 이곳의 기후에 불과할 뿐, 내 삶을 바꾸어놓을 만한 것이 아니었다.

"어머나 테이티,6) 너무 멋질 것 같은데요." 아내가 말했다. 이미 떠

---

* 1919년 말부터 캐나다의 『토론토 스타 위클리』
  기자로 일하던 헤밍웨이는, 1921년 12월 20일
  『토론토 스타』 신문사의 해외통신원으로 파리에
  왔다.

나기로 작정한 아내의 사랑스러운 얼굴과 미소를 머금은 두 눈은 무슨 값비싼 선물이라도 받은 것처럼 환하게 반짝이고 있었다.

"그럼 우리 언제 가는 거예요?"

"당신이 가고 싶을 때면 언제든지."

"어쩜, 난 지금 당장이라도 가고 싶은데. 몰랐던 거예요, 내가 이럴 줄?"

"그리고 어쩌면 우리가 돌아올 즈음이면 여기 날씨가 말끔히 개어 좋아져 있을지도 몰라. 저 구름들이 다 걷히고 추워지면, 날씨가 정말로 좋을 수도 있는데 말이지."

"틀림없이 좋을 거예요, 정말로." 아내가 말했다. "더구나 당신이 여길 떠난다는 생각을 한 것만 해도 어디예요, 안 그래요?"

생미셸 광장의 멋진 카페

1) Georges Braque, 1882~1963, 피카소와 함께 큐비즘을 창시하고 발전시킨 프랑스의 화가. 브라크의 그림을 좋아한 헤밍웨이는 이 시기에 그의 포도주 병 정물화 한 점을 샀다.

2) Paul Marie Verlaine, 1844~1896, 아르튀르 랭보의 연인이었으며, 시왕으로 추앙된 프랑스의 상징주의 시인. 양품점 주인으로 애인 외제니 크란츠의 집이었던 데카르트가 39번지 아파트 5층에서 1896년 7월 8일 저녁 7시경 사망했다. 이때 헤밍웨이는 이 건물 바로 위층 다락방에서 『미시간 북부에서』를 쓰고 있었다.

3) "Up in Michigan," 헤밍웨이의 데뷔작품 『세 편의 단편과 열 편의 시』(1923)에 수록된 단편소설. 시카고 교외의 오크파크(Oak Park)에서 태어난 헤밍웨이는 생후 6주가 되던 1899년 9월 미시간으로 생애 첫 여행을 갔는데, 그곳은 헤밍웨이 가족이 미시간 북부 월룬 호숫가에 가족의 여름 별장이 될 오두막집 윈더미어(Windemere)를 짓고 있던 곳으로, 이곳에서 헤밍웨이는 1921년 9월 해들리와 결혼식을 올렸다. 쿠바에서 지내던 1950년대 여동생 써니(Madelaine Sunny Hemingway, 1904~55)에게 편지로, '먹고살 돈이 절실하지 않는 이상 윈더미어를 팔지 말라'고 당부할 정도로 애착을 보였던 만큼, 그에게 미시간 북부는 깊은 의미를 지닌 곳이었다. 1968년 미국 정부가 윈더미어를 역사적 명소로 지정한 후 지금까지도 그의 뜻에 따라 여동생의 아들 어니(Ernie Mainland)의 소유로 남아 있다.

4) 여기에는 다른 이유가 하나 더 있었다. 지난 제1차 세계대전과 흑사병이나, 오늘날의 에이즈로 인한 사망자보다도 더 많은 5,000만 명이란 생명을 앗아갔고 인류 최대의 재앙으로 불리며 세계 전역을 강타했던, 1918년 인플

루엔자가 1921~22년 다시 유행하면서 헤밍웨이는 파리를 떠나야 했다.

"끊임없이 비가 내리기 시작한 것은 그해 겨울 초로, 콜레라가 찾아든 것도 그 비와 함께였다. 하지만 검역에 들어가 결국 육군에서는 '불과 7,000명'이 죽었을 뿐이었다."(『무기여 잘 있거라』 중에서)

헤밍웨이가 여기서 콜레라라고 한 것처럼 당시는 전염병이라 여겼는데, 인플루엔자라고 밝혀진 것은 1997년에 와서였다.

5) Montagne Sainte-Geneviève, '파리의 산'으로 불리는 언덕으로, 파리 5구 대부분을 차지하고 있다. 파리 소르본대학교 정문 앞길이 비탈에 해당되며, 정상 평지에 팡테옹이 있다.

6) Tatie, 애칭을 즐겨 불렀던 헤밍웨이의 애칭 중 하나. 그의 아이들은 그를 파파(Papa), 여동생 써니는 오인본즈(Oinbones), 아주 친한 친구들은 헤밍스타인(Hemingstein), 이후 복싱에 심취하면서는 챔프(Champ), 해들리는 어니스토익(Ernestoic) 또는 테이티(Tatie)라고 불렀다. 그 외에도 어니(Ernie)와 헴(Hem), 헤미(Hemmy) 등이 있었다.

스타인 선생의 수업

　우리가 돌아왔을 때 파리는 정말로, 하늘에 구름이라곤 한 점도 없이 다 걷혀, 맑고 추운 좋은 날씨가 되어 있었다. 도시는 겨울이란 계절에 순응하고 있었다. 우리 집 건너편에 장작과 석탄을 파는 가게에는 질 좋은 땔감이 나와 있었고, 카페 앞 테라스에 난로를 내놓아 따뜻하게 앉아 있을 수 있는 멋진 카페들도 많이 보였다. 우리가 사는 아파트는 따뜻하고 아늑했다. 벽난로 장작불 위에 석탄 가루를 계란 모양으로 찍어낸 조개탄으로 불을 붙여 난방을 했고, 집에서 내려다보이는 거리에 가득한 겨울 햇살이 아름다웠다. 이제 사람들은 파란 하늘에 뚜렷이 윤곽을 드러내며 서 있는 잎이 다 지고 없는 헐벗은 나무에 익숙해졌고, 청량하고 싸하게 매운바람을 맞으면서 바람이 막 쓸고 간 뤽상부르 정원 사이로 난 자갈길을 산책하고 있었다. 자연의 섭리려니 하고 바라보면 잎이 다 떨어지고 없는 나목들도 아름답게 보였다. 수면 위를 훑고 지나가는 겨울바람에 연못 분수대에서 샘솟는 물줄기가 눈부신 햇빛에 반짝이면서 흩날리고 있었다. 멀리 보이는 저 모든 풍경이 산에서 지내다 온 우리 눈엔 그저 가깝게만 느껴졌다.

　높은 고지대에서 지냈던 탓에 한동안 고도에 대한 감이 없어진 나는, 비탈진 언덕길도 반갑다는 생각 외에는 별다른 느낌이 들지 않았다. 길 건너 아랫동네의 지붕이며 굴뚝이 모두 다 내려다보이는 언덕 위에 있는, 호텔 꼭대기 층 내 작업실까지 올라가는 일도 하나의 즐거움이었다. 작업실은 연기가 잘 빠지는 벽난로 덕분에 훈훈해서 기분 좋게 작업할 수 있었다. 오는 길에 밀감과 군밤을 사 온 나는 종이봉지에서 작은 탄제린 귤처럼 생긴 밀감*을 꺼내 먹으며, 껍질은 타오르는 벽난로 불 속으로 던지고 씨는 훅 불어 뱉었다. 그러다가 배가 고프면 군밤을 까먹었다. 추운 날씨에 걸어서 다니다 보니 글을 쓸 때가 되면 나는 항상 배가 고파왔다. 방에는 산에서 가져온 키르슈** 한 병이 있었는데, 이야기의 끝이 보이거나 그날의 작업을 마무리할 때가 다가오면 한 잔씩 따라 마시곤 했다. 그렇게 하루의 작업이 끝나면 공책이나 종이는 정리해서 책상 서랍 속에 치워놓고, 먹다 남은 밀감은 호주머니에 챙겨 넣었다. 그대로 방에 두었다간 밤새 얼어버리고 말 것이기 때문이었다.

다행히 글이 잘된 것 같다는 생각이 들면 길고 긴 계단을 내려오는 발걸음이 나도 모르게 신이 났다. 언제나 나는 무슨 이야기라도 뭔가 끝이 맺어질 때까지 작업했고, 다음에 이어질 줄거리가 머릿속에 생생히 그려지면 바로 작업을 중단했다. 그렇게 해야 다음 날 작업이 수월하게 풀릴 거라는 확신이 들었기 때문이다. 하지만 글을 새로 시작할 때면 가끔씩 이야기가 잘 풀리지 않는 날도 있었는데, 그럴 때면 난로 앞에 가만히 앉아 작은 밀감 껍질을 불 가장자리에

* 크기가 작고 껍질이 잘 벗겨지는 오렌지로,
  탕헤르(모로코의 항구도시) 오렌지라고도 한다.
** kirsch, 체리로 만든 브랜디.

대고 손가락으로 꾹 짜서, 방울방울 뿜어져 나오는 껍질의 오일 성분이 파란 불꽃을 내며 타닥타닥 튀어 오르는 모습을 물끄러미 바라보곤 했다. 창가에 우두커니 서서 파리의 하늘 아래 지붕들을 내려다보면서 생각하기도 했다. '걱정할 거 없어. 지금까지 죽 써온 글이니까 이제 곧 쓰게 될 거야. 정말로 진실한 문장 하나만 쓰면 돼. 그래, 지금까지 알고 있는 것 중에서 가장 진실하다고 생각되는 문장을 한번 써보는 거야.'

그렇게 해서 마침내 정말로 진실한 문장 하나를 쓰게 되면, 거기서부터 시작이었다. 하지만 그때는 어렵지 않았다. 내가 알고 있거나 어디선가 읽었던, 그것도 아니면 누군가한테서 들었던 이야기 중에 진실한 문장 하나는 꼭 있기 마련이었기 때문이다. 그때 나는 깨달았다. 내가 이야기를 공들여서 꾸미기 시작하거나, 새로운 무언가를 사람들에게 알려주거나 보여주려는 사람처럼 글을 쓰기 시작했다 하더라도, 그런 어지럽고 혼란스러운 미사여구는 모두 다 잘라내 버리고, 맨 처음에 썼던 진실하고 간결하며 명료한 문장으로 돌아가 글을 다시 쓸 수 있다는 사실이었다. 그 꼭대기 층 작업실에서 결심한 것이 하나 있었다. 그건 내가 알고 있는 소재마다 이야기를 하나씩 쓰는 것으로, 나는 늘 그 규칙을 지키며 글을 쓰려고 노력했고, 그건 훌륭하면서도 아주 엄격한 나만의 훈련법이었다.

글을 중단하고 연필을 놓는 순간부터 다음 날 다시 글을 시작할 때까지, 내가 쓰고 있는 글에 대해서는 어떠한 것도 생각하지 않는 법을 터득한 것도, 그 작업실에서였다. 그렇게 하더라도 나의 잠재의식은 계속해서 일을 하고 있을 것이고, 그동안에 나는 다른 사람들이 하는 이야기에 귀를 기울이고 주변의 모든 것에 대해 눈을 크게 뜨고 살피면서 무언가를 배우고 있을 거라고 기대했기 때문이다. 또한 내 글에 대해 생각하지 않으려고, 생각을 아예 못 하게 하려고 책을 읽기도 했다. 그런 훈련 덕분만이 아니라 운까지 따라주어 글이 잘 풀린 날이면 계단을 내려오는 발걸음이 날아갈 듯 가벼웠다. 그때는 파리 어디를 가더라도 세상 마음 편하게 걸어 다닐 수 있었다.

오후에 뤽상부르 정원으로 갈 때면 매번 다른 길로 내려가도 정원 사이로 난 산책로들을 걸을 수 있었는데, 지금은 대부분 루브르나 죄드폼[1]으로 옮겨진 명화들이 전시되어 있던 뤽상부르 미술관으로도 들어갈 수 있었다. 나는 세잔[2]과 마네, 모네, 그리고 시카고 현대미술관에서 알게 된 다른 인상파 화가들의 작품을 보려고 미술관에 거의 매일 가다시피 했다. 그때 나는 세잔의 그림을 통해 무언가를 배우는 중이었다. 그의 그림은 나에게 간결하고 거짓 없이 진실한 문장을 쓰는 것만으로는 내가 그 속에서 표현하려고 애쓰던 입체감을 부여하기에는 턱없이 부족하다는 사실을 일깨워주었다. 세잔에게서 나는 정말 많은 것을 배우고 있었지만, 내가 배운 걸 누군가에게 똑 부러지게 설명해줄 정도는 되지 못했다. 더구나 그건 나만의 비밀이기도 했다. 하지만 뤽상부르의 불빛이 꺼지고 나면 정원 사이를 가로질러 걸어가, 거트루드 스타인[3]이 사는 플뢰뤼스가 27번지의 스튜디오형 아파트에 들르는 일이 당시 나의 일상이었다.

아내와 내가 스타인 선생이 친구[4]와 함께 사는 스튜디오를 방문하자, 선생과 선생의 친구는 우리를 진심으로 따뜻하게 맞이해주었다. 우리는 넓고 명화들로 가득한 선생의 스튜디오를 무척 좋아했다. 스튜디오는 큼지막한 벽난로가 있다는 사실만 아니면 역대 최고 박물관에서도 가장 훌륭한 전시실 같아 보였다. 따뜻하고 아늑한 그곳에

52

가면 마음이 편안해졌다. 선생은 늘 맛있는 음식이며 차에, 자주색이나 노란색 자두, 야생 나무딸기 같은 천연 재료로 만든 '오드비'*를 내놓았다. 예쁜 조각이 아로새겨진 크리스털 병에 담아, 앙증맞은 유리잔에 따라주던 그 무색의 술은 향이 무척 감미로웠다. 퀘치**든 미라벨***이든 프랑부아즈****든, 오드비는 하나같이 다 재료 본연의 과일향을 간직하고 있었다. 혀에 닿는 순간 확 하고 불이 붙은 것처럼 뜨거운 느낌이 몸을 훈훈하게 덥혀주면 말문도 덩달아 열렸다.

스타인 선생은 대단히 큰 덩치에 비해 키는 그리 큰 편이 아니었다. 선생의 육중한 몸집만 보면 시골에서 농사짓는 아낙네 같기도 했지만, 그녀의 아름다운 눈동자와 독일계 유대인 특유의 강인한 얼굴에는 프리울라노[5]일 것 같은 모습도 있었다. 그래서 나는 선생이 입고 다니는 옷차림이나 풍부한 표정, 아마도 대학 시절부터 줄곧 그렇게 하고 다녔을 것으로 짐작되는, 그녀의 아름답고 풍성하며 굽슬굽슬하고 활기차 보이는 이민자풍의 틀어 올린 헤어스타일*****을 보면서 이탈리아 북부의 한 시골 아낙네를 떠올렸다. 선생은 말솜씨가 청산유수로 막히는 적이 없었고, 대화는 항상 사람과 장소에 얽힌 이야기로 시작되었다.

---

* eau-de-vie, 프랑스어로 증류주, 즉 브랜디를 말한다.
** quetsche, 푸른 자줏빛이 도는 자두.
*** mirabelle, 진한 노란색 자두.
**** framboise, 나무딸기, 산딸기.
***** 스타인은 1922년부터 1923년까지 머리를 틀어 올린 헤어스타일을 하고 있었지만, 쉰이 되던 1924년 중반 이후로는 짧게 자른 커트 머리를 고수했다.

선생과 함께 살던 친구는 듣는 사람의 기분을 좋게 하는 명랑한 목소리에, 키가 작고 머리는 아주 짙은 검은색으로 부테 드 몽벨[6]의 그림책에 나오는 잔 다르크 같은 단발머리를 하고 있었으며, 아주 심한 매부리코였다. 우리가 처음 두 사람을 만났을 때 그녀는 수를 놓고 있었는데, 우리를 위해 음식과 음료를 내오고 내 아내와 대화를 나누는 중에도 그녀의 손은 쉬지 않고 수를 놓고 있었다. 그녀는 아내하고 이야기를 나누면서도 선생과 나 사이의 이야기도 듣고 있다가 한 번씩 불쑥불쑥 끼어들기도 했다. 나중에 그녀가 해준 말에 의하면, 그녀는 원래 결혼한 부인들과만 이야기한다는 것이었다. 아내와 나는 아무래도 결혼한 부인들이 편견 없이 너그럽게 품어주는 데가 있을 테니 그런 것 같다는 생각이 들었다. 하지만 우리는 스타인 선생을 좋아했고, 이야기 중에 불쑥불쑥 끼어들어 깜짝깜짝 놀라게는 했지만 그녀의 친구도 좋아했다. 그곳의 그림들과 그들이 내오는 케이크며 '오드비'는 하나같이 정말로 환상적이었다. 두 사람도 우리를 좋아하는 것 같았는데, 우리를 마치 아주 착하고 예의 바르고 장래가 촉망되는 아이들로 생각하는 듯했다. 우리 집에 차를 마시러 오시라고 한 아내의 초대에도 기꺼이 응해주는 그들을 보면서 나는, 우리가 서로 사랑하고 결혼한 사이―시간이 지나면 달라질 이야기지만*―라서 좋게 봐주는 것 같다고 생각했다.

이후 두 사람이 우리 아파트에 찾아왔을 때는 저번보다 훨씬 더 우리를 좋아하는 것처럼 느껴졌다. 그런데 어쩌면 그건 우리 집이 너무

---

* 여기서 헤밍웨이는 해들리와 이혼하게 되는 5년
  후의 일을 암시하고 있다.

비좁아서 서로 바싹 붙어 앉아 있다 보니 그렇게 느껴졌던 것일 수도 있다. 마루에 놓인 침대 위에 앉아 있다가 나에게 그동안 써놓은 글을 보여달라고 한 스타인 선생은, 「미시간 북부에서」[7]라는 제목의 글을 제외한 나머지 몇 편은 마음에 든다고 말했다.

"좋군요." 선생이 말했다. "하지만 문제는 좋고 말고 할 그런 문제가 아니라는 거예요. 어쨌든 '내걸 수 없는'* 글이잖아요. 그러니까 내 말은 말이에요, 화가가 그림을 그려놓고도 전시회 때 걸어놓지 못하고, 마찬가지로 집에도 걸어놓지 못하는 그림이라 아무도 살 사람이 없는, 그런 그림 같다는 겁니다."

"아니, 만일 제 글이 정말로 음란해서가 아니라 단지 사람들이 실제로 그렇게 말할 거라는 가정하에, 굳이 그렇게 말씀하려는 거라면 어떻게 하시겠습니까? 오로지 그 말 한마디에 제 글이 정말로 말씀대로 될 수 있는데도, 꼭 그렇게 말씀하셔야겠습니까? 꼭 그런 말을 하셔야만 하느냐는 말입니다."

"그런 말이 아니죠, 정말이지 선생은 내 말의 핵심을 조금도 파악하지 못하고 있군요." 그녀가 말했다. "'내걸 수 없는' 글이라면 그 어떤 글도 쓰면 안 되는 겁니다. 아무런 의미가 없어요. 잘못된 일이죠, 어리석은 일이란 말입니다."

---

* inaccrochable, 프랑스어로, in-(비非, 불不의 뜻의 접두사) + accrocher('못이나 벽 등에 걸다'라는 뜻의 동사) + -able('가능'의 뜻의 접미사)로 이루어져 있는 단어. 성적인 내용을 다루고 있어 벽에 걸 수 없다는 의미인데, 여기서는 책에 대한 이야기이므로 '출판될 수 없는'의 뜻으로 이해해야 하지만, 원래의 의미를 살리기 위해 그대로 번역했다.

"알았습니다."

말은 이렇게 했지만, 사실 나는 손톱만큼도 동의하지 않았다. 다만 선생의 이야기가 하나의 관점이기도 하고, 선배 작가들과 논쟁한다는 것이 좋지 않다고 생각했을 뿐이다. 그보다는 오히려 그들이 하는 이야기에 귀를 더 많이 기울이고 싶었고, 그동안 스타인 선생이 해준 이야기에는 날카로운 이지력이 번득이는 부분이 많았기 때문이다. 선생은 나에게 내가 신문에 기사를 기고하는 일을 조만간 그만두어야 한다는 말도 했는데, 나는 그 말에는 더더욱 동의할 수 없었다. 정작 선생 당신은 『애틀랜틱 먼슬리』[8)에 자신의 글을 싣고 싶다고 말했고, 또 그렇게 될 것이기 때문이었다. 선생은 내가 예의 월간지나 『새터데이 이브닝 포스트』[9)에 실릴 정도로 훌륭한 작가는 아니지만, 나름대로 어떤 새로운 장르의 작가는 될 수 있을지도 모른다고 했다. 다만 무엇보다 내가 명심해야 할 점은 '내걸 수 없는' 이야기는 쓰지 말라는 것이었다. 나는 그 부분에 대해서 따져 묻지 않았고, 우리가 나누었던 대화와 관련해 내가 하고자 했던 이야기도 다시금 해명하려 들지 않았다. 어디까지나 그건 내 일이기도 했고, 선생의 이야기를 듣고 있는 편이 훨씬 더 재미있었기 때문이다.

그날 오후 선생은 우리에게 그림을 사는 방법에 대해서도 알려주었다.

"선생은 말이에요, 옷을 살 수도 있고, 그림을 살 수도 있는 겁니다." 선생이 말했다. "그 정도로 간단한 문제라는 말이죠. 정말 부자가 아닌 이상 두 가지를 다 할 수 있는 사람은 없어요. 하고 다니는 옷차림에 신경 쓰지 말고, 조금이라도 유행을 따르려는 생각도 하지 말고, 오로지 편안하고 질기면서 오래 입을 수 있는 옷을 사라는 말인 거죠. 그러면 옷도 생기고 그림을 살 돈도 생기는 거니까."

내가 말했다. "하지만 아무리 앞으로 옷이라곤 단 한 벌도 사지 않는다 하더라도, 제가 갖고 싶은 피카소 그림을 살 만큼의 돈은 모으지 못할 텐데요."

"못하죠, 그럼. 피카소 그림은 선생이 살 수 있는 그림이 아니에요. 그러니까 내 말은, 선생은 선생과 같은 시기에 군복무를 했던, 선생과 동년배인 화가들의 그림을 사야 한다는 겁니다. 그런 화가들이라면 곧 알게 될 거예요, 동네에서 오다가다 마주치게 될 테니까요. 찾아보면 재능 있고 참신하면서 열심인 화가들은 꼭 있거든요. 그런데, 아까 내가 그렇게 옷을 많이 산다고 했던 건, 선생 이야기가 아닙니다. 언제나 선생 부인이죠. 돈이 많이 드는 건 여자들 옷이니까요."

그때 나는 아내가 스타인 선생이 입고 있는, 어디 한 군데도 좋아 보이지 않는 희한한 옷을 애써 쳐다보지 않으려고 하는 걸 보았는데, 아내는 대단히 잘 해내고 있었다. 그 덕분인지 우리 아파트를 떠날 때도 두 사람은 여전히 우리를 좋게 생각하는 것 같았고, 그러면서 플뢰뤼스가 27번지로 또 놀러 오라는 초대도 받았다.

선생이 오후 다섯 시 이후면 어느 때라도 스튜디오에 들러도 된다고 한 건 그날 이후 어느 겨울날이었다. 뤽상부르 정원에서 스타인 선생을 만났을 때였다. 그날 선생이 개를 데리고 나왔는지 안 데리고 나왔는지는 기억이 나지 않는데, 그때가 선생이 개를 키우던 때였는지도 잘 기억이 나지 않는다. 분명한 건, 나는 그때 혼자 산책하고 있었다. 당시 우리는 개는커녕 고양이 한 마리도 살 형편이 못 됐고, 내가 아는 고양이라곤 카페나 작은 식당에서 키우는 고양이들 아니면 수위실 창문 너머로 황홀하게 바라보던 멋진 고양이가 고작이었기 때문이다. 이후에는 스타인 선생이 뤽상부르 정원으로 개를 자주 데리고 나왔으니까, 아무래도 그때는 선생이 개를 키우기 전이었던 것 같다.

그날 선생이 개를 데리고 나왔든 안 데리고 나왔든 아무튼 나는 그녀의 초대에 응했고, 어느새 선생의 집에 들르는 일이 나의 습관이 되어 있었다. 내가 가면 선생은 언제나 천연 오드비를 내와 계속해서 잔을 채워주곤 했다. 선생과 이야기를 나누는 동안 나는 거실에 걸린 그림들을 찬찬히 감상했는데, 그곳의 그림 수준은 대단히 훌륭했다. 그때 우리는 정말 좋은 이야기를 많이 나누었다. 이야기는 주로 선생이 하는 편이었다. 현대 회화와 화가들에 대해, 그것도 화가로서보다는 한 사람의 인간으로서의 그들에 대한 이야기를 더 많이 했고 자신의 작품에 대한 이야기도 했다. 선생은 자신이 손으로 쓴 글을 선생의 친구가 매일같이 타자기로 쳐서 옮겨놓은 원고를 여러 권 보여주면서, 하루도 거르지 않고 매일매일 글을 쓰는 일에 행복해했다. 그런데 선생을 잘 알게 되면서 깨닫게 된 사실이 있었는데, 그러한 선생의 행복이 유지되려면, 선생의 열정에 따라 원고의 분량은 그때그때 달라지지만, 일정한 시간 동안 꾸준히 그날그날의 결과물을 만들어내고 그리하여 엄청난 분량이 된 그 결과물이 책으로 출판되어서 공식적으로 인정을 받아야만 한다는 것이었다.

내가 처음 선생을 만났을 때는 상황이 그렇게 절박하지 않았다. 선생이 누구라도 쉽게 읽을 수 있는 단편소설 세 편을 출간한 후였기 때문이다. 그중 「멜랑사」[10]는 대단히 훌륭했다. 선생의 실험적인 글 가운데 잘된 몇 편도 단행본으로 발간되어, 선생을 만난 적이 있거나 선생과 알고 지내는 비평가들에게 호평도 받고 있었다. 선생은 누구든지 자신이 원하는 사람이 있으면 자기 사람으로 만들지 않고서는 직성이 풀리지 않는 성격이었다. 선생을 만난 적이 있거나 선생의 집에서 그림을 본 적이 있는 비평가들은, 선생이라는 사람에 대한 열광과 선생의 식견에 대한 확고한 믿음으로, 이해가 되지 않아도 선생의 글이라면 덮어놓고 믿고 받아들이려 했다. 선생은 문장의 운율과 적절하고 유용한 단어의 반복적 사용법에 대해 많은 사실을 알아내기도 했고, 또 그런 이야기를 아주 설득력 있게 설명도 잘했다.

그럼에도 불구하고 선생에게 있어, 지루하고 고된 직업인 교정도 거치지 않고 이해하기 쉬운 글을 써야 한다는 의무감도 없이, 매일매일 꾸준히 글을 쓰는 일과 끊임없이 진정한 창조의 행복감을 느끼는 일이란 바로 책을 출판하기 위해, 그리고 공식적으로 인정받기 위해, 특히 『미국인의 형성』[11]이라는 믿기지 않을 정도로 긴 소설을 쓰기 위해 필요했던 과정이자 시작에 불과했던 것이다.

도입부부터 휘황찬란하게 시작되는 그 책은 대단히 눈부신 문체로 이야기의 상당 부분을 아주 순조롭게 이끌다가, 어느 부분에 이르러서는 똑같은 이야기가 끝도 없이 반복되고 있었다. 조금 더 양심적이고 조금 덜 게으른 작가였더라면 벌써 휴지통에 던져넣고도 남았을 이야기였다. 내가 이토록 그 책에 대해 속속들이 알게 된 데에는 그럴 만한 이유가 있다. 잡지 수명보다도 이 소설의 연재 기간이 더길 거라는 사실을 잘 알고 있으면서도, 『트랜스애틀랜틱 리뷰』[12]에 그 소설을 연재하도록 포드 매덕스 포드[13]를 설득시킨 사람이 바로 나였기 때문이며, 어쩌면 설득이 아니라 강요가 더 맞는 말일지도 모르겠지만, 그러면서 스타인 선생에게는 전혀 행복한 일이 아닌, 그녀의 모든 교정 작업을 그 잡지사의 재정 상태를 너무 지나치게 잘 알고 있던 내가 할 수밖에 없었기 때문이다.

몹시 추웠던 어느 날 오후, 나는 수위실과 차갑게 얼어붙은 안마당을 지나 스타인 선생의 따뜻한 스튜디오를 찾았다. 이 모든 이야기는 그녀와 결별하게 되기 몇 년 전에 있었던 일이다. 그날 선생은 나에게 성에 관해 가르쳐주는 중이었다. 그 무렵 우리는 무척 친한 사이가 되어 있었고, 나는 내가 그동안 이해하지 못하고 있던 모든 것들이 어쩌면 성과 관련된 문제일 수도 있다는 사실을 얼마 전에서야 깨달았던 것이다. 스타인 선생은 나를, 시쳇말로 성에 대해 정사각형처럼 사방이 똑같고 꽉 막힌 고지식한 샌님으로 생각했다. 아닌 게 아니라 사실 나한테는 동성애에 대해 어떤 선입견 같은 것이 있었다. 내가 동성애의 'ㄷ'자도 안다고 할 수가 없었던 건, 동성애에 대해, 늑대라는 말이 여색을 탐하는 남자에게만 국한된 속어가 아닌 시대를 살면서도, 소년이 부랑자들과 함께 있을 때 그들로부터 자신을 지키기 위해 칼을 몸에 지니고 다녀야 하는 이유 정도로만 알고 있었기 때문이다.

캔자스시티 시절을 통해 나는 그곳의 다른 지역이나 시카고, 미시간 북부 오대호를 다니는 보트에서 쓰던 수많은 '내걸 수 없는' 표현이나 말투며 풍습에 대해 잘 알고 있었다. 신문 아닌 신문을 받으면서 나는 스타인 선생에게, 남자라면 어렸을 때 사내들끼리 지내다 보면 사람도 죽일 각오가 되어 있어야 하고, 죽이는 방법 또한 알고 있어야 했으며, 성추행을 당하지 않으려고 사람을 죽이게 될 거라는 사실도 분명하게 인지하고 있어야 했다고 말해주려고 했다. 하지만 이때 내가 썼던 말은 '내걸 수 있는' 말이었다. 상대에게서 살의가 느껴지면 그들은 아주 순식간에 간파하고 그냥 두고 가버렸다. 그런 이유로 나는 폭행을 당하거나 그런 함정에 빠지지 않을 수 있는 상황이 전혀 없었던 것은 아니라고 했다. 이때 나도 오대호를 다니는 보트에서 늑대들이 쓰던 '내걸 수 없는' 말투대로 했더라면, 선생에게 훨씬 더 생생하게 내 생각을 전달할 수 있었을 것이다. "어이쿠 이런 이런, 반반한 게 쓸 만하겠는데 응, 내 취향이야 얼뜨기 촌놈이지만 말야." 그러나 나는 스타인 선생 앞에서는 늘 말을 가려서 했다. 실제로 하는 대로 말하면, 나에 대한 편견이 명백하게 해명되거나 내 생각을 더 잘 표현할 수 있을 때조차도 그랬다.

"알았어요, 알았어, 헤밍웨이." 그녀가 말했다. "그런데 이제 보니 선생은 말이에요, 범죄자와 변태 소굴에서 살고 있었던 거로군요."

나는 그 말에 대해서도 왈가왈부하고 싶지 않았다. 그렇지만 내가 정말로 그런 세상에서 살았다는 생각은 들었다. 그곳에는 온갖 부류의 사람들이 살고 있었다. 나는 그들을 이해해보려고 노력했는데, 그러나 그중에는 내가 도저히 좋아할 수 없는 몇 사람이 있었고, 그중 몇 사람은 지금 생각해도 여전히 끔찍하기만 한 사람들이었다.

"제가 이탈리아 병원에 있었을 때 일입니다만, 제게 더할 수 없이 정중하게 예의를 갖춰서 마르살라*였는지 캄파리**였는지, 술 한 병을 갖다주신 분이 계셨는데요. 대단히 기품이 넘치고 그 지역에서 명망이 높은 노신사분이셨습니다. 그런데 어느 날 제가 간호사에게 다시는 그 노신사를 제 병실에 들어오지 못하게 해달라고 부탁해야 했던

---

 * Marsala, 이탈리아의 시칠리아섬 마르살라에서 생산되는 달콤한 화이트 와인.
** Campari, 소다수나 오렌지 주스를 섞어 마시는 이탈리아의 전통 아페리티프. 연지벌레에서 추출한 원료를 사용하여 새빨간 색이 나며 맛이 아주 쓰다.

것에 대해서는, 어떻게 생각하십니까?" 내가 물었다.

"그런 사람들은요, 아픈 사람들이에요. 스스로 어떻게 할 수 없는 사람들이니 가엾게 여겨야 하는 거죠."

"그럼 그 모씨도 제가 가엾게 여겨야 하는 사람일까요?" 내가 물었다. 선생에게는 그의 이름을 말했지만, 스스로 자신의 이름을 밝히는 걸 너무 좋아하는 그를 기쁘게 하려고 내가 여기서 그의 이름을 밝히고 싶은 마음은 조금도 없다.

"그건 아니죠, 그 사람은 정말로 나쁜 사람이에요. 타락할 대로 타락한, 정말로 비난받아 마땅한 사람입니다, 그 사람은."

"하지만 다들 그를 훌륭한 작가라고 하지 않습니까."

"아니라니까요." 그녀가 말했다. "그 사람은 단지 쇼맨십이 강할 뿐이에요, 게다가 타락하는 데 재미를 붙여서는 다른 사람들까지도 악습에 물들게 하고 있잖아요. 마약 같은 것 말이에요, 이를테면요."

"그럼 제가 가엾게 여겨야 하는 밀라노의 그 노신사분도 저를 타락시키려 한 게 아니었던 건가요?"

"그런 바보 같은 이야기가 어디 있어요, 그 사람이 선생을 어떻게 타락시킬 생각이나 할 수가 있었겠어요? 선생 같으면, 술깨나 한다는 선생 같은 청년을 술로 타락시킬 수 있겠어요? 그것도 마르살라 한 병으로? 말이 안 되죠, 그 사람은 스스로 어떻게 할 수가 없는 불쌍한 노인이었어요. 아픈 사람이었고, 그럴 수밖에 없었던 겁니다. 그러니까 가엾게 여겨야 한다는 말이에요."

"저도 그때는 그렇게 생각했습니다." 나는 말했다. "하지만 그렇게 더없이 정중하게 예의를 갖추던 분이셨기에 실망감이 더 컸던 것이죠."

오드비를 한 모금 더 마신 나는, 그 노신사를 가엾게 여기면서 피카소의 꽃바구니를 들고 서 있는 소녀 누드화*를 바라보고 있었다. 그랬는데 거기서 대화가 끊겨버렸다. 다시 대화를 이어갈 실마리를 찾지 못하고 있던 나는, 우리 두 사람 사이의 공기가 약간 위험 수위에 이르렀다는 생각이 들었다. 그때까지 스타인 선생과 대화가 끊긴 적은 거의 한 번도 없었다. 그런데 그 시점에서 대화가 뚝 멈추어버린 것이다. 다행스럽게도 선생이 나한테 하고 싶은 이야기가 있는 눈치가 느껴져 나는 내 앞의 술잔을 가만히 채우고 있었다.

"헤밍웨이, 선생은 그 부분에 대해선 몰라도 정말 너무 모르는군요." 그녀가 입을 열었다. "선생은 딱 봐도 범죄자에, 아픈 사람하며 잔악한 사람들까지, 숱하게 봐왔잖아요. 중요한 건 말이죠, 그런 남자 동성애자들의 행동은 추하고 불쾌하다는 것이며, 나중에는 그 사람들도 스스로에게 염증을 느낀다는 점이에요. 잠시나마 거기서 벗어나보려고 술도 마시고 마약도 해보고 하겠죠. 하지만 결국에는 그런 행위 자체에 염증을 느끼고, 계속해서 파트너를 바꾸는데도 진정으로 행복하다고 생각하지 못하는 거랍니다."

"그렇군요."

"하지만 여자들 경우는요, 정반대예요. 여자들은 스스로 역겹다고 생각하는 행동은 절대 하지 않아요. 불쾌한 행동도 하지 않죠. 그래서 오랫동안 함께 있어도 서로 행복해하는 것이고, 함께 행복하게 살아갈 수가 있는 겁니다."

"알겠습니다." 내가 말했다. "그럼 그 모씨는 어떤 건가요?"

---

* 「꽃바구니를 든 소녀」(1905)를 말한다.

"그 여자는 정말 못된 여자죠." 스타인 선생이 말했다. "정말로 못됐다니까요, 그래서 계속해서 새로운 사람으로 갈아치우지 않으면 결코 행복할 수가 없는 거예요. 만나는 사람마다 타락시키는 여자란 말이죠."

"이해가 됩니다."

"정말이죠, 정말로 이해한 거죠?"

그 무렵에는 내가 이해해야 할 것들이 참 많았다. 마침내 화제가 다른 이야기로 바뀌자 나는 너무 반가웠다. 집으로 돌아갈 때쯤이면 정원은 문이 닫혀 있어 보지라르가까지 내려가 정원 끝자락을 돌아서 걸어가야 했다. 정원의 문이 닫혀서 잠겨 있는 것을 보면 나는 왠지 쓸쓸한 기분이 들었다. 나무가 울창한 정원 사이로 난 오솔길로 가는 대신 바깥 도로로 빙 둘러서 가야 한다는 사실이 울적해 카르디날 르무안가의 우리 집으로 가는 발걸음을 서둘렀다.

그날은 아주 희망에 가득 차서 하루를 시작한 날이기도 했다. 내일도 나는 열심히 글을 써야 할 것이다. 그때 나는 글을 쓰는 일이 거의 모든 것을 치유해줄 수 있다고 믿었고, 지금도 그렇게 믿고 있다. 그리고 스타인 선생이 느꼈던 내가 고쳐야 할 점이라는 것도, 단지 내가 젊다는 사실과 내가 아내를 사랑한다는 사실뿐이라고 믿었다.

카르디날 르무안가의 우리 집에 도착하자 울적했던 기분은 순식간에 사라져버렸다. 나는 아내에게 오늘 내가 새롭게 알게 된 사실에 대해 이야기해주었는데, 밤이 되자 우리는 우리가 이미 터득한 우리만의 경험 외에도 산악 지방에서 새롭게 터득한 경험 덕분에, 행복했다.

스타인 선생의 수업

1) Jeu de Paume, 나폴레옹 3세 때 테니스의 전신인 폼(paume)의 실내구장이었던 곳으로, 1909년부터 전시회장으로 사용되었다. 1947년에 신축된 죄드폼 국립미술관에 전시되어 있던 인상파 화가들의 작품들이 오르세 미술관으로 옮겨가면서, 현재는 현대 작가들의 사진과 비디오, 멀티미디어 등을 상영하는 공간으로 활용되고 있다.

2) Paul Cézanne, 1839~1906, 입체파 화가들에게 지대한 영향을 미친 프랑스의 화가. '근대 회화의 아버지'라 불린다. 전통적인 원근법을 버리고 대상의 표면과 내부골격의 입체성은 변하지 않는다는 점에 착안하여, 대상의 특징을 가능한 한 간결하게 표현하기 위해 자연 속의 모든 대상을 원통, 구, 원추로 환원시켜 처리했다. 시선을 한곳에 정지시켜놓지 않음으로써 일상적인 풍경처럼 느껴지도록 만든 독자적인 화풍을 개척했다.

3) Gertrude Stein, 1874~1946, 미국의 작가, 시인, 예술 애호가. 생의 대부분을 파리에서 보내면서 마티스와 피카소, 지드 등과 교류했다. 제1차 세계대전 전후의 모더니스트로서 미국 문학에 크나큰 영향을 미쳤다.

4) Alice Babette Toklas, 1877~1967, 미국의 여성작가로 거트루드 스타인의 연인. 두 사람은 1907년 파리에서 만났으며 스타인이 유명작가가 되기까지 그녀의 둘도 없는 친구이자 요리사, 비서, 편집자, 비평가, 뮤즈, 매니저였다. 1946년 스타인이 위암 수술을 받은 직후 사망하자 유고를 정리해 1951년 예일대학교에 양도하면서, 스타인의 다섯 편의 미간집이 빛을 볼 수 있었다.

5) Friulano, 로망어(語) 계열에 속하는 방언을 사용하는 이탈리아의 북동쪽 끝단에 위치한 프리울리 베네치아 줄리아(Frioul-Vénétie Julienne, 약칭 프리울리) 지방에 사는 사람을 말한다.

6) Louis-Maurice Boutet de Monvel, 18510~1913, 프랑스의 화가이자 아동 도서 삽화가. 1896년에 출간된 혁신적인 『잔 다르크』 시리즈는 최고의 역작이었다.

7) "Up in Michigan," 마을 대장장이 짐 길모어를 남몰래 짝사랑하고 있던 식당 웨이트리스 리즈 코우츠가 어느 날 밤 만취한 그와 관계를 맺는다는 줄거리. 미망에 사로잡힌 여자의 사랑을 그리고 있는데, 그가 그녀를 강간한 건지 그녀가 그를 유혹한 건지에 대해서는 학자들 간 의견이 분분하다. 문체상으로 'Liz liked… She liked… She liked…'로 계속되는 소설의 세 번째 문단이, 스타인에 의해 대중화된 반복적 문체의 모방이라는 주장도 있다. 이에 대해 장영희 서강대 영문과 교수는 "난해하면서 반복적이고 실험적인 문장을 쓰는 문체가인 스타인에게서, 의식의 흐름 수법이나 포스트모더니즘적 글쓰기가 시작됐다는 주장도 있다"고 했다. 바로 그 점이 스타인이 「미시간 북부에서」를 탐탁지 않아 했던 진짜 이유였을까?

8) *The Atlantic Monthly*, 1857년 보스턴에서 창간된 미국의 일류 월간 종합 문예지로, 현재는 *The Atlantic*으로 발행되고 있다.

9) *The Saturday Evening Post*, 1821년 창간되어 1922~23년 당시 미국에서 가장 인기가 높았던 주간지. 인기 대중작가는 물론 문학적 재능이 있는 작가들의 작품도 함께 다루었다. 계간지로 바뀌었다가 현재는 다시 격월간지로 발행되고 있다.

10) "Melanctha," 세 편의 단편소설로 이루어진 스타인의 데뷔작 『세 명의 삶』 (1909) 중 「착한 애나」 「친절한 레나」와 함께 수록된 두 번째 단편. 인종차별이 심한 가상의 도시 브릿지포인트를 무대로 각자의 삶을 살아가는 집사 애나, 독일인 하녀 레나, 흑인 아버지와 혼혈 어머니를 가진 멜랑사가 죽음을 맞이하는 순간까지, 서로 다른 듯 비슷한 삶을 살았던 세 여인의 일생을 다룬 이야기다. 성격과 심리 묘사가 아주 탁월한 모더니스트의 실험적인 문체로 칭송을 받았다.

11) *The Making of Americans*, 1925년에 출간된 '미국인으로 만들기'라고 해야 할 모더니즘 소설로, 장장 926쪽에 달하는 스타인의 걸작 중 한 편이다. 19세기 말 미국의 오클랜드와 볼티모어를 무대로 한, 3대에 걸친 허슬랜드 일가의 이야기를 다룬 전통적인 대하소설이다.

12) *The Transatlantic Review*, 1924년 포드 매덕스 포드가 파리에서 창간한 월

간 문예평론지. 12호로 폐간되었지만 현대 문학에 상당한 영향을 미치면서 한 시대를 풍미했던 잡지로, 헤밍웨이는 1924년 8월호의 객원 부편집장이었다. 1959년에 조셉 F. 맥크린들이 포드를 기리며 재창간한 동명 잡지는, 1977년 7월호를 최종호로 폐간되었다.

13) Ford Madox Ford, 1873~1939, 영국의 소설가, 시인, 평론가. 대부분의 모더니즘 작가들에게 문학적 대부로 간주되는 작가. 대표작으로는 『훌륭한 병사』(1915)와 『행하지 않는 자도 있다』(1924)가 있다.

셰익스피어 앤 컴퍼니

책 살 돈이 없던 시절이었다. 그래서 나는 셰익스피어 앤 컴퍼니[1]의 대여 문고에서 빌려서 보곤 했다. 그곳은 오데옹가 12번지에 있던 실비아 비치의 도서 대여점 겸 서점이었다. 찬바람이 휘몰아치는 거리에 있는 서점은, 겨울이면 큼지막한 난로가 자리를 지키고 있어 따뜻하고 탁자와 책장은 책으로 가득 차 있는, 정말 멋지고 자꾸 가고 싶어지는 곳이었다. 창가에는 새로 나온 책들이 진열되어 있었고, 벽에는 이미 작고했거나 생존해 있는 유명 작가들의 사진이 빼곡하게 걸려 있었다. 사진은 모두 스냅사진 같았는데, 세상을 달리한 작가들마저도 진짜로 살아 있는 사람처럼 보였다. 실비아는 아주 날렵한 턱선과 생기가 넘치는 또렷한 얼굴에, 몸집이 조그만 동물의 눈망울처럼 또랑또랑 반짝이며 소녀의 눈동자처럼 해맑게 빛나는 갈색 눈을 갖고 있었다. 반듯한 이마 위로 빗어 넘긴 굽슬굽슬한 갈색 머리카락이, 그녀가 입고 있는 갈색 벨벳 재킷 깃에 닿을락 말락 귀 바로 밑에서 층 없이 깔끔하게 잘려 있었다. 그녀는 다리가 예쁘고 상냥하며 쾌활했고, 주변에서 일어나는 모든 일에 관심이 많고 유머 감각이 넘쳤으며, 이런저런 이야기하는 걸 무척 좋아했다. 그때까지 나는 그녀보다 나에게 잘해준 사람을 알지 못했다.

처음 서점에 발을 들여놓았을 때 나는 무척 쭈뼛거렸다. 대여 문고에 등록할 만큼의 돈이 수중에 없었기 때문인데, 그녀는 그런 나에게 등록비는 돈이 생기는 대로 내면 된다고 말해주면서 도서 대여 카드를 작성하게 해주었다. 그리고 내가 원하는 책은 얼마든지 빌려 가도 된다고 했다.

그녀가 그처럼 나를 신뢰할 만한 이렇다 할 이유는 그 어디에도 없었다. 그녀에게 나는 그날 처음 보는 사람이었을 뿐만 아니라, 내가 알려준 카르디날 르무안가 74번지라는 주소라고 해봐야 더하면 더 했지 신통할 것이 없는 건 매한가지였기 때문이다. 그런데도 그녀는 나를 따뜻하게 맞아준 고맙고 사랑스럽고 마음이 따뜻한 사람이었다. 그녀가 앉아 있는 자리 뒤로는 천장까지 닿는 책장이 벽면 가득 채워져 있는 것도 모자라, 건물 안뜰로 통하는 뒷방 책장까지도 풍부한 장서가 가득 꽂혀 있었다.

투르게네프부터 시작하기로 한 나는 『사냥꾼의 수기』 상하 두 권과 『아들과 연인』이었던 것 같은, D. H. 로렌스의 초기 작품 한 권을 꺼냈다. 그러자 실비아는 보고 싶은 책이 있으면 더 빌려 가도 된다고 했다. 나는 콘스턴스 가넷[2]이 번역한 톨스토이의 『전쟁과 평화』와 도스토옙스키의 『도박꾼 외 단편들』을 골라 들었다.

"조만간 다시 오지 않으시겠는데요, 그 책들을 다 읽으시려면 말이에요." 실비아가 말했다.

"등록비 내러 들러야지요." 내가 말했다. "아파트에 가면 돈이 좀 있습니다."

"어머, 그런 뜻으로 드린 이야기가 아니에요." 그녀가 말했다. "돈이야 편할 때 내시면 되는 건데요."

"조이스[3] 선생님은 언제쯤 나오시나요?" 내가 물었다.

"그게요, 오신다고 하면 대개는 오후 아주 늦게나 돼야 오셔요." 그녀가 말했다. "선생님을 본 적이 없으시던가요?"

"미쇼*에서 가족과 함께 식사하는 모습을 잠깐 보긴 했습니다." 내가 말했다. "하지만 식사 중인 사람을 쳐다보는 것도 그렇고, 미쇼는 비싼 식당이니까요."

"식사는 그러면, 댁에서 하시나요?"

"요즘엔 거의 그렇습니다." 내가 말했다. "집에 훌륭한 요리사가 있어서요."

"사시는 동네에는 가까이에 식당이 한 군데도 없는데, 그렇죠?"

"맞습니다, 그런데 어떻게 그걸 아십니까?"

"라르보[4] 선생님이 그 동네에 사셨거든요." 그녀가 말했다. "그 동네를 무척 좋아하셨더랬어요, 바로 그 점만 빼고 말이에요."

"가장 가깝고 싸고 괜찮은 식당이 팡테옹 옆에 있는데, 한 5분 정도 걸어가면 됩니다."

"그쪽은 제가 잘 몰라요. 우리도 집에서 해 먹거든요, 언제 한번 부인과 함께 나오세요."

"기다려주십시오, 제가 돈을 내는지도 보셔야지요." 내가 말했다. "아무튼 여러 가지로 정말 고맙습니다."

"책은요, 너무 서둘러 읽지 않으셔도 된답니다." 그녀가 말했다.

---

* 이후 이곳은 인근(식당 왼쪽의 위니베르시테가 9번지)에 살았던 조이스와 헤밍웨이가 자주 만나는 장소가 되었다. 현재 파리 6구 생페르가 29번지의 '르 콩투아르 데 생페르' 식당이 있는 곳이다.

우리가 살던 방 두 칸짜리 아파트에는 더운물이 나오지 않았고, 휴대용 위생 용기 외에는 실내 화장실이 따로 없었다. 하지만 미시간의 옥외 화장실에 익숙한 사람이라면 불편할 것도 없었다. 그래도 전망 좋은 마루에는 스프링이 탄탄하고 푹신푹신한 매트리스에 깔끔하고 멋스러운 커버를 씌워놓은 편안한 침대가 있고, 벽에는 우리가 좋아하는 그림도 걸어놓은 밝고 화사한 집이었다. 나는 아내에게 오늘 내가 찾아낸 아주 멋진 그 서점에 대해 이야기했다.

"아니 그럼 테이티, 당장 오늘 오후에라도 들러서 돈을 내야죠." 아내가 말했다.

"정말, 그래야겠어." 내가 말했다. "같이 갈까, 그러고 나서 강가로 내려가 강변길을 따라서 산책도 좀 하고 말이야."

"그럼 우리 센가로 해서 내려가요, 길가에 있는 화랑이랑 상점 진열창도 다 구경하게요."

"그러자고. 길이야 어느 길로 가도 되니까. 그러다가 우리가 아는 사람도 없고 우리를 알아보는 사람도 없는 새로운 카페가 보이면, 들어가서 한잔할 수도 있는 거고."

"두 잔도 할 수 있죠."

"그러면 우리 어디 가서 식사를 해도 되는 거잖아."

"아니죠, 우린 대여 문고 등록비 내야 하는데요, 잊으면 안 돼요."

"식사는 그러면 집에 와서 하기로 해야겠군, 우리 요 앞 협동조합에서 본산 와인이나 사 와서 맛있게 요리해 먹을까? 저기 창밖에 말야, 진열창에 본산 와인 가격표 붙여놓은 거 보이잖아. 그리고 식사하고 나면, 책 좀 보다가 잠자리에 들어 사랑을 나누는 거지."

"그리고 또, 우리 서로만 사랑하기, 그 누구도 안 돼요, 절대."

"그럼 안 되지, 절대."

"어쩜, 오늘은 오후도 그렇고 저녁도 너무 멋지겠네요. 그럼 우리 지금 점심을 먹는 게 좋겠어요."

"안 그래도 나, 배가 너무 고팠어." 내가 말했다. "카페에서 작업하면서 먹은 거라곤 크림커피 한 잔이 다였거든."

"테이티, 오늘 글은 어땠어요?"

"괜찮은 것 같은데. 정말 그랬으면 좋겠지만 말이야. 점심은 뭐지?"

"꼬마 래디쉬와 으깬 감자를 곁들인, 버터에 튀긴 맛있는 송아지 간에 꽃상추 샐러드. 그리고 디저트는 애플파이랍니다."

"그러니까 이젠 이 세상에 있는 모든 책이 다 우리 책이 되는 거야, 여행 갈 때도 가져갈 수 있다는 거지."

"정말이요?"

"그렇다니까."

"거기, 헨리 제임스[5) 책도 있어요?"

"물론."

"어쩜." 아내가 말했다. "당신이 그런 곳을 다 알게 되다니, 우린 정말로 운이 좋은가 봐요."

"우린 말야, 언제나 운이 좋지." 이런 말을 하고도 나는 어리석게도 나무를 두드려 부정이 타지 않길 빌지 않았다.* 아파트에는 두드릴 나무가 도처에 있었는데도 말이다.

---

* 나무를 똑똑 두드리며 나무 속에 사는 혼령에게 행운은 지속되고 불운은 멈추길 기원하며 하는 말. 이렇게라도 했더라면 해들리와 헤어지는 불운을 미리 막을 수 있지 않을까 하는 헤밍웨이의 애절함이 드러난 부분.

셰익스피어 앤 컴퍼니

1) Shakespeare and Company, 파리 속의 영국 내지 미국이라 할 수 있을 영미 문학 전문서점이다. 선교사인 아버지를 따라 파리로 온 실비아 비치(Sylvia Beach, 1887~1962)가 처음 서점을 연 곳은 파리 6구의 뒤퓌트랑가 8번지(1919~21)였는데, 1921년에 당시의 오데옹가(1921~41)로 옮겼다. 제2차 세계대전 중이던 1941년 실비아가 한 독일 장교에게 제임스 조이스의 『피네간의 경야』의 판매를 거부했다는 이유로 서점이 폐쇄된 이후, 작가들을 위한 공간으로만 제공되었을 뿐 서점 문은 두 번 다시 열리지 않았다. 현재 5구 뷔셔리가 37번지에 있는 서점은, 1951년 미국인 조지 휘트먼(George Whitman, 1913~2011)이 열었던 서점 '르 미스트랄'이 실비아의 사후인 1964년에 새로운 셰익스피어 앤 컴퍼니로 재탄생한 것이다. 지금의 서점 주인은 조지의 딸인 실비아 휘트먼(Sylvia Whitman, 1981~)으로, 실비아 비치에서 이름을 따왔다.

2) Constance Clara Garnett, 1861~1946, 영국의 번역가. 처음으로 러시아 문학을 번역한 대표 주자로, 약 70편의 러시아 작품을 번역했다.

3) James Augustine Aloysius Joyce, 1882~1941, 아일랜드의 소설가이자 시인. 의식의 흐름 기법을 추구한 『율리시스』는 20세기 모더니즘 문학을 선도했다고 평가받고 있으며, 20세기 최고의 영어 소설로 꼽힌다. 고국과의 불화로 스위스에서 지내던 그는, 당시 에즈라 파운드의 권유로 가족과 함께 파리에 와 있었다.

4) Valery Larbaud, 1881~1957, 프랑스의 소설가, 시인, 수필가. 헤밍웨이가 살았던 카르디날 르무안가 74번지에서 걸어서 1분 거리에 있는 71번지(1919~37)에 살았다. 제임스 조이스는 1921년 6~9월 동안 그가 빌려준

그 집에서 『율리시스』를 완성했다.

5) Henry James, 1843~1916, 미국의 소설가. 『여인의 초상』(1881)은 영어로 된 가장 뛰어난 소설 중 하나로 평가받고 있으며, 사후에 출판된 『소설의 기교』(1934)는 소설 이론의 명저로 인정받고 있다.

센강 사람들

우리가 살던 카르디날 르무안가 꼭대기에서 강으로 걸어 내려가는 길은 여러 갈래가 있었다. 그중에서 가장 빠른 지름길은 우리 집 앞길에서 콩트르스카르프 광장 반대쪽으로 곧장 내려가는 것이었다. 가파른 내리막인 그 길에는 들어서기가 무섭게 몸이 내달리게 되어 순식간에 평지에 이르렀다. 그러고 나서 생제르맹대로 초입부터 마주치는 교통이 복잡한 사거리를 건너면, 바람 부는 강변길이 끝없이 이어져 있는 한산한 곳이 나왔다. 그 오른편에는 와인 도매 시장*이 있었는데, 그곳은 파리의 여느 시장과 다른 일종의 보세 창고였다. 관세를 물지 않고 와인을 보관해놓은 곳으로 밖에서 보면 무슨 군수 창고나 포로수용소처럼 음산했다.

센강이 두 갈래로 나뉘는 지점 건너편은 좁다란 골목길과 아름답고 높은 오래된 집들로 빼곡한 생루이섬이었다. 섬으로 건너갈 수도 있고, 아니면 왼편으로 돌아 생루이섬과 노트르담 대성당이 있는 시

---

* 카르디날 르무안가 초입과 생제르맹대로가 만나
  는 교차로 오른편에 있었던 와인 도매시장으로,
  현재는 파리 4대학(과거 파리 6대학(피에르 앤 마리
  퀴리))이 있는 곳이다.

테섬을 따라 나 있는 강변길을 산책할 수도 있었다.

강변길을 따라 줄줄이 늘어선 헌책 노점상에서 가끔씩 아주 헐값에 파는 최신판 미국 서적을 발견할 때가 있었다. 당시 길 건너 왼편에 있는 투르 다르장 식당에는 위층에 세를 놓던 방이 몇 개 있었고, 세 든 사람들한테는 음식값을 할인해주었다. 혹시 세를 든 사람이 나가면서 방에 책이라도 놓고 가면 식당 잔심부름꾼이 단골로 책을 내다 파는 헌책 노점상이 멀지 않은 곳에 있어 나는 그 여자 노점상에게서 정말 얼마 안 되는 돈으로 그 책들을 살 수 있었던 것이다. 거의 거저 얻은 거나 다름이 없었는데, 영어로 된 책에 자신이 없던 노점상이 이윤이 얼마 남지 않더라도 서둘러 팔아치웠기 때문이다.

"어디 볼 만한 게 있기는 한 거유?" 서로 친해지자 그녀가 내게 물었다.

"가끔 있습니다."

"그걸 어떻게 알 수가 있담?"

"읽어보면 알 수 있습니다."

"그럼 나한텐 도박이나 매한가지지 그게. 게다가 영어를 읽을 줄아는 사람이 몇이나 된다고?"

"그런 책은 놔두시면, 제가 한번 훑어보겠습니다."

"그건 안 되지 안 돼, 놔두다니. 댁이 여길 자주 다니는 사람도 아니고. 한 번씩 발길을 딱 끊을 때도 있는데 무슨. 난 말이유, 되는 대로 빨리 팔아치워야 한다우. 그런 책들이 아무런 가치도 없는 건지 대체 알 길이 없어서 그렇지, 진짜. 하지만 아무 가치도 없는 책이라면 절대 안 팔지, 안 팔아, 그럼."

"그러면 프랑스어로 된 책이 가치가 있는지는 어떻게 아십니까?"

"일단 그런 책에는 말이우, 그림이 있잖수. 그다음은 화질을 보고. 그런 다음엔 제본 상태를 살펴본다우. 좋은 책이라면 만든 사람이 그에 맞게 제대로 제본을 했을 테니까. 영어로 된 책은 제본은 다 되어 있지만 아주 엉망이라서 말이우. 그런 책들은 도통 판단할 방법이 없는 거지 뭐겠수."

투르 다르장 식당 근처에 있는 그 헌책 노점상을 지나고 나면, 그랑 조귀스탱 강변길까지 미국이나 영국 도서를 파는 다른 노점상은 없었다. 거기서부터 다시 볼테르 강변길을 지나면 네댓 군데 나왔는데 그곳에서는 센강 좌안의 호텔들, 특히 대체로 부유한 사람들이 오는 호텔 볼테르의 종업원에게서 사들인 책을 팔았다. 하루는 내 친구였던 다른 여자 노점상에게 혹시 책 주인이 직접 책을 판 적도 있는지 물어보았다.

"아니 없는데." 그녀가 말했다. "죄다 버려진 책들이라. 그래서 다들 아무런 가치도 없는 책인 줄 아는 거지 뭐."

"보통 보면 말이야, 친구들이 배에서 보라고 책을 선물해주고 그러잖아."

"그건 그렇지." 그녀가 말했다. "그러고 보면, 배 위에 두고 내리는 책도 많겠는데."

"그렇다니까." 내가 말했다. "정기선 해운사가 보관하고 있다가, 나중에 새로 제본해놓으면 선상 도서관이 되는 건데 말이야."

"그렇겠네, 정말." 그녀가 말했다. "그러면 최소한 제본은 제대로 되는 거지. 요즘엔 그런 책을 알아주거든."

작업을 마쳤거나 무언가를 생각해야 할 때면 나는 강변길을 따라 걷곤 했다. 산책을 하거나 무언가를 하다 보면, 꼭 그렇지 않아도 자

신이 잘 아는 무언가를 하고 있는 사람들을 구경하다 보면 생각이 좀
더 수월하게 떠올랐다. 앙리 4세 기마상이 있는 퐁뇌프 다리 아래, 뾰
족한 뱃머리 모양을 한 시테섬 머리에 조그만 공원이 하나 있었다.*
강가에 잎을 드리운 아름드리나무들과 함께 우람한 마로니에가 서
있는 공원이었다. 그곳에는 섬의 양옆을 지나 파리 외곽으로 흘러나
가는 센강의 강물이 고인 강물과 만나면서 만들어내는, 물결이 잔잔
한 후미 덕분에 낚시하기 좋은 곳이 몇 군데 있었다. 나는 계단을 통
해 공원으로 내려가 낚시꾼들이 공원과 거대한 퐁뇌프 다리 아래 드
리운 섬 양옆에서 낚시하는 모습을 구경했다. 낚시하기에 그만인 지
점은 수심에 따라 달라졌다. 낚시꾼들은 마디가 있는 긴 대나무 낚싯
대로 아주 가는 목줄에 조명 장치와 깃털 찌를 달아 낚시를 했는데,
노련한 눈썰미로 잔잔한 호수 같은 물을 잘도 찾아 미끼를 끼워 던
졌다. 그들은 매번 몇 마리씩 낚아 올렸고, 황어처럼 생긴 모샘치라
는 물고기가 엄청나게 많이 잡힐 때도 종종 있었다. 모샘치는 통째로
튀기면 정말 맛있어 나 혼자서도 한가득 담긴 접시를 다 비울 정도
였다. 오동통하고 정어리보다도 더 깊은 풍미가 느껴지는 살은 단맛
이 나면서 기름기가 전혀 없이 담백해서 아내와 나는 뼈째로 다 먹곤
했다.

모샘치를 맛볼 수 있는 최고의 장소 중 한 곳은 바 뫼동[1]의 센강이
바로 보이는 곳에 새로 증축한 야외 식당이었다. 가볍게 여행할 만큼
의 돈이 수중에 생기면 우리가 모처럼 동네를 벗어나 찾아가던 곳이

* 앙리 4세 기마상 바로 아래에 있는 작고 아름다운
  베르 갈랑 공원(Square du Vert-Galant)을 말한다.

었다. '라 페슈 미라퀼뢰즈'[2]라는 이름의 식당이었는데, 뮈스카데 일종의 정말 기막힌 화이트 와인을 마실 수 있었다. 강 저편에 시슬레의 그림 같은 풍경이 펼쳐져 있던 그곳은 모파상의 이야기에도 등장하는 곳이었다.[3] 하지만 모샘치를 먹기 위해서라면 그렇게 멀리까지 갈 필요는 없었다. 생루이섬에서도 아주 맛있는 모샘치 튀김을 먹을 수 있었기 때문이다.

나는 생루이섬과 베르 갈랑 공원 사이, 센강 고기들의 입질이 많은 지점에서 낚시하는 사람들을 몇 명 알고 있었다. 화창한 날이면 1리터짜리 와인 한 병에 바게트 하나, 소시지 몇 개를 사서 양지바른 햇빛에 앉아 예전에 산 책 중 하나를 읽으며 그들이 낚시하는 모습을 구경하곤 했다.

그 시절 여행 작가들이 쓴 글을 보면, 센강에서 낚시하는 사람들을 그 어떤 것도 낚아 올리지 못한 채 온종일 허탕만 치는 정신 나간 사람들처럼 이야기하고 있지만, 사실은 결코 만만치 않은 어획고를 올리는 생산적인 낚시였다. 낚시꾼들은 대부분이, 물가가 폭등해서 쥐꼬리만 한 연금이 하루아침에 휴지 조각이 되리라고는 당시엔 상상도 하지 못하던 소액연금 수급자들이거나,* 쉬는 날 하루 온종일이나 반나절 낚시를 하는 낚시광들이었다. 낚시하기에 더 좋은 곳은 마른 강이 센강으로 흘러들어와 합류하는 샤랑통**과 파리 반대편 불로뉴 숲을 따라 흐르는 센강 유역에 있었지만, 파리에도 낚시하기에 아주

* 1929년 10월 미국의 월스트리트 주가 폭락의 여파로, 1931년 프랑스도 경제 대공황을 맞게 된다.
** 파리 남동쪽에 있는 발 드 마른주의 샤랑통 르 퐁(Charenton-le-Pont)을 말한다.

그만인 곳이 있었던 것이다.

　나는 그때는 낚시를 하지 않았는데, 낚시 장비가 없기도 했지만 스페인에서 낚시할 돈을 모으고 싶은 마음이 더 컸기 때문이다. 하던 일도 언제 끝날지 모르던 때였고, 그래서 언제 떠나야 할지도 전혀 알 수 없던 상황이라 좋고 나쁜 물때가 있는 낚시에 빠져들고 싶지 않기도 했다. 그러면서도 열심히 낚시꾼들을 쫓아다녔던 건, 낚시에 대해 알면 알수록 재미있기도 했고 알아두면 언젠가는 도움이 될 것이기 때문이었다. 도시 한복판에, 건전하게 낚시의 손맛도 제대로 즐기면서 가족에게 주려고 모샘치 튀김을 챙겨 집으로 가져가는 낚시하는 사람들이 있다는 사실이 언제나 나를 행복하게 했다.

　낚시하는 사람들과 함께하는 강가에서의 삶, 아름다운 바지선들과 바지선에서 보내는 그들만의 삶, 그런 바지선을 끌고 다리 밑을 지나갈 때면 화통을 뒤로 젖히는 예인선들, 그리고 돌을 쌓아 만든 강둑 위에 드리운, 느릅나무였다가 포플러나무가 되기도 하는 꾸밈없고 소박한 아름드리나무들, 그들과 함께 강을 따라가다 보면 나는 결코 외롭지 않았다. 이 도시에 그처럼 많은 나무들이 있어, 밤새 따스한 바람이 불던 어느 날 아침 홀연히 봄이 찾아올 때까지, 나는 하루하루가 다르게 봄이 가까이 다가오고 있는 것을 느낄 수 있었다.

　한때는 차디찬 폭우에 봄이 움찔 놀라 뒤로 물러나버린 후 다시는 오지 않을 것처럼 보여, 인생에서 소중한 계절 하나가 떨어져나가고 있는 것 같을 때도 있었다. 자연의 법칙을 거슬렀던 그때가 파리에서 유일하게 정말 슬펐던 때였다. 가을에는 으레 슬프려니 하지만, 해마다 잎이 지고 앙상한 나뭇가지만 남은 나무들이 매서운 바람과 차가운 겨울 햇살에 맞설 때면 나의 일부도 그들과 함께 죽어갔다. 그러나 얼어붙었던 강물이 다시 흐르게 되리라는 걸 알고 있듯, 봄은 반드시 온다는 것도 난 알고 있었다. 그러면서도 줄기차게 내리던 차가운 비가 봄을 앗아가버렸을 때는, 마치 젊디젊은 젊은이가 아무 이유도 없이 죽어버린 것만 같았다.

마침내 그 시절에도 결국에는 봄이, 언제나처럼 찾아와주기는 했지만, 하마터면 봄이 오지 못할 뻔했다는 건 생각만 해도 아찔했다.

센강 사람들

1) Bas-Meudon, 파리 근교 뫼동의 한 지구로, 현재의 뫼동 쉬르 센(Meudon-sur-Seine)이다.

2) La Pêche Miraculeuse, '기적의 낚시'라고 알려진 기독교 미술 주제의 하나. 제자들이 그리스도가 명하는 대로 바다에 그물을 던졌더니 끌어올리기 힘들 정도로 많은 물고기가 담겨 있었다는 기적담을 말한다. 정확한 번역은 '기적적인 고기잡이' 또는 '기적적인 어획고'다.

3) 프랑스에서 활약한 영국의 인상파 화가 알프레드 시슬레(Alfred Sisley, 1839~99)의 「바 뫼동에서 바라본 센강」(1878~79)을 말한다. 바 뫼동에서 보트를 타고 노를 젓는 모파상의 모습을 본 마을의 바람기 많은 처녀들은, 그의 이두박근에 마음을 빼앗겨 '밤 열 시 이후로는 안 돼요'라는 말을 다시는 못 하게 되었다고 한다.

때늦은 봄

뒤늦게나마 마침내 봄이 찾아왔다. 이제는 어디로 가야 가장 행복하게 봄을 만끽할 수 있을지 고심하는 것만이 나의 유일한 고민거리였다. 하루를 망칠 수 있는 건 오로지 사람뿐이었다. 그들과 약속을 하지 않을 수만 있다면 하루하루를 마음껏 누리지 못할 이유는 세상 어디에도 없었다. 봄만큼이나 좋은 극히 적은 몇몇 사람들을 제외하곤, 행복을 만끽하는 데 걸림돌이 된 건 늘 사람이었기 때문이다.

그런 봄날 아침이면 나는 아직 아내가 곤히 자고 있을 때 일찌감치 일을 시작했다. 창을 활짝 열어젖히니, 밤새 내린 비에 젖어 있던 도로의 자갈들이 뽀송뽀송하게 말라가고 있었다. 우리 집 창으로 보이는 맞은편 집들의 벽면도 따스한 햇볕을 받아 기분 좋게 마르는 중이었고, 가게들은 아직 덧문이 내려져 있었다.

그때 산양치기가 피리를 불면서 언덕길을 올라오는 소리가 들렸다. 우리 집 위층에 사는 여자가 커다란 항아리를 들고 길가로 나왔다. 양치기가 젖이 많이 퉁퉁 불어 있는 흑산양 한 놈을 골라 그녀의 항아리에 젖을 짜주는 동안, 양 치는 개가 나머지 산양들을 보도 위로 몰고 있었다. 산양들은 마치 관광객이라도 되는 듯 목을 죽 빼고 이리저리 두리번거렸다. 양치기가 위층 여자에게 돈을 받고 고맙다는 인사를 한 후 다시 피리를 불며 길을 오르자, 양 치는 개도 뿔을 획획 휘저으며 앞서가는 산양들을 한데로 몰며 따라 올라갔다. 나는 다시 글을 쓰기 시작했고, 위층 여자는 산양 젖을 품에 안고 계단을 올라왔다. 그녀는 밑창이 펠트로 된 청소 신발을 신고 있어, 내가 들은 소리라곤 우리 집 현관문 밖 계단에 잠시 멈춰 몰아쉬는 그녀의 숨소리에 이어 그녀가 자신의 집 현관문을 닫는 소리뿐이었다. 그녀가 우리 아파트에서 산양 젖을 사 마시는 유일한 손님이었다.

내려가서 조간 경마 신문을 사 와야겠다는 생각이 들었다. 우리 동네가 경마 신문 한 부도 구하지 못할 정도로 가난한 동네는 아니었지만, 이런 날이라면 일찌감치 서둘러 사두어야 했다. 콩트르스카르프 광장 모퉁이 데카르트가에서 한 부를 구해서 올라오는데, 데카르트가를 내려오고 있는 산양들이 내 눈에 들어왔다. 나는 공기를 크게 한번 들이마시고, 집을 향해 잰걸음으로 발길을 돌려서 성큼성큼 계단을 올라와 글을 마무리 지었다. 순간 집으로 올라오지 말고 그길로 그냥 산양들을 따라 이른 아침의 길거리로 내려가고 싶은 충동을 느꼈기 때문이다. 하지만 다시 글을 시작하기 전에, 나는 먼저 신문부터 펼쳐보았다. 앙겡[1]에서 경기가 있다고 했다. 그곳은 경주로가 아담하고 예쁜 경마장으로, 불법 경마가 이루어지는 아웃사이더 경주마들의 본고장이었다.

그렇게 해서 그날 우리는 내가 작업을 마치고 나면 경마장에 가기로 했다. 내가 특파원으로 일하는 토론토의 신문사에서 약간의 고료가 들어온 참에, 우리는 거의 승산도 없는 일에 혹시나 하는 기대를 걸고 있었다. 예전에 아내는 오퇴이유 경마장에서 적중률이 120분의 1인 '황금 염소'라는 말에게 돈을 걸었다가, 선두에서 20마신*을 앞서 달리던 말이 마지막 장애물까지 다 와서, 우리가 한푼 두푼 저축해 온 여섯 달은 먹고살 돈과 함께 맥없이 털썩 쓰러져버린 적이 있었다. 우리는 무엇을 어떻게 해야 할지는 애써 생각하지 않으려 했다. 그해 우리는 이기고 있었는데, '황금 염소'만 어떻게 잘해줬더라면…**

"테이티, 정말 우리, 경마에 걸 돈이 있기는 한 거예요?" 아내가 물었다.

"그건 아닌데, 따면 그냥 쓰려고. 따로 뭐 하고 싶은 거라도 있는 거야?"

"글쎄요." 그녀가 말했다.

"나도 알아. 지독하게 힘들었다는 거, 내가 너무 돈에 인색하고 쩨쩨하게 굴었어."

"아니에요." 그녀가 말했다. "하지만…"

나는 그동안 내가 얼마나 심한 자린고비였는지, 그리고 그것이 얼마나 어리석은 짓이었는지 알고 있었다. 하지만 하는 일이 있고 그 일에서 만족감을 얻는 사람에게 가난은 모진 것이 아니다. 나는 우리보다 형편이 좋지 못한 사람들한테도 있지만, 우리는 가끔씩 여행할

---

* 馬身, 말의 코끝에서 꼬리 앞쪽 뼈 부분까지의 길이를 말하는 경마 용어. 결승착차 표시는 관례상 마신으로 표시하며, 말의 크기에 따라 다르지만 보통 2.4미터를 1마신이라고 한다.

** 개정판 원문에서 삭제되고 추가된 부분인데, 초판 원문의 글이 문맥이 잘 이어져 초판대로 번역했으며 개정판의 맨 마지막 문장은 삭제했다.

때나 가끔씩 누려보는 욕조며 샤워기, 변기에서 물이 나와 씻어 내리는 수세식 변소를 떠올렸다. 그때까지도 우리는 변함없이 강변길 끝까지 내려가야만 있는 공중목욕탕에 다녔다. 그런 것에 대해 아내는 단 한 번이라도 불평을 한 적이 없었다. 마찬가지로 '황금 염소'가 쓰러졌을 때도 울며 야단하지 않았다. 그때 아내가 눈물을 흘렸던 건 쓰러진 말이 가여워서였지 돈이 아까워서가 아니었던 걸, 난 분명히 기억하고 있다. 아내가 회색 양가죽 재킷을 사야겠다고 했을 때도 나는 못나게 굴다가 막상 아내가 그 옷을 사고 나서는 내가 더 마음에 들어 했다. 나는 그 외의 다른 몇 가지 일에도 못나게 굴었다.

그 모든 건 아끼는 것밖에 당해낼 재간이 없던 가난과의 싸움의 일환이었다. 옷보다 그림을 살 때 특히 더 그랬다. 하지만 그때 우리는 결코 우리가 가난하다고 생각하지 않았다. 우리가 가난하다는 사실을 인정하지 못했던 것이다. 우리는 우리가 잘난 사람인 줄 알았고, 우리가 무시하며 그래서 당연히 신뢰하지 않는, 다른 사람들이 부자인 것뿐이라고 생각했다. 몸을 따뜻하게 하려고 속옷으로 운동할 때 입는 목 없는 운동복을 입는 것도 익숙해지고 나니 나한테는 하나도 이상한 일이 아니었다. 부자들에게만 이상해 보일 뿐이었다. 우리는 얼마 되지 않는 돈으로도 잘 먹고 술도 잘 마셨으며, 잠도 잘 자고 함께 있어 따뜻했고 서로를 사랑했다.

"가야 할 것 같은데요." 아내가 말했다. "생각해보니까, 우리 경마장에 간 지도 너무 오래됐잖아요. 가서 점심도 먹고 와인도 마시고 해요. 맛있는 샌드위치를 만들어서요."

"기차를 타고 갈 건데, 그러면 돈이 덜 들기는 해. 하지만 당신이 꼭 가야겠다는 게 아니라면 가지 말지 뭐. 오늘 같은 날은 뭘 해도 재미있을 것 같은데. 밖에 날씨 좀 봐봐, 너무 멋지잖아."

"가야 될 것 같아요, 우리."

"그보다는 뭐든 다른 걸 하면서 하루를 보내는 게 더 좋을 것 같지 않아?"

"아뇨," 도도한 표정으로 아내가 말했다. 그렇게 도도할 때 아내의 동그랗게 도드라진 광대뼈는 더욱 사랑스럽게 보였다. "아무튼 우리가 누군데, 안 그래요?"

그래서 우리는 파리에서 가장 지저분하고 칙칙한 지역을 지나 북역에서 기차를 탔고, 내려서는 기차역 측선에서부터 걸어서 경마장 휴게소까지 갔다. 아직 이른 시간이라 우리는 막 단장을 끝낸 파릇하고 비탈진 잔디밭 위에 입고 온 내 레인코트를 펼치고 앉아서 점심을 먹었다. 와인을 병째로 들고 마시면서 세월의 흔적이 고스란히 느껴지는 낡은 특별석과 갈색 나무로 된 마권 창구, 경주로의 푸른 잔디밭, 그보다 더 짙푸른 장애물 경주로의 잔디밭, 햇빛을 받아 갈색으로 반짝이는 물웅덩이, 회반죽을 바른 보도, 하얀 푯말과 장애물 가로대, 막 새잎이 돋아난 나무 아래에 설치된 패덕*과 기수에게 이끌려 패덕으로 가고 있는 선발대 경주마들을 바라보았다. 우리는 와인을 마저 비우고, 신문에 나와 있는 경주마들의 과거 전적을 살펴보았다. 얼굴 가득 햇살을 받으며 레인코트 위에 누운 아내는 어느새 잠이 들었다. 나 혼자서 경마장 여기저기를 둘러보던 중, 예전에 밀라노의 산시로 경마장에서 알게 된 사람이 눈에 들어왔다. 그의 손가락

* paddock, 경주 전에 말과 기수들의 상태를 보고
사전정보를 구할 수 있는 장소로 관람대 주변에
설치되어 있다. 예시장이라고도 한다.

이 나에게 두 마리의 경주마를 가리켜 보였다.

"그런데 요는 말이오, 이 말들로 큰 재미는 못 본다는 거요. 그렇다고 배당률에 흥미를 잃을 건 없소."

우리는 우리가 쓰기로 했던 돈의 절반을 그가 알려준 첫 번째 말에게 걸었다. 아주 멋지게 점프한 그 친구는 경주로 저쪽 끝에서부터 선두로 달리더니, 4마신 차로 앞서 들어와 우리에게 12배의 배당금을 안겨주었다. 우리는 배당금의 절반을 따로 떼어놓고 나머지 절반을 두 번째 말에게 걸었다. 거침없이 앞으로 박차고 나오는가 했는데 순식간에 장애물을 뛰어넘고 평지에서도 시종일관 선두로 달린 두 번째 친구는, 우승 후보였던 말이 연달아 점프를 거듭하고 기수가 두 번 채찍을 휘두를 때마다 바짝 추격해 왔음에도 불구하고, 여세를 몰아 결국 결승선까지 달려 들어왔다.

우리는 관중석 아래에 있는 바에 내려가 샴페인을 한 잔씩 마시며 높아질 배당금을 기다리고 있었다.

"아유 정말, 경마는 보는 사람도 너무 힘들게 한다니까요." 아내가 말했다. "아까 그 말 말예요, 우리 말 옆에 완전히 바짝 따라붙는 거 봤어요?"

"그 생각하면 지금도 가슴이 조마조마해."

"배당금은 얼마나 될까요?"

"아까는 우리 말 승률이 5.5퍼센트였는데. 하지만 또 모르지, 막판에 다들 우리 말한테 걸었는지도 말야."

그때 경주를 마친 말들이 들어왔다. 기수가 온몸이 땀범벅이 되고 숨이 차서 쉴 새 없이 콧구멍을 벌렁거리는 우리 말을 토닥여주고 있었다.

"어머나 우리 말이잖아, 가여워서 어째." 아내가 말했다. "우린 그 냥 돈만 걸었을 뿐인데 말예요."

나머지 말들이 우리 곁으로 지나가는 걸 바라보면서 샴페인을 한 잔 더 마시고 있는데, 배당률이 나왔다. 85였다. 그건 우리가 말에 10프랑을 걸어 85프랑의 배당금을 받는다는 뜻이었다.

"결국 마지막에 죄다 우리 말한테 많이 걸었나 보군." 내가 말했다.

그래도 우리로서는 많은 돈을 딴 것이고, 이제 우리는 봄도 돈도 다 가지게 된 것이었다. 나는 그 정도면 더 바랄 것이 없다고 생각했다. 그런 날이면 우리는 각자 용돈으로 배당금의 4분의 1씩 나누어 가졌고, 나머지 반은 경마 자금으로 남겨두었다. 나는 다른 모든 자금과는 별도로 경마 자금은 따로 관리했는데, 경기가 열리는 경마장이 매일 몇 군데씩은 있었다.

그해 여행에서 돌아와 다른 경마장에서 또 한 번의 행운을 누렸던 어느 날, 우리는 집으로 가는 길에 프뤼니에 식당에 들렀다. 진열창에서 가격부터 눈에 확 들어오는 그저 놀랍고 신기할 따름인 요리를 하나하나 다 구경한 후 바 테이블에 가서 앉았다. 굴과 매콤한 멕시코 게 요리에 상세르 와인 몇 잔을 곁들여 마시고 나니, 어느새 거리에는 어둠이 내려앉아 있었다. 튈르리 정원을 지나 왔던 길로 되돌아가던 우리는 걸음을 멈추고, 카루젤 개선문 사이로 뚜렷이 좌우 대칭을 이루고 있는 암흑의 정원 뒤로, 불빛이 반짝이는 콩코르드 광장을 가로질러 일제히 개선문으로 향하는 기나긴 빛의 행렬로 이루어진 샹젤리제의 오르막길을 바라보았다. 그리고 등을 돌려 어둠 속에 잠긴 루브르를 바라보며 내가 말했다.

"당신 말야, 정말로 세 개의 개선문이 일직선상에 있다고 생각해?

여기 있는 저 두 개선문하고 밀라노의 세르미오네 개선문이 말이야?"*

"모르겠어요, 테이티. 그렇다고 하니 그렇게 알 수밖에요. 그러니까 생각나요, 당신 그때 기억나요? 이탈리아 쪽 생베르나르 고개를 넘을 때 말이에요, 펄펄 내리는 눈을 맞으며 산에 올랐는데, 고개를 넘는 순간 갑자기 눈앞에 봄이 펼쳐져 있었잖아요. 그리고 봄에 당신하고 칭크²⁾와 내가 아오스타까지 하루 종일 걸어서 내려간 건요?"

"칭크가 그때 당신을 보면서, '스트리트 슈즈를 신고 생베르나르 고개를 횡단하다'라고 했잖아. 그때 그 신발 기억나?"³⁾

"기억나죠 그럼, 불쌍한 내 신발. 그때 우리 갈레리아⁴⁾에 있던 카페 비피에서, 얼음이 든 커다란 유리 피처병에 카프리와 싱싱한 복숭아에 야생 딸기까지 들어 있던 프루트 컵**도 먹었잖아요, 기억나요?"

"내가 세 개의 개선문에 대해 처음으로 궁금해했던 게 그때였잖아."

"아, 그 세르미오네 개선문이요, 기억나요. 여기 이 개선문 같았어요."

"우리 레글***에 갔을 때 기억나? 그날 나는 낚시를 했고, 당신은 칭

---

   * 헤밍웨이는 세르미오네(Sermione)라고 했지만, 밀라노에 있는 개선문은 셈피오네(Sempione) 공원에 있는 평화의 개선문(Arco della Pace)이다. 카루젤 개선문에서 바라보면 콩코르드 광장의 오벨리스크 뒤로 샹젤리제 거리가 이어져 있고, 그 끝에 에투알 개선문이 일직선을 이루고 있다. 현재는 에투알 개선문 뒤로 1989년에 세워진 라 데팡스의 그랑다르슈도 그 연장선에 있다.
  ** fruit cup, 레몬에이드나 진저에일 등에 과일 조각들을 넣은 음료.
 *** L'Aigle, 프랑스 노르망디 지방의 작은 마을.

크와 같이 정원에 앉아 책을 읽었던 곳 말이야."

"그럼요 기억하죠, 테이티."

나는 강폭이 좁고 빙하가 녹아 흘러 희뿌연 잿빛 강물이 넘실대던 론강이 떠올랐다. 스톡칼퍼와 론 운하 양쪽에 다 송어 하천이 있었는데, 그날 스톡칼퍼 운하는 물빛이 정말로 맑았지만 론 운하는 여전히 뿌옇고 탁했다.

"그거 기억나? 마로니에꽃이 만발했을 때였는데, 아마 짐 갬블[5]이었을 거야, 나한테 그 이야기를 해준 사람이. 무슨 등나무 덩굴에 대한 이야기였거든. 그때 내가 그 이야기를 기억해내려고 얼마나 애를 썼는데. 그런데도 결국 기억하지 못했지."

"당신 그때 그랬어요, 맞아요, 테이티. 그때 당신하고 칭크가 계속 이야기했던 게, 어떻게 하면 진실된 글을 쓸지, 어떻게 하면 이야기를 꾸미지 않고 있는 그대로 제대로 쓸지에 대한 것이었잖아요. 다 기억나요. 칭크의 말이 옳을 때도 있었고, 당신 말이 옳을 때도 있었죠. 그때 당신이 사물을 볼 때 빛의 방향, 질감, 형태에 대해 논쟁을 벌였던 것도 다 기억하는데요, 난."

이제 루브르로 난 통로를 나온 우리는 길을 건너 카루젤교 돌난간에 기대서서 강물을 내려다보았다.

"우리 세 사람 모두에겐 매사가 논쟁거리잖아요, 늘 특정한 것들로, 그것도 아주 구체적으로 말이에요. 그러면서 서로 놀려대기도 하고. 난 여행 내내 우리가 함께했던 일하며, 함께 나눴던 모든 이야기를 다 기억해요." 해들리가 말했다. "정말이에요. 다 기억나요. 당신과 칭크가 얘기할 땐 나도 같이 이야기했으니까. 스타인 선생 댁에서 그저 부인으로만 앉아 있을 때와는 상황이 달랐죠."

"아, 지금이라도 그 등나무 덩굴 이야기가 생각났으면 좋겠는데 말야."

"중요한 건 그 이야기가 아니었어요. 덩굴이었다니까요, 테이티."

"그때 우리 레글에서 말이야, 기억나? 숙소에서 하우스 와인을 사 가지고 산장으로 갔던 거. 여인숙에서 팔았잖아, 왜, 송어와 아주 잘 어울릴 거라면서. 『라 가제트 드 로잔』[6]이었던 것 같은 신문지로 와 인을 싸서 말이지."

"하지만 시옹산 와인이 훨씬 더 맛있었잖아요. 그건 기억나요? 우 리가 산장으로 돌아왔을 때 강비슈* 부인이 해줬던 '트뤼트 오 블뢰'** 레시피요. 그 송어 요리 정말 맛있었는데. 그때 우리가 베란다로 나 가 식사하면서 곁들여 마셨던 와인이 시옹산 와인이잖아요. 발밑으 론 아주 가파른 절벽이 펼쳐져 있었고, 호수 너머로 눈이 반쯤 덮인 덩 뒤 미디[7]하며, 호수로 흘러 들어가는 론강 어귀의 나무들까지 다 보였는데."

"그러고 보면 말야, 우린 겨울이 되고 봄이 오면 늘 함께 지내던 칭 크를 그리워하는군."

"그건 언제나 그렇죠. 겨울도 봄도 다 가버린 지금도 난 칭크가 그 리우니까."

칭크는 직업군인이었다. 영국의 샌드허스트 육군사관학교를 졸업

---

* 여기서 헤밍웨이는 독일 성 'Gangwisch'를 'Gangeswisch'로 잘못 쓰고 있다

** truite au bleu, 화이트 와인 비네거에 당근, 양 파, 향신채소 등을 넣은 소스인 쿠르부용(court-bouillon)이 끓으면, 송어를 넣어 푸른빛을 띨 때까 지 튀기듯 데쳐내는 요리.

한 후 몽스 전투[8]에 출정했는데, 나와는 이탈리아에서 처음 만났다가 가장 친한 친구가 되었다. 그 후로도 그는 오랫동안 우리들의 든든한 친구였고, 늘 우리와 함께 휴가를 보내곤 했다.

"내년 봄에 휴가를 받도록 해보겠대요. 지난주에 쾰른에서 편지 왔잖아요."

"맞아 그랬어. 하지만 지금 우린 이 시간을 살고 있으니까 지금 이 순간순간을 즐겨야겠지."

"어머 이젠 강물이 여기 교각 지지대까지 들어왔네요. 당신, 고개 들어서 저 멀리 강을 한번 봐 봐요, 뭐가 보이는지."

우리는 고개를 들고 함께 강을 바라보았다. 그곳에, 모든 것이 있었다. 우리의 강과 우리의 도시, 그리고 우리 도시의 섬이.

"있잖아요. 우린 참 운이 좋은 것 같아요." 아내가 말했다. "아, 빨리 칭크가 왔으면 좋겠네요. 늘 그 친구가 우리를 챙겨주지만."

"칭크는 그렇게 생각하지 않을 걸."

"물론 그렇겠죠."

"그 친구는 우리가 같이 탐험하고 조사하는 거라고 생각할 거야."

"그건 맞죠. 당신이 무엇을 탐험하고 조사하는가에 따라 달라지지만요."

우리는 다리를 건너 우리가 사는 좌안으로 들어왔다.

"그런데 말야, 또 배가 고프지 않아?" 내가 물었다. "우리 지금, 이야기하느라 계속 걷고 있었어."

"그러네요 정말, 테이티. 당신도 배고프죠?"

"우리 어디 좋은 데 가서 아주 근사하게 저녁 식사를 하는 건 어때?"

"어디요?"

"미쇼로 갈까?"

"너무 좋죠, 더구나 바로 코앞이잖아요."

그래서 우리는 생페르가로 올라가다가 멈춰서서 가게 진열창 안의 그림이며 가구들을 구경하며 자콥가가 끝나는 모퉁이까지 걸어갔다. 미쇼 식당이 만원이라 식당 앞에 서서 메뉴판을 보면서, 식사를 마치고 커피를 마시고 있는 테이블이 있는지 살피며 사람들이 나오길 기다렸다.

한참을 걸었던 탓에 배에서는 다시 꼬르륵 소리가 났지만, 우리에게 미쇼 식당은 비싸서 늘 한번 와보고 싶다는 생각만 하고 있던 곳인 만큼 묵묵히 참고 기다리는 중이었다. 그때 그곳에서 가족과 함께 식사를 하러 온 조이스를 보았다. 그와 그의 부인은 벽 쪽에 앉아 있었고, 한 손으로 메뉴판을 든 조이스는 두꺼운 안경 너머로 메뉴를 뚫어져라 보고 있었다. 그의 옆에서 부인 노라[9]는 우아한 모습으로 아주 맛있게 식사하고 있었고, 맞은편에 앉아 뒷모습만 보이는 그의 아들 조르조는 마른 체격으로 한눈에 봐도 멋 부린 티가 나는 세련된 머리를 하고 있었다. 머리숱이 풍성하고 굽슬굽슬한 딸 루시아[10]는 아직 앳된 티가 나는 소녀였는데, 다들 이탈리아어로 이야기하고 있었다.

그곳에 서 있던 나는 문득, 아까 우리가 다리 위에서 느꼈던 허기 중 과연 얼마만큼이 진짜 허기였는지 궁금해졌다. 아내에게 그 말을 하자 아내가 말했다.

"모르겠어요, 테이티. 허기도 어떤 허긴지 따지자면 너무 많으니까. 봄에는 더 그렇죠. 그러고 보니 이제는 허기가 느껴지지 않는데요. 그랬다는 기억밖엔."

창문을 들여다보면서 안심 스테이크 두 접시가 나오는 걸 바보같이 구경하고 서 있는 나 자신을 발견하고서야, 나는 그냥 단순히 배가 고픈 거라는 사실을 깨달았다.

"아까 당신이 오늘 우리가 운이 좋다고 하더니, 정말로 운이 좋았어. 하지만 믿을 만한 조언과 정보가 있었으니까 그랬던 거지."

아내가 웃었다.

"내가 한 말은 경마에 대한 얘기가 아니었는데. 그런 거 보면, 당신 정말 말 그대로 애 같다니까요. 나는요, 다른 의미로 운이 좋다고 한 거였어요."

"생각해봤거든, 그런데 칭크는 경마를 좋아할 것 같지가 않더라고." 우둔함의 정석을 보여주듯 내가 말했다.

"당연히 안 좋아하죠, 칭크는. 본인이 직접 말을 타는 것만 좋아할 걸요."

"그럼 당신은 이젠 더 이상 경마장에 가고 싶지 않다는 거야?"

"그건 말하나 마나죠. 더구나 이제 우린 다시 옛날처럼 우리가 가고 싶을 땐 언제든지 갈 수 있는데요."

"그럼 정말로 가고 싶다는 말이야?"

"그렇다니까요 참. 당신도 그렇잖아요, 아니에요?"

마침내 들어가게 된 미쇼 식당의 식사는 훌륭함 그 자체였다. 그런데 이제 막 식사를 마치고 나온 터라 더 이상 배가 고플 리가 없는데도, 아까 다리 위에서 느꼈던 것처럼 배가 고픈 것 같은 기분은 우리가 집으로 가는 버스에 탔을 때도 여전히 남아 있었다. 그런 기분은 집에 들어왔을 때도 있었고, 우리가 잠자리에 누워 어둠 속에서 사랑을 나눈 후에도 계속해서 남아 있었다. 그건 내가 활짝 열린 창문 너머 높다란 지붕 위로 휘영청 떠 있는 달빛에 잠이 깼을 때도, 있었다. 달빛을 피해 달그림자 뒤로 얼굴을 숨겨도 도무지 잠을 이룰 수가 없던 나는 계속 그 생각을 하면서 눈을 뜬 채로 누워 있었다. 우린 둘 다 두 번이나 잠에서 깼고, 얼굴 가득 달빛을 받으며 아내는 이제 막 곤히 잠이 들었다. 그 생각을 떨쳐버리려 애를 쓰면 쓸수록 그러는 내가 너무 바보 같았다. 그날 아침에 일어나 때늦게 찾아온 봄을 눈으로 확인하고, 산양 떼를 모는 남자의 피리 소리를 듣고 밖으로 나가 경마 신문을 살 때만 해도 삶은 더할 수 없이 단순해 보였다.

그러나 유구한 세월을 품은 도시, 파리는 늙었고 우리는 젊었다. 그곳에서 단순한 건 아무것도 없었다. 가난도, 갑작스레 생긴 돈도, 달빛도, 옳고 그름도, 달빛을 받으며 내 곁에 누워 잠들어 있는 누군가의 고른 숨소리마저도.

때늦은 봄

1) 1879년 파리에서 북쪽으로 12킬로미터 떨어진 곳에 있는 스와지 수 몽모랑시(Soisy-sous-Montmorency)에 세워진 앙갱 스와지 경마장(L'hippodrome d'Enghien-Soisy)을 말한다. 인근 마을 앙갱 레 뱅(Enghien-les-Bains)의 아름다운 호숫가에 있으며, 파리에서 가장 가까운 카지노가 있는 도박 시설의 집결지다.

2) Eric Edward Dorman-Smith, 1895~1969, 아일랜드인으로 제1·2차 세계 대전 중에는 영국 육군 소속 장교, 종전 이후는 아일랜드 공화국군 장교였다. 1918년 헤밍웨이가 제1차 세계대전 때 적십자 구급차 운전지원병으로 참전했다가 부상당하고 입원한 밀라노 병원에서 알게 된 친구다. '칭크'(Chink)란 그의 외모가 동남아시아 일대에 서식하는 가젤의 일종인 '친카라'를 닮았다고 해서 붙여진 그의 별명이다(그런데 정말로 닮았다).

3) 1922년 5월의 이야기로, 이 부분에 대한 헤밍웨이와 칭크의 기억은 조금 다른 것 같다. "헴이 고산병에 걸려 해들리가 그를 도와야 해서, 내가 두 사람의 배낭을 짊어졌다. 헴은 아프고 해들리는 걱정만 하고 있었고, 내가 두 사람의 배낭까지 다 메게 되면서 여행은 악몽 같아졌다. 그날 아침 헤밍웨이와 해들리는 한참을 다투었고, 아오스타에 도착할 즈음 납작한 옥스퍼드화를 신은 해들리는 더 이상 걷는 것이 불가능한 상태였다."(마이클 레이놀즈, 『파리 시절의 헤밍웨이』, 1999)

4) Galleria, 밀라노 두오모 대성당 광장에 있는 아케이드인 '갈레리아 비토리오 에마누엘레 2세'를 말한다.

5) Jim Gamble, 1919년 헤밍웨이의 이탈리아 부대의 검열관으로, 몬테 그라파 전투에서 부상당한 헤밍웨이를 보살펴주었다.

6) *La Gazette de Lausanne*, 1856~1991년 동안 스위스 로잔에서 발간된 프랑스어 일간신문.

7) Les Dents du Midi, 봉우리가 이빨처럼 생긴 스위스의 중부 알프스에 속하는 산군. '정오의 이빨'이라는 뜻으로, 인근 발 디예(Val d'Illiez) 마을 사람들에게 산봉우리의 그림자로 시간을 알려준다고 해서 붙여진 이름이다.

8) 제1차 세계대전 당시 독일과 영국 원정군의 첫 전투. 1914년 8월 22일 벨기에 몽스에서 방어선을 구축한 영국군은 독일군의 맹공에 많은 사상자를 냈으며, 프랑스군이 후퇴하면서 파리 외곽까지 14일간의 대퇴각이 시작되었다. 하지만 독일군에 밀리던 프랑스군과 연합하면서 마른강 전투를 준비할 시간을 벌었는데, 마른강 전투의 승리로 전쟁 국면을 전환한 것을 생각하면 독일군의 승리라고 단언하기 곤란하다는 해석도 있다. 칭크는 이때 퇴각 도중 부상을 당했다.

9) Nora Barnacle, 1884~1951, 제임스 조이스의 아내. 1904년 6월 10일 객실 담당 종업원으로 일하던 더블린의 한 호텔에서 조이스를 만나, 그와 평생을 함께한 뮤즈가 되었다.

10) Lucia Anna Joyce, 1907~1982, 이탈리아에서 태어나 파리에서 발레를 배웠지만, 조이스는 몸이 약한 딸이 과도한 스트레스를 받는다고 판단하여 그만두게 했다. 1930년부터 정신 질환의 징후를 보이기 시작해 스위스의 정신과 의사 칼 융의 치료를 받았으며, 1930년대 중반에 조현병 진단을 받아 취리히의 정신병원에 입원한 이후, 1951년에 옮긴 세인트 앤드류 병원에서 사망할 때까지 지냈다. 조이스는 딸에게 헌신적이었지만, 부인 노라는 딸이 있는 병원에 단 한 번도 찾아가지 않았다.

취미의 끝

그해 그리고 그 후로 몇 년 동안 몇 차례 더 우리는, 내가 아침 일찌감치 일을 마친 날이면 함께 경마장에 갔다. 해들리는 그것을 나들이로 생각하며 즐거워했고, 무척 좋아할 때도 있었다. 그러나 경마는 숲을 지나면 널찍한 초원이 나오는 고산지대를 오르는 등산도, 산장의 집으로 돌아오는 밤도, 우리의 가장 친한 친구 칭크와 함께 높은 고개를 넘어 처음 가보는 세상에 발을 내딛는 등반도 아니었다. 따지고 보면 사실 경마도 아니었다. 그건 말에다 거는 도박이었다. 그러면서도 우리는 그것을 경마라고 불렀다.

경마가 우리 사이에 끼어들어 우리를 갈라놓은 적은 단 한 번도 없었다. 그럴 수 있는 건 오로지 사람뿐이었다. 하지만 경마는 요구 사항 많고 까다로운 친구처럼, 오랫동안 우리 곁에 꼭 붙어 있었다. 이 말은 경마에 대해 내가 할 수 있는 가장 관대한 표현이다. 파렴치한 사람이나 그들이 가할 해로움에 대해서는 너무도 의분을 참지 못하는 사람인 내가, 가장 잘못된 일이지만 가장 아름답고, 가장 손에 땀을 쥐게 할 정도로 신나지만 가장 비난받아 마땅하고, 가장 요구 사항 많으며 까다로운 경마 하나만큼은 참아주고 있었던 것이다. 그 이유는 단 하나, 경마가 나에게 돈을 벌어다 줄 수 있기 때문이었다. 하지만 경마로 돈을 벌기 위해서는 전적으로 거기에만 매달려야 하는 본업 그 이상의 노력이 필요했는데, 나는 그럴 시간적 여유가 없었다. 그런데도 경마를 해야만 하는 이유에 대해 나는 경마에 관한 글을 쓰고 있기 때문이라며 스스로에게 변명하고 있었다. 그나마도 결국에는 내가 써놓은 원고를 모두 잃어버리면서, 경마에 관한 이야기라곤 우편으로 보내온 단 한 편*밖에 남아 있지 않게 되었지만 말이다.

이제는 나 혼자서 더 많이 경마대회를 보러 다니면서 나는 경마에 완전히 빠져 뭐가 뭔지 혼란스러운 지경에까지 이르고 말았다. 시즌이 되면 가능할 때는 오퇴이유와 앙갱 경마장** 두 군데를 다 뛰어다녔다. 지혜롭게 승자를 예상하기 위해서는 하루 온종일 거기에 매달려 있어야 했고, 그렇게 하더라도 단 한 푼도 벌지 못할 수도 있었다. 경마 신문이든 경마 잡지든, 어떻게든 지상紙上에서 답을 찾아야만 했다. 내가 할 수 있는 일이라면 그 답을 찾아줄 신문을 사는 것이었다.

무엇보다 나는 오퇴이유 경마장 관중석 꼭대기에서 장애물 경주를 지켜보아야 했다. 한 필 한 필의 경주마가 펼치는 경기 형태를 살피고, 분명 우승할 법했는데도 그렇지 못했던 말을 관찰해서 그가 기량을 다 발휘하지 않았던 이유나 아니면, 적어도 문제점, 아니 문제점일지도 모르는 행동을 파악하기 위해서는 출발과 동시에 꼭대기까지 잽싸게 뛰어 올라갈 수밖에 없었다. 관심 있는 말이 출전할 때

---

* 헤밍웨이의 첫 단편집 『우리 시대에』(1924)에 「나의 아버지」라는 제목으로 실린 글로, 열두 살 기수의 시점에서 쓰인 이야기다.
** 오퇴이유는 파리 서쪽 끝자락에 있고, 앙갱은 파리 동북쪽 북역에서 기차로 세 시간 정도 걸리는 거리에 있다.

마다 출발 직전에 확정되는 배당률을 주시하면서 승률의 추이를 살폈고, 또 그 말이 얼마나 잘 뛰고 있는지도 알고 있어야 했다. 그러면서 급기야는 기수가 어느 시점에서 말의 능력을 가늠해보려고 말을 혹사시킬지, 그 타이밍까지 예상할 수준까지 이르렀다. 있는 힘껏 질주하는 동안 말은 기진맥진해 있기 마련인데, 그러나 그때야말로 그 말의 승산을 판단해야 할 때였다. 매 순간 고심에 고심을 거듭해야 하는 일이었지만, 명마들이 정정당당하게 경주를 벌이는 대회를 보러 갈 수만 있다면, 오퇴이유에서 매일같이 그들이 경주하는 모습을 지켜보는 건 정말 멋진 일이었다. 그러면서 나는 자연스레 그전까지 알고 있던 그 어떤 곳 못지않게 경마장이란 곳에 대해 잘 알게 되었는데, 기수를 비롯해서 조련사며 마주에 이르기까지 많은 사람을 만나면서 경주마는 물론, 경마라는 것에 대해서도 너무 많은 것을 알아버린 것이다.

돈을 걸만한 말이 나올 때만 돈을 건다는 원칙은 고수했지만, 가끔은 말을 훈련시키는 조련사나 직접 그 말을 타고 달리는 기수를 제외한, 그 누구에게도 인정받지 못한 말들을 내가 발굴해서 그 말이 계속 우승하는 경우도 있었다. 무엇이 됐든 제대로 알려면 아주 바짝 따라다니면서 지켜봐야만 했다. 결국 나는 그만두고 말았다. 일단 시간을 너무 많이 빼앗겼고, 내가 경마에 점점 더 깊이 빠져들어 있기도 했고, 앙겡과 여러 평지 경주 경마장에서 벌어지는 일에 대해서도 내가 너무 많은 것을 알고 있었기 때문이기도 했다.

경마장을 뛰어다니는 일을 그만두고 나자 속이 후련하기는 했지만, 마음속 한구석이 텅 비어버린 것 같은 공허함이 남아 있었다. 좋은 일이든 나쁜 일이든, 모든 일에는 그만두고 나면 그런 공허함이 남는다는 사실을 알게 된 때가 그때였다. 다만 나쁜 일이 남긴 공허함은 이내 저절로 메워지기 마련이다. 좋은 일로 인한 거라면, 그보다 더 좋은 무언가를 찾아서 공허함을 채우는 방법밖에 없다. 나는 경마 자금을 도로 일반 예금으로 돌려놓았는데, 그러고 나니 마음이 한결 홀가분해지면서 편해졌다.

경마를 끊기로 마음먹었던 그날 우안으로 건너간 나는, 당시 이탈리엥 대로에서 이탈리엥가로 들어가는 모퉁이에 있던 개런티 트러스트 은행[1]의 여행 안내 데스크에서 내 친구 마이크 워드를 만났다. 경마 자금을 예금하러 간 것이었는데, 아무한테도 그런 말은 하지 않았다. 수표장에 기입하지는 않았지만 내 머릿속에서는 계속 그 돈 생각만 맴돌고 있었다.

"점심 먹으러 갈까?" 내가 마이크에게 물었다.

"그럼 친구, 가고말고. 근데 무슨 일 있어? 경마장엔 안 가는 거야?"

"응."

우리는 조그만 루브르 공원 옆에 있는 비스트로에서 소박하지만 아주 맛있는 음식에 정말 훌륭한 화이트 와인을 곁들인 점심 식사를 했다. 공원 건너편에는 프랑스 국립도서관[2]이 있었다.

"마이크, 자넨 그래도 경마장에 많이 안 나갔잖아." 내가 말했다.

"그렇지. 그리 오래 다닌 건 아니니까."

"그런데 왜 안 가게 된 거지?"

"글쎄, 모르겠는데." 마이크가 말했다. "아니, 확실히 아는 건 있지. 짜릿한 쾌감을 즐기려고 돈을 거는 건 뭐든 그럴 만한 가치가 없다는 거."

"그럼 아예 안 나가려고?"

"큰 경기나 있으면 한 번씩 나가보려고. 명마들이 출전하면 말이야."

우리는 비스트로에서 내놓은 맛있는 바게트에 파테*를 발라 화이트 와인을 곁들여 마셨다.

"경마에 관심이 많기는 했어, 마이크?"

"아, 그럼, 그랬지."

"그럼 경마보다 나은 게 있을까?"

"사이클 경주가 있지."

"정말?"

"일단 돈을 안 걸어도 되거든. 가보면 알 거야."

"그런 트랙 경기라고 하면 시간이 많이 걸리잖아."

"너무 많이 걸리긴 하지. 온종일 꼬박 매달려 있어야 하니까. 난 사람들과 부대끼는 걸 별로 안 좋아하잖아."

"난 아주 재미있던데."

"그랬을 거야, 자넨. 요즘은 어떻게 잘하고 있는 거야?"

"잘하고 있지."

"그만두는 게 잘하는 거야." 마이크가 말했다.

"그만뒀다니까."

"그게 어려운 일이라고 이 친구야. 그러지 말고 우리 언제 사이클 경주나 한번 보러 가자고."

그때까지만 해도 아는 것이 거의 없던 사이클 경주는 신기하면서도 아주 멋진 세상이었다. 하지만 우리는 당장 시작하지는 못했다.

---

* pâté, 쇠고기와 생선, 야채 등을 잘게 다져 만든 가공품.

때가 찾아온 건 그 이후의 일이었다. 파리에서의 내 삶의 첫 장이 산산이 부서져버린 후, 사이클 경주는 새롭게 시작한 우리 삶에 있어 빼놓을 수 없을 만큼 많은 비중을 차지하는 생활의 일부가 되었다.*

그러나 한동안은 우리가 함께 보내는 파리에서의 새로운 일상을 되찾고, 경마장을 떠나 나 자신의 삶과 일 그리고 내가 아는 화가들에게 기대를 걸고, 도박으로 먹고살려고 하지 않으며, 도박을 굳이 다른 말로 포장하려 하지 않는 것만으로도 충분했다. 지금까지 나는 사이클 경주에 관한 이야기를 쓰기 위해 수차례 시도를 했다. 하지만 실내나 실외 트랙 경주는 물론이고, 도로 경주에 대해서도 아직 이렇다 할 글을 쓰지 못했다.** 6일 경주***뿐만 아니라 그 밖의 모든 경주에 대한 이야기도 요원하기는 마찬가지다.

그러나 나는 오후의 희뿌연 불빛 아래 비스듬히 경사지게 만들어놓은 높다란 나무 뱅크 트랙과, 선수들이 그 나무 트랙 위로 지나갈 때 바퀴 타이어에서 나는 윙윙거리는 소리와, 자신도 함께 자전거의 일부가 되어 위로 치솟았다가 순식간에 아래를 향해 돌진하는 선수 한 사람 한 사람의 혼신의 노력과 전술이 한데 어우러진, 벨로드롬 디베르3)에 대한 이야기를 쓸 것이다. 그리고 무거운 크래시 헬멧을 쓰고 육중해서 입기도 힘든 가죽옷을 위아래로 입은 유도자가, 자신의 뒤를 따라오고 있는 선수가 공기저항을 받지 않게 바람을 막아주

---

* 헤밍웨이가 첫째 부인 해들리와 이혼하고, 두 번째 부인 폴린과 재혼했던 시기의 이야기다.
** 1927년 발표된 그의 두 번째 단편집 『여자 없는 남자들』에 실린 「추격 경주」라는 단편이 있다.
*** six days racing, 1878년 런던에서 시작된 트랙 경기로, 6일 동안 이어진다.

려고 상체를 한껏 뒤로 젖힌 채 달릴 때, 뒷바퀴에 롤러가 장착된 그의 모터사이클이 내는 웅웅거리는 소음과, 그보다 가벼운 크래시 헬멧을 쓴 유도자 뒤에 탄 선수가 공기저항으로부터 보호막이 되어 주는 모터사이클의 롤러에 자신의 자전거 작은 앞바퀴를 갖다 댄 채 핸들 위로 몸을 숙이고, 다리로는 커다란 톱니바퀴 기어를 돌리면서 앞서가는 모터사이클 뒤를 따라 달리는 드미퐁만의 특별한 매력에 대해서도 쓸 것이다. 그리고 통통거리는 모터사이클 소리와, 속도를 유지하지 못한 선수가 트랙에서 이탈하면서 자신을 보호해주고 있던 단단한 공기 벽에 부딪힐 때까지 두 선수들이 팔꿈치와 바퀴를 위아래로 이리저리 맹렬하게 맞부딪치면서 겨루는, 그 어떤 경주보다도 흥미진진한 개인추발경주*에 대한 이야기도 쓸 것이다.

사이클 경주에는 대단히 많은 종목이 있었다. 직선주로에서 펼쳐지는 스프린트는 예선전이나 매치 레이스** 때 벌이는 경주로, 두 선수가 상대 선수를 선두로 보낸 다음 자전거를 탄 채 서로 견제하며 작전 구사할 시간을 벌면서 천천히 돌다가, 승부를 가릴 마지막 한 바퀴를 남겨 놓고 전력 질주하는 경주였다. 그리고 두 시간에 걸친 단체전 프로그램과 함께, 오후 내내 한 사람이 한 시간 동안 속도계와 싸워야 하는 고독한 경기인 동시에 진정한 스피드 종목이라 할

---

* 여기서 헤밍웨이는 단순히 'duel'(2인 시합 경주)이라고 했지만, 내용상 개인추발경주를 말하는 듯하다. 이는 도착 기록을 다투는 사이클 종목의 하나로, 경기장의 각각 정반대 출발선에 자리 잡은 2인의 경기자가 동시에 출발해 일정 거리를 도는 동안, 상대를 추월하거나 먼저 전 거리를 주파한 경기자가 이기는 경기다.
** match race, 2명의 참가자가 펼치는 경주.

일련의 스프린트 경기 예선전이 있었다. 몽루주에 있는 버팔로 야외 경기장의 500미터에 달하는 경사진 원형 나무 뱅크 트랙 위에서 100킬로미터를 달리는, 대단히 위험천만하면서도 아름다운 경기였다. 그곳은 독특한 옆모습 덕분에 '수sioux족'4)이라 불렸던 벨기에의 위대한 챔피언 리나르가, 커다란 모터사이클 뒤에서 막바지 결승점을 향해 맹렬히 속도를 내다가, 그때그때 고개를 숙여 자신의 경기복 셔츠 속 온수통과 연결된 고무튜브로 체리브랜디를 빨아 마시며 경주했던 경기장이었다.

그리고 프랑스 선수권 대회가 열리던 오퇴이유 근처 파르크 데 프랑스 경기장도 있었다. 그곳의 트랙은 역대 최악의 트랙으로, 질주하는 커다란 모터사이클 뒤로 시멘트로 된 트랙이 장장 660미터나 펼쳐져 있었다. 폴린5)과 나는 그 트랙에서 유명한 사이클 선수 가네6)가 넘어지면서, 크래시 헬멧 속의 그의 머리가 시멘트 트랙에 부딪혀 탁 하고 깨지는 소리를 들었다. 그건 마치 소풍 가서 단단하게 잘 삶아진 계란을 돌에 대고 깰 때 나는 소리 같았다.

나는 6일 경주라는 낯선 세계와 산악 코스에서 펼치는 경이로운 산악자전거 로드레이스*에 대한 글을 써야 한다. 하지만 제대로 된 책들은 하나같이 다 프랑스어로만 되어 있고, 용어들도 모두 프랑스어인 까닭에 글 쓰는 작업이 너무 어렵다. 하지만 사이클 경주는 돈을 걸지 않아도 된다고 했던 마이크의 말은 맞았다. 그런데 파리에서 때가 찾아온 건 그 이후의 일이었다.

---

* road race, 트랙에서 벗어나 도로에서 실시하는
경기.

취미의 끝

1) Guaranty Trust Company of New York, 1917년 제1차 세계대전에 참전한 미군의 편의를 돕기 위해 파리에 세워진 뉴욕의 상업은행으로, 이탈리엥가 1번지와 3번지에 이어져 있었다. 마이크는 헤밍웨이의 캐나다 시절의 친구로, 이 은행에서 통역가로 근무했다.

2) 당시 파리 2구 루브르 공원 옆 도서관은 프랑스 국립도서관 중 1635년에 세워진 리셜리 외관으로, 세계에서 가장 아름다운 공공도서관 가운데 하나로 꼽힌다. 13구에 있는 프랑스와 미테랑 국립도서관은 1995년에 완공된 신관이다.

3) Vélodrome d'Hiver, 1909년 파리 15구 넬라통가에 세워져 1959년에 파괴된 동계 경륜장으로, 약칭 '벨디브'라고 한다. 제2차 세계대전이 한창이던 1942년 7월 16~17일, 나치 치하의 프랑스 정부가 1만 3,152명의 유대계 프랑스인들을 기습 검거해 이곳에 가두었다가 아우슈비츠 수용소로 보낸 '벨디브 사건'이 있었던 곳이다.

4) Les Sioux, 북아메리카 평원의 인디언족. 드미 퐁 선수 빅토르 리나르(Victor Linart, 1889~1977)의 짙은 피부색에 움푹 팬 깊고 강인한 눈매, 높고 길게 뻗은 콧대가 두드러져 보이는 옆모습으로 인해 얻은 별명이다.

5) Pauline Marie Pfeiffer, 1895~1951, 1927년 5월에 결혼한 헤밍웨이의 두 번째 부인으로, 미국 아칸소주 저명인사의 장녀. 1931년 향수와 화장품 회사 리차드 허드닛 컴퍼니를 경영한 그녀의 숙부에게 선물로 받은 키웨스트의 집은 헤밍웨이가 죽을 때까지 그의 소유로 남아 있었지만 1939년 세 번째 부인이 될 마사 겔혼(후일 헤밍웨이와 해들리 사이의 아들 범비는 다른 새 엄마들 중에 가장 좋았다고 했다)을 만나면서, 헤밍웨이는 두 아들보다 자

신에게 집착하고 헌신한 폴린에게 다시는 돌아가지 않았다.

6) Gustave Ganay, 1892~1926, 1920년대 가장 유명했던 프랑스의 드미 퐁 선수. 1926년 8월 23일, 헤밍웨이 부부가 목격했던 이때의 사고로 경기 도중 사망했다.

길 잃은 세대*

늦은 오후가 되면 그곳의 아늑함과 멋진 그림들 그리고 그곳 사람들과 나누는 이야기가 그리워, 플뢰뤼스가 27번지에 들르는 일은 자연스레 나의 습관이 되어 있었다. 그 시간에는 손님이 없을 때가 많아 스타인 선생은 언제나 나를 무척 반갑게 맞아주었고, 그렇게 오랫동안 선생은 나에게 한없이 따뜻하고 다정다감했다. 선생은 사람이나 어떤 장소, 이런저런 일이나 음식에 대해 이야기하는 것을 좋아했다. 내가 여러 정치 회담과 캐나다 신문사나 통신사 일로 근동이나 독일로 출장을 갔다가 돌아올 때면, 선생은 출장지에서 있었던 재미있는 일을 하나도 빼놓지 말고 다 들려달라고 했다. 세상을 살다 보

* Génération perdue, 세계의 평화와 안전을 위한다는 포부를 안고 대서양을 건너가 제1차 세계대전에 참전했다가, 전쟁이 승리하면서 엄청난 경제적 번영을 구가하고 있는 미국의 상업주의와 속물주의에 대해 환멸과 소외감을 느끼고, 전쟁이 끝난 후에도 고국으로 돌아가지 않고 유럽에 머물며, 허무와 정신적 공황에 빠져 쾌락을 탐닉하면서 잃어버린 자아를 찾기 위해 노력했던, 미국의 지식층 청년들에게 주어진 명칭이다. 따라서 '잃어버린 세대'라고 번역되어 있는 책도 있지만, 정확한 번역은 '길 잃은 세대'라고 해야 한다.

면 웃긴 일이 주변에 하나씩은 일어나기 마련인데, 선생이 좋아하는 이야기는 그런 이야기였다. 그뿐만이 아니라 독일 사람들이 교수대 유머라고 부르는, 죽음에 처하거나 그와 같은 절체절명의 상황을 풍자한 섬뜩한 농담도 좋아했다. 선생이 듣기 싫어한 이야기는 듣고 나면 정말로 기분 나빠지는 이야기와 비극적인 이야기였다. 하지만 그런 건 누구나 다 좋아하지 않는 이야기이기도 하고, 그러한 사실을 잘 알기에 선생이 세상 돌아가는 이야기를 알고 싶어 하지 않는 이상 나도 그런 이야기를 하고 싶은 생각이 없었다. 선생이 알고 싶어 했던 건, 살다 보면 일어나는 세상의 밝은 모습이지 결코 실제 모습도 어두운 모습도 아니었다.

당시 나는 젊었고 어두운 성격이 아닌 덕분에 가는 곳마다 최악의 순간에도 늘 희한하고 웃기는 상황이 벌어지곤 했는데, 스타인 선생이 듣고 싶어 했던 건 바로 그런 이야기들이었다. 나머지 이야기들은 선생과의 대화에 화제로 올리는 대신 내 글의 소재만 되었을 뿐이다.

꼭 어딜 갔다가 돌아오는 경우가 아니어도 일을 마치고 나면 나는, 이따금씩 플뢰뤼스가에 들러 스타인 선생에게서 책에 대한 이야기가 나오도록 대화를 이끌곤 했다. 글을 쓰는 중에는 그날의 작업을 끝내고 내가 쓰고 있는 이야기를 계속해서 생각하지 않으려면, 나는 책을 읽어야 했다. 계속해서 글 생각을 하다가는 다음 날 글을 이어나가기도 전에 쓰고 있던 이야기의 흐름을 놓치게 될 것이기 때문이었다. 운동을 해서 몸을 피곤하게 만들 필요도 있었는데, 사랑하는 사람과 사랑을 나누는 것도 아주 좋은 방법이었다. 그건 그 어떤 것보다도 훌륭한 방법이었다. 하지만 사랑을 나누고 난 후 공허함이 밀려오면, 다시 글을 쓸 수 있을 때까지 글에 대해 생각을 하거나 신경을 쓰지 않으려고 또 책을 읽어야 했다. 그때부터 이미 나는 내 안의 글 우물이 마르지 않게 하는 방법을 알고 있었다. 그건 언제라도 우물 속 저 깊은 곳에 무언가가 조금이라도 남아 있을 때, 작업을 멈추었다가 밤새 물이 샘솟아 다시 우물이 가득 차오를 수 있도록 놔두는 것이었다.

그날의 작업을 마친 후 글에 대해 생각하지 않으려고, 나는 가끔씩 올더스 헉슬리[1]나 D. H. 로렌스[2]같이 당시 활동하고 있던 작가들의 책이나, 아니면 실비아 비치의 문고나 강변길을 따라 늘어선 헌책 노점에서 구할 수 있는 책들을 저자를 가리지 않고 읽곤 했다.

"헉슬리는 죽은 사람이에요." 스타인 선생이 말했다. "죽은 사람 책은 왜 읽고 싶어 하는 거예요? 그 사람이 죽은 사람이라는 걸 모르겠어요?"

그때는 버젓이 살아 있는 그가 왜 죽은 사람이라는 건지 알 수가 없던 나는, 그의 책은 재미가 있어서 읽다 보면 잡생각이 들지 않는다고 말했다.

"정말로 좋은 책을 읽든가, 아니면 아예 대놓고 스스로 나쁘다고 말하는 책을 읽어야 하는 겁니다."

"정말로 좋은 책들은 올겨울 내내 읽고 있는 중이고, 지난겨울에도 내내 읽었고, 내년 겨울에도 또 읽을 텐데요, 그리고 저는 대놓고 나쁜 책은 좋아하지 않아서요."

"그럼 그런 허섭스레기 같은 책은 대체 왜 읽는 거예요? 바람만 잔뜩 들어간 허섭스레기란 말이에요, 헤밍웨이. 그건 죽은 사람이 쓴 글이래도요."

"어떤 내용인지 궁금해서요." 내가 말했다. "더구나 그런 책을 읽다 보면 제가 쓰고 있는 글에 대한 생각을 안 하게 되던데요."

"요즘 또 누구 책을 보시죠?"

"D. H. 로렌스입니다." 내가 말했다. "그 사람이 쓴 단편 중에 아주 좋은 작품이 몇 편 있던데, 그중 하나「프로이센 장교」였습니다."

"나도 그 사람 소설을 읽어보려고 해봤는데요, 그 사람은 구제 불능입니다. 한심하고 비상식적인 게, 꼭 어디 아픈 사람 글 같잖아요, 그게."

"『아들과 연인』과 『하얀 공작』은 괜찮던데요." 내가 말했다. "썩 잘 된 작품은 아닐지도 모르지만요. 『사랑에 빠진 여인들』은 아직 읽어보지 못했습니다."

"나쁜 책은 읽고 싶지가 않으시고, 흥미 위주의 나름대로 멋진 책을 읽고 싶으시다면, 마리 벨록 로운즈[3]의 책을 읽어보셔야겠네요."

그녀에 대해선 들어본 적이 없던 나에게 스타인 선생은, 살인마 잭[4]의 놀라운 이야기를 다룬 『하숙인』과 파리 외곽의 앙겡 레 벵에서나 일어날 법한 살인을 소재로 한 책을 한 권 더 빌려주었다. 두 권 모두 작업이 끝난 후 한가한 시간에 보기 그만인 책들이었다. 설득력 있는 등장인물과 줄거리며 공포가 도무지 지어낸 이야기 같지 않았다. 작업을 마친 후 읽으면 딱 좋을 책이어서, 나는 선생에게 있던 벨록 로운즈 여사 책을 모두 다 읽어버렸다. 하지만 나머지 책들은 다 거기서 거기였고, 처음에 읽었던 두 권만큼 좋은 책은 없었다. 심농[5]의 초기 걸작들이 나오기 전까지, 낮이든 밤이든 한가한 시간에 읽기에 그보다 좋은 책은 찾지 못했다.

스타인 선생은 내가 맨 처음에 읽었던 심농의 걸작 『제1호 수문』이나 『운하의 집』을 좋아했을 것 같은데, 내가 선생을 알게 되었을 때 선생은 프랑스어로 이야기하는 건 좋아했지만 프랑스어로 된 책은 읽기 싫어했기 때문에, 확신은 할 수 없다. 내가 처음 읽었던 심농의 책 두 권은 재닛 플래너[6]가 준 것으로 그녀는 프랑스어 책 읽는 걸 아주 좋아했고, 심농이 범죄사건 전문 기자였던 시절부터 그의 애독자였다.

우리가 친하게 지내던 3, 4년 동안 나는 거트루드 스타인이, 로널드 퍼뱅크[7]와 그 이후로는 스콧 피츠제럴드를 제외하고, 자신의 작품에 대해 좋게 평가하지 않았거나, 자신의 이름을 세상에 알리는 데 뭔가 도움이 되는 일을 하지 않았던 작가에 대해서는 그 누구라도 단 한 번이라도 좋게 이야기하는 걸 들은 기억이 없다. 내가 처음 선생을 만났을 때 선생은 셔우드 앤더슨[8]에 대해, 작가가 아니라 한 사람의 남자로서의, 그의 빨려 들어갈 정도로 아름답고 따뜻하고 이탈리아인처럼 깊은 눈매며 자상한 성격이라든가 하는, 그의 매력에 대해 열변을 토했었다. 나는 그의 '빨려 들어갈 정도로 아름답고 따뜻하고 이탈리아인처럼 깊은 눈매'는 모르겠고, 그의 단편 중 몇 편은 아주 마음에 들었다. 그의 글은 소박하게 때로는 아름답게 쓰여 있었으며, 그는 자신의 인물들을 온전히 이해하고 있었고 그들을 마음속 깊이 좋아하고 있었다. 스타인 선생은 그의 작품 이야기가 아니라 오로지 한 사람의 인간으로서의 그에 대한 이야기만 하고 싶어 했다.

"그분의 소설은 어떻습니까?" 내가 선생에게 물었다.

선생은 조이스에 대해 이야기하려 하지 않는 것처럼, 앤더슨의 작품에 대해서도 이야기하고 싶어 하지 않았다. 누구라도 한 번만 더 조이스 이야기를 화제로 올렸다가는 다시는 플뢰뤼스가 27번지에 초대받지 못했을 것이다. 그건 한 장군 앞에서 다른 장군에 대해 좋게 이야기하는 것과 같은 것이었는데, 내가 멋모르고 그런 실수를 하고 난 후에야 비로소 깨닫게 된 사실이었다. 하지만 같은 장군이라도 언제라도 꺼낼 수 있는 장군 이야기가 있었다. 그건 그 장군이 패배한 장군일 경우였다. 그때는 지금 내 앞에서 나와 이야기를 나누고 있는 장군은 개선장군이 되어 그 패배한 장군을 입이 마르도록 칭찬하고 만면에 미소를 띠면서 자신이 어떻게 그를 굴복시켰는지 아주 상세하게 설명해줄 것이다.

앤더슨의 소설은 선생과의 대화를 그처럼 즐겁게 이끌어가기에는 지나치게 훌륭한 작품들이었다. 그래서 나는 스타인 선생에게, 그의 소설들은 이상하리만치 시시하다고 혹평할 생각까지도 하고 있었지만, 지나고 생각하니 그것 역시 좋지 않았을 뻔했다. 그녀의 가장 충성스러운 지지자 중 한 명을 비판하는 일이었기 때문이다. 그러던 중 결정적으로 그가 너무도 시시하고 유치하고 가식적인 『기분 나쁜 웃음소리』라는 장편소설을 발표하자, 나는 그 소설을 풍자하며 비평하지 않을 수 없었는데, 그때 스타인 선생은 굉장히 화를 냈다.[9] 내가 스타인 사단의 사람을 공격했기 때문이다. 그뿐만이 아니라 선생이 화를 푼 것도 그로부터 오랜 시간이 지난 후였다. 앤더슨이 작가로서의 생명력을 잃어버리고 나자,* 선생이 자청해서 그를 셔우드라고 친근하게 그의 이름까지 부르면서 끝도 없이 칭찬하고 나선 것이었다.

선생은 에즈라 파운드[10]에게 화가 나 있었다. 에즈라가 조그맣고 약해 보여 앉아보나 마나 불편할 것이 분명한 선생의 의자에, 아무

---

* 앤더슨은 『여러 번의 결혼』(1923)으로 작가 생활
의 쇠퇴기가 시작되었다는 평가를 받았다.

생각 없이 털썩 앉았다가 의자 어딘가에 금이 가게 했든가 부수었든가 했기 때문이다. 실은 선생이 그에게 일부러 그 의자를 내주었을 가능성이 아주 농후했다. 그 일로 에즈라는 플뢰뤼스가 27번지에서 완전히 죽은 사람이 되고 말았다. 그가 위대한 시인이며, 성품이 온화하고 마음이 너그럽고 그릇이 큰 사람이라는 사실과, 그가 보통 크기의 의자에만 너무 익숙해 있었기 때문에 그랬을 수 있다는 사실은 전혀 고려 대상이 되지 못했다. 선생이 에즈라를 싫어하는 갖가지 이유는, 몇 년이란 시간이 흐른 후 아주 교묘하고 악의적으로 각색되어 나타났다.

스타인 선생이 길 잃은 세대에 대해 언급했던 때는 우리가 노트르담 데 샹가에 살면서 선생과 내가 여전히 좋은 친구로 지내던 시기로, 우리가 캐나다에 갔다가 돌아왔을 때였다. 당시 선생이 몰던 구형 포드 모델 T의 엔진 점화 플러그에 문제가 생겼다. 그런데 세계대전이 막바지에 접어든 해에 군 복무를 마치고 정비공장에서 일하던 젊은이가 선생의 포드를 제대로 고쳐놓지 못했다. 아니 어쩌면 다른 차는 제쳐놓고 선생의 차부터 눈치껏 고쳐주지 않았던 것일 수 있고, 어쩌면 그 친구가 즉시 수리를 받아야 마땅할 스타인 선생의 차의 중요성을 알아차리지 못했던 것일 수도 있었다. 이유 여하를 막론하고 아무튼 그는 신중하지 못했고, 스타인 선생의 항의를 받은 정비소 사장에게 심하게 야단을 맞았다. 사장이 그에게 말했다. "자네들은 다 '길 잃은 세대'라고."

"그게 바로 선생이에요. 바로 선생 같은 사람들 모두인 거죠." 스타인 선생이 말했다. "참전했던 젊은 사람들 모두 다 말입니다. 선생은 길을 잃은 세대예요."

"정말로 그렇게 생각하시는 겁니까?"

"그렇다니까요." 선생은 우겼다. "다들 무엇 하나 중히 여기는 게 없습니다. 죽도록 술만 마시고…"

"그 젊은 정비공이 술에 취해 있던가요?" 내가 물었다.

"물론 그렇진 않았죠."

"그럼 한 번이라도 제가 취해 있는 걸 본 적이 있으십니까?"

"없죠. 하지만 선생 친구들은 늘 취해 있잖아요."

"저도 취한 적이 있습니다." 내가 말했다. "하지만 저는 취한 상태로 이곳에 오지 않습니다."

"물론 그렇겠죠. 내 말은 그런 말이 아니에요."

"아마도 그 친구의 사장이 오전 11시까지 술에 취해 있었나 봅니다." 내가 말했다. "그래서 그렇게 멋진 말을 한 것이겠지요."

"헤밍웨이, 내 말에 이견을 달 생각은 하지 말아요." 스타인 선생이 말했다. "그래 봐야 아무 소용없어요. 선생들은 모두 다 길 잃은 세대예요. 정비소 사장이 한 말 그대로란 말입니다."

이후 나는 나의 첫 번째 장편소설을 쓸 때, 그 정비소 사장의 말을 인용한 스타인 선생의 말과 「전도서」[11]에 나오는 구절 사이에서 균형을 잡으려고 노력했다. 그러나 그날 밤에는 집으로 걸어가면서 그 정비소 친구에 대해 생각했다. 그리고 혹시 전쟁 중에 그 친구가 구급차로 개조된 차량에 실려간 적이 있었는지 궁금해졌다. 그러면서 그런 차에 부상병들을 미어터져라 싣고 산길을 내려갈 때면, 브레이크가 과열된 나머지 기어를 저단으로 놓았다가 그러고도 안 되면 아예 후진으로 바꾸어야 할 정도로, 브레이크가 얼마나 많이 말썽을 부렸는지 기억이 났다. 그러다가 맨 뒤에서 빈 차로 따라오던 차들이 산비탈 끝으로 내몰리는 사고가 나는 바람에, 성능 좋은 H형 변속기와 메탈 브레이크 패드가 장착된 대형 피아트로 대체될 수 있었던 일들이 생각났다. 나는 스타인 선생과 셔우드 앤더슨, 그리고 자기본위와 나태함 대 절제력을 대비해서 생각해보았다. 그리고 생각했다, 대체 누가 누구를 길 잃은 세대라고 부르고 있는 거지?

그때 내 발걸음은 가로등 불빛이 내 오랜 친구 미셸 네 원수[12]의 동상을 비추고 있는, 클로저리 데 릴라[13] 앞에 멈춰 섰다. 한 손에 칼을 높이 뽑아 들고 있는 그의 청동상 위로 가로수 그늘이 드리워져 있었다. 워털루 전투에서 프랑스를 엄청난 혼란에 빠뜨린 그는 뒤따르는 휘하 하나 없이, 홀로 그곳에 서 있었다. 나는 모든 세대가 무언가로 인해 길을 잃었다고 생각했다. 그건 늘 그래 왔고, 앞으로도 계속 그럴 거라는 생각이 들었다. 제재소 건너편에 있는 우리 집으로 올라가기 전에 나라도 그의 동상 곁에 있어 주려고, 릴라에 들어가 차가운 맥주 한 잔을 시켰다. 그런데 그곳에 앉아 맥주잔을 기울이며 동상을 바라보고 있노라니, 뱌지마 전투에서 최고 지휘관 콜렝쿠르와 함께 나폴레옹이 탄 사륜마차가 떠나버린 모스크바에 홀로 남아, 퇴각하는 후방부대를 거느리고 몸소 몇 날 며칠을[14] 적과 맞서 싸웠던 네 원수의 모습이 떠올랐다. 그러면서 스타인 선생이 얼마나 따뜻하고 정이 많은 사람이었는지, 그리고 1918년 세계대전이 종전되던 날, 서서히 죽음의 문턱을 향해 가고 있던 아폴리네르[15]가 의식이 혼미한 가운데, "기욤을 타도하라!"*라고 외치던 군중의 함성이 자신에

---

* 프랑스 이름 '기욤'(Guillaume)은 독일어로는 빌헬름(Wilhelm)이 되는데, 본문의 내용은 제1차 세계대전을 일으킨 독일의 빌헬름 2세(Wilhelm II,

게 하는 말인 줄 알았다던, 아폴리네르와 그의 죽음에 얽힌 그 이야기를 선생이 얼마나 멋들어지게 들려주었는지를 떠올렸다. 그리고 다짐했다. 선생에게 도움이 될 수 있도록, 그리고 오랫동안 선생의 훌륭한 작품이 그에 걸맞은 대우를 받을 수 있도록 내가 할 수 있는 한 최선을 다하겠다고. 그러니 하느님과 마이크* 네에게 나를 도와달라고 말했다. 하지만 길 잃은 세대라고 했던 선생의 말과 쉽게도 갖다 붙인 그 모든 기분 나쁜 꼬리표 같은 건, 어떻게 돼도 상관없다고 말해버렸다.

집에 도착해서 안마당으로 들어가 위층으로 올라간 나는 나의 아내와 아들 그리고 우리 아들의 고양이 F. 야옹이**를 보았다. 난롯가에 옹기종기 모여 앉아 있는 그들의 모습이 참 행복해 보였다. 나는 아내에게 말했다. "그러니까 말이지, 거트루드는 좋은 사람이야, 어쨌든 말야."

"아무렴요, 테이티."

"하지만 가끔 가다 말이 안 되는 소리도 많이 하니까 하는 얘기지."

"난 선생이 하는 얘길 한 번도 들은 적이 없어서요." 아내가 말했다. "부인이잖아요, 난. 나랑 얘기하는 사람은 선생 친구니까."

1859~1941)를 향한 군중의 외침이었다.
* Mike, 남자 이름으로 마이클, 프랑스어로는 미셸 (네 원수의 이름)의 애칭.
** F. Puss, 해들리의 친구 키티 카넬이 범비에게 선물한 털이 복슬복슬하고 노란 눈동자의 커다란 페르시안 고양이로, 헤밍웨이가 지어준 이름 'Feather Puss'(털복숭이 야옹이라는 뜻)의 약칭.

길 잃은 세대

1) Aldous Huxley, 1894~1963, 영국의 소설가. 엘리트 가문 출신으로 이튼스쿨과 옥스퍼드대학교의 엘리트 코스를 거쳤으며, 근대 과학에 대한 맹목적인 신뢰를 바탕으로 한 19세기의 안정된 도덕성에 반대해 격동하는 20세기에 맞는 도덕성 탐구가 작품의 근간을 이루고 있다. 대표작으로 1920년대의 갖가지 형태의 지식인들을 풍자적으로 묘사한 『연애대위법』(1928)과 『멋진 신세계』(1932) 등이 있다.

2) David Herbert Lawrence, 1885~1930, 영국의 소설가. 인간의 원시적인 성의 본능을 매우 중요시했다. 『사랑하는 여인들』(1920)은 솔직한 성 담론과 관계에 편재하는 폭력과 염세주의적 문장으로 남녀관계의 성과 윤리 문제를 파헤친 작품이다. 이후의 『채털리 부인의 연인』(1928)은 외설 시비로 인해 미국에서는 1959년, 영국에서는 1960년에 와서야 비로소 완본 출판이 허용되었다.

3) Marie Adelaide Belloc Lowndes, 1868~1947, 영국의 극작가이자 추리소설 작가. 급박한 사건 진행과 심리학적 접근에 능했으며, 대표작 『하숙인』(1913)은 히치콕의 동명 영화의 원작이 되었다.

4) Jack the Ripper, 1888년 8월 7일부터 11월 20일까지 런던의 윤락가 화이트채플에서, 최소한 5명의 매춘부를 살해하고 해부해서 장기를 파헤치고 자궁이나 신장 등 장기의 일부를 먹었다는 이야기도 전해지는 연쇄 살인범의 별명. 당시 빅토리아 여왕까지 나서서 범인 검거에 고심했을 정도로 세상을 떠들썩하게 했던 영구 미제 사건이다. 2014년 작가이자 아마추어 탐정인 러셀 에드워즈(Russell Edwards)는 살인 현장 근처에서 발견된 숄의 DNA로, 범인이 폴란드 이민자인 이발사 아론 코스민스키(Aaron Kosminski)라고 주

장하기도 했다.

5) Georges Joseph Christian Simenon, 1903~89, 프랑스어권 벨기에 작가. 초기에 28개의 필명[그중에는 '킴'(Kim)도 있다]으로,『메그레』(*Maigret*) 시리즈 103편을 포함한 400여 편의 소설을 쓴 다작의 작가. 앙드레 지드로부터 오늘날의 프랑스 문단에서 가장 천재적이고 진정한 소설가라고 격찬받았다.

6) Janet Flanner, 1892~1978, 미국의 작가이자 저널리스트. 1925~75년『더 뉴요커』의 파리 통신원이었다.

7) Ronald Firbank, 1886~1926, 영국의 획기적인 모더니즘 소설가. 대표작으로『허영심』(1915) 등이 있으며, 불혹의 나이에 로마에서 폐질환으로 요절했다.

8) Sherwood Anderson, 1876~1941, 현대 미국 소설의 원조라 불리는 미국의 소설가. 저서로는『와인즈버그, 오하이오』(1919) 등이 있다. 가난한 집안 형편으로 정규 교육을 받지 못하고 신문팔이, 마부 등의 직업을 전전하다 미국·스페인 전쟁에 참전한 뒤, 시카고에 정착해 창작에 몰두했다. 청교도풍의 금욕주의에 반대하고 솔직하고 소박한 문체로 미국 문학에 모더니즘이라는 새로운 기법을 도입함으로써 헤밍웨이와 스타인벡, 포크너 세대 작가들에게 큰 영향을 주었지만, 이후에는 명석한 문학적 이상의 결여로 헤밍웨이 등으로부터 외면받았다.

9) 1921년 미국의 영향력 있는 문학지『더 다이얼』의 첫 번째 수상자로 선정된 앤더슨은, 유럽 여행 중에 만난 스타인과 평생 동안 우정을 쌓았다. 제대 후 귀국한 헤밍웨이는 그를 만나 글을 쓰기로 결심하고, 1922년 3월 글 쓰는 법을 배우기 위해 파리행을 권유하는 자신의 멘토 앤더슨의 소개장을 가슴에 품고 스타인의 집을 방문했다.

『기분 나쁜 웃음소리』(*Dark Laughter*, 1925)에서 몽상가로 시카고 신문 기자인 주인공 브루스 더들리는, 마크 트웨인이 그리고 있는 초기 미국에 대한 향수에 젖어 도시를 떠나 알래스카 올드 하버의 자동차 바퀴 제조 공장에 취직한다. 공장 사장 프레드의 부인 얼라인이 브루스의 아이를 임신한 사실을 프레드에게 알리자, 그는 자신의 아내와 함께 떠나는 브루스를 죽인 후 자살할 생각으로 두 사람을 뒤따라가지만, 놓치고 집에 돌아와 망연자실하던 중 자신의 집 흑인 하인의 기분 나쁜 웃음소리를 듣는다는 줄거리다.

문명보다 원시가 앞서며 자유로운 흑인의 거리낌 없고 건강한 웃음과 성욕을, 욕구불만으로 고민하는 백인의 무기력함과 대비시키며 D. H. 로렌스의 작품을 연상하게 했는데, 『와인즈버그, 오하이오』가 앤더슨의 가장 유명한 작품이었음에도 불구하고 『기분 나쁜 웃음소리』가 그의 유일한 베스트셀러가 되었다. 헤밍웨이는 『봄의 격류』(1926)에서 『기분 나쁜 웃음소리』의 문체와 인물이 지닌 가식을 조롱했다.

10) Ezra Weston Loomis Pound, 1885~1972, 미국의 시인이자 비평가. 20세기 초반 모더니즘 시의 중심인물로, 20세기 영미 시에 지대한 영향을 미치면서 '시인의 시인'으로 불렸다. 연작시 「휴 셀윈 모벌리」(Hugh Selwyn Mauberley, 1920)는 가장 찬사받는 20세기 시 중 하나이다.

11) 헤밍웨이는 『태양은 다시 떠오른다』(1926)의 서문에서 이 말을 구현하면서, 『구약성서』의 「전도서」 1장 4~7절을 인용했다. "한 세대는 가고 한 세대는 오되 땅은 영원히 있도다. 해는 떴다가 지며 그 떴던 곳으로 빨리 돌아가고, 바람은 남으로 불다가 북으로 돌이키며 이리 돌며 저리 돌아 그 불던 곳으로 돌아가고, 모든 강물은 다 바다로 흐르되 바다를 치우지 못하며 어느 곳으로 흐르든지 그리로 연하여 흐르느라."

12) Michel Ney, 1769~1815, 프랑스 혁명전쟁의 군사령관. 1804년 나폴레옹에게 원수 칭호를 받았고, 나폴레옹은 그를 '용사 중의 용사'라고 불렀다. 1815년 6월 18일 벨기에의 브라방 왈롱에서 네 원수는 독단으로, 영국·독일·네덜란드 연합군에 합류하려고 워털루로 오고 있는 프로이센군을 제압하기 위해 연합군을 끌어내려는 유인책을 썼다. 연합군이 교대하는 모습을 보고 연합군이 흔들리는 것으로 오판하고, 무모하게 기병대의 단독 돌격이라는 정면 공격을 하면서 나폴레옹의 분노를 샀다. 이때 그의 판단 실수가 결정적 패인이 되어 워털루 전투가 나폴레옹 최후의 전투가 되고 말았다. 그의 동상이 있는 클로저리 데 릴라 맞은 편에 있는, RER선 '포르 루아얄'(Port Royal) 역사가 있는 자리가 그가 처형된 곳이다. 총살당하는 마지막 순간까지 무릎도 꿇기를 거부하고 눈도 가리지 못하게 한 그는, 가슴에 손을 얹은 채 아주 침착하고 의연하게 말했다. "그대들은 25년 동안 포환과 총알을 정면으로 쳐다보는 게 내 습관이었다는 사실을 모르는가. 프랑스 국민들이여 들으라. 나는 판결에 불복한다, 내 명예를 걸고…"

13) La Closerie des Lilas, 몽파르나스 대로 171번지에 있는 카페이자 바, 레스토랑. '르 돔' '라 로통드' '르 셀렉트' '라 쿠폴'과 함께 몽파르나스파로 불리는

파리의 예술가와 지성인들이 모이던 명소. '클로저리 데 릴라'는 '라일락 소작지'라는 뜻으로, 전신이었던 뷜리에 무도회장(Bal Bullier, 1847~1940) 개업 당시 뷜리에가 1,000그루의 라일락을 심으면서, 당시 히트했던 프레데릭 술리에의 연극 「금작화(연골담초) 소작지」(*La Closerie des Genêts*)에서 이름을 따온 것이다.

14) 원문에는 'how many days'라고 쓰여 있지만, 뱌지마 전투는 모스크바의 뱌지마에서 1812년 11월 3일 오전 8시경에 시작해 오후 8시경에 종전된 전투다. 가장 늦게 퇴각한 미셸 네 원수의 후방 부대는 러시아 척탄병 부대와 총검으로 맞서 싸워 상당한 피해를 입었다. 휘하 부대가 궤멸당할 위험을 피하기 위해 네 원수가 동틀녘까지 계속해서 퇴각했음에도 불구하고, 이 전투에서 프랑스군은 약 8,000명이 사상한 막심한 손해를 입었으며, 그중 약 4,000명은 러시아군의 포로가 되었다.

15) Guillaume Apollinaire, 1880~1918, 폴란드계 프랑스의 시인, 평론가. 초현실주의(surréalisme)라는 말을 처음으로 사용한 모더니즘 운동의 선구자. 아름다운 「미라보 다리」가 수록된 시집 『알코올』(1913)과 『칼리그람』(1918)이 대표작이다. 제1차 세계대전에 참전해 머리에 포탄 파편이 박히는 부상을 당한 그가 후유증에 시달리다 스페인 독감이 악화되어 폐울혈로 사망했던 1918년 11월 9일은, 제1차 세계대전을 일으킨 독일의 빌헬름 2세가 왕위를 양위한 날이었다. 이틀 후인 11월 11일 새벽 5시 15분, 독일이 프랑스 콩피에뉴의 숲에서 '르통드 숲속 빈터' 휴전 서약에 서명하면서, 제1차 세계대전은 막을 내렸다.

배고픔이 주는 교훈

파리에서는 많이 먹어두지 않으면 금세 허기가 졌다. 빵집마다 진열대 위에는 보기만 해도 침이 넘어갈 정도로 먹음직스러운 빵들이 즐비했고, 다들 식당 앞 테라스에서 식사를 하다 보니 길을 지나가다 보면 어쩔 수 없이 그 모습이 눈에 들어오면서 음식 냄새가 코끝을 자극했기 때문이다. 신문사에 기사 쓰는 일을 그만두고 미국의 어떤 출판사도 출판해주지 않을 글을 쓰고 있던 무렵, 집에는 누군가와 점심 약속이 있다고 말해놓고 나왔다가 끼니를 걸렀을 때 가장 가기 좋은 곳이 뤽상부르 정원이었다. 옵세르바투아르 광장*에서 보지라르 가로 이어지는 길은 병원과 학교, 박물관이 있는 거리여서 10분 남짓 걸리는 길을 끝까지 걸어가도 음식 냄새라곤 나지 않았다.

---

* 옵세르바투아르 광장은 현재는 존재하지 않는 지명이며, 예전 지명으로도 남아 있지 않다. 하지만 클로저리 데 릴라의 전신인 뷜리에 댄스홀의 정문 사진 제목으로 '옵세르바투아르 광장'이라는 명칭이 유일하게 남아 있는 걸로 보아, 댄스홀 앞 광장(본문에서 헤밍웨이가 자신의 집이 있던 노트르 담 데 샹가에서 내려다보인다고 했던, 뷜리에 댄스홀 앞의 탁 트인 광장 교차로)이 당시 옵세르바투아르 광장으로 불렸던 듯하다.

그곳에서는 언제든지 뤽상부르 미술관에 들어가 볼 수도 있었다. 속이 텅 비어 배에서 꼬르륵 소리가 날 정도로 허기가 지면, 모든 그림의 색조가 한층 더 선명해지고 한층 더 아름답게 고조되어 다가왔다. 배가 고플 때는 세잔이 더 잘 이해됐고, 그가 풍경화를 어떻게 그렸는지 내 머릿속에 또렷하게 그려졌다. 그러면서 나는, 그도 나처럼 그림을 그릴 때 배가 고팠는지 궁금해지곤 했다. 하지만 설령 그랬다 하더라도, 그는 단지 밥 먹는 걸 잊어버린 것뿐이었을 거라고 생각했다. 그런 생각은 그 전날 내가 뜬눈으로 밤을 지새웠다거나 배가 고플 때 드는, 다소 병적일 정도로 예민해진 통찰력에서 비롯되는 사고방식 중 하나였다. 나중에 든 생각인데, 아마도 세잔은 나와는 다른 의미에서의 허기를 느꼈던 것 같다.

뤽상부르에서 나온 후에도 생쉴피스 광장으로 이어지는 좁다란 페루가로 걸어 내려가면, 여전히 식당은 한 군데도 보이지 않고 빼곡히 늘어선 나무들 사이로 벤치가 놓인 조용한 광장만 있을 뿐이었다. 그곳에는 사자 조각상이 있는 분수가 있었는데, 비둘기들이 포석이 깔린 광장을 걸어 다니다가 분수대의 사자를 내려다보고 있는 주교들 동상 위로 날아가 앉곤 했다. 광장 북쪽에는 교회가 있었고 십자가 등 미사 올릴 때 쓰는 성물과 제의祭衣를 파는 가게들이 있었다.

광장에서부터는 강 쪽으로 가려면 어쩔 수 없이 줄줄이 이어져 있는 과일이나 야채, 와인, 빵, 케이크 가게들을 지나가야만 했다. 하지만 잘 궁리해서 광장 끝에서 회색빛 나는 하얀 석조 교회 건물을 끼고 오른쪽으로 돌아, 오데옹가와 만나고 오데옹가에서 다시 오른쪽으로 돌기만 하면 실비아 비치의 서점이 나오는 길을 따라 죽 걸으면, 그런대로 음식 파는 가게를 많이 마주치지 않을 수 있었다. 식당

세 곳이 모여 있는 교차로에 오기 전까지, 오데옹가에는 음식점이라 곤 없었다.

오데옹가 12번지에 도착할 즈음이면 허기는 가라앉았지만, 또다시 사물을 인식하는 지각력이란 지각력은 다 예리하게 곤두서 있었다. 매일같이 보던 벽에 걸린 사진들도 달라 보였고, 전에는 한 번도 본 적이 없던 책들이 여기저기서 눈에 들어와 박혔다.

"왜 이렇게 여위셨어요, 선생님." 실비아는 늘 그렇게 말했다. "식사는 잘 챙겨 드시는 거예요?"

"그럼요."

"점심은 무얼 드셨어요?"

"지금 먹으려고 집으로 가는 길입니다." 배가 고프다 못해 속이 메슥메슥하고 울렁거릴 때면 내가 하던 말이었다.

"3신데요?"

"벌써 시간이 그렇게나 된 줄은 몰랐군요."

"아드리엔[1]이 요 전날 밤에 말이에요, 선생님과 부인을 저녁 식사에 초대하고 싶다고 해서요. 파르그[2] 선생님께도 여쭤볼까 하는데, 파르그 선생님 좋아하시죠? 아니면 라르보 선생님이 좋을까요? 라르보 선생님을 좋아시는 건, 제가 잘 알죠. 혹시 선생님이 정말 좋아하시는 분이 계시면 누구라도 괜찮아요. 부인께는 선생님이 말씀해주시겠어요?"

"물어보나 마나, 아내도 온다고 할 겁니다."

"그래도 제가 부인께 속달 우편*을 보내놓을게요. 이젠 끼니도 제

---

* pneu. 근거리 도시나 도시 내 지하 압축 공기관을

때제때 못 챙길 정도로 너무 무리해서 일하시진 마세요."

"그러겠습니다."

"점심시간에 너무 늦지 않게 어서 댁에 가셔야죠."

"제 몫은 남겨 둘 텐데요, 뭘."

"식은 음식을 드시면 어떡해요. 따뜻할 때 맛있게 드셔야죠."

"혹시 저한테 우편물 온 게 있습니까?"

"없는 것 같긴 한데, 한번 볼게요."

여기저기 찾아보다가 메모 한 장을 발견한 그녀는 기쁜 표정이 되어 고개를 들더니 책으로 가득한 진열장이 달린 자신의 책상 덮개를 열었다.

"이게 와 있었네요, 제가 자릴 비운 사이에 말이에요." 그녀가 말했다. 한 통의 편지였는데, 왠지 돈이 들어 있을 것만 같았다. "베더코프[3]라고 쓰여 있는데요." 실비아가 말했다.

"분명 『데어 크베어슈니트』[4]지에서 보낸 걸 겁니다. 베더코프 씨를 만나셨던가요?"

"아니요, 하지만 조지[5] 씨가 오셨을 때 같이 계셨다는 얘기는 전해 들었어요. 곧 만나러 오시겠죠. 걱정하지 마세요. 아마도 선생님께 돈부터 먼저 드리고 싶으셨던 것 같으니까요."

"600프랑인데, 더 준다는데요."

"저한테 찾아보라고 하시길 잘하셨네요, 저도 기막히게 좋은데요. 정말 고마우신 '미스터 오플리 나이스'*예요."

이용해 압축공기로 우편물을 날려 보내는 방식.
* 할 수 있는 영어가 몇 마디 되지 않던 베더코프는,
'아주 좋다'라는 뜻으로 'Awfully Nice'라는 표현

128

"이것 참, 내 글을 뭐라도 써주는 유일한 곳이 독일이라는 사실이 눈물 나게 웃기는 일 아닙니까. 독일에다, 『프랑크푸르터 차이퉁』[6] 이라니 말입니다."

"정말 그렇죠? 하지만 무슨 걱정이세요. 포드 선생님한테 단편을 파시면 되는데요."[7] 그녀가 나를 놀리며 말했다.

"한쪽에 30프랑입니다. 『트랜스애틀랜틱 리뷰』에 3개월마다 단편 한 편을 실어준다고 하니까, 5쪽 분량이면 분기당 150프랑, 1년에 600프랑인데요."

"그렇지만 선생님, 지금 얼마 버는지에 연연하지 마세요. 중요한 건 선생님이 그 글을 쓸 수 있다는 사실인 거잖아요."

"그렇죠. 글을 쓸 수는 있지요, 하지만 아무도 그 잡지를 사보지 않을 텐데요. 기사 쓰는 일을 그만둔 이후론 전혀 수입이 없어서 하는 말입니다."

"팔릴 거예요. 보세요. 그 원고료 중 하나가 지금 선생님 손에 있잖아요."

"미안합니다, 실비아. 이런 이야기를 다 하다니, 용서하십시오."

"용서라니, 무얼 말씀이세요? 저한테는요, 이런 이야기뿐만 아니라 다른 어떤 이야기도 언제든지 하셔도 된답니다. 작가들이 하는 이야기라는 게, 다 자신이 겪고 있는 고충에 대한 하소연이라는 건 모르시죠? 그러니까요, 너무 걱정하지 마시고 많이 드시겠다고 약속하시는 거예요."

을 늘 입에 달고 다녀 'Mr. Awfully Nice'라고 불렀다.

"그러겠습니다."

"그럼 어서 댁으로 가셔서 점심 식사부터 하셔야겠어요."

밖으로 나와 오데옹가 한복판에 우두커니 선 나는, 그런 이야기를 늘어놓은 나 자신이 혐오스러워 견딜 수가 없었다. 누가 하라고 시켜서가 아니라 내 자유의지로 내가 한 일이었지만, 나는 바보 같은 짓을 하고 있었던 것이다. 끼니를 거를 일이 아니라, 큼지막한 바게트하나를 사서 먹어야 했던 것이다. 순간 내 입에선, 노릇노릇하게 잘 구워져 보기만 해도 군침이 넘어가는 바게트의 바사삭한 껍질 맛이 느껴졌다. 그런데 이내 목이 멘다, 마실 게 없으니… 이런 불평불만도 많은 빌어먹을 놈 같으니라고. 이런 비열한 가짜 성인군자에, 혼자만 희생자인 척하는 놈, 나는 속으로 말했다. 기사 쓰는 일은 너 스스로 관둔 거잖아. 신용이 있으니까 실비아가 돈을 빌려줄 수도 있었을 텐데. 그녀에게 이야기할 시간은 아직 많이 남아 있어. 그렇고말고. 그런데 그러고 나면 말이야, 너는 그보다 훨씬 더한 것도 타협하게 될 거라는 거지. 배가 고프다는 건 네 몸이 건강하다는 뜻이야. 그림도 네가 배가 고플 때 더 잘 보이잖아. 음식을 먹는다는 건 무척 신나는 일이기도 한 거라고. 자, 그럼 지금 당장 네가 어디로 가서 식사할지 알겠어?

리프지, 바로 거기서 식사도 하고 술도 마시는 거야.

리프를 향해 잰걸음으로 가는 동안, 지나는 곳 하나하나마다 내 눈과 코 못지않게 민감하게 반응하는 위장 덕분에 발걸음이 곱절은 더 신이 났다. '호프 식당'에는 사람들이 별로 없었다. 거울로 장식된 벽쪽 테이블의 기다란 의자에 자리를 잡자 웨이터가 다가와 맥주를 마실 건지 물었다. 나는 커다란 유리로 된 1리터짜리 머그잔에 담아 나오는 '디스텡게'* 한 잔과 감자샐러드를 주문했다.

아주 차갑게 목을 찌르면서 넘어가는 맥주는 정말 환상 그 자체였다. 비네그레트소스**를 뿌린 삶은 감자샐러드는 타박하고 파슬파슬하면서 소스가 잘 배어 있어, 입안 가득 고소한 올리브 오일 향이 번져 왔다. 감자에 후추를 갈아서 뿌리고 바게트를 올리브 오일에 적셨다. 첫 모금을 시원하게 쭉 들이켜고 난 다음부터 맥주는 아주 천천히 조금씩 홀짝이면서 맛을 음미했다. 감자샐러드를 다 먹고 하나 더 주문하면서 '세르벌라'***도 함께 주문했다. 그건 두툼하고 커다란 프랑크푸르트 소시지를 반으로 잘라놓은 것 같은 땅딸막하게 생긴 소시지로 특제 머스터드소스가 끼얹어져 있었다.

접시에 남아 있는 올리브 오일과 소스를 바게트로 싹싹 닦아 먹은 나는 맥주가 미지근해질 때까지 천천히 음미하며 마시다가, 다시 '드미'****한 잔을 주문하고 점원이 맥주 뽑는 것을 구경했다. '디스텡게' 보다 더 시원한 것 같아 단숨에 반을 들이켰다.

바로 조금 전까지만 해도 애태우며 걱정하던 마음이 저 멀리 달아나버린 것 같았다. 나는 내 글이 좋은 글이라는 사실과 결국에는 우리나라에서 출판하게 될 날이 올 거라는 것을 알고 있었다. 신문

---

* distingué, 맥주 용량에 따른 명칭. 50센티리터(cl)로 0.5리터, 즉 500시시와 같은 용량이다.

** vinaigrette, 레몬주스나 식초, 소금, 올리브유를 섞어 만든 드레싱 소스.

*** cervelas, 스위스와 독일, 프랑스의 북부지방과 알자스에서 먹는 짧고 굵은 소시지로, 베이컨을 감아 내기도 한다.

**** demi, 맥주 용량에 따른 명칭. 25센티리터로 250시시와 같다.

사 일을 그만둘 때만 해도 나는 내 글이 곧 출판될 거라는 걸 믿어 의심치 않았다. 그러나 내가 보낸 원고는 모두 다 고스란히 되돌아왔다. 내가 그토록 자신만만했던 이유는 에드워드 오브라이언[8]이 『미국 우수단편선』에 「나의 아버지」를 실어주었을 뿐만 아니라, 그해의 『미국 우수단편선』을 나에게 헌정해주기까지 했기 때문이다.

그때 일이 떠올라 나는 껄껄 웃으면서 맥주를 한 모금 더 들이켰다. 「나의 아버지」는 한 번도 잡지에 실린 적이 없던 글이었다. 그런데도 그는 그 소설을 선집에 싣기 위해 자신이 세워놓은 모든 규칙을 어기기까지 했다. 내가 또다시 껄껄 웃자 웨이터가 나를 힐끗 쳐다보았다. 재미있는 일은 당시 그렇게 온갖 일들을 감행했으면서도, 그는 정작 내 이름은 틀리게 써놓았다는 것이다.[9] 그건 내게 남아 있던 단편 원고 두 편 중 하나였다. 해들리가 나에게 깜짝 선물을 해주려고, 내가 파리에 와서 써놓은 원고를 모두 다 챙겨 여행 가방에 넣고 로잔으로 오다가 리옹역에서 가방을 도둑맞았기 때문이다. 아내는 우리가 함께 스위스 산중에서 휴가를 보내는 동안 내가 그 원고로 작업할 수 있도록, 내가 손으로 쓴 원본 원고며 타이핑해놓은 원고, 복사본 할 것 없이 몽땅 다 가방 속 마닐라지*로 된 서류철에 챙겨 넣었던 것이다.

그나마 내 손에 단편 원고가 한 편이라도 남아 있게 된 이유는 내가 링컨 스테펀스에게 보낸 원고를 그가 어떤 편집자에게 보냈고, 그 편집자가 그걸 다시 나에게 되돌려보내 왔기 때문이다.** 그런 이유로

---

* Manila, 봉투를 만들 때 쓰는 튼튼한 누런색의 종이.
** 1922년 12월 해들리는 스위스에 있던 헤밍웨이
    에게 갖다주려고 그가 써놓은 원고를 모두 트렁크

다른 원고들은 모두 도둑맞았지만, 그 원고만큼은 우편물 속에 들어 있게 된 것이다. 내가 가지고 있던 또 하나의 단편은 스타인 선생이 우리 아파트에 오기 전에 써놓았던 「미시간 북부에서」라는 제목의 소설로, 선생이 '내걸 수 없다'고 해서 복사본도 따로 만들어놓지 않고 서랍 한구석에 넣어둔 것이었다.

그렇게 해서 로잔을 떠난 우리는, 이탈리아로 내려가 당시 라팔로 계곡의 한 수도원 기숙생으로 있던 오브라이언에게 그 경마 소설 「나의 아버지」를 보여주었다. 온화하고 내성적인 그는 안색이 창백하고 옅은 푸른빛의 눈에, 자신이 직접 자른 숱이 적고 긴 생머리를 찰랑거리고 있었다. 너무 힘들었던 때라 더 이상 글을 쓸 수 있을 것 같지가 않았던 나는 그냥 단순한 호기심으로, 한심하게 어떤 말도 안 되는 이유로 난파된 배의 나침함을 보여주듯 내지는, 사고로 절단된 장화 신은 자신의 다리를 들어 보이며 다리에 대해 몇 마디 농담이나 던지는 듯한 심정으로, 그 글을 그에게 보여주었다. 그런데 그때 나는, 내 글을 읽으면서 나보다도 훨씬 더 마음 아파하는 그의 얼굴을 보았다. 그때까지 나는 나에게 원고를 잃어버렸다고 이야기할 때의 해들리를 제외하고, 죽음이나 견딜 수 없이 끔찍한 고통이 아닌 다른 일로 그토록 마음 아파하는 사람을 단 한 사람이라도 본 적이 없

에 챙겨 넣었는데, 파리 리옹역에서 트렁크를 기차에 둔 채 에비앙을 사러 갔다가 돌아와 보니 트렁크는 사라지고 없었다. 그렇게 해서 헤밍웨이의 원고는 모두 없어졌지만, 그는 가장 자신 있어 하던 「나의 아버지」를 『토론토 스타』의 그레그 클라크에게 보내면서, 당시 편집자였던 스테펀스(Lincoln Steffens, 1866~1936)에게도 복사본을 보냈던 것이다.

었다.

그때 아내는 울고 또 우느라 말을 잇지 못했다. 그런 아내를 보면서 나는 아무리 그 일이 그보다 더 나쁜 일은 일어날 수 없을 정도로 끔찍한 일이라 하더라도, 그리고 아내가 잃어버린 것이 그 어떤 것이라 하더라도, 다 괜찮으니까 걱정하지 말라고 말해주었다. 우리는 잘 해결할 거라고도 했다. 그러자 마침내 아내가 입을 열었다. 아무리 그래도 아내가 설마 복사본까지 챙겼을 리가 없다고 확신했던 나는, 그때의 신문사 일이 벌이가 좋았음에도 불구하고, 나 대신 신문사 일을 봐줄 사람을 구해놓고 파리행 기차를 탔다. 아내가 한 이야기는 모두 사실이 맞았다. 그날 밤 아파트로 들어가 아내의 이야기가 사실이라는 걸 내 눈으로 확인한 순간, 내가 무슨 짓을 했는지 난 똑똑히 기억한다.

이제는 다 끝난 일이었고, 나는 뜻하지 않게 일어난 사고에 대해서는 더 이상 왈가왈부하지 않아야 한다고 했던 칭크의 말을 떠올리며, 오브라이언에게 너무 그렇게 속상해하지 말라고 했다. 어쩌면 초기의 작품을 잃어버린 일이 나한테는 잘된 일일지도 모를 거라면서, 군대에서 병사들 사기를 북돋워줄 때 하는 온갖 단골 레퍼토리를 다 들려주었다. 그리고 곧 다시 단편을 쓰기 시작할 생각이라고 말했다. 그때는 그가 너무 마음 아파해서 그냥 해본 말일 뿐이었지만, 그 말이 사실이라는 걸 나는 알고 있었다.

리프에서 그런 생각을 하며 앉아 있으니, 그 모든 것을 잃어버린 후 처음으로 단편소설 하나를 쓸 수 있었던 때의 일이 떠오르기 시작했다. 해들리와 함께 봄 스키를 즐기던 중이었는데, 취재를 계속하기 위해 나 혼자만 독일의 라인란트와 루르 지방으로 출장 갔다가 다시 돌아와 아내와 함께 코르티나담페초에서 머물던 때였다. 「때늦은 계절」이라는 제목의 아주 단순한 줄거리의 단편인데, 정원사 노인이 목을 매어 자살한다는 진짜 결말은 생략하고 쓰지 않았다. 그건 내가 만든 새로운 이론에 따른 것으로, 생략된 부분이 어떤 글인지 내가 잘 알고 있고, 그 생략된 부분이 이야기에 힘을 실어줘서 독자로 하여금 자신이 이해하고 있던 것보다 더 많은 것을 생각하도록 만든다면, 그 어떤 것도 생략할 수 있다는 이론이었다.*

그렇기는 하지만 지금은 사람들이 내 이론을 이해하지 못하고 있는 이상, 나는 내가 그들보다 한 수 위라고 생각했다. 그들이 내 이론을 이해하지 못할 거라는 것에 대해서는 별다른 의문의 여지가 없다. 그런 글이 팔리지 않을 것도 불 보듯 훤하다. 그러나 그림의 경우가 늘 그렇듯, 언젠가는 사람들이 이해할 날이 올 것이다. 단지 시간문제일 뿐이며, 확신만이 필요할 따름이다.

먹는 것을 줄여야 한다면 배고픔에 대해 너무 많이 생각하지 않도록 자신을 보다 잘 다스릴 필요가 있다. 배고픔이란 훌륭한 정신 수련법이다. 그것으로부터 배우는 것이 있는가 하면, 그것을 통해 뭔가 해결책을 찾아낼 수도 있다. 사람들이 배고픔을 이해하지 못하는 한, 나는 그 부분 또한 그들보다 앞서 있다. 정말로 나는 그렇다고 생각했다. 지금 내가 제때제때 끼니를 해결할 여유가 없는 만큼, 나는 그들보다 훨씬 더 앞서 있는 것이다. 그렇지만 그들이 조금 따라잡는다

* 헤밍웨이의 빙산 이론(Iceberg Theory)에 대한 이야기. 정말 의미심장한 이야기는 내포와 암시를 통해 수면 아래로 감추고 생략함으로써, 수면 위로 나와 있는 이야기를 더욱 힘 있고 비중 있게 만든다는 이론이다.

한들 나쁠 건 없을 것이다.

무엇보다 장편소설을 써야 한다는 것을, 난 알고 있었다. 하지만 문장 하나하나를 거르고 걸러 정제된 문장으로 만들기 위해 각고의 노력을 다하고 있던 그때, 장편소설을 쓴다는 건 나한테는 그저 불가능한 일로만 느껴졌다. 보다 긴 장거리 경주를 위해 훈련을 하는 것처럼, 지금 나한테 필요한 건 보다 긴 단편소설을 쓰는 것이었다. 전에 리옹역에서 도둑맞은 가방에 들어 있던 원고 중 하나인 장편소설을 쓸 때만 해도, 나에게는 아직 젊음이 그러하듯, 덧없고 허상에 불과한 십대 특유의 서정적 기질이 남아 있었다. 그래서 그 원고를 잃어버린 것이 어쩌면 잘된 일일지도 모른다는 사실을 나는 알고 있었지만, 장편소설을 써야 한다는 사실 또한 알고 있었다.

그러나 나는 그런 장편소설을 쓰지 않을 수 없는 순간이 올 때까지, 미루고 또 미룰 것이다. 당시 내가 장편소설을 쓴다는 건 정말 말도 안 되는 일인데, 그건 우리 식구가 한 끼도 거르지 않고 제때제때 챙겨 먹을 수 있을 때가 되어야 할 일이었기 때문이다. 내가 장편소설을 써야 할 때가 되면, 그때는 그것이 내가 가야 할 유일한 길이 되어 있을 것이며 다른 선택의 여지는 없을 것이다. 지금으로선 오로지 그런 중압감만 차곡차곡 쌓이도록 놔두는 것이다. 그러는 동안에 나는 내가 가장 잘 아는 것이 무엇이든, 그것으로 긴 단편 소설을 쓰는 것이다.

그런 생각을 하면서 나는 계산을 하고 밖으로 나왔다. 커피를 마시러 길만 건너면 바로 오른편에 있는 카페 레 되 마고로 들어가지 않으려고, 렌가를 가로질러 집으로 가는 가장 빠른 지름길인 보나파르트가를 따라 걸어 올라갔다.

내가 가장 잘 아는 것 중에서, 여태까지 내가 한 번도 글로 쓴 적이 없으면서 놓치고 있었던 게 뭐가 있지? 내가 정말로 잘 알고 있고, 내가 가장 좋아하는 건 무엇이지? 선택의 여지가 있을 수 없었다. 내가 작업하는 곳으로 가장 빨리 돌아가는 길을 택하는 일만 남았다. 보나파르트가에서 긴메르가로 건너간 나는, 거기서 다시 아사스가를 건너 노트르 담 데 샹가를 지나 클로저리 데 릴라로 걸어갔다.

구석 자리에 앉아 어깨 한가득 오후의 햇살을 받으며 공책에 글을 쓰고 있었다. 웨이터가 크림 커피 한 잔을 가져왔지만, 커피가 다 식어버리고 나서야 반쯤 마시다가 테이블 위에 그냥 놔두고 다시 글을 썼다. 글쓰기를 멈추고 공책을 덮었을 때도, 나는 저 강 깊은 곳을 헤엄쳐 다니는 송어가 들여다보이고, 다리 밑 통나무 말뚝으로 밀려온 잔물결이 수면 위에서 찰랑거리는 그 강가를 떠나고 싶지 않았다. 전쟁에서 돌아온 주인공이 이야기를 끌어가고 있지만, 소설 어디에서도 전쟁에 대한 언급은 하지 않았다.

하지만 아침이 되어도 강은 거기에 있을 것이며, 나는 그곳에 가야 한다. 그래야 무대가 될 시골이 생겨나고 그 외 이런저런 일들이 일어날 것이다. 내 앞에는 그렇게 매일매일 글을 쓰고 있을 나날들이 펼쳐져 있었다. 다른 건 중요하지 않았다. 호주머니 속에는 독일에서 보내온 돈도 있으니 아무 문제 없었다. 그 돈을 다 쓰고 나면, 또 어디 다른 데서 돈이 들어올 것이다.

당장 내가 해야 할 일이라면, 아침이 되어 다시 작업을 시작할 때까지 머리를 차분하고 편안한 상태로 유지하는 것뿐이었다. 그런 것이 어려운 일일 수 있다는 건 생각지도 못했던 시절이었다.

배고픔이 주는 교훈

1) Adrienne Monnier, 1982~55, 프랑스의 시인, 출판인. 1915년 파리 오데 옹가 7번지에, 실비아 비치보다 먼저 서점 '애서가들의 집'(La Maison des Amis des Livres)을 열었던 프랑스의 첫 여성 서점 주인. 1919년 실비아가 자신의 서점 맞은편에 셰익스피어 앤 컴퍼니를 열었을 때 많은 도움을 주었 으며, 이후 오데옹가는 프랑스, 영국, 미국 작가들의 집결소가 되었다. T. S. 엘리엇 등의 영어 서적을 프랑스어로 번역해 출판했다.

2) Léon-Paul Fargue, 1876~1947, 프랑스의 상징주의 시인, 수필가. 아드리엔 과 실비아의 친구였다.

3) Hermann von Wedderkop, 1875~1956, 독일의 작가, 번역가, 편집인.

4) Der Querschnitt, 횡단면이란 뜻으로, 1921년 화상(畫商)이자 컬렉터인 알 프레트 플레슈타임 백작이 창간한 독일의 미술 잡지. 베더코프가 편집인 (1924~31)으로 있던 1920년대 전성기를 누리며 독일의 시대정신을 주도 했다.

5) George Antheil, 1900~59, 파리 예술계에서 모더니즘 운동의 음악계 대변인 으로 여겨졌던, 독일계(스스로는 폴란드계라고 주장) 미국인 아방가르드 작 곡가. 베더코프는 실비아의 서점에서 처음 만난 그를 당연히 작가라고 생각 해서, 그에게 자신의 잡지에 편집기자로 일할 의향이 있는지 물어보았다.

6) Frankfurter Zeitung, 독일의 조간신문. '프랑크푸르트 신문'이라는 뜻으로, 세 계 3대 신문 중 하나다. 1856년에 창간되어 히틀러의 탄압으로 제2차 세계 대전 전인 1943년에 폐간되었다가, 1949년 11월 1일 신생 서독 정부가 언 론 통제권을 넘겨받으면서 『프랑크푸르터 알게마이네 차이퉁』이라는 이름 으로 재발간되기 시작했다. 보수적이지만 진실과 객관성, 반대 의견의 공정

한 처리를 기치로 표방하고 자유민주주의적 입장을 취했다.

7) 포드와 헤밍웨이 사이에는 안타까운 이야기가 있다. 에즈라 파운드의 권유로 포드는 자신이 1924년 2월에 창간한 『트랜스애틀랜틱 리뷰』의 편집위원 일을 헤밍웨이에게 맡겼고, 같은 해 5월 뉴욕으로 후원금을 모으기 위해 가면서 헤밍웨이에게 7, 8월의 사설란을 부탁했다. 헤밍웨이는 자신의 작업 일정에 차질이 생긴다고 불평했지만, 포드는 7월호는 교정을 다 마치고 인쇄만 하면 되는 상태니 그가 할 일은 각각의 평론자들에 대한 간단한 촌평만 쓰면 된다고 했다. 하지만 헤밍웨이는 자신만의 방식으로 대응했다. 장 콕토를 비롯한 『트랜스애틀랜틱 리뷰』의 기부자이자 포드의 친구인 사람들을 맹렬히 비판했던 것이다. 이후 헤밍웨이는 『태양은 다시 떠오른다』(1926)에서 포드를 헨리 브래독스로, 포드의 정부 스텔라 보웬은 브래독스 부인으로 등장시켰다.

그에 반해 포드는 처음부터, 미국에서 거절당한 헤밍웨이의 세 편의 단편 「인디언 캠프」 「의사와 의사의 아내」 「끝없는 눈」도 선뜻 자신의 잡지에 실어주었다. 『뉴욕 이브닝 포스트』에서도 "나의 젊은 친구 헤밍웨이는 현재 미국에서 가장 훌륭한 작가"라고 칭찬했다. 자신의 아버지 클래런스와 나이가 같은 포드에 대해, 헤밍웨이는 '포드에 대한 자신의 감정은 글과 관련된 것이지, 개인적으로는 그를 좋아한다'라고 했지만, 그가 포드를 싫어하게 된 데에는 이유가 몇 가지 있는 듯하다.

그가 파운드에게 했던 말로 비추어 보면, 포드는 형편없는 영국 시골 신사 놀이에 빠져 있어서 배울 것이 없다고 했다. 세계대전에서 심한 부상을 당한 자신보다 참호에 더 많이 있었던 포드가 전쟁에 대해 더 많이 아는 것처럼 이야기하는 것과 문학에 대해 너무 잘 아는 척하는 그의 태도를 경멸했다. 그리고 포드와 자신은 인생과 문학은 물론, 『트랜스애틀랜틱 리뷰』와 관련해서도 견해가 일치하는 점이 하나도 없다고 했다.

8) Edward Joseph Harrington O'Brien, 1890~1941, 미국의 작가, 시인. 연간집 『미국 우수단편선』(*The Best American Short Stories*)의 편집자. 헤밍웨이의 첫 단편집 『우리시대에』(파리, 1924; 뉴욕, 1925)가 출판될 수 있도록 도와주었다.

9) 『1923년 미국 우수단편선 & 미국 단편선 연감』과, 심지어는 오브라이언이 헤밍웨이에게 헌정한다는 문구에도 'TO ERNEST HEMENWAY'(어니스트

헤멘웨이에게)라고 씌어 있다. 여기에는 셔우드 앤더슨을 포함한 다른 스무 명의 작가의 작품도 함께 실렸다.

포드 매덕스 포드와 악마의 제자

클로저리 데 릴라는 우리가 노트르 담 데 샹가 아랫길 제재소 안마당에 있는 작은 별채 맨 위층에 살던 때, 우리 집에서 가장 가깝고 가장 좋은 카페였다. 그곳은 파리에서도 가장 멋진 카페 중 하나이기도 했다. 겨울에도 카페 안은 따뜻했고, 봄가을에는 카페 바깥 네 원수 동상이 있는 교차로 옆 인도 쪽에 늘어선 가로수 그늘 아래 테이블이 놓여 있던 야외 테라스가 정말 멋졌다. 도로를 따라 길게 드리워진 커다란 차양 아래로 보통 크기의 평범한 테이블이 줄줄이 늘어서 있었다. 우리는 그곳의 웨이터 두 사람과 친하게 지냈다. 카페 르 돔과 라 로통드에 가는 사람들은 아무도 릴라까지 내려오지 않았다. 릴라에는 그들이 아는 사람들이 없기도 했을 뿐만 아니라, 있다고 해도 아무도 그들을 쳐다봐주지 않았기 때문이다. 당시 사람들은 남들에게 보여주기식의 공개적인 만남을 위한 공적인 카페*로, 몽파르나스

---

* 카페에 자주 가는 파리 사람들에겐 그런 공적인 카페 외에도 우편물을 찾으러 가는 등 자신만의 개인 공간으로 정해놓은 사적인 카페, 애인을 만나는 카페, 집과 가까워서 단골로 드나들며 공개적인 만남도 가능하고 사적인 공간으로도 쓸 수 있는 중립 카페가 따로 있었다.

대로와 라스파유 대로가 만나는 교차로에 모여 있는 카페에 많이 갔는데, 어떤 면에서 보면 그런 카페들이 칼럼니스트들에게는 매일매일 새로운 기삿거리를 끊임없이 제공해주는 천국인 셈이었다.

한때는 클로저리 데 릴라가 시인들이 거의 주기적으로 모임을 갖는 곳이었던 시절도 있었다. 그 마지막 모임의 주선자는 시인 폴 포르[1]였는데, 나는 그의 작품은 읽어보지 못했다. 내가 그곳에서 본 유일한 시인은 블레즈 상드라르[2]였다. 권투선수처럼 얼굴이 성한 데가 없는 그는 그때, 전쟁 때 팔꿈치를 잃은 오른팔 소매는 걷어 올려 옷핀을 푹 꽂아놓은 채 한 손으로 담배를 말고 있었다. 그는 술에 너무 많이 취하기 전까지는 더없이 좋은 술친구였다. 그러다가 거나하게 취하자 거짓말을 늘어놓기 시작했는데, 그때 그가 했던 거짓말은 많은 사람이 하는 참말보다 훨씬 더 재미있었다. 아무튼 그가 당시 릴라에 왔던 유일한 시인이었으며, 그나마 나도 그곳에서 딱 한 번 보았을 뿐이다.

대부분의 손님들은 서로 그저 고개만 끄덕여 인사를 나누는 정도였다. 오래 입어 낡아빠진 옷에 수염을 기른 노인들이 부인이나 정부들을 데리고 오기도 했다. 그중에는 옷깃에 가느다란 빨간색 레지옹도뇌르 훈장 리본을 달고 있는 사람도 있었는데, 우린 모두 그들이 과학자나 학자이길 은근히 기대하는 눈빛으로 바라보곤 했다. 그들은 그들보다 더 허름한 옷차림에 아카데미 프랑세즈와는 거리가 먼 자줏빛 교육 공로 훈장 리본을 달고 있어, 우리가 교수나 선생일 거라 짐작한 남자들이 부인이나 정부들과 함께 와서 크림커피 한 잔을 앞에 놓고 몇 시간이고 앉아 있는 것 못지않게, 아페리티프 한 잔을 앞에 놓고 몇 시간이고 앉아 있었다.

이러한 사람들의 관심사라고 해봐야 자신과 마주 앉아 있는 상대와 그들이 마시는 술이나 커피 아니면 엥퓌지옹,* 그리고 기다란 막대에 걸어 놓은 정기간행물이 고작이었다. 그 누구도 자신을 드러내려 하지 않아 카페 분위기는 언제나 차분하고 편안했다.

또 다른 손님으로는 동네 사람들도 있었는데, 그들 중에는 옷깃에 무공 십자 훈장을 달고 있는 사람들도 있었고 노란색과 초록색 무공 훈장을 달고 있는 사람들도 있었다. 나는 전쟁으로 팔다리를 잃어버린 그 사람들이 장애를 얼마나 잘 이겨내고 있는지, 또는 그들이 눈에 끼우고 있는 의안의 질이나 수술로 재건된 그들의 얼굴을 통해 의술의 수준을 가늠해보려고 아주 유심히 관찰했다. 상당히 많은 부분이 재건된 얼굴 흉터에서는, 움직임에 따라 반질거리면서 보는 각도에 따라 보일 듯 말 듯 무지갯빛에 가까운 다양한 색조가 느껴졌는데, 마치 눈이 잘 다져진 스키장 슬로프 같아 보였다. 그런 손님들을 우리는 학자나 교수들보다도 더 존경스러운 눈빛으로 바라보았다. 물론 다른 사람들도 불구만 되지 않았을 뿐, 저들처럼 훌륭히 군 복무를 마쳤을지도 모를 일이었지만 말이다.

당시는 참전하지 않은 사람은 그 누구도 믿지 않았을 뿐만 아니라 그 누구도 완전히는 믿지 못하던 풍조가 만연해 있었다. 그런 만큼 우리의 하나밖에 없는 시인 상드라르가, 그런 식으로 자신의 잃어버린 팔을 조금이라도 덜 요란스럽게 보이려고 한 것도 당연했을 거라

---

* infusion, 일반적으로는 뜨거운 물에 우려낸 각종 차를 뜻하지만, 카페와 식당, 호프를 겸하고 있는 클로저리 데 릴라와 같은 바 레스토랑의 경우는, 뜨거운 물에 맥주의 원료인 맥아즙이나 말린 엿기름을 섞어 내는 음료를 말한다.

는 느낌이 강하게 들었다. 그래서 나는 그가 단골손님들이 몰려오기 전인 이른 오후 일찌감치 릴라에 다녀간 것이 다행이라고 생각했다.

그날 저녁 나는 릴라의 테라스 테이블에 앉아, 거리의 나무들과 주변 건물이 햇빛을 따라 움직이면서 시시각각 변해가는 모습과, 덩치가 산만 한 말들이 바깥 대로변을 느릿느릿 걸어가는 모습을 바라보고 있었다. 그때 내 뒤편 오른쪽으로 난 카페 문이 열리는가 싶더니, 모습을 드러낸 한 남자가 내가 앉은 테이블을 향해 걸어 나왔다.

"오오오, 여기 계셨군 그래." 그가 말했다.

포드 매덕스 포드였다. 당시 그는 스스로를 그렇게 불렀다.[3] 그는 숱 많고 빛바랜 금발의 콧수염 너머로 거칠게 숨을 몰아쉬면서, 잘 차려입은 걸어 다니는 와인 통처럼 꼿꼿하게 서 있었다.

"함께 앉아도 되겠소?" 나한테 물어보기도 전에 의자에 앉으면서 그가 말했다. 그의 창백한 눈꺼풀과 흐릿한 금발의 눈썹 아래 지친 듯한 옅고 푸른 눈동자는 대로변을 응시하고 있었다.

"나는 내 인생에서 족히 몇 년은 저 짐승들을 인도적으로 도축하는 데 보냈다오." 그가 말했다.

"전에도 하신 말씀입니다만." 내가 말했다.

"그렇지가 않을 텐데."

"분명히 말씀하셨습니다."

"참 희한한 일이로군. 난 평생 그 누구에게도 이런 이야기를 한 적이 없다오."

"한잔하시겠습니까?"

옆에 와 서 있는 웨이터에게 포드는 샹베리 카시스 칵테일로 하겠다고 말했다. 홀러덩 벗어진 정수리 위로 몇 가닥 안 남은 머리카락에 기름을 발라 말끔하게 빗질해서 옆으로 넘기고, 옛날 용기병* 스타일의 콧수염을 빽빽하게 기른 키가 훌쩍 크고 깡마른 웨이터가 주문을 확인하자 포드가 말했다.

"아니오, 그냥 '물 탄 코냑'**으로 한 잔 주시오."

"손님께선 '물 탄 코냑' 한 잔이요." 웨이터가 주문을 재차 확인했다.

나는 언제나 될 수 있으면 포드를 똑바로 쳐다보지 않으려 했고, 밀폐된 공간에서 그와 가까이에 있을 때면 가급적 숨을 참곤 했다. 하지만 지금 여긴 바깥이고, 실바람을 타고 낙엽들이 내가 앉은 테이블 옆에서 그의 테이블을 지나 다시 테라스 옆 인도를 따라 날리고 있어, 그를 찬찬히 뜯어보던 나는 곧 후회하고 얼른 대로변 쪽으로 시선을 돌려버렸다. 그러는 사이에 시시각각 바뀌는 햇살은 아까보다 더 비껴가 있었다. 괜히 아까운 순간만 놓치고 말았다. 혹시나 포드의 등장으로 술맛이 떨어지지나 않았는지 남아 있던 술을 마셔 보았지만, 술맛은 여전히 좋았다.

"기운이 아주 없어 보이오만." 그가 말했다.

"아니, 그렇지 않습니다."

"아니오, 그리 보이니 그러오. 밖으로 좀더 많이 나돌아다녀야겠

---

* 16~17세기 이래 유럽에 있었던 기마병으로, 끝이 뾰족하고 아래로 처진 콧수염을 길렀다.

** Fine à l'eau, 코냑과 물을 1대 3의 비율로 희석한 아페리티프로, 제2차 세계대전 전까지 프랑스 사람들이 코냑을 마시는 가장 흔한 방식이었다. 코냑은 프랑스 서부 지방산의 질 좋은 브랜디를 말한다.

소. 내가 들른 이유는 말이오, 조촐한 저녁 모임을 가질 예정이라 선생을 초대하기 위해서라오. 카르디날 르무안가의 콩트르스카르프 광장 근처에 있는 발 뮈제트[4]인데, 그렇게 재미있다고들 하는 곳이라오."

"선생님이 파리로 오시기 전부터 불과 얼마 전까지 제가 바로 그 위에서 2년 동안 살았습니다."*

"희한한 일도 다 있군 그래, 정말이오?"

"그럼요." 내가 말했다. "정말이죠. 그 집 주인이 택시가 있어서, 제가 비행기를 타야 할 일이 있으면 택시로 이륙장까지 데려다주기도 했는데요. 비행장으로 출발하기 전에 어두컴컴한 그 댄스홀에 들러, 카운터 바에 같이 앉아 화이트 와인도 한 잔씩 하곤 했죠."

"나는 말이오, 한 번도 비행기 타는 게 좋았던 적이 없었소." 포드가 말했다. "그럼 선생과 부인은 토요일 밤에 발 뮈제트로 오는 걸로 하시오. 대단히 즐거운 곳이니까 말이오. 찾아올 수 있도록 내가 지도를 그려 드리리다. 내가 정말로 우연히 알게 된 곳이라오."

"카르디날 르무안가 74번지 1층이잖습니까." 내가 말했다. "제가 바로 거기 3층**에 살았다니까요."

---

* 헤밍웨이는 1922년 1월 9일에서 1923년 8월까지 월세 250프랑(약 18달러)으로 카르디날 르무안가 74번지 4층에 살았다. 포드는 그곳 1층 '발 오 프렝탕'에서 1922년부터 1924년까지 매주 문예 모임을 주도하면서 명성을 쌓았다.

** 프랑스에서 건물은 1층이 아니라 0층부터 시작한다. 실제로는 4층에 살았지만, 대화 장소가 파리였고 파리에 사는 동안 익숙해져 있어 이렇게 말한 듯하다.

"거긴 번지수가 없는 덴데." 포드가 말했다. "뭐 그래도, 콩트르스카르프 광장만 찾으면 올 수 있을 것이오."

나는 또 한 번 술을 죽 들이켰다. 웨이터가 포드가 주문한 술을 가져오자, 포드는 그에게 술을 잘못 가져왔다고 말했다. "내가 시킨 건 말이오, 브랜디 앤 소다*가 아니라는 말이오." 친절하게 배려하는 듯하지만 엄한 말투로 그가 말했다. "샹베리 베르무트 카시스 칵테일**을 주문한 거래도 말이오."

"괜찮아요, 장." 내가 말했다. "'코냑'은 제가 마실게요. 이분께는 지금 말씀하신 걸로 갖다 드리면 될 것 같습니다."

"내가 말한 걸로." 포드가 다시 정정해서 말했다.

그때 망토를 걸치고 수척해 보이는 한 남자가 인도를 지나갔다. 키가 큰 여자와 함께였는데, 우리 테이블 쪽을 흘끗 쳐다보고는 대로변으로 내려갔다.

"내가 말이오, 방금 지나간 남자를 모르는 척 무시했는데, 선생 보셨소?" 포드가 말했다. "내가 좀 전의 그 남자를 모르는 척 무시한 걸 보셨나 묻지 않소?"

"아뇨, 누군데 모르는 척 무시하셨다는 말씀입니까?"

"벨록[5]이라오." 포드가 말했다. "내가 그 작자를 모르는 척했단 말이오."

"저는 보지 못했는데요." 내가 말했다. "그런데 그 사람을 왜 모르

---

 * '물 탄 코냑'의 영어식 표현.
 ** 샹베리산 베르무트에 까막까치밥나무 열매로
    만든 카시스 리큐어를 곁들여 마시는 것으로,
    1920~30년대에 유명했던 클래식 칵테일이다.

는 척하셨습니까?"

"이유를 들자면 한도 끝도 없는 게 문제지." 포드가 말했다. "어쨌든 분명히 난 그를 모르는 척했으니까."

그는 기분이 너무 좋아 어쩔 줄 몰라 했다. 벨록을 한 번도 본 적이 없었던 나는 그가 우리를 보았다는 말이 믿기지 않았다. 조금 전그 사람은 뭔가를 골똘히 생각하고 있는 것처럼 보였고, 우리 테이블을 거의 무의식적으로 흘끗 봤을 뿐이었다. 아무튼 포드가 그에게 무례했다는 생각이 들자 기분이 좋지 않았다. 이제 막 글쓰기에 입문한젊은이로서 나는 선배 작가인 그를 무척 존경하고 있었기 때문이다. 요즘 같아서는 이해하기 어렵겠지만, 그 시절엔 흔한 정서였다.

벨록이 정말로 우리 테이블에 들렀더라면, 그래서 내가 그를 만났더라면 너무 좋았겠다는 생각이 들었다. 포드를 만나는 바람에 엉망이 되어버린 그날 오후를 벨록이 만회해줬을 것만 같았다.

"그런데 선생은 어째서 브랜디를 마시고 있는 것이오?" 포드가 나에게 물었다. "브랜디를 마시기 시작하는 게, 젊은 작가에게는 얼마나 치명적인지 모르는 것이오?"

"그리 자주 마시지는 않습니다." 내가 말했다. 그때 나는 에즈라 파운드가 포드에 대해 했던 말을 애써 떠올리고 있었다. 절대로 포드에게 무례하게 행동해서는 안 되며, 그는 아주 피곤할 때만 거짓말을 하고, 정말로 훌륭한 작가로, 아주 치열한 집안 분란을 겪은 사람이라는 사실을 잊으면 안 된다는 이야기였다. 나는 힘겹게 이런 말들을 떠올리려 애를 썼지만, 손만 뻗으면 닿는 거리에 육중한 몸으로 숨을 쌕쌕거리면서 말하는 비열한 포드가 있다는 그의 존재 자체만으로도, 그러한 나의 노력을 힘겹게 만들고 있었다. 하지만 나는 노력했다.

"사람들은 왜 모르는 척하는 걸까요?" 내가 물었다. 그전까지만 해도 나는 그런 건, 위다[6]의 소설에서나 나오는 일인 줄로만 알았다. 나한테 위다의 소설은 아무리 읽으려 해도 도저히 읽히지가 않던 소설이었다. 심지어는 스위스의 어떤 스키 리조트에 갔을 때였는데, 후덥지근한 남풍이 불어올 무렵이 되자 읽을거리가 바닥이 나면서 남은 거라곤 세계대전 이전에 나온 타우흐니츠 문고밖에 없을 때조차, 위다의 소설에는 도무지 손이 가지 않았다. 그러나 어떤 일종의 본능적인 육감으로, 나는 그녀의 소설 속 인물들이 서로 모르는 척하고 있다는 확신이 들었던 것이다.

"신사라면 말이오." 포드가 설명하기 시작했다. "신사가 아닌 비열한 인간들은 언제나 모르는 척하는 법이라오."

나는 브랜디를 벌컥 들이켰다.

"신사는 그럼, 교양 없는 사람도 모르는 척할까요?" 내가 물었다.

"신사가 그런 망나니와 알고 지낼 리 만무하지."

"그럼 대등한 관계로 알고 지내는 누군가만 모르는 척할 수 있다는 말씀이군요?" 내가 집요하게 물고 늘어졌다.

"당연하오."

"그럼 그런 비열한 인간은 어떻게 하면 만날까요?"

"혹 만나고도 그런 놈인지 몰랐거나, 아니면 그 놈이 나중에 비열한 인간이 됐을 수 있거나 아니겠소."

"그렇다면 비열한 인간이란 어떤 사람을 말하는 겁니까?" 내가 물었다. "두들겨 패서 반쯤 죽여놓아야 할 그런 사람 아닐까요?"

"꼭 그렇다고는 할 수 없소." 포드가 말했다.

"그럼 에즈라는 신사인가요?" 내가 물었다.

"물론 아니오." 포드가 말했다. "그 사람은 미국인이잖소."

"아니 그럼, 미국인은 신사가 될 수 없습니까?"

"존 퀸[7]이라면 또 모를까." 포드가 설명을 했다. "선생 나라 대사 중에도 몇 사람이 있다오."

"마이런 T. 헤릭[8] 말씀입니까?"

"그럴지도 모르오."

"헨리 제임스는 그럼 신사였습니까?"

"아주 거의 그렇다고 볼 수 있겠소."

"선생님께선 신사이십니까?"

"당연하오. 난 황제 폐하의 장교로 임명되었던 사람이라오."

"참 복잡도 하군요." 내가 말했다. "그럼 저는 신사입니까?"

"절대 아니지." 포드가 말했다.

"그렇다면 선생님께선 지금, 왜 저와 함께 술을 마시고 계신 건가요?"

"나는 지금 앞날이 촉망되는 젊은 작가로서의 선생과 함께 술을 마시고 있는 거라오. 실상은 동료 작가로서라는 말이오."

"대단히 고마우신 말씀입니다." 내가 말했다.

"어쩌면 선생은 말이오, 혹 이탈리아에서라면 신사가 될 수 있을지도 모르오." 아량을 베푸는 듯한 표정으로 포드가 말했다.

"그런데 제가 비열한 인간은 아닙니까?"

"물론 아니라오, 이보시게. 어디서 그런 말을 들은 적이라도 있는 것이오?"

"제가 그런 인간이 될지도 몰라서 말입니다." 슬픈 목소리로 내가 말했다. "이렇게 브랜디까지 다 마시니 말입니다. 바로 트롤럽[9] 소설에 나오는 해리 핫스퍼 경이나 했던 행동 아니겠습니까. 그런데 트롤럽은 신사였나요?"

"물론 아니오."

"확실합니까?"

"거기에는 두 가지 견해가 있을 수 있소만, 내 견해로는 아니라오."

"필딩[10]은요? 판사였지요, 그 사람은."

"엄밀히 따지면, 그럴지도 모르겠소."

"그럼 말로[11]는요?"

"물론 아니지."

"존 던[12]은요?"

"그 사람은 사제였잖소."

"아주 재미있군요." 내가 말했다.

"재미있어하니 다행이오." 포드가 말했다. "난 선생과 함께 물 탄 브랜디나 한잔해야겠소, 선생이 가기 전에 말이오."

포드가 가고 나자 주변은 온통 캄캄해져 있었다. 나는 신문 가판대까지 걸어가 석간 최종판 경마 신문 『파리 스포르 콩플레』 한 부를 사왔다. 그날 오퇴이유 경마장에서 있었던 경기 결과와 다음 날 앙갱 경마장에서 열릴 대회 정보를 보기 위해서였다. 장과 교대한 웨이터 에밀이 오퇴이유의 최종 결과를 보려고 내 테이블로 왔다. 그날따라 릴라에 오는 일이 거의 없던 나의 막역한 친구도 카페에 들어왔다가 우리와 함께 앉았다. 내 친구가 에밀에게 음료를 주문하고 있던 바로 그때, 망토를 걸치고 수척해 보이던 그 남자가 아까 봤던 키 큰 여자와 함께 우리 테이블 옆 인도를 지나갔다. 어쩌다 그의 눈길이 흘끗 우리 테이블에 머무는가 싶었는데, 이내 시야에서 사라져버렸다.

"방금 지나간 저 사람, 힐레어 벨록이야." 내가 친구에게 말했다. "아까 말이야, 포드가 왔는데, 저 사람을 보고도 모르는 척했다 하더라고."

"멍청한 소리 좀 하지 마." 내 친구가 말했다. "저 사람은 말야, 악마 연구가 알레이스터 크로울리[13]라고. 세상에서 가장 사악한 사람으로 알려진 사람이라니까."

"저런." 내가 말했다.

포드 매덕스 포드와 악마의 제자

1) Jules-Jean-Paul Fort, 1872~1960, 프랑스의 후기 상징주의 시인, 극작가.

2) Blaise Cendrars, 1887~1961, 프랑스로 귀화한 스위스의 시인이자 작가. 본명은 프레데릭 루이 소제(Frédéric Louis Sauser)로 광대한 세계를 편력한 경험으로 시의 세계주의를 확립했으며, 『에펠탑』(1914)은 20세기 초의 기념비적 작품이다. 제1차 세계대전에 참전하여 오른쪽 팔을 잃었다.

3) 독일인 아버지와 영국인 어머니 사이에서 태어난 포드의 본명은 포드 헤르만 휘퍼(Ford Hermann Hueffer)다. 외조부이자 영국의 라파엘 전파 화가인 포드 매덕스 브라운(Ford Madox Brown, 1821~93)을 기리며 자신의 이름을 포드 매덕스 포드로 바꾸었는데, 그 이유가 제1차 세계대전 이후로 팽배해진 프랑스의 독일에 대한 악감정을 피하기 위함이었다는 주장도 있다.

4) Bal musette, 아코디언 밴드에 맞춰 춤추는 대중 댄스홀. 헤밍웨이의 아파트 1층에 있던 '발 오 프렝탕'(Bal au Printemps, 봄의 무도회라는 뜻)을 말한다. 헤밍웨이의 『태양은 다시 떠오른다』에서 주인공 제이크 반즈가 브렛 애슐리를 처음 만나는 댄스 클럽으로 등장한다.

5) Joseph Hilaire Pierre René Belloc, 1870~1953, 영국의 시인이자 역사가, 수필가.

6) Ouida, 1839~1908, 본명은 마리아 루이즈 라메(Maria Louise Ramé)이지만 '위다'라는 필명으로 활동한 영국의 여성 소설가로, 수많은 멜로 드라마풍의 소설로 이름을 알렸다. 개에 대한 깊은 애정과 예술에 대한 정열을 쏟은 아동문학 『플랜더스의 개』(A Dog of Flanders, 1872)가 유명하며, 활동 초기에는 낭만주의적인 경향을 보이면서 선정적이고 허세가 가득하다는 평판을 받았다.

7) John Quinn, 1870~1924, 아일랜드계 미국인 법인 고문 변호사로, 후기 인상주의 회화와 모더니즘 문학의 후원자였다.

8) Myron Timothy Herrick, 1854~1929, 미국의 공화당 소속 정치인. 1912~14년, 1921~29년 프랑스 주재 미국 대사를 역임했다.

9) Anthony Trollope, 1815~82, 영국의 소설가. 19세기 중반의 영국 사회를 냉정한 시선으로 전달하는 사실적 작품으로 높이 평가받고 있다. 본문에 언급된 인물은 그의 작품 『험블스웨이트의 해리 핫스퍼 경』(*Sir Harry Hotspur Of Humblethwait*, 1871)의 주인공이다. 노섬버랜드 백작의 장남인 해리 퍼시(속칭 핫스퍼 경)는 자신의 힘을 과신해 헨리 4세를 상대로 준비되지 않은 반란을 도모했다가 패망한다.

10) Henry Fielding, 1707~54, 영국 근대 소설의 아버지로 불리는 소설가이자 극작가. 검열령이 제정되어 많은 극장이 폐쇄되자, 법률 공부를 해서 판사로 활약했다.

11) Christopher Marlowe, 1564~93, 셰익스피어와 동시대의 영국 극작가, 시인. 케임브리지와 옥스퍼드 출신의 재능 있는 극작가 중에서도 가장 뛰어나고 개성이 뚜렷한 작가였다.

12) John Donne, 1572~1631, 불굴의 열정과 냉철한 논리와 해박한 지식으로 20세기 현대시에도 깊은 영향을 미친 영국의 시인이자 성직자.

13) Aleister Crowley, 1875~1947, 20세기 역사상 가장 악명 높은 마술사. 끊임없는 배덕적인 흑마술과 성행위, 마약 등으로 '세계 최대의 악인' 혹은 '타락마왕'으로 불렸다.

카페 르 돔에서 파스킨과 함께

정말로 날씨가 좋은 저녁이었다. 온종일 열심히 작업에 매달렸던 나는, 노트르 담 데 샹가 113번지 제재소 건너편에 있던 우리 아파트에서 내려와 목재들이 쌓여 있는 안마당을 지나 밖으로 나왔다. 대문을 닫고 길을 건너 몽파르나스 대로에서 바로 보이는 빵집 뒷문으로 들어가, 오븐과 가게 안에서 진동하는 맛있는 빵 냄새를 뚫고 거리로 나왔다.* 빵집은 불이 환하게 밝혀져 있었고, 바깥세상은 하루가 끝나가려 하고 있었다. 황혼이 드리우기 시작한 거리를 걷던 나는 네그르 드 툴루즈 식당 테라스 앞에서 걸음을 멈췄다. 나무 링에 끼워진 냅킨꽂이 속의 빨간색과 흰색 체크무늬 냅킨들이 저녁 식사를 하러 올 사람들을 기다리고 있었다. 자줏빛 잉크로 밀어서 찍어낸 등사판 메뉴를 보니, '오늘의 요리'는 '카술레'**였다. 그 글자를 보는 것만으

---

* 헤밍웨이는 자신의 아파트 바로 맞은편 건물의 빵
집 뒷문을 몽파르나스 대로로 나오는 지름길로 애
용했다. 몽파르나스 대로 151-2번지에는 상호는
계속 바뀌었지만 지금도 '멜리-멜로'라는 빵가게
가 있다.

** cassoulet, 주재료인 쇠고기와 강낭콩 등을 넣어 뭉
근히 끓인 스튜로 랑그독 지방의 향토 음식.

로도 배에서는 꼬르륵 소리가 났다.

식당 주인 라비뉴 씨가 하고 있던 작업은 어떻게 됐는지 물어, 나는 아주 잘됐다고 대답했다. 이른 아침 클로저리 데 릴라의 테라스에서 작업하고 있는 나를 봤지만, 내가 너무 글에 집중하고 있어서 말을 붙이지 못했다고 했다.

"아침에 선생님은 정글에 혼자 있는 사람 같던데요." 그가 말했다.

"일할 때는 눈앞에 아무것도 안 보이는 돼지 같죠, 제가."

"아니 그럼, 정글에 계신 게 아니었던가요, 선생님?"

"풀숲이었지요." 내가 대답했다.

나는 쇼윈도를 구경하면서 몽파르나스 대로를 올라갔다. 천금 같은 봄날 저녁에, 거리를 지나가는 사람들을 바라보면서 편안한 행복감에 젖어들었다. 세 곳의 주요 카페*에는 나와 안면이 있는 사람들도 보였고, 만나면 말을 건넬 정도로만 알고 지내는 다른 사람들도 보였다. 하지만 언제나처럼 내가 아는 사람들보다 내가 모르는, 더 멋있어 보이는 사람들이 훨씬 더 많았다. 그 사람들은 여기저기 도시의 불이 밝혀지는 저녁이 되기가 무섭게, 함께 술을 마시고 식사를 하고 그러다가 서로 사랑을 나눌 어딘가로 서둘러 갈 사람들이었다. 주요 카페에 있는 사람들이 다 그런 사람들일 수도 있었고, 아니면 그저 남들에게 보여주기 위해 그곳에 앉아서 술을 마시고 이야기를 하고 사랑을 하는 사람들일 수도 있었다. 내가 좋아하는 사람들과 그날 나와 마주치지 않은 사람들은 그보다 규모가 큰 대형 카페에 다

* 몽파르나스 대로와 라스파유 대로의 교차로에 모여 있는 라 로통드, 르 돔, 르 셀렉트를 말한다.

넜다. 그런 대형 카페에서는 많은 사람들 틈 속에 묻혀 있다 보면, 다른 사람들 눈에 띄지 않아 혼자 조용히 있을 수도 있었고 그곳에 있는 사람들과 함께 어울려 있을 수도 있었다. 당시 그런 대형 카페는 가격도 저렴했는데, 잔 받침에 딱 적혀 나오는 가격도 적당했을 뿐만 아니라 맥주와 아페리티프는 하나같이 다 맛있었다.

그날 저녁 나는 그처럼 지극히 건전하지만 그렇게 대수로울 것도 없는 생각들을 하면서, 전에 없이 나 자신이 대견해서 우쭐해하고 있었다. 경마장에 가고 싶은 너무도 강렬한 충동을 억누르고, 그날 하루의 작업을 무사히 잘 마쳤기 때문이다. 그때는 경마장에 가서 잘만 하면 돈을 벌 수 있는 길이 눈에 보였는데도 차마 갈 수가 없었다. 당시는 인위적으로 약물을 투여한 말인지 감식하는 타액 검사나 여타의 검사가 실시되기 전이어서, 금지된 약물 투여가 아주 대대적으로 행해지고 있던 때였다. 그러나 패덕에서 흥분제에 반응하는 말들을 점찍어두었다가 그런 증상을 찾아내고, 때론 육감에 가까운 직감으로 승자를 예측해서 절대로 잃어서는 안 되는 돈을 그런 말에게 거는 것이, 먹여 살려야 할 아내와 자식이 있고, 온종일 소설 쓰는 일에만 전념해야 할 직업으로 성공하려는 한 젊은이가 갈 길은 아니었던 것이다.

우리가 정말로 가난했던 시절에는 경마장은 포기하고 살아야 했다. 한 푼이라도 경마에 걸기엔 가난은 여전히 너무나도 우리 가까이 있었다. 그 어떤 기준에서 봐도 우리는 여전히 너무 가난했다. 여전히 나는 밖에서 점심 약속이 있다고 말하고 집에서 나와, 뤽상부르 정원에서 두 시간쯤 걷다가 돌아와 아내에게 그날 내가 먹은 대단히 훌륭한 점심 메뉴에 대한 설명을 늘어놓음으로써, 그런 알량한 돈이

나마 절약하면서 생활하고 있었다. 누구나 스물다섯이라는 나이에, 그것도 나처럼 타고나길 덩치가 크게 타고난 사람이라면, 단 한 끼만 걸러도 정말 견디기 힘들 정도로 배가 고프기 마련이다. 하지만 그 덕분에 모든 것에 대한 통찰력이 예리해지기도 한다. 나는 내 이야기 속에 등장하는 많은 인물들이 대단히 식욕이 왕성하고 음식에 대한 남다른 기호와 식탐이 있으며, 그들 중 대부분은 틈만 나면 술 마실 궁리만 하고 있다는 사실을 새삼 깨달았다.

네그르 드 툴루즈에 가면, 우리는 풍미가 깊고 진한 자줏빛이 도는 카오르산 와인을 4분의 1병이나 반병, 가끔은 한 병 가득 담아 대개의 경우 물과 와인을 1대 3의 비율로 희석해서 마셨다. 제재소 건너편 우리 집에는 굉장히 풍미가 뛰어난 명품인데도 가격은 저렴한 코르시카산 와인이 있었다. 진정한 코르시카 와인이라 할 와인이었는데, 물을 3분의 1이 아니라 반이나 타서 마셔도 그 고유의 향취는 변함없이 그대로 전해져왔다. 당시 파리는 가끔가다 한 번씩 끼니를 거르기도 하고 옷만 새로 사지 않는다면, 가진 게 거의 아무것도 없다시피 해도 아주 잘 살 수 있었을 뿐만 아니라 저축도 하면서 나름대로 사치도 부릴 수 있는 곳이었다.

방금 전 나는 르 셀렉트에 들어가려다가 해럴드 스턴스[1]를 발견하고, 바로 등을 돌려 나와버렸다. 그가 말 이야기를 꺼내려 할 거라는 걸 알고 있었기 때문이다. 한 치의 거짓도 없이 그리고 아무런 거리낌도 없이, 그 순간 나한테 그런 경주마들은 약물 투여로 흥분한 짐승일 뿐이었다. 바로 그날 나는 진지한 작가로서 열심히 글을 쓰기 위해, 다시는 앙겡 경마장에 가지 않겠다고 맹세한 참이었기 때문이다.

이제 다시 나 자신에 대한 대견함으로 한껏 우쭐해진 저녁으로 돌아온 나는, 타락과 군집본능을 경멸하면서 라 로통드에 있는 정신병 환자 무리들을 지나 몽파르나스 대로를 건너 르 돔으로 갔다. 르 돔도 붐비는 건 마찬가지였지만, 그곳에는 그날 하루 열심히 일을 했던 사람들이 있었다.

꼼짝도 하지 못하고 포즈를 취했던 모델들이 있었고, 해가 지기 전까지 그 모델들을 그렸던 화가들이 있었고, 좋든 나쁘든 그날 하루의 작업을 마친 작가들이 있었고, 그리고 술꾼들과 어딜 가나 붙박이처럼 죽치고 있는 인물들이 있었다. 그중 몇 사람은 내가 아는 사람들이었고, 또 다른 몇 사람은 그저 장식품처럼 앉아 있는 사람들이었다.

카페로 들어간 나는 모델 자매와 함께 있는 파스킨[2]에게로 가서 앉았다. 내가 들랑브르가 쪽 보도에 서서 한잔하러 들어갈지 말지 망설이고 있을 때, 파스킨이 나를 향해 손을 흔들었던 것이다. 파스킨은 대단히 훌륭한 화가였다. 그는 그때도 취해 있었는데, 화가로서의 감을 잃지 않으려고 일부러 계속 술을 마셔서 늘 취한 상태로 있었기 때문이다.

두 모델은 자매 사이로 앳돼 보였고 예뻤다. 동생은 아주 검은 머리카락에 체구가 아담하면서 예뻤는데, 괜히 연약한 척하는 모습에 왠지 모를 퇴폐적인 매력이 있었다. 그녀는 남자도 좋아하는 레즈비언이었다. 언니는 어린아이같이 천진난만하면서 생기가 없어 보였지만, 또 그런 아이같이 다치기 쉽고 불안정해 보이는 모습이 무척 예쁘게 느껴졌다. 그녀는 동생만큼은 아니어도 그해 봄 길거리를 다니는 그 어떤 여자보다도 몸매가 예뻤다.

"착한 언니와 못된 동생이죠." 파스킨이 말했다. "나 돈 있습니다. 선생, 뭘로 하시겠습니까?"

"'드미 블롱드'*로 한잔할까요." 내가 웨이터에게 말했다.

"위스키로 하세요. 나 돈 있다니까요."

"그냥 맥주가 좋아서요."

"정말로 맥주가 좋으면 리프에 가셨겠죠, 뭘. 딱 보니까, 작업하다가 오시는 길이로군요."

"맞습니다."

"어떻게, 잘되어 갑니까?"

"그런 것 같긴 합니다."

"좋군요. 다행이오. 그런데 요즘도 다 그렇게 맛이 있습니까?"

"뭐, 그렇죠."

"선생 나이가 어떻게 되셨던가요?"

"스물다섯입니다."

"이 친구 안아보고 싶지 않습니까?" 검은 머리의 동생 쪽을 보며 미소를 지으면서 그가 말했다. "이 친군 그러고 싶은 눈친데요, 보니까."

"오늘 선생님이 충분히 안아주시지 않았을까요."

그러자 그녀가 나를 향해 활짝 웃어 보이며 말했다. "우리 선생님, 많이 짓궂으시죠. 하지만 좋으신 분이에요."

"이 친구, 선생 작업실로 데려가도 된다오."

---

* demi-blonde, 흑맥주가 아닌 황금색의 '보통 맥주 250시시'라는 뜻.

"그런 음란한 말 좀 하지 마세요, 정말." 금발의 언니가 말했다.

"누가 너한테 그랬지?" 파스킨이 그녀에게 말했다.

"아무도 안 그랬어요. 그냥 해본 말이에요."

"자자, 우리 서로 편하게들 있자고." 파스킨이 말했다. "진지한 젊은 작가와, 다정하고 지혜로운 늙은 화가와, 앞날이 창창한 아름다운 두 소녀분들."

우리는 함께 앉아, 여자들은 음료수를 홀짝홀짝 마시고 파스킨은 '물 탄 코냑'을 한 잔 더 마셨고, 나는 맥주를 마셨다. 하지만 파스킨 말고 편하게 있는 사람은 아무도 없었다. 검은 머리의 동생은 잠시도 가만있지 못하고 옆으로 얼굴을 돌려 앉았다가 자신의 동그스름한 얼굴 곡선을 햇빛에 비춰 보았다가 하면서, 몸에 착 달라붙은 검은 스웨터 아래 가슴을 나에게 드러내 보이고 있었다. 짧게 자른 그녀의 머릿결은 동양 여자의 머리카락처럼 반들반들 윤이 나고 칠흑같이 검었다.

"너는 오늘 하루 종일 포즈를 취했으면서도 말이지, 카페에서 지금 또 그 스웨터를 입고 꼭 그렇게 모델 티를 내야겠니?" 파스킨이 그녀에게 말했다.

"난 그냥, 이 옷이 좋으니까 그렇죠." 그녀가 말했다.

"꼭 자바 인형 같기만 한데, 뭘." 그가 말했다.

"눈은 그렇게 안 생겼어요, 뭐." 그녀가 말했다. "까맣기만 한 그런 인형보다 제 눈은 훨씬 더 복잡하게 생겼다고요."

"그러니까 가엾은 타락한 꼬마 인형 같은데."

"아무러면 그럴까요." 그녀가 말했다. "어쨌든요, 생생하게 생기가 넘치잖아요. 선생님보다는요."

"그건 봐야 알겠는데."

"좋아요." 그녀가 말했다. "저도 보여주고 싶어요."

"오늘은 그럴 일이 전혀 없었던가?"

"아, 그게요." 이렇게 말하고, 그녀는 몸을 돌려 마지막 저녁 햇살을 얼굴 가득 받고 있었다. "오늘은 선생님이 온통 작업에만 정신이 팔려 계셨잖아요. 요즘 우리 선생님은요, 캔버스와 사랑에 빠지셨거든요." 그녀가 이번에는 나를 보며 말했다. "캔버스에 보면요, 늘 뭔가 더러운 게 묻어 있다니까요."

"그러니까 너는 내가 널 그려도 주고, 돈도 주고, 너도 안아주면서 머리도 맑게 유지하고, 거기다 너와 사랑에도 빠지길 원하는 거로구나." 파스킨이 말했다. "요 깜찍한 꼬마 인형 녀석아."

"선생님도 제가 맘에 드시는 거죠, 그렇죠 선생님?" 그녀가 나를 보며 물었다.

"네, 무척."

"근데 키가 너무 크시네요, 선생님은." 그녀가 슬픈 표정으로 말했다.

"잠자리에선 누구나 다 같습니다."

"말도 안 돼." 그녀의 언니가 말했다. "그리고 이제 정말 이런 이야기, 너무 지겨워요."

"자, 자." 파스킨이 말했다. "그럼 말이다, 내가 캔버스와 사랑에 빠졌다고 생각한다니까, 내일은 널 수채화로 그려주면 되겠니?"

"그런데 우리 밥은 언제 먹어요?" 그녀의 언니가 물었다. "근데 어디서 먹어요?"

"선생님도 우리랑 같이 식사하러 가실래요?" 검은 머리의 동생이 나에게 물었다.

"아닙니다, 난 집에 가서 내 '레지팀'*과 같이해야죠."

이 말은 당시 프랑스 사람들이 쓰던 말이었는데, 요즘에는 '레귈리에르'**라고 한다.

"가야 되오?"

"가야 되기도 하고, 알아서 빠져드리려고요."

"가셔야지, 그렇다면." 파스킨이 말했다. "그렇다고 타이프 용지랑 사랑에 빠져서는 안 되오."

"그렇게 되면, 연필로 쓰겠습니다."

"내일은 수채화라오." 그가 말했다. "좋다, 얘들아, 난 한 잔 더 마시고, 그러고 나면 너희들이 가고 싶은 데로 가서 식사를 하자꾸나."

"우리 바이킹으로 가요." 그의 말이 떨어지기가 무섭게 검은 머리의 동생이 말했다.

"거기에 오는 잘생긴 북유럽 스타일 남자들하고 날 비교하고 싶어서 그러는 거지, 안 돼."

"바이킹엔 그 재미로 가는걸요." 검은 머리의 동생이 말했다.

"나도." 그녀의 언니가 한술 거들었다.

"좋아." 파스킨이 말했다. "굿 나잇 '젊은 양반'. 잘 자게나."

"선생님도요."

"나는 쟤네들이 가만 놔두질 않아서 말이오." 그가 말했다. "한숨도 못 잘 거요."

---

* légitime, 프랑스어로 본처라는 뜻의 속어.
** régulière, 프랑스어로 아내라는 뜻의 속어.

"오늘 밤은 주무세요."

"바이킹에 갔다 와서 말이오?" 모자를 머리 뒤로 올려 쓰면서, 그가 활짝 웃어 보였다. 그런 그의 모습은 잘생긴 화가라기보다는, 1890년대 브로드웨이 연극에 나오는 극중 인물 같았다. 이후 그가 목을 매어 자살했을 때,* 나는 그날 밤 카페 르 돔에서 보았던 모습으로 그를 기억하고 싶었다. 사람들은 말하길 앞으로 우리가 무엇을 할지 결정짓는 씨앗은 우리 모두의 안에서 자라고 있다고 한다. 그런데 내가 보기에, 농담을 하면서 사는 사람들에게서 자라는 씨앗은 언제나 보다 더 비옥한 토양과 보다 더 양질의 비료로 덮여 있는 것 같았다.

---

* 우울증과 알코올 중독에 시달리던 중, 개인전이
열리기 전날 밤인 1930년 6월 2일 몽마르트르의
스튜디오에서 손목을 긋고 목을 매어 자살했다.
그때 그의 나이 45세였다.

카페 르 돔에서 파스킨과 함께

1) Harold Edmund Stearns, 1891~1943, 미국의 비평가, 수필가. 피터 피컴 (Peter Pickem)이란 필명으로 유럽판 『시카고 트리뷴』에 기고하면서 경마전 문가가 되었다.

2) Jules Pascin, 1885~1930, 불가리아 태생의 미국인 화가. 본명은 줄리어스 모데카이 핀카스(Julius Mordecai Pincas)로, 부유한 상인이자 오스트리아 황제의 영향력이 막강한 재외 사절이었던 아버지의 반대를 무릅쓰고, 독일에서 그림 공부를 하고 파리로 왔다. 몽파르나스를 무대로 한 예술계의 모더니스트 운동을 주도했으며 '몽파르나스의 왕자'로 불리었다. 온화하고 엷은 색조와 묘한 분위기가 특징이었다. 우울증과 알코올 중독에 시달리던 중, 조르주 쁘띠 갤러리에서 초대전이 열리기 전날 밤인 1930년 6월 2일, 몽마르트르 스튜디오 욕조에서 손목의 정맥을 그었지만, 빨리 숨이 끊기지 않자 다시 목을 매어 자살했다. 그의 장례식 날 파리의 대부분의 갤러리가 문을 닫고 그를 애도했다.

제2부

파리는 영원하다

▲ 브라서리(호프 식당) 리프
"자, 그럼 지금 당장 어디로 가서 식사할지 알겠어? 리프지, 바로 거기서
식사도 하고 술도 마시는 거야. 리프를 향해 잰걸음으로 가는 동안,
지나는 곳 하나하나마다 내 눈과 코 못지않게 민감하게 반응하는
위장 덕분에 발걸음이 곱절은 더 신이 났다."(130쪽)

▼ 카페 로통드
"이제 다시 나 자신에 대한 대견함으로 한껏 우쭐해진 저녁으로
돌아온 나는, 타락과 집단본능을 경멸하면서 라 로통드에 있는 정신병 환자
무리들을 지나 몽파르나스 대로를 건너 르 돔으로 갔다."(158~159쪽)

▲ 카페 르 돔
"르 돔도 붐비는 건 마찬가지였지만, 그곳에는 그날 하루
열심히 일을 했던 사람들이 있었다."(159쪽)

▼ 아메리칸 바, 르 셀렉트
"방금 전 나는 르 셀렉트에 들어가려다가 해럴드 스턴스를
발견하고, 바로 등을 돌려 나와버렸다. 그가 말 이야기를
꺼내려 할 거라는 걸 알고 있었기 때문이다."(158쪽)

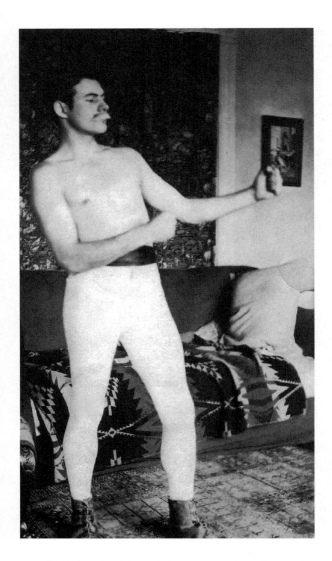

**친구 빌 스미스의 형 예러마이어 켄리 스미스와 함께 지내던
시카고의 아파트에서, 1921년**
당시 유명했던 헤비급 복싱 선수 존 설리번과 같은 의상에
가짜 콧수염을 달고 그의 흉내를 내고 있는 헤밍웨이.
예러마이어의 소개로 이곳에서 셔우드 앤더슨을 만났다.

파리에서의 두 번째 집인 노트르 담 데 샹가 113번지
제재소 집 안마당에 있는 헤밍웨이, 1924년

◀ 에즈라 파운드의 부인 도로시 셰익스피어, 1914년경
"에즈라의 부인 도로시의 그림은 무척 좋았는데, 나는 도로시가 대단히
아름답고 몸매도 아주 멋지다고 생각했다."(197쪽)

▶ 에즈라 파운드, 1913년
"에즈라 파운드는 지금까지 내가 아는 작가 중에 가장 관대하고
가장 사심이 없는 사람이었다. 그는 늘 자신이 신뢰하는 시인들과
화가, 조각가, 작가들에게 도움이 될 무언가를 하고 있었고,
그가 신뢰하는 사람이든 아니든 어려움에 처한 사람이면
누구에게라도 도움의 손길을 내밀었다."(367쪽)

◀ 고디에 브르제스카의 「에즈라 파운드의 두상(頭像)」(1914)

▶ 일본 화가 구메 다미쥬로(久米民十郞)
"그 화가들은 모두 일본의 귀족 가문 출신으로 머리를
길게 기르고 있었는데, 까맣게 윤이 나던 머리카락은
그들이 허리를 굽혀 인사를 할 때마다
앞으로 흘러내리면서 찰랑거렸다."(197쪽)

에즈라의 아파트에서, 1923년
왼쪽부터 제임스 조이스, 에즈라 파운드, 포드 매덕스 포드,
변호사이자 예술 후원자 존 퀸.
"'그럼 에즈라는 신사인가요?' 내가 물었다.
'물론 아니오.' 포드가 말했다.
'그 사람은 미국인이잖소.'
'아니 그럼, 미국인은 신사가 될 수 없습니까?'
'존 퀸이라면 또 모를까,'
포드가 설명을 했다."(149~150쪽)

영국 화가 윈덤 루이스, 1913년
"나는 처음 그의 얼굴을 보는 순간 개구리가 떠올랐는데,
그것도 커다란 황소개구리도 아닌
그냥 평범한 보통 개구리로, 파리라는 도시는
그에게는 너무나도 큰 물웅덩이였다."(199쪽)

1924년 2월경 제재소 안마당 별채 아파트에서 범비와 헤밍웨이

1924년 뤽상부르 정원에 있는 범비와 거트루드 스타인

피카소가 그린 자신의 초상화(1905~1906) 앞에 있는 거트루드 스타인, 1922년
"선생은 점점 로마 황제를 닮아갔다. 자신의 여자 친구가
로마 황제처럼 보이는 걸 좋아하는 사람이라면
문제될 건 없었다. 그러나 나는 프리울리에서 온
시골 아낙네 같아 보였던, 피카소가 그린 그 그림 속의 선생이
자꾸만 떠올랐다."(209쪽)

1924년 오스트리아 슈룬스에서 스키를 타고 있는 헤밍웨이와 해들리와 범비

◀ 1924년 슈룬스에서 헤밍웨이와 범비

▶ 1924년 슈룬스에서 슈나우츠와 함께 있는 헤밍웨이
"우리 침대 발치에 와서 잠을 자는 슈나우츠라는 개가 있었는데,
우리 스키 여행을 따라다니고 언덕을 뛰어 내려갈 때면
내 등이나 어깨 위로 올라타는 걸 좋아했다.
그는 꼬마 범비 군의 친구이기도 했다. 범비와 범비의 보모가 산책을
나오면 그도 따라나서 조그만 썰매 옆에서 함께 걷곤 했다."(252쪽)

1923년 1월 스위스 몽트뢰 레자방 마을에서 봅슬레이를 타는 헤밍웨이
오른쪽 맨 끝이 헤밍웨이다.

◀ 시인 치버 더닝, 1931년

▲ 시인 에반 시프먼. 1950년대

▼ 시인 어니스트 월시. 1920년대

카페 레 되 마고
"조이스가 같이 술 한잔하자고 해서,
우린 카페 되 마고에 들어갔다.
스위스산 화이트 와인만 마시는 그 친구가
언제나처럼 그럴 줄 알았는데,
그날 그는 드라이 셰리를 주문했다."(220쪽)

▲ 1920년대 클로저리 데 릴라의 모습

"봄가을에는 카페 바깥 미셸 네 원수 동상이 있는 교차로 옆
인도 쪽에 늘어선 가로수 그늘 아래 테이블이 놓여 있던 야외 테라스가 정말
멋졌다. 도로를 따라 길게 드리워진 커다란 차양 아래로 보통 크기의
평범한 테이블이 줄줄이 늘어서 있었다."(141쪽)

▼ 현재 클로저리 데 릴라 입구

◀ **클로저리 데 릴라 앞의 미셸 네 원수 동상**
"그때 내 발걸음은 가로등 불빛이 내 오랜 친구 미셸 네 원수의
동상을 비추고 있는 클로저리 데 릴라 앞에 멈춰 섰다.
한 손에 칼을 높이 뽑아 들고 서 있는 청동상 위로
가로수 그늘이 드리우고 있었다.… 그는 뒤따르는
휘하 하나 없이, 홀로 그곳에 서 있었다."(119쪽)

▶ **노트르 담 데 샹가 113번지의 헤밍웨이의 두 번째 집이 있던 곳**
헤밍웨이는 제재소 안마당 별채 2층에 살았다.
현재는 '어니스트 헤밍웨이 〈포드 매덕스 포드〉'라는 카페가 있다.
그는 이 집 바로 맞은편 건물에 있던
빵집 뒷문을 몽파르나스 대로로 나오는 지름길로 애용했다.

1925년 7월 산 페르민 투우 축제에 참가한 후 팜플로나의 카페에서
왼쪽부터 헤밍웨이, 해럴드 레브, 영국의 사교계 명사 레이디 더프 트위스든
(모자 쓴 여자), 해들리, 도널드 오그던 스튜어트(반쯤 가려진 사람),
레이디 더프의 연인 팻 거스리. 헤밍웨이의『태양은 다시 떠오른다』에서
도널드는 빌 고튼, 레이디 더프는 브렛 애슐리, 팻은 마이크 캠벨,
해럴드는 로버트 콘의 모델이 되었다.

1926년 여름 스페인 팜플로나의 한 카페에서
왼쪽부터 제럴드 머피, 사라 머피, 폴린 파이퍼, 헤밍웨이, 해들리.
같은 해 1월 폴린은 헤밍웨이 부부의 슈룬스 여행에 합류했다.
『태양은 다시 떠오른다』의 계약을 위해 뉴욕으로 갔던 헤밍웨이는 해들리가 있는
슈룬스로 돌아가기 전, 1926년 3월 2일 폴린이 있는
파리에 들르면서 이들의 관계가 시작되었고,
헤밍웨이는 1927년 1월 해들리와 이혼하고 5월 폴린과 결혼했다.
이 사진에서도 폴린은 여전히 해들리의 친구 자격을
유지한 채 이들 부부 사이에 들어와 있다.

1920년 오데옹가 12번지로 옮기기 전 뒤퓌이트랑가 8번지에 있던
셰익스피어 앤 컴퍼니 앞의 제임스 조이스와 실비아 비치

▲ 카페 라 쿠폴

"카페 르 돔과 라 로통드, 르 셀렉트, 그리고 19세기 초반의 파리가 무대인 책에 등장하는, 그보다 나중에 생긴 라 쿠폴이나 딩고 바가 몰려 있는 몽파르나스 지구의 카페들과는 성격이 전혀 다른 곳이었다."(412쪽)

▼ 딩고 아메리칸 바 겸 오베르주 드 브니즈

"내가 처음 (들랑브르가에 있는 아메리칸 바 딩고에서) 스콧 피츠제럴드를 만났을 때, 아주 이상한 일이 일어났다. 그와 함께 있으면 이상한 일이 워낙 많이 일어나기는 했지만, 그 일만큼은 절대 잊을 수가 없다."(263쪽)

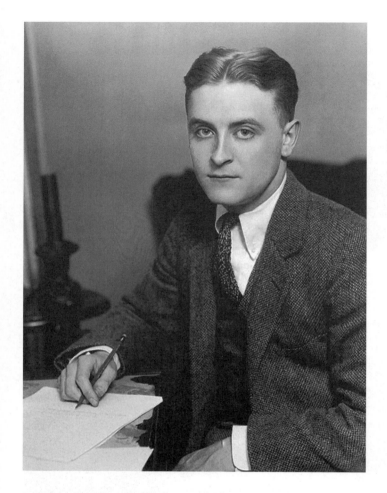

스콧 피츠제럴드, 1920년경
"그때 스콧은 잘생긴 것과 예쁘장한 것, 그 중간 어디쯤에 속하는
야릇한 얼굴의 소년 같아 보이는 남자였다.
아주 밝고 굽슬굽슬한 금발에 이마가 넓고
무슨 신나는 일이라도 있는 듯한 눈빛과 여자였더라면 미인의 입매였을
아일랜드인 특유의 섬세하고 가느다란 입술,
갸름하게 잘 빠진 턱선과 반듯한 귀, 잘생긴 코는
가히 아름답다고 할 만하며 점 하나 없이 매끈했다."(264쪽)

스콧과 젤다, 1923년
"젤다는 매의 눈매와 얇은 입술에, 미국 최남동부 지역의 에티켓과
억양을 지니고 있었다. 그녀를 보고 있으면 그녀의 마음이
식탁을 떠나 전날 밤의 파티장에 갔다가, 다시 고양이 눈처럼
명한 눈빛으로 돌아와서 즐거워하는 것이 눈에 보였다.
그녀가 그렇게 즐거워하는 모습은
그녀의 가는 입술 선을 타고 살짝 나타났다가
이내 사라지곤 했다."(307쪽)

1925년 크리스마스에 틸시트가 14번지의 아파트에서
지그를 추고 있는 스콧과 젤다와 딸 스코티
"나는 그 아파트가 어두침침하고 바람이 통하지 않아 답답했다는 것과
하늘색 가죽 장정에 금장으로 제목이 찍힌 스콧의 초기 작품들 외엔
그들의 물건 같아 보이는 게 아무것도 없었다는 것 말고는,
그 집에 대해 딱히 기억나는 부분이 없다."(305쪽)

1920년대 쥐앙 레 펭에서의 피츠제럴드 가족

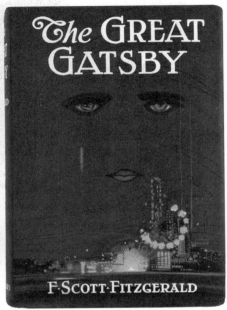

◀ 프랑스 해군 대위로 전투기 조종사 알베르 에두아르 조장, 1946년경
1924년 7월 지중해 앙티브에서 스콧이 『위대한 개츠비』를 집필하는 동안,
젤다는 젊고 멋진 외모의 알베르에게 완전히 빠져 있었다. 낮에는
해변에서 수영을 하고 저녁에는 그와 카지노에서 춤을 추며 지내던 6주 후
젤다는 스콧에게 이혼을 요구했고,
스콧은 그녀가 이혼을 포기할 때까지 그녀를 집 안에 가두어두었다.

▶ 1925년 4월 10일에 출간된 『위대한 개츠비』 초판 표지
"책 내용과 전혀 맞지도 않는 천박하고 모호한 주제의 표지 디자인에
어리둥절했던 기억이 난다. 책 표지만 보면 형편없는 공상과학소설로 보일
정도였다. 스콧은 나에게 그 표지만 보고 책을 판단하면 안 된다며,
그건 소설에서 중요한 의미를 지니는 롱아일랜드의 고속도로를 따라 늘어선
커다란 옥외 광고판을 표현한 것이라고 말했다.
그러면서 처음에는 그 표지가 마음에 들었는데, 지금은 마음에 들지 않는다고
했다. 나는 책을 읽기도 전에 그 표지부터 벗겨버렸다."(301쪽)

◀ 미국의 가수 앨 졸슨
"젤다가 내 쪽으로 몸을 기울여 자신의 대단한 비밀 이야기를
들려줄 때까지만 해도, 나는 모든 일이
다 잘되고 있으며 앞으로도 다 잘될 줄로만 알았다.
'어니스트, 앨 졸슨이 예수보다 더 위대하다고 생각하지 않으세요?'"(315쪽)

▶ 레이디 다이애나 매너스, 1916년

에즈라 파운드와 자벌레

에즈라 파운드는 한결같이 사람 냄새 나는 좋은 친구였고, 누군가를 위해 늘 무슨 일이라도 하고 있었다. 그가 아내 도로시와 함께 살았던 노트르 담 데 샹가에 있던 스튜디오형 아파트는, 거트루드 스타인의 아파트가 호화로웠던 만큼 초라해 보였다. 하지만 햇빛이 잘 들어 집 안이 아주 밝았고, 난로 하나로 겨울을 났다. 집안 곳곳에는 에즈라가 아는 일본 화가들[1]의 그림이 걸려 있었다.

그 화가들은 모두 일본의 귀족 가문 출신으로 머리를 길게 기르고 있었는데, 까맣게 윤이 나던 머리카락은 그들이 허리를 굽혀 인사를 할 때마다 앞으로 흘러내리면서 찰랑거렸다. 그런 그들의 모습은 무척 인상적이었지만, 난 그들의 그림을 좋아하지 않았다. 이해가 되지 않았을 뿐만 아니라 그렇다고 전혀 신비스러워 보이지도 않았지만, 이해가 된다 하더라도 나한테는 아무런 의미가 없는 그림이었다. 그 부분에 대해서는 나도 유감스럽지만 어쩔 수 없다.

에즈라의 부인 도로시[2]의 그림은 무척 좋았는데, 나는 도로시가 대단히 아름답고 몸매도 아주 멋지다고 생각했다. 고디에 브르제스카[3]가 조각한 에즈라의 두상頭像[4]도 좋았고, 에즈라가 보여준 그가 브르제스카에 대해 쓴 책[5]에 실린 그 두상의 사진도 마음에 들었다.

에즈라는 피카비아[6]의 그림도 좋아했지만, 당시 내 눈에는 그의 그림이 그다지 좋아 보이지 않았다. 나는 에즈라가 대단히 좋아했던 윈덤 루이스[7]의 작품도 싫어했다. 에즈라는 자신의 친구들의 작품을 좋아했는데, 친구로서의 의리와 같은 관점에서 보면 좋아 보일 수 있겠지만 비평이란 관점에서는 형편없을 수도 있는 작품들이었다. 하지만 우리가 이런 문제로 한 번도 논쟁을 벌인 적이 없었던 건, 내가 좋아하지 않는 작품들에 대해서는 난 입을 다물고 있었기 때문이다. 자신의 친구들 작품이나 글을 좋아한다는 것은 아마도 자신의 가족을 사랑하는 마음과 같을 것인데, 그런 작품들에 대해 아름답고 추함을 따져 비평하는 것은 도리가 아니라고 생각했다.

자신의 가족이나 친척, 혹은 인척들을 비평하기까지는 상당히 오랜 시간이 걸리는 경우가 간혹 있을 수 있지만, 실력 없는 화가들의 경우는 그보다 훨씬 쉽다. 가족처럼 친밀하고 가까운 사이는 끔찍한 일을 저지르거나 일신상의 해를 끼칠 수도 있지만, 그들은 그러지 못하기 때문이다. 실력 없는 화가들은 안 보면 된다. 하지만 가족의 경우는 아무리 그들을 보지 않고, 그들이 하는 말에도 신경 쓰지 않고, 편지에도 답장하지 않을 수 있게 되었다 하더라도 여러 면에서 위험할 수 있는 것이 가족이라는 것이다. 에즈라는 나보다 훨씬 더 사람들에게 친절했고, 훨씬 더 많은 사랑을 베풀었다. 그가 마음먹고 제대로만 쓰면 그의 글은 어디 하나 흠잡을 데 없이 완벽했고, 그는 자신의 실수는 너무 진지하게 받아들이고 자신의 잘못에 대해 지나치게 집착하는 반면, 다른 사람들에게는 너무도 인정스러웠다. 그런 그의 모습을 보면서 난 항상, 그가 성인인 건 아닐까 하는 생각을 했다. 물론 그 역시 사람인지라 쉽게 발끈하고 화도 잘 내기는 했지만, 나는 많은 성인들도 그랬을 거라고 믿고 있다.

에즈라는 나한테 권투를 배우고 싶어 했다. 내가 윈덤 루이스를 처음 만났던 때도 어느 늦은 오후, 우리가 에즈라의 아파트에서 스파링을 하고 있을 때였다. 에즈라가 권투를 배운 지 그리 오래되지 않았을 때였고, 나는 누구든 그가 아는 사람이 보는 앞에서 그를 훈련시킨다는 사실이 신경이 쓰였지만, 가능한 한 그를 멋있어 보이게 해주려고 애쓰고 있었다. 하지만 그런 내 마음과는 달리 그리 좋은 모습이 나오지 않았다. 펜싱을 하는 그에게 계속해서 왼손을 오른손처럼 쓰게 하고, 왼발을 항상 앞으로 향하게 하면서 오른발은 왼발과 한 보폭만큼 뒤에서 평행해서 두도록 하는 훈련만 시키고 있었기 때문인데,* 그건 그냥 권투의 기본 자세에 불과한 것이었다. 결국 나는 에즈라에게 레프트 훅 날리는 법을 가르쳐주지 못했다. 그에게 라이트 훅을 짧게 치도록 가르친 것도 먼 훗날의 일이었다.

윈덤 루이스는 그 방면의 괴짜답게 챙이 넓은 검은 모자를 쓰고, 「라 보엠」에 나오는 인물 같은 옷차림을 하고 있었다. 나는 처음 그의 얼굴을 보는 순간 개구리가 떠올랐는데, 그것도 커다란 황소개구리도 아닌 그냥 평범한 보통 개구리로, 파리라는 도시는 그에게는·너무나도 큰 물웅덩이였다. 당시 우리는 작가든 화가든, 옷이라는 건 있으면 있는 대로 없으면 없는 대로 입고 다녀도 된다고 생각했고, 예술가가 입어야 한다고 정해진 복장 같은 것도 따로 없었다. 하지만

---

* 펜싱은 오른손잡이의 경우, 오른발을 앞으로 향하게 하고 왼발은 오른발과 수직을 이루도록 'ㄴ'자로 붙이는 것이 기본자세로, 공격할 때는 오른팔을 길게 쭉 내뻗는다.

루이스는 세계대전 이전의 예술가 전용 의상을 입고 다녔다. 그런 그를 보는 것만으로도 충분히 당혹스러운 일이었는데도, 그는 내가 에즈라의 레프트 리드 자세를 슬리핑*하거나 오른손으로 오픈 블로우**로 블로킹***하는 것을 거만한 표정으로 지켜보고 있었다.

나는 그쯤 하다가 멈추고 싶었다. 하지만 자꾸만 계속하라고 고집부리는 루이스를 보면서 나는, 그는 뭐가 어떻게 돌아가는지 상황을 전혀 모르고 있을 뿐만 아니라 그저 에즈라가 다치기를 기다리고 있으며, 그런 장면을 보고 싶어 한다는 사실을 알아차렸다. 당연히 아무 일도 일어나지 않았다. 나는 한 번도 에즈라를 맞받아치지 않았고, 에즈라만 레프트를 치다가 몇 번 라이트 잽을 넣으면서 내 뒤를 따라다니게 했기 때문이다. 그런 다음 나는 "우린, 안 돼!"라고 말하고, 물 한 주전자로 대충 몸을 씻고 나서 수건으로 물기를 닦고 운동복을 걸쳐 입었다.

우리는 함께 뭔가를 한 잔 마셨고, 나는 에즈라와 루이스가 런던과 파리 사람들에 대해 이야기하는 걸 가만히 옆에서 듣고 있었다. 그러면서 조금 전 권투를 할 때처럼 안 보는 척하면서 루이스를 유심히 살펴보았다. 지금 생각해도 그보다 더 기분 나쁘고 못되게 생긴 사람을 본 적이 없었던 것 같다. 명마를 보면 혈통이 보이듯, 사람들 중에는 악의가 보이는 사람이 있다. 그런 사람들이 지닌 품위라고 해봐야

---

* slipping, 복싱 용어로 머리나 상체를 옆으로 움직이면서 펀치를 피하는 방어법.
** open blow, 글러브를 벌리고 안쪽 부분으로 치는 것으로, 반칙 중 하나.
*** blocking, 손이나 팔 또는 어깨 등으로 상대방의 가격을 막아내는 방어법.

'굳은 궤양'*과 맞먹는 것이다. 루이스는 악의를 드러내지는 않았다. 다만 그냥 기분 나쁘고 못되게 보였을 뿐이다.

집으로 돌아가는 길에 그를 생각하면서 연상되는 것들을 하나둘 떠올려보았더니 이런저런 다양한 단어들이 생각났는데, 하나같이 다 의학 용어였다, '발가락에 낀 때'라는 속어를 제외하고 말이다. 그의 얼굴을 하나하나 뜯어보고 뭐라고 딱 꼬집어 평하려 했지만, 결론을 내릴 수 있었던 건 오로지 그의 눈밖에 없었다. 내가 처음 그를 보았을 때 검정 모자 아래서 번득이던 그 눈은, 바로 강간 미수범의 눈이었다.

"나 오늘 말이야, 내가 여태껏 본 사람들 중에 제일 기분 나쁘고, 제일 못되게 생긴 남자를 만났거든." 내가 아내에게 말했다.

"테이티, 그런 남자 이야긴 안 들을래요." 아내가 말했다. "하지 마세요, 그 남자 이야기. 곧 저녁 먹어야 하니까."

한 일주일쯤 지났을까. 스타인 선생을 만났을 때 내가 윈덤 루이스를 만난 이야기를 하면서 선생도 그를 만난 적이 있는지 물어보았다.

"난 그 사람을 '자벌레'라고 하잖아요." 선생이 말했다. "런던에서 건너온 사람인데, 그림이 좋다 싶으면 호주머니에서 연필을 꺼내길래, 그걸로 무얼 할지 보고 있으면 말이죠, 엄지손가락으로 연필을 쥐고 이렇게 그림을 재보고 있는 거예요. 그림을 눈으로 가늠해보고 연필로 길이를 재보고 하면서, 그림을 어떻게 그린 건지 방법을 정확

---

* hard chancre, 매독균의 침입으로 음부에 생기는 피부병 증상. 불결한 성관계로 인하여 궤양을 형성해서 기저 및 주위에 단단하게 침윤한 것을 말한다.

하게 알아보려는 거죠. 그리고 나서 런던으로 돌아가 자기도 똑같이 해보지만, 잘될 리가 만무하죠, 그게. 가장 중요한 건 보지도 못했으니까."

그래서 나도 그를 자벌레로 생각하기로 했다. 그 말은 내가 그에 대해 생각하고 있던 것보다 훨씬 더 인간적이고, 훨씬 더 점잖은 표현이었다. 이후 에즈라가 그의 친구들에 대한 이야기를 했을 때 에즈라의 거의 모든 친구들에게 그랬듯, 나는 그를 좋아해보려고도 했고 그와 친하게 지내보려고도 했다. 하지만 그때도 그는, 내가 에즈라의 아파트에서 처음 만났던 그날 느낌 그대로였다.

에즈라 파운드와 자벌레

1) 이들 중에는 1914년 런던 유학 중에 에즈라와 알게 된 일본 화가 구메 다미쥬로(久米民十郎, 1893~1923)도 있었다. 1910년대 영국에서 일어난 미래파와 입체파의 한 유파인 소용돌이파(vorticisme) 화가로, 관동대지진 때 30세의 나이로 요절했다.

2) Dorothy Shakespear, 1886~1973, 영국의 소용돌이파 화가. 시인 예이츠의 연인이자 평생의 친구였던 소설가 올리비아 셰익스피어의 딸로, 에즈라 파운드의 부인. 문예지 『블래스트』(Blast)에 소개되었으며 자신의 어머니의 소개로 에즈라를 알게 되었다.

3) Henri Gaudier-Brzeska, 1891~1915, 프랑스의 소용돌이파 조각가. 정식으로 미술 교육을 받지 않았으며, 원시적이고 단순화된 자신만의 세계를 구축했다. 영국 추상 조각의 선구자 중 한 사람으로 헨리 무어 등에게 강한 영향을 미쳤으며, 제1차 세계대전 때 전사했다.

4) 파리 국립현대미술관에 있는 「에즈라 파운드의 두상」(1914)을 말한다.

5) 브르제스카의 죽음에 크게 상심한 에즈라는, 자신의 연작 장편시집 『캔토스』(1915~62) 중 지옥 여행이 묘사된 16권에서 그를 기리는 시를 바쳤는데, 여기에는 헤밍웨이도 등장한다.

6) Francis Picabia, 1879~1953, 프랑스의 화가. 초기에는 인상주의에 영향을 받은 그림을 그리다가 이후에는 다다이즘, 초현실주의에 이르기까지 전반적인 현대 예술 사조를 두루 섭렵했다.

7) Percy Wyndham Lewis, 1882~1957, 소용돌이파를 주도했던 영국의 화가, 작가.

참으로 이상한 결말

거트루드 스타인과의 관계는 참으로 이상하게 끝이 났다. 그동안 우리는 정말 좋은 친구로 잘 지내고 있었다. 나는 포드와 함께 그녀가 장편소설을 잡지에 연재할 수 있도록 해주고, 그녀를 대신해서 원고를 타자기로 쳐주거나 교정쇄를 봐주는 등 실질적으로 도움이 되는 일을 많이 해주면서, 내가 바라던 것 이상으로 우리는 서로에게 좋은 친구가 되어가고 있었다. 남자들이 잘난 여자와 친구로 지내는 데 있어서, 비록 사이가 좋아지거나 나빠지기 전까지는 꽤 매력적인 관계였다 하더라도 두 사람 사이에 그다지 밝은 미래가 기약될 수 없는데, 그 여자가 정말로 야망이 큰 작가라면 그 미래는 더욱 불투명한 것이 보통이다. 내가 한동안 플뢰뤼스가 27번지에 들르지 못했던 때가 있었는데, 스타인 선생이 댁에 계신지 어떤지 몰라서 그랬다는 내 변명에 선생이 말했다.

"그런데 말이에요 헤밍웨이, 여긴 선생이 언제든지 편안하게 마음대로 드나들어도 되는 곳이란 걸 몰랐어요? 정말 진심으로 하는 이야기예요. 언제든지 들르면 우리 집 하녀—선생은 여기서 하녀의 이름을 뭐라고 말했지만 잊어버렸다—가 나 대신 잘 챙겨줄 테니까, 내가 올 때까지 선생은 여기가 선생 집이라 생각하고 편하게 쉬고 있

"가지 마세요. 곧 내려오실 거예요."

"아니, 전 가야겠습니다." 이렇게 말하고 나는 더 이상 그 말소리를 듣지 않으려 애썼지만, 소리는 계속해서 들려왔다. 그 소리를 듣지 않을 수 있는 유일한 방법은 그 자리를 떠나는 것뿐이었다. 남의 이야기를 엿듣는다는 건 좋지 않은 일이며, 거기에 대응한다는 건 더 좋지 않은 일이었다.

안뜰로 따라 나온 하녀에게 내가 말했다. "제가 안뜰까지만 들어왔다가 그냥 간 걸로 해주십시오. 기다리지 못한 이유에 대해선, 친구가 아파서 가봐야 했다는 정도로만 이야기해주시고, 저 대신 여행 잘 다녀오시라고 전해주십시오. 선생님께는 제가 따로 편지를 하겠습니다."

"알겠어요, 선생님. 어떡해요, 이렇게 그냥 가셔서요."

"그러게 말입니다." 내가 말했다. "참 아쉽군요."

참으로 시시하기 그지없지만, 이것이 내가 알고 있는 선생과의 관계가 끝나게 된 이야기의 전말이다. 비록 이후에도 선생의 자잘한 일은 변함없이 내가 다 도맡아서 해주고, 필요할 때는 한 번씩 얼굴도 비춰주고 선생이 찾는 사람이 있으면 선생의 스튜디오로 데려다주기도 하면서, 선생의 대부분의 다른 남자 친구들과 한마음 한뜻으로, 선생에게 새로운 친구들이 영입되는 시대가 도래하여 선생으로부터 해임 조처를 받게 될 날만을 기다리고 있었지만 말이다. 선생의 아파트 벽에 걸려 있던 훌륭한 명화들과 어깨를 나란히 하고 있는, 아무 가치도 없는 새로운 그림들을 바라봐야 한다는 건 슬픈 일이었다. 하지만 그렇다고 달라질 건 아무것도 없었다. 나한테는 그랬다. 선생은 후안 그리스[1]를 제외하고, 선생을 좋아하고 따르던 거의 우리 모두와 언쟁을 벌였다. 선생이 그리스와는 다툴 수가 없었던 건, 그가 이 세상 사람이 아니었기 때문이다. 이제 그는 그런 일에 신경을 쓰려야 쓸 수가 없으니 그가 신경을 썼을지는 확신할 수 없지만, 그의 그림을 보면 그도 우리와 다르지 않다는 걸 알 수 있었다.

선생은 기어이 새로 사귄 친구들과도 다투고 말았지만, 우리 중 누구도 더 이상 그런 일에 눈을 돌리지 않았다. 선생은 점점 로마 황제를 닮아갔다. 자신의 여자 친구가 로마 황제처럼 보이는 걸 좋아하는 사람이라면 문제될 건 없었다. 그러나 나는 프리울리에서 온 시골 아낙네 같아 보였던, 피카소가 그린 그 그림 속의 선생이 자꾸만 떠올랐다.

결국 우리 모두는, 아니 정확히 말하자면 모두는 아니지만, 옹졸한 사람이 되지 않으려고 내지는 의리를 지키기 위해 또다시 선생과 화해하고 친하게 지냈다. 나도 그랬다. 하지만 나는 두 번 다시 선생과 가슴으로도, 머리로도, 진정한 친구가 될 수 없었다. 더 이상 머리로도 친구가 될 수 없을 때가 최악의 경우다. 사람은 누구라도 다른 사람을 미워할 수 있다는 사실을 깨달은 것은, 그로부터 몇 년이란 세월이 지난 후의 일이었다. 내가 정비소 사장의 말을 인용하며 시작하는 소설*을 쓰면서, 비로소 소설 속 사람들이 서로 대화를 나눌 줄 알게 되었기 때문이다. 그러나 사실 이 이야기는, 내 소설 속 이야기보다 훨씬 더 복잡한 이야기였다.

* 서문에서 '길 잃은 세대'라는 말을 인용한 『해는 또다시 떠오른다』를 말한다. 제1차 세계대전 때 입은 부상으로 성불구가 되면서, 정신적으로 상처를 입은 미국인 신문 기자 제이크 반즈가 이야기하는 형식으로 전개되는 1인칭 소설이다.

참으로 이상한 결말

1) Juan Gris, 1887~1927, 스페인의 입체파 화가, 조각가로 큐비즘의 발달에 큰 영향을 미쳤다. 1906년부터 파리에 정착했으며 평소 요독증을 앓던 중 신부전으로 사망했다.

스타인은 세잔의 그림을 사랑해 『붉은 안락의자에 앉아 있는 세잔 부인』(1877) 아래에 앉아 글을 쓰곤 했는데, 그렇게 해서 완성된 작품이 『세 명의 삶』(1909)이었다. 그녀에 의하면, 모든 현대미술은 세잔이 거의 다 만들어 놓은 이론에 기반을 두고 있다.

"세잔이 실현하지 못했던 것을 마티스는 숨기는 동시에 내세웠고, 피카소는 그 모든 것을 숨기면서 갖고 놀고 괴롭혔다. 그 문제를 끝까지 물고 늘어졌던 유일한 사람이 후안 그리스였다. 그는 세잔이 이루고자 했던 바를 집요하게 심화해 나갔지만 그에게는 너무 벅찬 과업이었고, 그것이 그를 죽게 만들었다"(거트루드 스타인, 1945년 5월 스타인의 초상화를 마지막으로 그린 스페인 화가 프란시스코 리바 로비라의 첫 파리 전시회 서문 중에서).

죽음의 표적이었던 남자

　어느 날 오후 에즈라의 아파트에서 시인 어니스트 월시[1]를 만났다. 밍크 롱코트를 입은 두 여자와 함께였고, 집 앞 길가에는 클라리지 호텔에서 빌려준 기다랗고 번쩍번쩍 빛나는 자동차가 제복을 입은 운전기사와 함께 대기하고 있었다. 금발의 여자들은 월시와 같은 배를 타고 파리로 건너온 사람들이었는데, 배는 전날 도착했지만 에즈라를 방문하면서 그가 데리고 온 것이었다.

　짙은 갈색 머리의 어니스트 월시는 사뭇 진지하며, 어딜 봐도 아일랜드인 같은 그의 얼굴은 시인의 기질이 다분해 보였다. 죽음의 그림자가 드리운 어느 영화 속 주인공처럼, 그에게도 그런 죽음의 그림자가 뚜렷이 드리워져 있었다. 그는 에즈라와 이야기했고, 나는 여자들과 이야기를 나누었다. 여자들이 나에게 월시의 시를 읽어보았는지 물었다. 내가 읽어보지 못했다고 하자, 그중 한 여자가 녹색 표지로 된 해리엇 먼로[2]의 『포이트리, 시 문예지』를 꺼내 책에 실린 월시의 시를 찾아 보여주었다.

　"우리 선생님은요, 편당 1,200달러를 받으신대요." 그녀가 말했다.

　"시 한 편에요." 다른 여자가 말했다.

　내가 기억하기로, 당시 나는 똑같은 잡지사에서 한 페이지에 기껏

해야 12달러를 받는 것이 고작이었다.

"대단히 훌륭한 시인이신가 봅니다." 내가 말했다.

"에디 게스트[3]보다 더 많이 받는 거래요." 처음에 말했던 여자가 나를 보며 말했다.

"그리고 다른 시인, 누구라더라, 그 사람보다 많이 받으시는 거랬는데, 그지."

"키플링[4]이랬잖아." 그녀의 친구가 말했다.

"맞아, 지금까지 아무도 그렇게 많이 받았던 사람이 없대요." 첫 번째 여자가 말했다.

"파리에는 오래 계실 예정입니까?" 내가 여자들에게 물었다.

"글쎄, 아닐걸요. 그런데 꼭 그렇지는 않아요, 같이 온 친구들이 또 있어서요."

"우리가 여기에 배를 타고 왔다고 그랬잖아요. 그런데 배에 사람이라곤 없던데요, 정말이에요. 물론 선생님은 계셨지만요."

"선생님께선 카드 게임은 안 하시나요?" 내가 물었다.

그녀는 내 말에 실망한 듯하면서도 이내 이해심 많은 표정을 지으며 나를 쳐다보았다.

"안 하시죠. 그런 건 뭐 하러요. 시도 쓰지 않으셨는데요, 그 정도로 시를 잘 쓰시는 데도 말이죠."

"돌아가실 땐 어느 배를 타실 건가요?"

"글쎄, 봐서요. 배편에 따라, 그리고 일이 생기면 그때그때 달라질 거예요. 귀국하시려고요?"

"아닙니다. 전 여기서 그런대로 잘 지내고 있는데요."

"여기 이 동네는, 그러니까 뭐랄까, 약간 가난한 동네인 거죠, 아니에요?"

"그렇지요, 하지만 아주 좋은 동넵니다. 전 여기 카페에서 작업도 하고, 경마장에도 나가고 하지요."

"경마장에 그렇게 입고 가셔도 되나요?"*

"아니, 이건 카페에서 작업할 때 입는 옷이죠."

"옷이 좀 귀여운 것 같아요." 그중 한 여자가 말했다. "저, 카페에서 작업하고 하시는 거 구경하고 싶은데, 얘, 너는 안 그러니?"

"저도 그러고 싶어요." 다른 여자가 말했다. 두 여자의 이름을 주소록에 받아 적은 나는 클라리지 호텔로 연락하겠다고 약속했다. 이야기해보니 좋은 여자들이었다. 나는 그들과 월시, 에즈라에게 작별 인사를 건넸다. 월시는 여전히 에즈라와 아주 열심히 이야기를 나누는 중이었다.

"잊어버리지 않으실 거죠." 둘 중 키가 큰 여자가 말했다.

"그럴 리가 있겠습니까." 나는 그렇게 말하고 다시 한번 여자들과 악수를 나누었다.

그 후 에즈라에게서 월시에 대한 소식을 들었다. 죽음에 직면한 젊은 시인들을 후원하고 있는, 시를 사랑하는 어떤 부인의 도움을 받아 밀린 숙박비를 다 지불하고 클라리지 호텔에서 나올 수 있었다고 했다. 그리고 다음에 들은 이야기는 그로부터 얼마 후였다. 그가 또 다

---

* 경마는 유럽의 사교 문화로, 파리 롱샹 경마장의 개선문상(Prix de l'arc de triomphe) 대회가 열리는 날은, 장식이 화려한 모자로 한껏 차려입은 사람들의 모습이 파티장을 방불케 한다. 유럽 최대 경마 축제인 영국의 '로열 애스콧'은 엄격한 복장 규정으로도 유명하다.

른 곳에서 재정 지원을 받아 새로 창간하는 한 계간 문예지의 공동편집자가 될 거라는 것이었다.

그즈음 해서 스코필드 세이어[5]가 편집자로 있는 미국의 유명 문예지 『더 다이얼』에서 매년 우수상으로 선정된 작품의 기고가에게, 내가 알기로는 1,000달러인가 하는 상금을 수여하고 있었다. 그 시절에 그 정도의 상금이라면, 전업 작가들에게는 엄청난 거액이었을 뿐만 아니라 명성까지도 함께 따라오는 일이었다. 그런 만큼 상은 당연히 그 모든 것을 받을 만한 자격을 갖춘 작가들에게 골고루 주어졌다. 당시는 두 사람이 하루에 5달러면, 유럽에서 편안하게 잘 지낼 수 있을 뿐만 아니라 여행도 다닐 수 있던 때였다. 일례로 내가 나의 첫 단편집을 계약하면서 미국 출판사에서 받은 계약금 200달러에 약간의 대출금과 저축한 돈을 보태면, 오스트리아의 포어아를베르크에서 겨울 내내 스키를 즐기면서 글을 쓸 수 있는 금액이 되었다.

윌시가 공동 편집자로 있는 『디스 쿼터』의 창간호부터 4호까지 실린 글 중에 최고로 선정된 작품의 기고가에게 상당액의 상금이 수여될 거라는 이야기가 들려왔다.

그 말이 그냥 떠도는 뜬소문이나 낭설이었는지, 아니면 어떤 한 사람의 개인적인 확신에서 나온 것이었는지는 알 수가 없다. 늘 그렇듯 그저 모든 면에서 누가 봐도 인정할 만한 작품이 선정되길 바라고, 그럴 거라고 믿는 수밖에 없었다. 윌시의 공동 편집자를 비난하거나 탓할 일은 아무것도 없다는 건 분명한 사실이었다.

내가 말로만 떠돌던 그 상에 대한 이야기를 직접 듣게 된 것은 그로부터 얼마 지나지 않아서였다. 어느 날 윌시가 함께 점심 식사를 하자면서 나를 생미셸 대로의 라탱 지구에서 가장 비싸고 좋은 식당

214

으로 불러냈다. 그곳에서, 흔히 먹던 껍데기가 움푹 들어가고 비싸지 않은 포르투갈산 굴이 아니라, 껍데기가 납작하고 살에서는 흐릿하게 구릿빛이 감도는 비싼 마렌산 양식 굴과 푸이 퓌세 한 병을 마신 후, 그가 조심스레 상에 대한 이야기로 대화를 이끌어가기 시작했다. 나는 그가 배에서부터 금발의 그 여자들을 앞세워 사기를 쳤던 것처럼, 물론 그 여자들이 미끼였고 그가 그녀들에게 사기를 쳤다는 가정하에 하는 말이지만, 나한테도 사기를 치고 있는 것처럼 보여 그가 그의 표현대로 '납작 굴'을 한 접시 더 들고 싶은지 물었을 때, 나는 안 그래도 더 먹고 싶었다고 말했다. 내 앞에서 그가 애써 죽음의 낙인이 찍힌 사람처럼 보이려 하지 않는다는 사실이 그나마 다행이었다. 그때 그는 보통 사람들이 생각하는 그런 유의 사기가 아닌, 자신이 곧 죽을 거라는 것으로 사기를 치고 있다는 사실을 내가 눈치채고 있다는 걸, 알고 있었던 것이다. 그리고 그것이 얼마나 나쁜 일인지도 알고 있어서 구태여 기침을 하려고도 하지 않았는데, 그건 식사 중인 나로서는 고마운 일이었다.

　나는 죽음뿐 아니라 사실상 세상의 다른 모든 것의 표적이 되어 있는 캔자스시티의 창녀들이, 정액이 무슨 사기를 막아주는 특효약이라도 되는 듯 늘 삼키고 싶어 하는 것과 같은 논리로 그도 납작 굴을 먹는 건지, 문득 궁금한 생각이 들었지만 물어보지는 않았다. 웨이터가 새로 주문한 납작 굴을 가져왔다. 잘게 부순 얼음이 깔린 은접시에 담겨 나온 굴을 손가락으로 집어 그 위에 레몬즙을 쭉 짜서 뿌리자, 믿을 수 없을 정도로 여린 굴의 갈색 가장자리가 움찔하고 오그라드는 것을 지켜보았다. 그런 다음 껍데기에 붙어 있는 굴의 살점을 살짝 들어 올려서 떼어낸 후 천천히 씹으면서 맛을 음미했다.

"에즈라는 위대하고도 위대한 시인입니다." 월시가 시인의 눈빛을 머금은 검은 두 눈동자로 나를 바라보며 말했다.

"맞습니다." 내가 말했다. "그리고 훌륭한 사람이죠."

"고결한 사람입니다." 월시가 말했다. "말 그대로 정말로 고결합니다." 그리고 마치 에즈라의 고결함에 대한 찬사와도 같은 침묵이 흐르는 가운데, 우리는 먹고 또 마셨다. 나는 에즈라가 보고 싶었다. 그도 여기 함께 있으면 정말 좋겠다고 생각했다. 마렌산 굴을 사 먹을 돈이 없기는 그도 마찬가지였기 때문이다.

"조이스는 위대합니다." 월시가 말했다. "위대해요, 위대하고 말고요."

"위대하지요." 내가 말했다. "그리고 좋은 친구고."

조이스가 『율리시스』 작업을 끝낸 후 오랫동안 '집필 중인 작품'* 이라고 불렸던 소설을 시작하기 전이었던, 그에게 정말로 좋았던 그 시절에 우리는 만났고 친구가 되었다. 조이스를 떠올리자 많은 생각이 내 머릿속을 스쳐 지나갔다.

"선생의 눈이 좋아져야 할 텐데요." 월시가 말했다.

"그 친구도 바라는 바지요." 내가 말했다.

"우리 시대의 비극 아니겠습니까." 월시가 말했다.

"그런데, 누구나 한 군데 정도는 다 이상이 있는 것 아닌가요." 점

---

* 제임스 조이스가 1939년에 완성한 『피네간의 경야』를 말한다. 녹내장으로 인한 시력 감퇴의 고통을 겪으면서 1923년 3월 10일 첫 두 페이지를 쓰기 시작한 이후 소설은, 1926년 월간 문예지 『트랜지션』(*Transition*)에 「집필 중인 작품」(Work in Progress)이라는 제목으로 연재되어 완성될 때까지 이렇게 불렸다.

심 식사 분위기 좀 띄워보려고 내가 말했다.

"선생은 없잖습니까." 일순 그에게서 전에 없던 매력이 발산되어 나왔다, 아니 그 이상이었다. 하지만 단지 그 순간뿐, 이내 그는 죽음의 표적이 되어 있는 원래의 얼굴로 돌아와 있었다.

"저는 그럼, 죽음과 맞서 싸우고 있지 않다는 뜻입니까?" 내가 물었다. 물어보지 않을 수가 없었다.

"그렇습니다. 선생은 삶과 맞서 싸우고 있으니까요." 그가 '삶'에 강세를 두어 말했다.

"이따가 다시 이야기할까요." 내가 말했다.

그가 살짝만 익힌 맛있는 스테이크를 먹고 싶어 해서, 나는 베아르네즈 소스*를 곁들인 투르느도** 2인분을 주문했다. 소스에 들어 있는 버터가 그의 몸에 좋을 거라는 생각이 들었기 때문이다.

"레드 와인, 어떻습니까?" 그가 물었다. 소믈리에가 오자 나는 샤토뇌프 뒤 파프 한 병을 주문했다. 나는 나중에 혼자서 강변을 따라 걷다 보면 술이 깰 것이다. 그는 뭐, 잠을 잔다거나 그가 알아서 그 나름의 방식대로 깰 것이다. 내 방식은 아무래도 어딘가로 걸어가는 것이 아닐까 하는 생각을 하고 있었다.

아까 하던 이야기로 되돌아온 건 우리가 스테이크와 함께 나온 감자튀김까지 다 먹은 후, 오찬 와인으로는 격에 맞지 않는 샤토뇌프

---

* sauce béarnaise, 화이트 와인에 식초, 다진 샬롯, 타라곤, 파슬리를 끓인 후 약불에서 계란 노른자를 넣고 졸인 것에 녹인 버터를 섞어 뜨거울 때 내는 소스.

** tournedos, 쇠고기 안심에서 잘라낸 얇고 연한 스테이크용 고기.

뒤 파프를 3분의 2 정도 비웠을 때였다.

"돌려 말할 것 있겠습니까." 그가 입을 열었다. "선생이 상을 받게 될 거라는 거, 알고 계시죠?"

"제가요?" 내가 말했다. "아니, 왜요?"

"선생이 받으실 겁니다." 그가 말했다. 그리고 그는 내 글에 대해 이야기하기 시작했지만, 나는 귀를 닫아버렸다. 듣기가 거북했다. 다른 사람이 내 앞에서 내 작품에 대해 이야기하는 것을 듣고 있자니, 속이 울렁거리면서 아까 먹은 것들이 다 올라올 것만 같았다. 나는 그와 죽음의 표적이 되어 있는 그의 표정을 바라보았다. 그리고 생각했다. '폐병에 걸린 이 사기꾼이 폐병으로 지금 나한테 사기를 치고 있는 거로군.'* 나는 머리부터 발끝까지 흙먼지에 절어 이동 중인 한 대대를 본 적이 있었다. 그들 중 3분의 1은 죽음, 아니 그보다 더한 것의 표적이 되어 있었지만, 그들의 얼굴에서는 특별한 기색이 보이지 않았다. 다만 먼지만이 그들이 맞서고 있는 세상의 전부였다. '그런데도 너와 죽음의 기색이 역력한 너의 그 표정은 뭐냐고. 네 죽음을 팔아서 먹고사는 이 사기꾼, 이젠 나한테까지 사기를 치려고. 그대가 사기를 당하지 않으려거든 스스로 사기를 치지 말지니.' 그러나 죽음은, 그에게 사기를 치고 있지 않았다. 아주 정확하게 잘 찾아서 오고 있는 중이었다.

"전 제가 그 상을 받을 자격이 있다고 생각하지 않습니다, 어니스트." 내가 내 이름으로 나를 부르는 건 질색하면서도, 그를 내 이름으

---

* 여기서 헤밍웨이는 동음이의어로 사기라는 단어
  'con'과 폐병의 속어인 'con'을 혼용하여 말장난
  을 하고 있다.

로 부르는 건 재미있어하며 말했다. "더구나 말입니다 어니스트, 그
건 도덕적으로도 옳지 않을 것 같습니다, 어니스트."

"참 신기하군요, 우리 이름이 같다는 게 말입니다. 안 그렇습
니까?"

"그렇죠, 어니스트." 내가 말했다. "우리는 둘 다 이 이름에 부끄럽
지 않게 열심히 살아야 하는 겁니다.* 제 말이 무슨 뜻인지 아시죠, 어
니스트?"

"그럼요, 어니스트." 그가 말했다. 그때 그의 얼굴을 보면서, 나는
슬픈 아일랜드인과 그런 그의 매력에 대해 온전히 이해하게 되었다.

그날 이후로 나는 그와 그의 문예지에 대해 늘 세심한 부분까지 챙
기면서 잘해주려고 마음을 썼다. 결국 각혈하는 지경까지 이르고 만
그가 파리를 떠나면서, 영어를 모르는 인쇄업자들을 도와서 자신의
잡지를 봐달라는 부탁을 했을 때도 나는 그렇게 해주었다. 그가 각혈
하는 모습을 한 번 목격한 적이 있었다. 그건 조금도 거짓이 없는 진
짜였고, 그때 나는 그가 진짜로 죽게 될 거라는 사실을 깨달았다. 나
또한 내 인생에서 그때가 힘든 시기였음에도 불구하고, 그를 어니스
트라고 부르는 것이 좋았던 것처럼, 죽을힘을 다해 그 친구에게 잘해
줄 수 있어서 좋았다. 나는 그의 공동 편집자6)도 좋아하고 존경했다.
그녀는 나에게 어떠한 상도 장담하지 않았다. 그녀가 바란 거라곤 오
로지 좋은 잡지를 만들어서 잡지 기고자들에게 원고료를 후하게 주
는 것뿐이었다.

---

* 남자 이름 어니스트(Ernest)는 '성실한, 진지한'
(earnest)의 고어로, 어원은 게르만어 '진지한, 확고
한'(ernst)이다.

그로부터 몇 년이 지난 어느 날, 혼자서 낮 공연을 보고 나서 생제르맹 대로를 따라 걷고 있던 조이스를 만났다. 배우들이 연기하는 모습은 볼 수가 없어도, 그는 그들이 연기하는 목소리라도 듣고 싶어 했다. 그가 같이 술 한잔하자고 해서, 우리는 카페 되 마고에 들어갔다. 스위스산 화이트 와인만 마시는 그 친구가 언제나처럼 그럴 줄 알았는데, 그날 그는 드라이 셰리를 주문했다.

"자, 이제 월시에 대한 이야기 좀 해봐." 조이스가 말했다.

"그냥저냥 살아 있다는 건 그냥저냥 죽어가고 있다는 거지 뭐."

"그 친구가 자네에게 그 상을 줄 거라고 장담하던가?" 조이스가 물었다.

"응, 그러던데."

"그럴 줄 알았어." 조이스가 말했다.

"자네한테도 그렇게 장담했다는 거야?"

"그랬지." 조이스가 말했다. 잠시 있다가 그가 다시 물었다. "파운드한테도 그렇게 말했을까?"

"모르겠는데."

"그 친구한텐 물어보지 않는 게 최선이겠군." 조이스가 말했다. 우리는 그 정도 선에서 그에 대한 이야기를 끝냈다. 월시가 언제 죽었는지는 기억이 나지 않는다. 나중에 안 사실이지만, 조이스와 내가 만났던 그날 저녁보다 훨씬 전이었다는 것밖에는. 하지만 내가 에즈라의 아파트에서 밍크 롱코트를 입은 여자들과 함께 왔던 그와의 처음 만났을 때 이야기를 들려주자 무척 재미있어했던 조이스의 모습은 지금도 기억하고 있다.

죽음의 표적이었던 남자

1) Ernest Walsh, 1895~1926, 미국의 시인. 차와 커피 도매업을 하던 아버지를 따라 유년기를 쿠바에서 보냈고, 아버지가 사망하자 가세가 기울면서 미국으로 돌아와 14세부터 온갖 잡역을 전전하던 중, 17세에 결핵을 앓으면서 2년간 요양원에서 생활했다. 정부에서 주는 소액연금과 아르바이트로 생활하면서 글을 쓰기 시작했고, 컬럼비아대학교에서 작문 강좌를 수강했다. 1917년 공군에 입대하여 연습 비행 도중 사고를 당해 입은 폐 손상으로 1922년 불치 판정을 받은 후, 자신의 남은 인생을 자신이 좋아하는 작가들 사이에서 보내기로 결심하고 해리엇 먼로의 소개장을 갖고 에즈라를 만나기 위해 파리로 왔다. 그가 1926년 10월에 사망한 후, 잠시 건강이 좋아졌을 때 만난 미국인 소설가 케이 보일과의 사이에서 딸이 태어났다. 천재성을 지닌 시인보다는 계간 문예지 『디스 쿼터』(*This Quarter*)의 편집자로서의 자질을 높이 평가받았다.

2) Harriet Monroe, 1860~1936, 미국의 시인, 편집자, 문학 비평가. 1912년 월간지 『포이트리, 시 문예지』(*Poetry, A Magazine of Verse*)를 창간했다.

3) Edgar Albert Guest, 1881~1959, 14세부터 시작 활동을 하면서 평생 1만 1,000편의 시를 남긴 영국 태생의 미국 작가. 평온한 시정으로 국민 시인으로 추대된 계관 시인이다. 본문 중 에디(Eddie)는 에드거(Edgar)의 애칭이다.

4) Joseph Rudyard Kipling, 1865~1936, 인도 태생의 영국 소설가, 시인. 『정글 북』(1894)의 저자로 1907년 노벨문학상을 수상했다.

5) Scofield Thayer, 1889~1982, 미국의 시인, 출판인. 컬렉터로도 유명해 자신의 컬렉션 중 400점을 메트로폴리탄 미술관에 유증했다.

6) Ethel Moorhead, 1869~1955. 스코틀랜드의 화가이자 여성참정권 운동가. 에즈라 파운드의 소개로 클라리지 호텔에서 숙박비를 내지 못해 소지품을 모두 압수당한 월시를 대신해 숙박비를 내준, 그의 친구이자 후원자인 『디스 쿼터』의 공동 편집자. 이 잡지의 3호가 출판되기 전 몬테 카를로에서 세상을 떠난 월시의 마지막 곁을 지켰다.

릴라에 온 에반 시프먼

　실비아 비치의 문고를 알게 된 그날부터 나는 투르게네프와 고골의 영어 번역판, 톨스토이의 콘스턴스 가넷 번역판, 체호프의 영어 번역판을 전부 다 독파해버렸다. 우리가 파리로 오기 전 토론토에서 캐서린 맨스필드[1]는 훌륭한 단편소설 작가로, 심지어는 위대한 단편소설 작가로 평가받고 있었다. 하지만 체호프[2]를 알고 난 후 그녀의 작품을 읽으려고 하는 건, 훌륭하고 간결한 문체의 작가이자 논리 정연하고 박식한 의사*가 들려주는 그의 이야기에 비하면, 애송이 노처녀가 억지로 지어낸 이야기에 열심히 귀를 기울이고 있는 것과 같았다. 맨스필드는 저알코올 맥주 같았다. 도수 낮은 맥주를 마시느니 차라리 그냥 물을 마시는 게 나았다. 반대로 체호프는 맑고 깨끗하다는 점만 아니면, 물과 달랐다. 그의 소설 중에는 그저 신문 기사처럼 보일 뿐인 딱딱한 이야기도 더러 있었다. 하지만 그에 못지않게 정말로 멋진 작품들도 있었다.

---

* 체호프는 모스크바대학 의학부에 입학함과 동시에 가족의 생계를 위하여 단편소설을 기고했고, 의사가 된 후에도 집필 활동을 이어나가 작가로서 명성을 높였다.

도스토옙스키의 소설에는 그럴듯한 이야기가 있는가 하면 도저히 믿기지 않는 이야기도 있었고, 가슴을 후비고 파고드는 너무도 사실적이고 진실한 구구절절이 읽는 사람의 마음까지도 바꿔놓는 이야기들도 있었다. 거기에는 내가 알아야 할 인간이 가진 나약함과 광기, 사악함과 숭고함 그리고 도박의 무모함이 있었다.

나는 투르게네프의 소설에 나오는 풍경과 거리를 알고 있듯, 톨스토이의 소설에 등장하는 군대의 동정이며 전장의 지형, 장교와 부사관, 사병들과 교전을 알고 있었다. 톨스토이는 남북전쟁을 다룬 스티븐 크레인³⁾의 소설을, 전쟁은 겪어본 적도 없으면서 그저 전쟁 연대기를 읽거나 나의 조부모 댁에서 본 적이 있는 브래디⁴⁾의 사진들로만 보았을 뿐인, 한 병약한 소년의 눈부신 상상력에 불과한 것으로 만들어버렸다. 스탕달의 『파르마의 수도원』을 읽기 전까지, 나는 톨스토이를 제외하고 전쟁의 실상을 다룬 그와 같은 책은 한 번도 읽어본 적이 없었다. 워털루 전쟁에 대한 스탕달의 아주 멋진 해석은 대단히 지루한 책에서 발견한 뜻하지 않은 수확이었다.

아무리 가난해도 잘 살 수 있고 글도 쓸 수 있었던, 파리 같은 도시에서 느긋하게 책을 볼 수 있는 시간과 더불어 이 모든 새로운 문학작품의 세계를 발견했다는 건, 엄청난 보물을 선물로 받는 것과 같았다. 이 보물은 여행을 갈 때도 가지고 다닐 수 있었다. 오스트리아 포어아를베르크의 높은 계곡에 있는 슈룬스를 알게 되기 전까지 지냈던, 스위스와 이탈리아의 산악지방에서도 우리 곁에는 늘 책이 있었다. 그래서 우리는 우리가 찾아낸 슈룬스라는 눈과 숲과 빙하가 펼쳐진 신세계 속에서도, 낮에는 시리도록 상쾌한 겨울바람을 맞다가도 밤이면 고산지대의 산장이나 마을에 있던 하숙식 호텔 타우버의 방으로 돌아와, 러시아 작가들이 전해주는 또 다른 멋진 세계 속에서 지낼 수 있었다. 처음에는 러시아 작가들의 세계였다가, 나중에는 다른 모든 나라 작가의 세계가 되어 있었다. 그래도 가장 오랫동안 머물렀던 건 러시아 작가들의 세계였다.

언젠가 에즈라와 함께 아라고 대로로 나가 테니스를 친 후였는데, 집으로 걸어가다가 그가 자신의 아파트에 가서 한잔하자고 했을 때 내가 그에게, 도스토옙스키에 대해 정말로 어떻게 생각하는지 물었던 기억이 난다.

"사실대로 말하자면." 에즈라가 말했다. "나는 '루쉬아'* 문학은 한 번도 읽어본 적이 없어서 말이지."

솔직한 대답이었다. 하지만 그때까지 에즈라가 나에게 그런 식으로 말한 적은 단 한 번도 없었다. 나는 마음이 좋지 않았다. 왜냐하면 지금 내 옆에 있는 이 사람은, 내가 가장 좋아하는 사람이자 비평가로서, 내가 가장 신뢰하는 사람이었기 때문이다. 그뿐만이 아니라 상황에 맞는 단 하나의 말을 찾아야 한다는 '적확한 말'**을 신봉하는 사람으로, 나에게 형용사에 현혹되지 말라고 가르쳐준 사람이기도 했다. 그런 그가 '루쉬아'라고 말한 것이다. 이후 내가 어떤 특정 상황

---

* 여기서 헤밍웨이는 '러시아' 문학(the Russians)을 '루쉬아' 문학(the Rooshians)이라고 한 에즈라의 발음을 그대로 옮겨놓았다.

** 에즈라 파운드는 직접적이고 구체적인 묘사로 사물의 명확한 이미지 제시를 표방하는 문학사조인, 이미지즘(Imagism)의 중심인물이었다. 그는 프랑스어로 '적확한 말'(mot juste)을 추구했던 프랑스의 소설가 귀스타브 플로베르(Gustave Flaubert, 1821~80)의 굳건한 신봉자로, 헤밍웨이에게도 많은 영향을 주었다.

에 처한 특정 사람들의 말을 믿지 않게 된 것도 에즈라 덕분이었다. 그런 만큼 '적확한 말'이라곤 거의 쓴 적이 없다시피 하면서도 자신의 인물들을 이따금씩 생생하게 살아 있는 사람들로 만들어놓는, 지금까지 거의 누구도 하지 못한 일을 해낸 한 사람에 대한 그의 고견을, 나는 듣고 싶었던 것이다.

"그냥 계속 프랑스 문학을 읽도록 해." 에즈라가 말했다. "배울 게 많을 테니까."

"그건 나도 알지." 내가 말했다. "나한텐 사방이 배울 것투성이니까 말이야."

잠시 뒤 에즈라의 아파트에서 나온 나는, 저 멀리 길이 끝나는 곳에 늘어선 앙상한 가로수 사이로 생미셸 대로 건너편 빌리에 댄스홀 앞의 탁 트인 광장 교차로가 보이는 길을 내려다보면서, 제재소 안마당에 있는 지금 우리가 살고 있는 집까지 이어지는 길을 따라 걷고 있었다. 제재소 대문을 열고 들어간 나는 막 톱질을 끝낸 목재들이 쌓인 안뜰을 지나, 별채 꼭대기 층으로 올라가는 계단 옆 붙박이장에 테니스 라켓을 넣어두었다. 계단을 올라가면서 아내를 불러보았지만 집에는 아무도 없었다.

"아기 엄마는 외출했는데, 하녀와 아기도요." 제재소 안주인이 알려주었다. 그녀는 눈에 거슬리는 샛노란 금발에 심하게 통통하고 성격이 까다로운 여자였다. 내가 고맙다고 하자 그녀가 말했다.

"웬 젊은 양반이 아저씨를 만나러 왔더라구요." 그녀는 '신사분'이 아니라 '젊은 양반'이라고 했다. "릴라에서 기다리겠대요."

"정말 고맙습니다." 내가 말했다. "아내가 들어오면 릴라에 있다고 전해주세요."

"아줌마는 친구들이 와서 함께 나갔다니까요." 그렇게 말한 그녀는 자줏빛 가운을 여미고는 문도 닫지 않고, 또각또각 하이힐 소리를 내면서 주인 집 식구들이 사용하는 출입구로 총총히 들어가버렸다.

나는 오랜 세월 흘러내린 빗물이 기다란 줄무늬 얼룩을 새겨놓은 높고 하얀 집들 사이로 난 길을 내려가, 시야가 탁 트인 너른 교차로에 이르렀다. 눈부신 햇빛이 쏟아지는 길모퉁이에서 오른쪽으로 돌아 나뭇잎 사이로 햇살이 부챗살처럼 드리운 릴라의 나무 그늘 속으로 들어섰다.

카페 안에는 아는 사람이 없어 바깥 테라스로 나오니 에반 시프먼[5]이 나를 기다리고 있는 것이 보였다. 그는 훌륭한 시인으로, 경주마와 문학과 그림에 조예가 깊었고 관심도 많았다. 그가 나를 보고 자리에서 일어서자 키가 큰 그의 창백하고 여윈 모습이 내 눈에 들어왔다. 때 묻고 목둘레가 닳아서 해진 그의 하얀 와이셔츠와 신경 써서 맨 듯한 넥타이, 쭈글쭈글 구겨진 회색 양복, 손가락은 그의 까만 머리보다도 더 까맣고 손톱은 지저분했다. 고르지 않은 치열을 보이지 않으려고 꼭 다문 그의 입술은 다정하지만 자조적인 미소를 머금고 있었다.

"반가워, 헴." 그가 말했다.

"에반, 그동안 어떻게, 잘 지낸 거야?" 내가 물었다.

"좀 의기소침했지 뭐." 그가 말했다. "그래도 「마제파」[6]는 쉽게 쓴 것 같아. 자넨 어떻게 잘되고 있는 거야?"

"나도 그랬으면 좋겠는데 말야." 내가 말했다. "아까 자네가 들렀을 땐, 에즈라하고 테니스 치러 나가고 집에 없었지."

"그래, 에즈라는 잘 지내나?"

"아주 잘 지내지."

"다행이군. 헴, 그런데 아까, 저기 자네 집주인 아주머니 말이야, 나를 좋아하지 않는 것 같은 눈치여서. 내가 올라가서 기다리겠다니까 못 하게 하더라고."

"내가 말 좀 해야겠는데." 내가 말했다.

"아니야, 내가 괜한 소릴 한 거야. 나야 늘 여기서 기다리면 되는데, 뭘. 지금 이렇게 햇빛을 받으며 앉아 있으니 좋기만 하네, 안 그래?"

"이제 가을이지." 내가 말했다. "그런데 따뜻하게 잘 챙겨 입은 것 같지가 않은데, 자넨."

"저녁에만 쌀쌀할 뿐인데 뭐." 에반이 말했다. "코트 꺼내서 입을게."

"코트가 어디 있는지는 알고 하는 얘기야?"

"아니, 하지만 어디 잘 있을 거야."

"그건 어떻게 알아?"

"코트 속에다가 그 시를 넣어뒀거든." 이를 드러내지 않으려고 입술을 꼭 다문 채 그가 얼굴 가득 씨익 웃어 보였다. "헴, 나하고 위스키나 한잔하자고."

"좋지."

"장." 에반이 자리에서 일어서서 웨이터를 불렀다. "여기 우리, 위스키 두 잔 주세요."

장이 위스키 병과 소다수 사이펀 병, 술잔과 함께 10프랑짜리 동전 모양의 잔 받침 두 개를 가져왔다. 그는 계량컵도 쓰지 않고 위스키를 술잔의 4분의 3까지 채워주었다. 장은 쉬는 날이면 가끔씩 포르트 도를레앙역 너머 몽루주에 있는 자신의 집까지 와 정원 일을 도와주는 에반을 무척 좋아했다.

"너무 많이 따르지 마세요." 에반이 키 크고 나이 지긋한 장에게 말했다.

"위스키 두 잔 시키신 거 아닌가요, 손님?" 장이 물었다.

우리는 위스키에 소다수를 탔고 에반이 말했다. "헴, 첫 모금을 아주 천천히 음미하면서 마셔봐, 입안에서 가만히 달래면 화끈한 기운이 오랫동안 느껴질 테니까."

"자네 건강에는 좀 신경을 쓰고 있기는 한 거야?" 내가 물었다.

"물론이지, 정말이야, 헴. 우리 말야, 다른 이야기할까?"

테라스에 나와 앉아 있는 사람은 우리 외에는 아무도 없었지만 위스키가 우리 두 사람을 훈훈하게 데워주고 있었다. 쌀쌀한 가을 날씨에 맞춰 속옷으로 운동복을 입고 그 위에 셔츠 하나와 파란 프렌치 세일러 울 스웨터 하나를 더 껴입은 내가, 에반보다 더 든든하게 입기는 했지만 말이다.

"요즘 난 말이야, 도스토옙스키에 대해 궁금해하는 중이거든." 내가 말했다. "어떻게 글을 그렇게 서툴게 쓰는 사람이 있을 수 있는지 말야. 믿기 어려울 정도로 너무 서툰 글인데도, 어떻게 그렇게 사람 마음속을 깊이 후비고 파고들어 올 수가 있는 거지?"

"번역본이다 보니 어쩔 수가 없는 거야." 에반이 말했다. "톨스토이는 그 누구더라, 그 여자 책이 번역이 잘돼 있던데."

"맞아. 콘스탄스 가넷, 그 여자 번역본이 나오기 전까지, 내가 『전쟁과 평화』를 대체 몇 번이나 읽다가 말았는지 다 기억하고 있다니까."

"번역은 점점 좋아질 여지가 많다고들 하잖아." 에반이 말했다.

"그건 분명 그럴 거야, 러시아어는 난 모르지만 말이야. 그래도 번역가에 대해서는 누구보다 우리 두 사람이 잘 아는 거니까. 어쨌든 많은 소설이 쏟아져 나오다 보면 최고의 역작도 나오게 되겠지, 그럼 자넨 몇 번이라도 읽고 또 읽을 수 있을 거야."

"그렇지." 내가 말했다. "그래도 도스토옙스키는 자네라도 몇 번이고 읽을 수 없을걸. 예전에 여행 중이었는데 말이야, 슈룬스의 시골 마을에서 읽을 책이 다 떨어졌거든. 읽은 책을 또 읽고 또 읽고 더 이상 읽을 책이 없는데도, 『죄와 벌』에는 도저히 다시 손이 가지 않더라는 거지. 타우흐니츠 문고판으로 트롤럽 소설 몇 권을 구할 때까지 오스트리아 신문이나 보면서 독일어 공부만 실컷 했지 뭐."

"고마운 우리 타우흐니츠를 위하여." 에반이 말했다. 불붙는 듯 화끈거리던 알코올 성분이 다 날아가버린 위스키에 소다수를 타자, 이젠 독한 맛만 강하게 느껴졌다.

"헴, 도스토옙스키는 말야, 정말 대단한 사람이야." 에반이 이야기를 계속했다. "쓰레기 같은 인간과 성인군자에 있어서는 그가 단연 최고였으니까. 정말 놀랍도록 훌륭한 성인군자를 만들어내잖아. 정말 안타깝기 그지없는 일이지, 아직은 우리가 그의 책을 몇 번이고 다시 읽을 수가 없다는 게 말이야."

"『카라마조프가의 형제들』은 다시 시도해보려고. 아마 나한테 문제가 있었을 거야."

"일부는 다시 읽어지겠지. 거의 다 읽을 수도 있고. 하지만 그러다가 슬슬 짜증이 밀려오기 시작할걸, 아무리 훌륭한 책이라 해도 말이야."

"글쎄 그럴까, 그나마 처음 읽다가 나가떨어진 게 다행이지. 어쩌면 더 좋은 번역본이 나올지도 모르고."

"하지만 충동적으로 든 생각이라면 하지 마, 헴."

"그런 거 아니야. 한번 해보려고 생각하고 있었던 거야. 그래서 나도 모르는 사이에 다 읽게 되고, 그렇게 해서 더 많이 읽으면 읽을수록 더 많이 얻는 게 있을 테니까."

"좋아, 장이 준 이 위스키를 들어 응원해주지." 에반이 말했다.

"그런데, 조금 전 일로 장이 곤란해질 것 같은데." 내가 말했다.

"이미 곤란해졌지." 에반이 말했다.

"뭐라고?"

"여기 경영진이 바뀐다고 하더라고." 에반이 말했다. "새로 오는 주인들이 돈 좀 쓰는 손님들을 끌어오려고 미국 스타일의 바를 들여놓으려고 한대. 웨이터들한테는 모두 흰색 재킷을 입고 콧수염을 밀라고 했다던데."

"아무리 그래도 앙드레하고 장한테는 그렇게 못하지."

"그렇게 못해도, 그렇게 할걸."

"장이 평생을 길러온 콧수염인데. 용기병 콧수염이라고 그게. 기병대에 있었던 친구니까."

"저 친구도 말이지, 곧 밀어버려야 할 거야."

나는 남아 있던 위스키를 다 마셔버렸다.

"위스키 한 잔 더 드릴까요, 손님?" 장이 물었다. "위스키 한 잔 드릴까요, 시프먼 씨?" 축 늘어져 끝만 뾰족하게 말아 올린 그의 수염은 여위고 인상 좋은 그의 얼굴의 일부가 되어 있었고, 기름을 발라 옆으로 매끈하게 빗어넘긴 몇 가닥 안 되는 머리카락 아래로 벗어진 정수리가 반짝이고 있었다.

"장, 이러지 않으셔도 됩니다." 내가 말했다. "무리하실 것 없어요."

"그럴 리가요." 그가 우리 쪽으로 몸을 숙이더니 나지막한 목소리로 말했다. "요즘 여긴 난리도 이런 난리가 없어요. 다들 나가느라 정신이 없다니까요."

"장, 이젠 안 가져오셔도 되는데요."

"알겠습니다, 손님." 그가 큰 소리로 말했다. 카페 안으로 들어간 그는 이번에는 위스키 한 병과 큰 위스키 잔 두 개, 10프랑짜리 금화 모양의 금테 두른 잔 받침과 탄산수 병을 들고 나왔다.

"이러지 마세요, 장." 내가 말했다.

그는 잔 받침 위에 위스키 잔 두 개를 내려놓더니 위스키를 찰랑찰랑 넘치기 직전까지 채우고는, 남은 술병을 가지고 다시 카페 안으로 들어가버렸다. 에반과 나는 사이펀 꼭지를 눌러 위스키 잔 속에 탄산수를 살짝 뿜어 넣었다.

"도스토옙스키가 말이지, 장을 몰랐다는 게 정말 다행 아닌가." 에반이 말했다. "술 마시다가 죽었을지도 모르잖아."

"이 술을 다 어떡하지?"

"어떡하긴, 마셔야지." 에반이 말했다. "이건 시위라고 시위. 행동으로 직접 보여주겠다는 거야."

그다음 주 월요일이었다. 아침에 내가 작업을 하려고 릴라에 가니, 앙드레가 보브릴 한 잔을 내왔다. 그건 쇠고기 육즙에 물을 섞은 음료였다. 키가 작고 금발인 그의 짧고 뭉툭한 콧수염이 있던 자리를, 성직자처럼 민둥민둥한 입술이 대신하고 있었다. 그는 미국에서 바텐더가 입는 흰색 정장 상의까지 입고 있었다.

"그런데 장은요?"

"내일이나 나오실 겁니다."

"좀 어떠신가요?"

"체념하고 받아들이기까지 시간이 많이 걸렸죠 뭐. 전쟁 내내 중기병대* 소속이었거든요. 무공 십자 훈장에 전공 훈장까지 받았으니까요."

"그 정도로 부상이 심했지는 몰랐는데요."

"그건 아니고요. 물론 부상을 입긴 입었지만, 장이 받은 전공 훈장은 그와는 다른 종류의 훈장이에요. 장교가 아닌 군인이 받을 수 있는 최고의 공로 훈장으로, 전공을 세웠다는 거죠."

"제가 안부를 묻더라고 전해주세요."

"그럼 그러고말고요." 앙드레가 말했다. "체념하고 받아들이는 데, 너무 오래 걸리지 않았으면 좋겠는데 말입니다."

"시프먼 씨의 인사도 전해주십시오."

"시프먼 씨는 지금 장과 함께 있는데요." 앙드레가 말했다. "같이 한창 정원을 가꾸고 있는 중입니다."

---

* Heavy Cavalry, 갑옷과 검, 곤봉 또는 창을 들고 적
  과 맞붙어 싸우는 기병의 종류로, 중장기병이라고
  도 한다.

릴라에 온 에반 시프먼

1) Katherine Mansfield Murry, 1888~1923, 뉴질랜드 태생의 영국의 여성 소설가. 남성에게 버림받은 고독한 여성을 그린 첫 작품 『독일의 하숙집에서』(1911)를 발표했고, 의식의 흐름 기법을 쓰는 단편소설의 명수로 종종 안톤 체호프와 비교된다.

2) Anton Pavlovich Chekhov, 1860~1904, 러시아의 소설가, 극작가. 19세기 말 러시아의 사실주의를 대표하는 근대 단편소설의 거장. 모스크바대학 의학부에 입학함과 동시에 가족의 생계를 위하여 단편소설을 기고한 것을 시작으로, 의사가 된 후에도 집필 활동을 계속 이어가 작가로서 명성을 드높였다. 인간의 특성을 객관적으로 묘사하면서 인간에 대한 사랑과 휴머니즘을 보여주었다는 평가를 받았다.

3) Stephen Crane, 1871~1900, 미국 최초의 자연주의 작가 중 한 사람이었던 소설가, 시인. 간결한 문체와 상징적 수법으로 헤밍웨이를 비롯한 현대 미국 작가들에게 커다란 영향을 주었으며 이미지즘의 선구자로 여겨진다. 본문의 책은 『붉은 무공훈장』(*The Red Badge of Courage*, 1895)으로, 헤밍웨이는 이 책을 가장 훌륭한 미국 문학 작품 중 하나로 꼽았다.

4) Mathew Brady, 1822~96, 미국의 사진가. 포토저널리즘의 아버지로 불렸던 남북전쟁 때 북군의 종군 사진기자로, 링컨을 비롯한 냉혹하고 비참한 당시 전쟁상을 최초로 기록했다.

5) Evan Shipman, 1904~57, 미국의 시인, 저널리스트. 헤밍웨이의 평생을 함께한 친구이자 헤밍웨이와 함께 거트루드 스타인이 지목한 '길 잃은 세대'의 대표적 인물. 헤밍웨이를 통해 스크리브너 출판사에서, 경마 경주 중 속보 경주(trotting track)를 다룬 장편소설 『혼돈』(*Free for All*, 1935)을 발표해 평

론가들로부터 호평을 받았다.

6) "Mazeppa," 에반 시프먼이 쓴 서사시. 이반 마제파(Ivan Mazeppa, 1644~1709)는 우크라이나를 독립국가로 만들고자 했던 우크라이나 카자크족의 사령관으로 바이런, 푸시킨, 차이콥스키 등에게 영감을 주었다. 바이런의 서사시 「마제파」(1818)에서, 마제파는 사회통념을 벗어난 연애로 야생마에 알몸으로 묶이는 형벌을 받는다.

"여자를 꽃으로 묘사하는데, 그녀의 달콤한 목소리가 버림받은 매춘부가 투덜거리는 귀에 거슬리고 찢어지는 목소리로 변하는 거지."(1932년 10월 29일 시프먼이 헤밍웨이에게 보낸 편지에서 「마제파」의 내용을 설명하는 부분).

악의 대리인

"헴, 자네가 이 아편 통을 잘 가지고 있다가 더닝[1]한테 꼭 필요할 때만 주면 좋겠어." 노트르 담 데 샹가를 떠나 라팔로로 가기 전, 에즈라가 나한테 했던 마지막 말이었다.

그건 커다란 콜드크림 통으로, 뚜껑을 돌려 열어보면 안에 진한 갈색의 끈적끈적한 내용물이 들어 있었는데, 전혀 가공되지 않은 진짜 생아편 냄새가 났다. 에즈라가 이탈리엥 대로와 가까운 오페라 거리에서 어떤 인디언 추장에게서 산 것으로 아주 비쌌다고 했다. 나는 그것이 제1차 세계대전 중이나 종전 후에 탈영병과 마약 밀매상의 소굴이었던, '홀인더월'[2]이라는 오래된 술집에서 흘러나온 것이 틀림없다고 생각했다. 이탈리엥가에 있던 홀인더월은 실내가 거의 복도에 가까울 정도로 비좁은 술집이었다. 정면은 붉은색 페인트가 칠해져 있었고 예전에는 파리의 하수로로 나가는 뒷문이 있어 카타콤[3]까지 이어졌다고 했다. 더닝의 정식 이름은 랄프 치버 더닝으로, 아편을 피우느라 밥 먹는 것도 잊고 살았던 시인이었다. 아편을 너무 많이 피울 때는 목으로 우유만 겨우 넘길 수 있을 정도였다. 에즈라는 '테르차 리마'*로 구성된 더닝의 시를 높이 평가했고, 그의 시가 가진 우수성을 알아본 사람이기도 했다. 그는 에즈라가 사는 아파트와 이어져 같은 안뜰을 쓰는 아파트에 살고 있었다. 파리를 떠나기 몇 주 전 에즈라가 다 죽어가는 더닝을 도와달라고 나를 불렀다.

"더닝이 죽어가고 있으니 당장 와줘." 에즈라가 보내온 전갈이었다.

그때 매트리스 위에 누워 있던 더닝의 모습은 흡사 해골 같았고, 결국은 영양실조로 죽을 것이 분명해 보였다. 그렇지만 나는 에즈라를 안심시켜야겠다는 마음이 앞서면서 급기야는 이토록 균형 잡힌 표현을 구사하면서 죽은 사람은 거의 없으며, 더구나 '테르차 리마'를 따져 가며 이야기하면서 죽어가는 사람은 나는 한 사람도 보지 못했고, 아무리 단테라 하더라도 그럴 수 있었을지는 의문이라고 말하고 말았다. 그러자 에즈라는 더닝이 '테르차 리마'를 따져서 말하고 있지 않다고 했다. 그래서 또 나는, 그가 사람을 보냈을 때는 자다가 일어나는 바람에 잠이 덜 깨서 더닝이 하는 말이 나한테는 꼭 '테르차 리마'로 들렸던 모양이라고 둘러댔다.

결국 죽음이 다가오길 기다리는 더닝과 함께 밤을 꼬박 지새우고 나서야 의사에게 맡겨야 할 사안이라는 결론을 내린 우리는, 더닝을 마약 중독 치료를 위해 한 개인 병원으로 옮겼다. 에즈라는 병원비 변제 보증을 서고, 더닝을 돕기 위해 내가 본 적도 없는 시 애호가들에게 도움을 요청했다. 나에게는 오로지 정말로 긴급한 상황이라고 판단되면 언제라도 아편을 가져다주는 역할만이 주어졌다. 그건 에즈라가 나에게 일임한 신성한 임무였던 만큼 그의 기대를 저버리지

---

* terza rima, 단테가 『신곡』에 쓴 시 형식으로, 압운
이 3행으로 1조가 되는 3운구법을 말한다.

않도록, 나는 그 순간이 왔을 때 내가 정말로 긴급한 상황이 맞는지 정확하게 판단할 수 있기만을 바라고 있었다.

그러던 어느 일요일 아침 창을 활짝 열어놓고 경마 신문을 살펴보고 있는데, 우리 집 창가를 향해 누군가가 소리를 질렀다. 에즈라의 아파트 관리인 아주머니가 제재소 안뜰로 뛰어 들어온 것이었다. "뒤닝* 씨가요, 지붕 위로 올라갔는데요, 한사코 안 내려오겠다고요, 버티고 있어요."

더닝이 아파트 지붕 위로 올라갔고 한사코 안 내려오겠다고 버티고 있다는 건 누가 들어도 확실한 긴급 상황인 듯하여, 나는 아편 통을 찾아서 들고 관리인 아주머니와 함께 길을 올라갔다. 그녀는 키가 작달막하고 매사에 열정적인 여자였는데, 당시 상황에 무척 흥분해 있었다.

"선생님, 필요한 건 챙기신 거 맞죠?" 그녀가 나에게 물었다.

"그럼요." 내가 말했다. "아무 일 없을 겁니다."

"파운드 씨는 만사를 소홀히 여기는 법이 없어요." 그녀가 말했다. "친절이 몸에 배신 분이시라니까요."

"그 친구는 정말 그렇죠." 내가 말했다. "그래서 매일같이 그 친구가 그립습니다."

"뒤닝 씨가 맑은 정신으로 돌아왔으면 좋겠는데 말이에요."

"저한테 이렇게 즉효약이 있지 않습니까." 그녀를 안심시키며 내

---

* 프랑스어로 적혀 있는 문장인데, 프랑스인인 관리
인 아주머니는 보통 프랑스인들이 그러하듯, 영
어 이름 더닝(Dunning)을 분명 프랑스식 발음으로
'뒤닝' 또는 '뒤닝그'라고 말했을 것이다.

가 말했다.

아파트 안뜰에 도착하자 관리인 아주머니가 말했다. "어머나 됐어요, 내려왔네요."

"제가 오고 있다는 걸 알았나 봅니다." 내가 말했다.

나는 더닝의 집으로 이어지는 바깥 계단을 올라갔다. 그가 문을 열어주었는데, 여월 대로 여윈 그는 키가 이상하리만치 커 보였다.

"에즈라가 선생에게 이걸 가져다드리라고 했습니다." 나는 이렇게 말하고 그의 손에 통을 쥐어주었다. "이게 무엇인지는 선생이 아실 거라고 하던데요."

더닝이 통을 받아들고 요리조리 살펴보는가 싶었는데, 느닷없이 그 통이 나를 향해 날아왔다. 통은 내 가슴인지 어깨인지에 맞고 계단 아래로 굴러떨어졌다.

"이 개새끼가." 그가 말했다. "이런 나쁜 놈이."

"에즈라가 선생에게 필요할지도 모른다고 해서요." 내가 말했다. 대답 대신 이번에는 우유병이 날아왔다.

"정말로 필요 없으십니까?" 내가 물었다.

우유병이 하나 더 날아왔다. 내가 물러서서 나오자, 그는 계단을 내려가는 내 등을 향해 우유병을 또 하나 더 던진 다음 문을 닫아버렸다.

나는 살짝 금만 갔을 뿐인 통을 주워서 호주머니에 넣었다.

"파운드 씨의 선물이 반갑지 않나 보군요." 내가 관리인 아주머니에게 말했다.

"아마 곧 진정이 되실 거예요." 그녀가 말했다.

"가지고 있던 게 좀 있는 건지도 모르죠." 내가 말했다.

"뒤닝 씨, 가여워서 어째." 그녀가 말했다.

더닝을 돕기 위해 에즈라가 조직했던 시 애호가들이 결국 또다시 뭉쳤다. 나는 나대로 관리인 아주머니는 아주머니대로 더닝과 그들 사이를 중재하려 했지만 뜻대로 되지 않았다. 아편으로 추정되는 물건이 들어 있던 금이 간 통은 파라핀 종이에 싸서 꽁꽁 묶은 다음, 내가 신던 낡은 승마 부츠 한 짝에 넣어두었다. 몇 년 후 에반 시프먼과 함께 그 아파트에서 내 소지품들을 옮기면서 보니, 부츠는 그 자리에 그대로 있었지만 통은 사라지고 없었다. 나는 실제로 더닝이 언제 죽었는지 알지 못한다. 그가 정말로 죽었는지조차 모를 뿐만 아니라 그가 왜 나한테 우유병을 던졌는지도 모른다. 그가 처음 죽을 고비를 넘기던 날 밤 내가 그를 덮어놓고 믿어주지 않았던 것을 그가 기억하고 있다면 모를까, 그것도 아니라면 그는 처음부터 나라는 사람이 그냥 아무 이유 없이 싫었던 건지도 모른다.

그런데 내가 에반 시프먼에게 "뒤닝 씨가요, 지붕 위로 올라갔는데요, 한사코 안 내려오겠다고요, 버티고 있어요"라고 했던 관리인 아주머니의 말을 들려주었을 때 그가 껄껄 웃던 기억은 난다. 그는 그 말속에 뭔가 상징적인 것이 있다고 믿었지만. 나로서는 도무지 알 수가 없다. 더닝은 어쩌면 나를 악의 대리인이나 경찰 정도로 생각했을지도 모른다. 내가 아는 거라곤 에즈라가 그토록 많은 사람에게 친절하게 대했던 것처럼 더닝에게도 잘 대해주려고 노력했다는 사실과, 에즈라가 믿고 있는 것처럼 나도 더닝이 훌륭한 시인이길 언제나 바라고 있었다는 사실뿐이다. 그는 시인치고는 우유병을 썩 잘 던졌다. 그러고 보면 참으로 위대한 시인인 에즈라도 테니스를 썩 잘 쳤다. 또 한 사람의 대단히 훌륭한 시인으로, 자신의 시가 잡지에 실리든 발표가 되든 안 되든 정말로 개의치 않았던 에반 시프먼은 그 일은 미스터리로 남아 있어야 한다고 생각했다.

"살다 보면 말이지, 헴, 미스터리는 어디까지나 미스터리로 남아 있어야 하는 거더라고." 언젠가 그가 한 말이다. "요즘 같은 시대에 우리에게 가장 부족한 건 말야, 야망이 전혀 없는 작가와 발표되지 않은 정말로 좋은 시거든. 물론 먹고사는 문제는 있지."

나는 에반 시프먼과 파리의 이 지역에 대한 어떠한 글도 본 적이 없으며, 그의 발표되지 않은 시에 대한 어떠한 글도 본 적이 없다. 바로 그 사실이 내가 이 책에서 그에 대한 이야기를 해야겠다고 생각했던 가장 큰 이유인 것이다.

악의 대리인

1) Ralph Cheever Dunning, 1878~1930, 미국의 시인. 런던에서 첫 번째 시
집『힐로스』(*Hyllus*, 1910)를 출간한 후, 아편에 빠져서 세상과 단절하고 야
망을 잃은 채 방에 틀어박혀 시만 쓰다가. 에즈라 파운드의 독려로『포이
트리』와『트랜스애틀랜틱 리뷰』에 시를 발표했다. 시는 이후 다시『횡재』
(*Windfalls*, 1929)라는 제목의 책으로 출판되었는데, 그에게는 에즈라가 그
를 세상으로 끌어내 주는 몇 안 되는 연결고리였다.

2) Hole-in-the-Wall, 직역하면 '벽에 난 구멍'이지만 구멍가게, 좁고 어두
컴컴한 가게라는 뜻이다. 프랑스 제2공화국을 세운 2월 혁명이 한창이던
1848년 2월 23일. 대포의 포탄 하나가 카퓌신 대로 23번지 건물 입구 수위
실에 떨어져 커다란 구멍을 내면서, 이후 파리 사람 모두가 찾는 세련된 카
페로 탄생하게 되었다. 프랑스식 샌드위치인 '크로크 무슈'가 탄생한 곳도
이곳이었지만, 1920년대 중반에 와서는 1달러로 아편이나 마약을 쉽게 구
할 수 있는 마약상으로 변질되었다. 홀인더월은 오페라 거리와 만나는 교차
로로 말 그대로 넓은 대로인, 카퓌신 대로변에 있었다. 여기서 헤밍웨이는
카퓌신 대로가 아니라. 교차로를 중심으로 서쪽이 카퓌신 대로이고 동쪽은
이탈리엥 대로인데, 이탈리엥 대로 옆으로 난 골목 이탈리엥가라고 하고 있
다. 헤밍웨이도 말로만 들었을 뿐, 실제로 이곳에 가본 적은 없는 듯하다.

3) Catacombes de Paris, 파리 14구 콜로넬 앙리 롤 탕기로 1번지에 있는 지하 묘
지. 15세기까지는 채석장이었던 곳으로, 1867년 파리 도심의 공동묘지에 쌓
여가는 시체를 안치할 목적으로 만들어졌다. 지하 깊은 곳에 미로처럼 복잡
한 구조로 이루어져 있는데, 종종 실종 사건이 일어나면서 카타콤 깊은 곳에
단테의『신곡』에 나오는 지옥 중 하나인 지옥의 문이 있다고도 이야기한다.

슈룬스의 겨울*

　단둘이 지내다가 아이가 태어나면서 결국 우리를 파리에서 몰아내고 만 건, 겨울철의 추위와 눈비가 오락가락하는 고약한 날씨였다. 그런 건 혼자 다닐 때는 익숙해지고 나면 그리 문제될 게 없었다. 글을 쓰려면 언제라도 카페에 가면 되고, 웨이터들이 카페를 쓸고 닦으며 청소하는 동안 나는 크림 커피 한 잔만으로도 오전 내내 글을 쓸 수 있었다. 그러다 보면 카페 안은 점점 따뜻해졌다. 아내는 연주하는 동안 춥지 않게 스웨터를 잔뜩 껴입으면, 추운 야외로도 피아노 연주를 하러 갔다가 집에 와서 범비**에게 젖을 먹일 수 있었다. 하지만 추운 겨울에 아기를 카페에 데리고 다닐 수는 없었다. 아무리 우는 법이 없고 주변에서 일어나는 일을 하나하나 다 쳐다보며 한 번도

---

* 이 책의 초판 *A Moveable Feast*(찰스 스크리브너즈 선즈, 뉴욕, 1964)에서 이 장의 제목은 'There Is Never Any End to Paris'(파리는 영원하다)인데, 뒷부분에 「파일럿 피시와 부자들」의 일부 내용이 섞여 있다.

** Bumby, 헤밍웨이의 첫째 아들 잭(John Jack Hadley Nicanor Hemingway, 1923~2000)의 애칭으로, 걸음마를 배울 때 아장아장 걷는 엉덩이(bum)가 포동포동한 테디베어를 닮았다고 해들리가 지어주었다.

칭얼댄 적이 없는 아기라 하더라도 말이다.

　그때 범비에게 보모는 없었지만, 범비는 난간이 높은 유아용 침대에서 F.야옹이라는 덩치 크고 멋진 그의 고양이와 함께 잘 놀곤 했다. 고양이를 아기와 함께 두면 위험하다고 말하는 사람들도 있었다. 그 중에서 가장 무지하고 편견이 심한 사람들은 고양이가 아기의 숨을 빨아들여 죽게 한다는 말까지 했다. 또 어떤 사람들은 고양이가 아기 몸 위에 올라가면 고양이의 무게에 눌려 아기가 질식사한다고도 했다. 우리 집 F.야옹이는 높은 유아용 침대에서 범비 옆에 웅크리고 앉아 그 크고 노란 눈동자로 문 쪽을 노려보고 있다가, 우리가 나가고 나면 범비 옆에는 누구도 얼씬하지 못하게 했다. 우리 집 하녀 마리도 멀찌감치 떨어져 있어야 했을 정도였다. 보모가 따로 필요 없었다. F.야옹이가 보모였기 때문이다.

　그러나 우리가 정말로 가난했을 때, 내가 기사 쓰는 일을 다 그만두고 캐나다에서 돌아와 단편 하나라도 실어주는 데가 없어 우리가 정말로 가난했을 때는, 파리에서 아기와 함께 겨울을 나기란 너무도 힘겨운 일이었다. 아무리 생후 3개월 때 추운 1월의 날씨에 뉴욕에서 캐나다의 핼리팩스를 거쳐 항해하는 조그만 큐너드[1] 기선을 타고 12일 동안 북대서양을 횡단하는 동안에도 단 한 번도 운 적이 없고, 악천후로 배가 요동칠 때면 바닥으로 굴러떨어지지 않도록 사방에 방어벽을 쳐놓은 선박 침상 속에만 갇혀 있곤 할 때도, 한결같이 방실방실 웃어주던 우리 범비 군이라 하더라도 말이다.

　그래서 우리는 오스트리아의 포어아를베르크에 있는 슈룬스 마을로 갔다. 스위스를 지나면 펠트키르히에 있는 오스트리아의 국경지대에 닿았다. 기차는 리히텐슈타인을 경유해 블루덴츠에 정차했는데, 그곳에는 농장과 숲으로 이어진 계곡을 지나면 자갈 바닥이 훤히 들여다보이고 송어가 뛰어노는 강을 따라 슈룬스까지 달리는 작은 지선이 연결되어 있었다. 햇살이 눈부신 슈룬스는 장이 서는 조그만 읍이었다. 제재소며 이런저런 가게들과 여인숙이 옹기종기 모여 있었고, 타우버라는 1년 내내 문을 여는 멋진 하숙식 호텔이 있어, 우리는 그곳에서 지냈다.

타우버의 객실은 넓고 쾌적했다. 창이 넓고 커다란 난로에, 깨끗한 담요와 깃털 덧이불이 덮인 큰 침대가 있었다. 나오는 식사는 소박하지만 아주 훌륭했다. 아주 편하고 친숙한 분위기의 식당과 원목으로 장식된 공용 바는 난방이 잘 돼 훈훈했다. 호텔은 넓고 탁 트인 골짜기에 자리 잡고 있어서 햇빛이 아주 잘 들었다. 우리 세 식구의 숙식비는 하루에 2달러 정도였는데, 인플레이션으로 오스트리아의 실링화 가치가 떨어지는 바람에 우리가 지내는 방의 숙박비와 식비 부담은 나날이 줄어들었다. 그곳의 인플레이션과 빈곤은 독일처럼 심각한 상황은 아니었다. 실링화는 연일 등락을 거듭했어도 전반적으로는 내림세였다.

슈룬스에서 출발하는 스키 리프트나 케이블카는 없었지만, 구불구불 굽은 산골짜기를 따라 높은 산간지대까지 이어지는 벌목꾼들과 소들이 다니는 오솔길은 곳곳에 나 있었다. 스키를 메고 그런 오솔길을 따라 걸어 올라가다가 발이 움푹움푹 빠질 정도로 눈이 아주 많이 쌓인 곳에 이르면, 거기서부터는 스키 바닥에 실스킨*을 붙이고

* seal skin, 스키를 탄 상태에서 산을 오를 때 뒤로 미끄러지는 것을 막기 위해 스키의 활주면에 붙이는 물개 가죽. 오늘날은 전용 왁스를 사용한다.

올라가야 했다. 산골짜기 정상에 도달하면 여름철 등산객들을 위한 커다란 알파인 클럽[2] 산장이 몇 군데 있었다. 그런 산장은 하룻밤이든 묵다가 떠날 때 자신이 사용한 땔감 값만 두고 나오면 되는 곳이었다. 산장에 따라 자신이 쓸 땔감을 챙겨가야 하는 곳도 있었고, 빙하와 고산지대에서 오래 머물 사람들은 필요한 땔감과 온갖 필수품을 대신 지고 올라갈 사람을 고용해서 베이스캠프를 세우기도 했다. 그런 고지대 캠프지에 있는 산장 중 가장 유명한 곳은 린다워 산장과 마들레너 하우스, 비스바드너 산장이었다.

타우버 호텔 뒤편에는 아주 조그만 과수원과 들판 사이를 뚫고 내리닫는 일종의 연습용 슬로프 같은 것이 있었다. 제대로 된 멋진 슬로프는 골짜기 너머 차군스 마을 뒤편에 따로 있었다. 그곳에는 아름다운 여인숙이 하나 있었는데, 그곳 바에는 주인이 수집한 산양 뿔이 벽에 장식되어 있었다. 슬로프는 골짜기 맨 끝자락에 있는 차군스의 벌목 마을 뒤편에서부터 펼쳐져 있었다. 산을 넘어 질브레타 산악지대를 지나 마지막으로 스위스의 클로스터스로 넘어가기까지 줄곧 오르막길로 이어지는 아주 멋진 스키 코스였다.

슈룬스는 범비에겐 더없이 좋은 곳이었다. 범비를 썰매에 태워 눈부신 햇살이 비치는 양지바른 곳으로 데리고 나와 살갑게도 보살펴주던 아주 짙은 갈색 머리의 어여쁜 소녀가 있었기 때문이다. 덕분에 해들리와 나는 난생처음 와보는 나라에서 난생처음 와보는 마을 구석구석을 누비고 다니면서 모르는 곳이 없게 되었고, 그런 우리를 마을 사람들은 무척 친절하게 대해주었다. 고산 스키의 선구자 발터 렌트 씨의 알파인 스키 스쿨이 마침 열리고 있어 우리는 둘 다 등록을 했다. 그는 예전에, 아를베르크 스키술을 창안한 위대한 아를베르크 스키어로, 등반용 왁스와 어떤 눈 상태에서도 사용 가능한 스키 왁스를 제조하는 하네스 슈나이더[3]의 동업자이기도 했다. 발터 렌트의 수업 방침은 수강생들이 가능하면 빨리 연습용 슬로프를 벗어나 고산지대까지 스키 여행을 할 수 있도록 하는 것이었다. 당시는 스키 방식이 요즘과 많이 달라서 나선골절*이 흔하지 않았고, 그 누구도 다리가 부러지는 부상은 입을 수가 없었다. 스키 패트롤도 없었다. 어떻게든 활강을 하려면 우선 올라가기부터 해야 했고, 올라간 횟수만큼만 내려올 수가 있었다. 그러면서 활강에 적합한 다리로 만들어지는 것이었다.

발터 렌트는 스키의 묘미란 나 이외엔 아무도 없고 그 누구의 발자국도 없는 눈 덮인 가장 높은 산악지대로 올라가, 그곳의 한 알파인 클럽 산장에서 알프스의 맨 꼭대기 고개를 지나 빙하 너머 다른 산장까지 활강하는 거라고 믿고 있었다. 스키바인딩은 넘어졌을 경우 다리가 부러질 수 있기 때문에 사용하면 안 되는 것이며, 스키판이 다리를 부러뜨리기 전에 떼어내야 하는 것이었다. 그가 정말로 좋아한 스키는 로프를 매지 않고 타는 빙하 스키였다. 그러려면 겨우내 쌓인 눈이 크레바스** 틈에 단단히 메워져 다리 역할을 해줄 이른 봄까지 기다려야 했다.

해들리와 나는 스위스에서 함께 처음 스키를 탄 순간부터, 스키의 매력에 흠뻑 빠져버렸다. 나중에는 알프스 돌로미티산맥의 코르티나

---

* spiral fracture, 스키의 바인딩에 고정된 발이 회전할 때 일어나는 상해로, 스키 부츠 바로 윗부분에서 발생한다.
** crevasse, 빙하 속 깊이 갈라진 틈.

담페초에서 범비의 출산 예정일이 가까웠는데도, 아내가 넘어지는 일이 절대로 없게 하겠다는 약속을 내가 할 수 있으면 계속 스키를 타도록 허락해주겠다는 밀라노 의사에게서 허락을 받아냈을 정도였다. 덕분에 우리는 지형을 꼼꼼히 따져가며 경사 코스를 아주 신중하게 선택하고, 활강력도 최대한 조절해야만 했다. 아내의 다리는 아름다우면서도 놀랍도록 튼튼했는데, 스키의 미세한 움직임까지 훌륭하게 제어하면서 내가 의사에게 장담했던 대로 단 한 번도 넘어지지 않았다. 아내는 로프 없이 빙하 스키를 탔더라도 넘어지지 않았을 것이다. 우리는 둘 다 다양한 눈 상태에 대해 잘 알고 있었고 가루처럼 흩날리는 눈이 많이 쌓인 곳에서의 활강법쯤은 기본 상식이었다.

우리는 포어아를베르크를 정말 좋아했고 슈룬스를 정말로 좋아했다. 추수감사절 시즌이 되면 그곳으로 갔다가, 거의 부활절이 가까워질 무렵까지 머물곤 했다. 스키는 언제나 탈 수 있었지만, 슈룬스가 스키 리조트로서는 고지대에 위치해 있지 않아 폭설이 내리는 겨울을 제외하곤, 스키를 타려면 더 높은 지대의 산으로 올라가야 했다. 그런데 산을 오르는 재미도 있어 그 시절 우리에겐 문제될 게 없었다. 일정한 보폭을 잘 유지하면서 내가 속도보다 훨씬 더 천천히 걸으면, 오르기도 수월하고 숨이 차지도 않으면서 등에 멘 배낭의 무게도 만만하게 느껴졌다. 마들레너 하우스까지 가는 오르막길의 일부 구간은 경사가 가파르고 지세가 무척 험했다. 그러나 두 번째 산행부터는 좀더 수월해졌는데, 나중에는 처음보다 갑절의 무게의 짐을 짊어지고도 거뜬히 오를 수 있었다.

늘 허기가 졌던 우리에게 식사 시간은 매번 일대 행사였다. 우리는 주로 순한 맥주나 흑맥주 아니면 갓 담근 누보 와인을 마셨고, 가끔씩은 1년 숙성된 와인도 마셨다. 그중에서 가장 맛있었던 건 화이트 와인이었다. 그 외에도 그곳 골짜기에서 담근 기막힌 키르슈*나 야생 용담을 증류한 '엔치안 슈납스'도 마셨다. 저녁 메뉴로 한 번씩 바디감이 풍부한 레드 와인 소스를 뿌린 토끼 스튜가 나올 때도 있었고, 밤 소스를 곁들인 사슴 고기가 나올 때도 있었다. 화이트 와인보다 훨씬 더 비싸기는 했지만, 그런 요리에 곁들일 때는 우린 1리터에 20센트나 하는 최고가 레드 와인을 마시곤 했다. 보통의 레드 와인은 그보다 훨씬 저렴해서 작은 나무 맥주 통에 담아 마들레너 하우스로 싸가기도 했다.

우리한테는 겨우내 읽으라고 실비아 비치가 빌려준 책도 충분히 있었고, 호텔의 여름 정원 쪽으로 나 있는 골목에서 마을 사람들과 함께 볼링을 칠 수도 있었다. 일주일에 한두 번꼴로는 호텔 식당에서 덧창을 모두 닫아걸고 문까지 잠근 후 포커 게임을 벌이기도 했다. 당시 오스트리아에서는 도박이 금지되어 있어, 나는 호텔 주인 넬스 씨, 알파인 스키 스쿨의 렌트 씨, 마을 은행 간부, 검사, 헌병 대위와 함께 게임을 했다. 손에 땀을 쥐게 하는 아주 어려운 게임이었는데, 스키 스쿨로 벌이가 전혀 안 돼 무턱대고 덤비던 렌트 씨를 제외한 나머지 사람들은 모두 포커의 명수들이었다. 순찰을 도는 2인 1조 헌병들의 발걸음이 문밖에서 멈추는 기척만 났다 하면, 헌병 대위가 귀를 쫑긋 세우고 손가락을 귀에 갖다 대곤 했다. 그러면 우린 모두 그들의 발걸음 소리가 완전히 멀어질 때까지 쥐 죽은 듯 숨을 죽이고

---

* Kirsch, 버찌를 양조 증류해 만든 증류주로, 키르슈바서(Kirschwasser)라고도 한다. 키르슈는 독일어로 버찌이고 바서는 물이란 뜻이다.

있었다.

추운 아침 기온 탓에 하녀는 동이 트기가 무섭게 우리 방으로 들어와 덧창을 닫고 도자기로 된 커다란 난로에 불을 지펴주곤 했다. 그러고 나면 방은 이내 훈훈해졌고, 그동안에 맛있는 과일잼과 함께 갓 구운 빵이나 토스트, 큼지막한 잔에 담긴 커피와 신선한 계란이 아침으로 나왔다. 따로 주문하면 놀라울 정도로 맛있는 햄도 나왔다. 우리 침대 발치에 와서 잠을 자는 슈나우츠라는 개가 있었는데, 우리 스키 여행을 따라다니고 내가 언덕을 뛰어 내려갈 때면 내 등이나 어깨 위로 올라타는 걸 좋아했다. 그는 꼬마 범비 군의 친구이기도 했다. 범비와 범비의 보모가 산책을 나오면 그도 따라나서 조그만 썰매 옆에서 함께 걷곤 했다.

슈룬스는 글쓰기에도 좋은 곳이었다. 내가 이렇게 말할 수 있는 이유는, 전력을 다 쏟아부어 단 6주 만에 완성했던 『태양은 다시 떠오른다』의 초고를 그곳에서 지내던 1925년과 1926년 사이의 겨울 동안, 원고 수정이라는 가장 힘든 작업을 마쳐서 하나의 장편소설로 완성할 수 있었기 때문이다. 그곳에서 단편도 몇 편 썼는데, 어떤 것이 있는지는 기억이 나지 않는다. 잘된 글도 몇 편 있었는데도 말이다.

추운 밤 어깨에 스키와 스틱을 메고 저만치 반짝이는 마을 불빛만 보고 걸으며 숙소로 돌아오다가, 마침내 인가가 드문드문 눈에 들어오기 시작하면서 마을로 들어가는 길목으로 접어들 때, 발밑에서 뽀드득거리던 눈 밟는 소리가 지금도 귓가에 생생하다. 길에서 만나는 사람들마다 하나같이 '그루스 고트'*라고 인사를 건네곤 했다. 마을

* Grüß Gott, '안녕하세요'라는 뜻의 독일어.

포도주방*은 언제나 밑창에 징을 박은 앵클부츠와 등산복을 입은 동네 사람들로 북적였고, 자욱한 담배 연기 속에 마룻바닥은 온통 징에 찍힌 자국투성이였다. 젊은 친구들은 대다수가 오스트리아 산악부대 출신이었는데, 그들 중 제재소에서 일하던 한스라는 친구는 이름난 사냥꾼이었다. 이탈리아의 같은 산악지방에 가본 적이 있다는 이유로 우리는 친구가 되어 함께 술을 마시고 서로 목청 높여 요들송을 부르곤 했다.

마을 위쪽 산비탈에 군데군데 있던 과수원과 들판 사이로 난 호젓한 오솔길, 커다란 난로가 있어 늘 따뜻했던 농가들과 하얀 눈 속에 산더미처럼 쌓여 있던 장작더미가 떠오른다. 아낙네들은 부엌에서 양털을 곱게 빗질해서 회색과 까만색의 털실을 자아냈다. 발판을 밟아서 돌리는 발물레를 썼는데, 염색을 하지 않아 까만색의 털실은 까만색의 양에게서 나온 털로 만들어진 것이었다. 가공하지 않은 자연 상태의 양털이라 기름기가 그대로 남아 있어 그 털실로 해들리가 짜준 모자며 스웨터, 긴 목도리는 눈에 젖는 법이 없었다.

어느 해 크리스마스였는지, 마을 학교 교사의 연출로 한스 작스[4]의 연극이 상연된 적이 있었다. 아주 잘 만들어진 연극으로 내가 그 지방 신문에 평론을 썼는데 호텔 주인이 독일어로 번역해주었다. 또 다른 해에는 얼굴에 흉터가 있고 머리를 빡빡 민 한 퇴역 해군 장교가 와서 슬라이드 환등기로, 역사적 의미는 컸지만 인정은 받지 못한, 유틀란트 해전[5]에서 독일이 거둔 승리에 대해 강연했다. 슬라이

---

* 독일어 'Weinstube'는 'wein'(와인)+'stube'(방)의 합성어로 '포도주 가게'라는 뜻이다.

드에는 영국과 독일의 전투함대 이동 경로가 표시되어 있었고, 해군 장교는 젤리코[6]의 소심함을 지적하면서 지시봉 삼아 당구채를 마구 휘둘렀다. 너무 격분한 나머지 한 번씩 목소리가 갈라지는 소리도 났는데, 그런 그의 옆에서 교사는 행여나 장교가 휘두르는 당구채가 스크린을 푹 찔러 구멍이라도 낼까 안절부절하며 간을 졸이고 있었다. 강연이 끝난 후에도 퇴역 해군 장교는 좀처럼 흥분을 가라앉히지 못했고, 포도주방에 있던 사람들도 덩달아 모두 좌불안석하며 장교의 눈치만 살피고 있었다. 검사와 은행 간부만이 그와 대작했을 뿐, 나머지 사람들은 멀찌감치 떨어진 테이블 하나에 옹기종기 모여 앉아 있었다. 독일 라인주 출신이었던 렌트 씨는 강연회에 오려 하지 않았다.

그날 강연회에 왔던 사람들 중에, 비엔나에서 스키를 타러 온 한 커플이 있었다. 고산지대까지 올라가고 싶어 하지 않아 취르스 마을로 갈 예정이었는데, 나중에 들은 이야기로는 그곳에서 눈사태가 나면서 사망했다고 했다. 그때 남자는 강연자와 같은 위인이 바로 독일을 패망으로 이끈 비열한 유형의 작자라고 하면서, 그런 사람들은 20년 안에 또다시 그런 일을 저지를 거라고 말했다. 그러자 함께 온 여자가 프랑스어로 그에게 조용히 하라고 하면서 여긴 조그마한 마을이고 사람 일은 아무도 모르는 거라고 했다.

그때는 참으로 많은 사람들이 눈사태로 사망했던 해였다. 첫 번째 대형 인명사고는 우리가 머물던 골짜기 너머에 있던 아를베르크 고개의 조그만 산골 마을 레흐에서 일어났다. 크리스마스 휴가에 맞춰 렌트 씨와 함께 스키를 타러 오고 싶어 했던 독일인 일행이 있었다. 그해는 예년에 비해 눈이 늦게 내렸다. 마침내 폭설이 내리기는 했지만, 오랫동안 햇볕을 받아온 언덕과 산비탈에는 여전히 온기가 남아 있었다. 눈은 움푹움푹 파여만 들어갈 뿐, 가루처럼 흩날리는 눈은 전혀 지면에 쌓일 생각이 없어 보였다. 스키를 타기에 그보다 더 위험한 상태는 있을 수 없어, 렌트 씨는 그 베를린 사람들에게 오지 말라는 전보를 보냈다. 하지만 휴가는 이미 시작되었고, 그들은 무지했으며, 눈사태를 두려워하지 않았다. 그들은 기어이 레흐에 왔고, 렌트 씨는 인솔을 거부했다. 하지만 결국 그들 중 한 명이 렌트 씨를 겁쟁이라고 부르고 나머지 사람들도 자기네들끼리 스키를 타겠다고 고집하는 바람에, 렌트 씨는 어쩔 수 없이 그나마 자신이 찾아낼 수 있는 가장 안전한 슬로프를 찾아 그들을 인솔했다. 그가 앞장서서 슬로프를 가로질러 내려오고, 그의 뒤를 따라오고 있던 그들 위로, 마치 해일이 밀려오듯 눈이 용솟아 오르면서 눈 덮인 산비탈 전체가 순식간에 무너져내린 것이다. 눈 속에 파묻혀버린 그들 중 열세 사람은 구조되었지만, 아홉 사람이 사망했다. 알파인 스키 스쿨은 그 일이 일어나기 전에도 잘되지 않았지만, 이후로는 우리가 거의 유일한 수강생이었다. 그해 아를베르크에서는 눈사태로 많은 사람이 사망하면서 우리는 온갖 유형의 눈사태와 눈사태를 피하는 방법, 눈사태 속에 갇혔을 때 행동 요령 등, 눈사태에 대해서는 모르는 것이 없는 훌륭한 학생이 되어 있었다. 그해 내가 썼던 글은 대부분 그처럼 눈사태가 계속해서 일어나던 시기에 쓴 글이었다.

눈사태가 일어나던 그해 겨울 동안 가장 끔찍했던 기억으로 남아 있는 건, 눈 속에 파묻혀 있다가 구조된 어떤 남자의 모습이었다. 눈이 우리 위를 덮쳤을 때 우리가 배웠던 행동 요령대로, 그는 숨 쉴 수 있는 공간을 확보하기 위해 무릎을 세우고 쭈그려 앉은 자세로 팔꿈치는 무릎에 댄 채 두 팔로 머리를 감싸 안고 있었다. 거대한 눈사태를 파헤쳐 그 속에 묻혀 있던 사람들을 다 찾아내는 데는 오랜 시간이 걸렸는데, 그 남자가 마지막으로 찾아낸 사람이었다. 안타깝게도 그는 숨이 멎은 지 얼마 되지 않은 상태로, 다 닳아서 벗겨진 목 피부 조직 사이로 힘줄과 뼈가 드러나 있었다. 눈덩이가 짓누르는 압력에 저항하면서 마지막 순간까지도 그는 끊임없이 고개를 내젓고 있었던 것이다. 그런 걸 보면 이번 눈사태 속에는 잘 다져진 오래된 눈덩이에, 무너져내리는 순간에 가벼워서 미끄러져 들어간 갓 내린 눈이 섞여 있었던 것이 분명했다. 그래서 갓 내린 가벼운 눈이 그의 머리 위로 계속해서 미끄러져 내렸던 것이다. 우리는 그가 의도적으로 그랬던 것인지 아니면 정신이 혼미한 상태에서 그랬던 것인지는 단정 짓지 못했다. 하지만 그렇다고 달라질 건 없었다. 카톨릭 신자라는 증거가 없다는 이유로 마을 신부가 축성된 교구 묘지에 그를 매장하길 거부했기 때문이다.

슈룬스에서 지내던 때를 떠올리면 마들레너 하우스로 등반을 나서기 전 골짜기를 한참을 걸어서 우리가 묵었던 여인숙까지 올라가던 일이 생각난다. 그곳은 외관만으로도 오랜 세월이 짐작되는 무척 아름다운 여인숙이었다. 식사하고 술을 마시던 공간 벽에 장식된 원목들은 그 세월을 증명이라도 하듯 길이 잘 들어 실크처럼 반들반들 윤이 났다. 테이블과 의자들도 마찬가지였다. 음식은 하나같이 다 맛있었는데, 그때 우리는 먹어도 먹어도 늘 배가 고팠다. 창문을 활짝 열어놓은 채 커다란 침대에서 깃털 이불을 덮고 서로를 꼭 껴안고 자는 우리 머리 위로, 손을 내밀면 닿을 듯한 별들이 눈부시게 빛나고 있었다.

아침 식사를 마친 우리 일행은 산길을 오르기 위한 만반의 준비를 갖추어 각자 등에 짊어지고 어깨에는 스키를 멘 채, 여전히 별이 총총히 빛나는 어둠 속에서 등반을 시작했다. 무거운 짐은 우리 스키보다 길이가 훨씬 짧은 스키를 신은 짐꾼들이 등에 짊어졌다. 우리 중 누가 가장 무거운 짐을 지고 산을 오를 수 있는지 경쟁이 붙었는데, 그 짐꾼들을 당해낼 사람은 아무도 없었다. 그들로 말하자면 몬타폰 계곡의 사투리밖에 쓸 줄 모르는 땅딸막하고 무뚝뚝하기 그지없는 산골짜기 촌사람들로, 마치 짐 나르는 말처럼 잠시도 쉬지 않고 부지런히 산을 탔다. 산 정상에 도착해서 눈 덮인 빙하 옆 평평한 지대에 세워진 알파인 클럽 산장 돌벽에 기대어 짐을 부려놓고 나면, 그들은 산 밑에서 얘기했던 것보다 더 많은 돈을 달라고 요구했다. 그러다가 타협이 이루어져 짐삯을 받으면, 그 짧은 스키를 타고 마치 옛날이야기에 나오는 땅속 요정처럼 쏜살같이 시야에서 사라져버렸다.

우리와 함께 스키를 탔던 아주 멋진 독일 아가씨가 있었다. 그녀는 산악 스키의 명수로, 자그마하고 아름다운 체구에 나 정도 체구는 돼야 메고 올라갈 수 있는 무거운 배낭을 나보다 더 오래 메고 산을 올랐다.

"저 짐꾼들이 우리를 바라보는 표정을 보면요, 꼭 우리를 시체로 끌고 내려가길 기다리고 있는 것 같다니까요." 그녀가 말했다. "짐삯은 자기들이 정해놓고 올라오면 웃돈을 달라고 하지 않는 짐꾼은, 저는 본 적이 없어요."

몬타폰 골짜기 위쪽 끝자락에 있는 산골 마을 사람들은 골짜기 아래쪽이나 중간 자락에 사는 사람들과는 아주 많이 달랐다. 이들이 적대적인 것에 비해, 같은 몬타폰 골짜기에 속하지만 가워탈 골짜기의 사람들은 아주 다정하고 상냥한 사람들이었다. 슈룬스에서 겨울을 지내는 동안 설산에서 반사되는 햇빛에 얼굴이 너무 심하게 그을린 나는 햇빛을 가리려고 수염을 기르고 머리도 자르지 않았다. 늦은 저녁 함께 스키를 타고 벌목꾼들이 다니는 오솔길을 미끄러져 내려오던 렌트 씨가, 슈룬스 윗마을 길을 지나다가 나와 마주친 촌사람들이 나를 '흑인 예수'라고 부른다는 이야기를 해주었다. 포도주방에 오는 촌사람들 중에는 나를 '키르슈를 마시는 흑인 예수'라고 하는 사람도 더러 있다고 했다.

하지만 마들레너 하우스에 올라가기 위해 우리가 고용했던 몬타폰 골짜기 위쪽 끝자락에 사는 산골짜기 촌사람들에게 우리 모두는, 위험해서 가까이 가지 않아야 할 시기에 굳이 고산지대로 들어가겠다고 고집 부리는 '외국 놈들'이었다. 해가 나서 위험해지기 전에 눈사태 지역을 지나가려고 우리가 동이 트기 전에 출발했던 것도, 잘했다고 칭찬받을 일이 아니었다. 그저 '외국 놈들'이 다 약삭빠르듯 우리도 역시 그렇다는 사실만 여실히 증명했을 뿐이었다.

소나무 숲에서 나던 상쾌하고 싸한 솔 향기에 대한 기억이 살아나면서, 나무꾼 오두막에서 너도밤나무 잎 더미를 매트리스 삼아 잠을 잤던 일이 생각난다. 스키를 타고 토끼와 여우 발자국을 따라 숲 사이를 이리저리 헤집고 다닌 적도 있었다. 한번은 수목한계선 위 고산지대에서 여우 발자국을 따라가던 중이었는데, 마침내 내 눈에 포착된 여우가 앞발을 든 채로 살금살금 걸어가다가 멈춰 서는가 싶더니, 무언가를 향해 잽싸게 뛰어올라 덮치는 순간, 하얀 눈 속에서 순백의 물체가 다급하게 퍼드덕거리는 소리가 들려왔다. 그러더니 뇌조 한 마리가 툭 하고 튀어 올라 산등성이 너머로 횡하니 날아가버렸다.

나는 바람이 일으킬 수 있는 모든 종류의 눈을 다 기억하고 있다. 스키를 타고 갈 때 눈이 온갖 변덕을 다 부렸던 기억이 지금도 생생하다. 고지대의 알파인 산장에 있을 때 눈보라가 휘몰아쳤는데, 그때 우리 눈앞에는 마치 그 누구도 본 적 없는 나라처럼 조심스럽게 한발 한발 내디뎌야 했던 낯선 세상이 펼쳐져 있었다. 아무도 가본 적 없을, 그 정도로 모든 것이 생경한, 새로운 세상이었다.

마지막으로 미끄러지는 듯한 표면에 일직선으로 쭉 뻗어 있던 대빙하 코스가 떠오른다. 다리가 잘 버틸 수 있고 발목만 스키에 단단히 고정되어 있다면, 몸을 완전히 낮추고 끝도 없이 뻗어 있는 슬로프를 오로지 속도에만 몸을 내맡긴 채 미끄러지듯 내려가면서, 산중의 고요함을 가르며 눈가루가 스키에 흩날리며 내는 수슉수슉 하는 소리 속으로, 하염없이 하염없이 빠져드는 것이다. 그건 하늘을 나는 것보다도 아니, 다른 그 어떤 것보다도 좋았다. 그런데 그러기 위해서는 무거운 배낭을 짊어지고 장시간 등반할 수 있는 체력과 내공이 쌓여 있어야 했다. 정상까지 가는 티켓은 돈을 주고 살 수도, 누가 주는 것도 아니었다. 바로 그것이 우리가 겨우내 노력했던 궁극의 목표였고, 한겨울을 꼬박 그렇게 보내고 나서야 비로소 가능하게 된 일이었다.

산에서 지내던 마지막 해에 새로운 사람이 우리의 삶 속으로 깊숙이 들어오면서, 결코 그 어떤 것도 다시는 예전과 같을 수 없게 되었다.[7] 이후에 이어질 그해 겨울과 죽일 듯이 잔인했던 그 여름에 비하면, 눈사태가 일어났던 그 겨울은 마냥 행복하고 천진난만했던 어린 시절의 겨울 같았다. 해들리와 나는 서로에 대해 잘 안다고 너무 자신만만해 있었고, 우리 사이에 지켜야 할 신뢰와 자존심에 대해서는 너무도 방심하고 있었다. 어쩌다가 이런 상황 속에 깊이 들어와 있게 되었는지, 나는 한 번도 그 책임의 소재를 따져보려 한 적이 없다. 오로지 나 자신의 책임만을 생각했고, 그건 지금까지 살아오는 동안 점점 더 분명해졌다.

하나의 행복을 짓밟아 무너뜨리고, 그 자리에 새로이 또 다른 행복이며 사랑이며 그로 인한 좋은 작품이니 하는 것들을 쌓아 올리겠다고, 세 사람의 마음을 불도저처럼 밀어붙이고 위협하는 건 이 책에서 할 이야기가 아니다. 그런 이야기를 썼지만 결국 빼버렸다. 그건 복잡하지만 아주 값진 가르침을 주는 이야기다. 어떤 결과로 끝이 났는지도 그 일과는 하등의 관련이 없다. 결과에 대한 그 어떤 책임도 나한테 있는 것이고, 모든 것은 내가 감당하고 감수해야 했던 일이다. 그 일에 있어 그 어떤 책임도 전혀, 결단코 당연하지 않은 단 한 사람, 오직 해들리만이 결과적으로 거기서 잘 빠져나와 예전의 나보다, 아니 내가 앞으로 될 수 있을 나보다 훨씬 더 훌륭한 사람과 결혼해서 지금 행복하게 살고 있다. 해들리는 그럴 자격이 있다. 그것이 그해 일어났던 일 중에서 지금까지도 계속되는, 단 하나의 좋은 일이었다.

슈룬스의 겨울

1) 최초로 대서양 횡단 정기 노선을 운항한 영국의 해운회사 큐너드 라인의 기선.

2) Alpine Club, 1857년 런던에서 창설한 세계 최초의 산악회로, 영국 산악회를 말한다.

3) Johanm Hannes Schneider, 1890~1955, 오스트리아 아를베르크 출신의 스키어. 몸을 앞으로 깊숙이 구부린 활강 자세를 강조한 아를베르크 스키술을 창안했다.

4) Hans Sachs, 1494~1576, 독일의 시인, 극작가. 전형적인 계몽 시인으로 평생을 본업인 제화업을 하면서 6,170편의 작품을 썼다.

5) 제1차 세계대전 중 역사상 가장 많은 전함이 동원된 최대의 해전으로, 1916년 5월 31일 덴마크의 유틀란트반도에 면한 북해에서 일어난 영국과 독일의 전투. 양국 해군이 큰 피해를 입고 무승부로 끝나면서 각자 자신들의 승리라고 주장했지만, 전략적으로 보면 독일이 영국의 제해권을 깨는 데에는 실패한 것으로 영국군의 승리였다.

6) John Rushworth Jellicoe, 1859~1935, 유틀란트 해전에서 주력 함대를 지휘한 영국의 해군 제독. 철수하는 독일 함대의 어뢰와 구축함 공격이 두려워 추격을 포기하고 180도 변침 명령을 내림으로써, 영국 측이 더 많은 피해를 입었다.

7) 1925년 2월경 『보그』의 부편집장으로 파리에 온 폴린 파이퍼는 3월 미국의 특파원으로 파리에 온 패션 저널리스트 키티 캐널(Kitty Cannell, 1891~1974)의 파티에서 헤밍웨이 부부를 만나 해들리와 친구가 된 후, 그해 크리스마스에 슈룬스에 와서 그들과 함께 연말을 보냈다. 『태양은 다시 떠오른

다』의 계약을 위해 뉴욕으로 갔던 헤밍웨이는 해들리가 있는 슈룬스로 가기 전, 1926년 3월 2일 폴린이 있는 파리에 들렀다. 이때부터 이들의 관계가 시작되어 1927년 1월 헤밍웨이는 해들리와 이혼했다.

스콧 피츠제럴드

그의 재능은 미세한 가루가 만들어낸 나비 날개의 무늬처럼 타고난 것이었다. 나비가 자신의 무늬가 얼마나 아름다운지 알지 못하듯, 그도 한때 자신의 재능을 알지 못했고, 그것이 언제 바람에 쓸려 날아가버렸거나 망가졌는지도 알지 못했다. 이후 그는 자신의 날개가 손상되었다는 사실과 그 날개가 무엇으로 이루어져 있는지 깨닫게 되었다. 그러면서 생각하는 법을 배웠다. 그는 다시 하늘을 날고 있었다. 그의 인생에 있어서 좋은 시기는 아니었지만, 작가로서 좋은 시기를 맞이한 그때* 내가 그를 만난 건 행운이었다.

내가 처음 스콧 피츠제럴드[1]를 만났을 때 아주 이상한 일이 일어났다. 그와 함께 있으면 이상한 일이 워낙 많이 일어나기는 했지만, 그 일만큼은 절대 잊을 수가 없다. 그가 들랑브르가에 있는 아메리칸 바 딩고로 들어왔을 때 나는 별 볼 일 없는 인간들 몇 명과 함께 그곳

---

* 헤밍웨이가 딩고 바에서 처음 피츠제럴드를 만난
  때는 1925년 4월 말로, 피츠제럴드의 『위대한 개
  츠비』는 4월 10일에 출판되었다.

에 앉아 있었다. 내게 자신을 소개한 그는, 함께 온 키가 크고 인상 좋은 한 친구를 그 유명한 투수 덩크 채플린[2]이라고 소개했다. 그때 나는 프린스턴대학교 야구팬이 아니어서 덩크 채플린에 대해 아는 게 전혀 없었지만, 보기 드물게 무던하고 차분하면서 여유 있고 친근감이 드는 그 친구가 스콧보다 훨씬 더 마음에 들었다.

그때 스콧은 잘생긴 것과 예쁘장한 것, 그 중간 어디쯤에 속하는 야릇한 얼굴의 소년 같아 보이는 남자였다. 아주 밝고 굽슬굽슬한 금발에 이마가 넓고, 무슨 신나는 일이라도 있는 듯한 눈빛과 여자였더라면 미인의 입매였을 아일랜드인* 특유의 섬세하고 가느다란 입술, 갸름하게 잘 빠진 턱선과 반듯한 귀, 잘생긴 코는 가히 아름답다고 할 만하며 점 하나 없이 매끈했다. 그런 것만으로 예쁜 얼굴이라고까지 하지는 못하겠지만 그의 하얀 피부색과 아주 밝은 금발, 그리고 입매를 보면 그랬다. 그 입매는 그를 잘 알기 전에도 성가시더니, 알고 나서는 더욱 성가셨다.

나는 그가 어떤 사람일지 무척 궁금하게 생각하고 있었고, 그날은 하루 종일 아주 열심히 작업하다가 온 길이었다. 스콧 피츠제럴드와 그때까진 알지 못했지만, 이제는 친구가 된 그 위대한 덩크 채플린이 여기 있다는 사실이 새삼 너무 신기하게 느껴졌다. 스콧은 쉬지 않고 말을 했는데 그 이야기가 모두 내가 쓴 글에 대한 것이고 내 글이 너무 대단하다는 것이어서 듣기가 거북했던 나는, 그의 얼굴을 계속 뚫어져라 쳐다보며 그의 이야기에 장단만 맞춰주고 있었다. 그때까

* 피츠제럴드의 외할아버지가 아일랜드에서 미국으로 건너와 대규모 식료품점으로 성공한 이주민이었다.

지만 해도 누군가를 면전에서 칭찬하는 일은 대놓고 욕을 하는 것과 마찬가지라고 받아들이는 사고방식이 있던 때였다. 스콧이 샴페인을 주문해서 그와 덩크 채플린, 나 그리고 별 볼 일 없는 인간 몇 명도 함께 마셨던 것 같다. 덩크나 나나 스콧이 하는 이야기를 그렇게 열심히 듣고 있었던 것 같지는 않은데, 그의 말이 말 그대로 일장 연설이었고, 더구나 나는 줄곧 스콧만 요모조모 뜯어보고 있었기 때문이다. 그는 민첩해 보이는 체격에 비해, 얼굴은 약간 부어 있어 건강 상태가 썩 좋아 보이지는 않았다. 브룩스 브라더스의 양복이 그에게 잘 어울렸다. 그는 흰색의 버튼다운 칼라 셔츠에 영국 왕실 근위대 타이*를 매고 있었는데, 나는 그 넥타이에 대해서는 귀띔해줘야겠다고 생각했다. 어쩌면 파리에 영국 사람들이 있을 수도 있고 그들 중 한 사람이 딩고로 들어올 수도 있었기 때문이다. 알고 보니 그때 이미 두 사람이 와 있었지만, 그때 나는 그냥 상관하지 말자는 생각에 그를 좀더 관찰하기로 했다. 나중에 알았는데, 그가 그 넥타이를 산 곳은 로마였다.

그의 손이 예쁘고 재주가 많아 보이며 그리 작지 않다는 것과 바 카운터 의자에 앉아 있는 그의 다리가 무척 짧다는 것을 제외하면, 그때 내가 그를 살펴보면서 알아낸 사실은 그리 많지 않았다. 보통 사람들 다리 길이 같았으면 아마도 그는 키가 5센티미터는 더 컸을 것이다. 첫 번째 샴페인 병을 비우고 두 번째 병을 마시기 시작하자 그의 연설이 끝을 보이기 시작했다.

덩크와 나는 샴페인을 마시고 둘 다 아까보다 기분이 훨씬 더 좋

---

* 로열 블루와 심홍색의 사선 패턴 넥타이.

아지려던 차에 장광설도 끝이 났다는 사실이 너무 반가웠다. 그전까지만 해도 내가 정말 훌륭한 작가일 것도 같다는 생각은, 어디까지나 나와 아내 그리고 그런 이야기를 할 정도로 우리가 정말로 잘 아는 사람들한테만 조심스럽게나마 털어놓는 비밀 같은 것이었다. 그런데 스콧도 훌륭한 작가로서의 나의 가능성에 대해 나와 똑같이 그처럼 행복한 결론을 내려주었다는 사실도 기뻤지만, 그의 연설 거리가 떨어져가기 시작했다는 사실도 기뻤다. 그러나 그런 기쁨도 잠시, 연설이 끝나고 나자 이번에는 질의응답 시간이 찾아왔다. 그동안은 그를 요리조리 살펴보면서 그의 연설을 귀담아듣지 않을 수 있었지만, 질의응답 시간은 잠시도 틈을 주지 않았다. 그때는 몰랐던 사실인데, 스콧은 소설가란 자신이 알아야겠다고 생각하면 친구나 아는 사람들에게 직접 물어봐서 알아내도 되는 거라고 믿고 있었다. 질문은 단도직입적이었다.

"어니스트." 그가 말했다. "내가 어니스트라 불러도 괜찮겠죠?"

"덩크한테 물어보고요." 내가 말했다.

"실없는 소리 마시고, 난 지금 진지한 이야기를 하는 겁니다. 그러니까 선생은, 부인과 결혼하기 전에 함께 잤나요?"

"모르겠는데요."

"모르겠다는 게 무슨 뜻입니까?"

"기억이 나지 않는다는 말입니다."

"아니 어떻게 그런 중대한 일이 기억이 나지 않을 수가 있소?"

"모르겠는데요." 내가 말했다. "이상한 거죠?"

"이상한 것보다 더 나쁜 일이군요." 스콧이 말했다. "무조건 기억나야 하는 거죠, 그런 건."

"미안합니다, 유감이군요. 그렇죠?"

"영국 놈처럼 그런 식으로 말하지 좀 마시오." 그가 말했다. "정말로 진지하게 기억 좀 해보란 말입니다."

"아니요." 내가 말했다. "소용없습니다."

"정말로 기억하려고 애를 쓰면 기억날 수도 있는 일 아니오."

연설의 대가가 상당히 비싸다는 생각이 들었다. 나는 그가 다른 사람들에게도 다 그렇게 연설을 늘어놓는지 궁금해졌다. 그런데 연설하는 동안 그가 진땀을 흘렸던 걸 보면, 그건 아닌 것 같았다. 그의 아일랜드인 특유의 가느다랗고 완벽한 윗입술 위에 구슬 같은 땀방울이 송골송골 맺혀 있었기 때문이다. 그때가 내가 그의 얼굴에서 시선을 내려 바 카운터 의자 발걸이에 무릎을 세우고 앉아 있던 그의 다리 길이를 확인했을 때였다. 이제 다시 눈을 들어 그의 얼굴을 쳐다보려던 그때, 바로 그 이상한 일이 일어났다.

그는 바 카운터에 앉아 샴페인 잔을 손에 들고 있었다. 그런데 갑자기 그의 얼굴 전체가 팽팽하게 조여드는가 싶더니, 한순간에 바람이 빠지듯 부기가 쭉 빠지고 완전히 뻣뻣해져 순식간에 해골처럼 변해버렸다. 두 눈은 움푹 꺼져 들어가서 죽은 사람 같은 기운이 돌기 시작했다. 입술도 뻣뻣하게 굳어갔고, 핏기가 사라진 얼굴빛은 창백하다 못해 녹아내린 촛농 같았다. 이건 내가 지어낸 이야기가 아니며, 과장해서 하는 이야기도 아니다. 내가 보는 앞에서 그의 얼굴은 진짜 해골 아니, 데스마스크가 되어 있었다.

"스콧." 내가 말했다. "아니, 괜찮은 겁니까?"

아무런 대답이 없는 그의 얼굴은 아까보다 더 뻣뻣해 보였다.

"응급실로 모셔가는 게 좋겠는데요." 내가 덩크 채플린에게 말했다.

"아니에요. 괜찮아요."

"이렇게 다 죽어가는데도요."

"그런 거 아닙니다. 이 친군 원래 이래요."

우리는 그를 택시에 태웠고, 나는 무척 걱정이 되었지만 덩크는 자꾸만 괜찮으니까 너무 걱정할 것 없다고 했다. "아마 이 친구, 집에 도착할 때쯤이면 멀쩡해질걸요." 그가 말했다.

정말 그가 말한 대로였던 것 같았다. 며칠 후 클로저리 데 릴라에서 스콧을 만났을 때 나는 그에게 그 정도로 몸에 무리가 가게 해서 미안했다고 하면서 우리가 서로 이야기하면서 마시다 보니 그것을 너무 급하게 마셨던 것 같다고 말했다.

"미안하다니 무얼 말입니까? 그거라는 건 또 무얼 말하는 것이며, 그것이 나한테 어떻게 무리가 되었다는 겁니까? 대체 무슨 말을 하고 있는 겁니까, 어니스트?"

"요 전날 밤에 딩고에서의 일 말입니다만."

"딩고에선 아무 일 없었어요. 난 그냥 선생과 함께 있던 완전히 빌어먹을 그 영국 놈들한테 넌더리가 나서 집에 갔을 뿐입니다."

"그날 선생이 오셨을 땐 영국인이라곤 한 사람도 없었는데요. 바텐더밖에는."

"숨길 걸 숨기시오. 내가 말하는 사람들이 누군지 다 알면서 말입니다."

"아." 그러니까 그는 나중에 딩고로 다시 갔던 것이다. 그게 아니라면 다른 날 그곳에 갔던 것이다. 아니, 기억났다. 그때 그곳에는 영국인이 두 명 있었다. 그의 말이 맞았다. 그들이 누군지 기억났다. 그날 분명히, 그들이 그곳에 있었다.

"맞습니다." 내가 말했다. "있었습니다."

"가짜 귀족 작위로 거들먹거리며 아주 무례했던 그 여자하고, 그 옆에 함께 있던 그 멍청이 주정뱅이 말이죠. 그 사람들이 선생 친구라고 했단 말입니다."

"제 친구들이 맞습니다. 그리고 말씀하신 대로 그 여자는 가끔가다 아주 무례하게 행동할 때가 있습니다."

"그것 봐요. 사람이 말입니다, 겨우 와인 몇 잔 했다고 해서 숨겨봤자 소용없다니까요. 무슨 이유로 숨기려 했습니까? 나는 말입니다, 선생이 그럴 거라고는 생각하지 않았습니다."

"뭐가 뭔지 모르겠군요." 나는 이야기를 그만하고 싶었다. 그때 뭔가 내 머리를 스쳐 가는 것이 있었다. "그 친구들이 선생 넥타이를 갖고 무례하게 굴던가요?" 내가 물었다.

"그 사람들이 왜 내 넥타이를 갖고 무례하게 굴어야 한다는 말입니까? 그때 나는 흰색 폴로셔츠에, 평범한 검정색 니트 타이를 하고 있었는데요."

그 말에 나는 두 손 들고 입을 다물었고, 그는 내가 이 카페를 좋아하는 이유를 물었다. 내가 그에게 릴라의 옛이야기[3]를 들려주자 그는 내 말을 듣던 그는 자신도 이곳이 좋아지려 한다고 했다. 그곳을 좋아하는 나와 그곳이 좋아지려 하는 스콧, 우리는 그렇게 그곳에 앉아 있었다. 그는 나한테 이것저것 묻기도 하고 작가들이며 출판사, 에이전트, 비평가 그리고 조지 호러스 로리머[4]에 대해 이야기했다. 성공한 작가가 된다는 것에 대한 여담과 그로 인한 경제적 효과에 대한 이야기도 해주었다. 그때 그는 냉소적이면서도 재미있고 무척 유쾌했는데, 그런 그에게서 저번에는 몰랐던 매력이 느껴졌다. 누군가가 사랑스럽게 느껴지는 것에 대해 무척 경계하는 성격인데도 불구하고, 그때 그의 그런 모습은 무척 사랑스러워 보였다.

그는 그동안 자신이 쓴 모든 작품에 대해 대수롭지 않게 폄하하면서도 아무렇지 않아 보였다. 그렇게 그가 자신의 이전 책이 지닌 결함에 대해 조금도 불편한 기색 없이 이야기하는 걸 보면서, 나는 그의 최근 책이 틀림없이 대단히 훌륭한 책일 거라는 생각이 들었다. 그는 한 부밖에 남지 않은 자신의 최근 책 『위대한 개츠비』를 어떤 사람한테 빌려줬는데, 돌려받는 대로 내가 읽어주면 좋겠다고 했다. 그 책 이야기를 하면서 수줍어하는 것만 아니면, 그가 하는 말만 듣고서는 그 책이 얼마나 좋은 책인지 결코 알지 못할 것이다. 자만하지 않는 작가들은 모두 자신이 대단히 훌륭한 무언가를 썼을 때, 그처럼 수줍어한다. 나는 그가 그 책을 어서 돌려받아 내가 읽어볼 수 있었으면 좋겠다고 생각했다.

스콧은 맥스웰 퍼킨스[5]에게 들었다면서, 그 책이 잘 팔리는 건 아니지만 서평은 아주 좋다고 말했다. 그가 더 없이 좋은 길버트 셀더스[6]의 서평을 나에게 보여줬던 날이 그날이었는지 아니면 그보다 훨씬 뒤였는지는 기억나지 않는다. 하지만 길버트 셀더스가 보다 더 유능한 평론가였더라면 평론은 그것보다 더 좋을 수밖에 없었을 것이다. 나는 그가 더 유능해진 후에 쓸 평론이 그보다 훨씬 더 좋았을 거라고 생각한다. 스콧은 책이 잘 팔리지 않아 당혹스러워하고 마음에 상처를 받기는 했지만, 여전히 조금도 억울해하거나 불편한 기색이 없었고 책의 평판에 대해 수줍어하기도 하고 뿌듯해하기도 했다.

그날 릴라의 야외 테라스에 앉아서 우리는 황혼이 물들어가는 하늘과 인도를 지나가는 사람들, 시시각각으로 짙어져가는 저녁의 흐릿한 잿빛 어스름을 지켜보고 있었다. 소다수를 넣은 위스키 두 잔을 마셨는데도 그에게선 어떠한 화학반응도 나타나지 않았다. 나는 만일의 사태를 대비해 경계의 시선을 늦추지 않고 있었지만, 아무 일도 일어나지 않았다. 그는 전처럼 낯 두꺼운 질문도 하지 않았고, 나를 당황하게 하는 어떠한 행동도 하지 않았으며, 연설도 하지 않았다. 지극히 정상적일 뿐만 아니라 아주 이지적이고 매력적인 사람처럼 행동했다.

그는 자신과 자신의 아내 젤다가 악천후 때문에 어쩔 수 없이 리옹에 르노 소형차를 두고 왔는데, 나에게 차를 가지러 함께 기차를 타고 리옹에 내려갔다가 그 차를 타고 파리로 올라오지 않겠는지 물었다. 당시 피츠제럴드 부부는 에투알 광장⁷⁾에서 멀지 않은 틸시트가 14번지의 가구 딸린 아파트에 세 들어 살고 있었다. 때는 바야흐로 늦은 봄이라 시골 풍경이 가장 아름다울 때니, 둘이서 정말 멋진 여행을 할 수 있을 것 같은 생각이 들었다. 스콧은 아주 다정했고 지극히 이성적으로 보였다. 나는 그가 상당히 독한 위스키를 스트레이트로 두 잔째 마시는 걸 지켜보고 있었는데, 아무 일도 일어나지 않았다. 분별 있어 보이는 그의 태도와 매력에, 요 전날 딩고에서의 일은 그저 악몽을 꾼 것처럼 느껴졌다. 그래서 나는 함께 리옹으로 내려가면 좋겠다고 하면서 언제쯤 가고 싶은지 물었다.

우리는 다음 날 다시 만나기로 해서 아침에 출발하는 리옹행 특급 열차를 타기로 정했다. 거의 매시간 출발해서 시간대도 좋고 아주 빠른 기차로 딱 한 군데만 정차했는데, 디종이었던 걸로 기억한다. 우리 계획은 리옹에 도착하면 차 상태부터 양호한지 점검한 후에, 근사하게 저녁 식사를 한 다음 아침 일찍 파리로 출발하는 것이었다. 출발 날짜는 잠정적으로 언제쯤으로 해놓았다가 그를 두 번 더 만나서 최종적으로 결정했고, 출발 전날 밤에도 우리는 재차 확인했다.

여행을 떠난다는 생각을 하자 나는 마음이 마구 설레었다. 아내도 정말 멋진 생각이라고 했다. 나는 나이 많은 성공한 작가와 함께 여행을 할 것이고, 차를 타고 가는 동안 이야기를 나누다 보면 분명 도움이 되는 많은 것들을 알게 되고 배우게 될 것이다. 지금 생각해보면 내가 그때 스콧을 중년 작가로 생각하고 있었다는 사실이 새삼 신기한데, 아직 『위대한 개츠비』를 읽어보지 않았던 이유로 나는 그를, 대학생 수준의 아주 유치하고 서투른 문장으로 쓴 책 한 권에 이어 아직 내가 읽어보지 못한 또 한 권의 책을 쓴 아주 나이가 많은 작가로 생각하고 있었던 것이다. 3년 전 『새터데이 이브닝 포스트』에 볼만한 그의 단편들이 실렸던 것 같기는 하지만, 나는 한 번도 그를 진지한 작가로 생각해본 적이 없었기 때문이다.

클로저리 데 릴라에서 그는 자신이 생각하기에 괜찮은 단편들을 썼던 방법과 『새터데이 이브닝 포스트』에 글이 실리려면 어떤 단편을 쓰는 것이 좋은지 알려주었다. 그리고 자신은 잘나가는 문예지가 좋아하는 단편을 쓰려면 이야기를 어떻게 비틀어 꼬아야 하는지 너무 잘 알고 있다고 했다.* 그러면서 원고 의뢰 의도에 맞추어 그때그때 글을 수정했던 방법에 대해서도 이야기했다.

* 1920~37년 동안 피츠제럴드는 『새터데이 이브닝 포스트』에 총 69편의 단편을 발표했고, 이외에도 주간지 『콜리어즈 위클리』와 이후에는 『에스콰이어』에도 발표했다.

그 이야기를 듣고 충격을 받은 나는 그건 매춘과 같은 거라고 말했다. 그는 매춘인 것은 맞지만 제대로 된 책을 쓰기에 앞서, 자금력이 있어야 책을 만들 수 있는 잡지 덕분에 자신이 돈을 벌고 있는 만큼 그렇게 해야 하는 거라고 말했다. 나는 자신의 재능도 망가뜨리지 않고 진정으로 자신이 할 수 있는 최선을 다해 글을 쓰는 것이 아닌, 다른 어떤 방식으로든 글을 쓸 수 있다는 사람은 그 누구도 믿지 않는다고 말했다. 그러자 그는 『새터데이 이브닝 포스트』에 맞는 이야기를 쓸 줄 알게 되었다고 해서 자신에게 해가 되는 건 전혀 없다고 했다. 그의 말인즉슨 진짜 이야기부터 먼저 써놓기 때문에, 글을 완전히 해체하고 내용을 바꾼다고 하더라도 그가 손해 보는 것은 아무것도 없다는 것이었다.

나는 그의 말을 도저히 믿을 수 없었고 마음 같아서는 그렇게 하지 말라고 말해주고 싶었다. 하지만 그러기 위해서는, 그런 나의 신념을 뒷받침해주고 그를 납득시킬 수 있을 만한 내 장편소설을 그의 눈앞에 내밀어야 했다. 그런데 그때 나는 장편소설이라고 할 만한 글이라곤 그 어떤 것도 써놓은 것이 없었다. 그동안 내가 써놓은 모든 글을 낱낱이 다 분해한 다음 글재주를 부린 부분은 죄다 없애고, 이야기를 설명하는 대신 이야기를 만들어내려고 노력하기 시작하면서부터, 글을 쓰는 작업이 나한테는 정말로 재미있는 일이 되어 있었다. 그런데 말은 쉽지만, 사실 그건 정말 어려운 작업이었다. 나는 어떤 글이라도, 도대체 어떻게 해야 장편소설이 될 만큼 이야기를 길게 쓸 수 있는지 방법을 몰랐다. 오전 내내 붙들고 있던 결과가 겨우 한 단락인 경우도 종종 있었다.

나의 아내 해들리는 스콧의 글을 읽고 그의 글이 대단하다는 생각은 하지 않았지만 내가 여행을 한다는 사실에는 무척 반가워했다. 아내에게 훌륭한 작가란 헨리 제임스였기 때문이다. 그래도 아내는 내가 잠시 일에서 벗어나 여행을 하면서 머리를 식히는 건 좋은 생각이라고 했다. 돈을 벌면 차를 사서 우리끼리 오붓하게 여행하는 것이 우리 두 사람의 소원이었지만 말이다. 그러나 당시 나로서는 그런 건 꿈도 꾸지 못할 일이었다. 그해 가을 미국에서 출판될 첫 단편집으로 '보니 앤 리브라이트' 출판사로부터 200달러를 가불받았고, 『프랑크푸르터 차이퉁』과 베를린의 『데어 크베어슈니트』 『디스 쿼터』 그리고 파리의 『트랜스애틀랜틱 리뷰』에 단편들을 써서 생활하고 있는데다, 7월에 스페인의 팜플로나에서 열리는 축제*를 보러 갔다가 마드리드를 거쳐 발렌시아 축제를 보러 내려갈 경비까지 모으느라, 우리는 생필품 외에는 단 한 푼의 돈도 허투루 쓰지 않고 허리띠를 졸라매며 아끼고 또 아끼면서 생활하고 있었기 때문이다.

아침에 출발 예정인 리옹역에 여유 있게 도착한 나는 개찰구 앞에서 스콧을 기다리고 있었다. 그가 기차표를 가져오기로 했기 때문이었다. 기차 출발 시간은 가까워져 오는데도 그가 나타나지 않아, 나는 선로로 들어갈 수 있는 입장표를 사서 기차 옆을 따라 걸으면서 찾아보았지만 그는 보이지 않았다. 기차 끝까지 가보기도 전에 기차가 출발하려 해서 기차에 올라탔다. 지금쯤이면 그가 기차에 탔기만을 기대하면서 객차 안을 죽 훑어보며 걸어 들어갔다. 긴 기차 안 어

---

* 『태양은 다시 떠오른다』에서 소개된, 좁은 골목길에서 뒤따라오는 소를 피해 전속력으로 달려야 하는 엔시에로(encierro)로 유명한 산 페르민 축제. 매년 7월 6일부터 열흘간 열린다.

디에도 그는 없었다. 차장에게 상황을 설명하고 삼등칸이 없는 기차라 이등칸 차표 값을 지불한 나는, 리옹에서 가장 좋은 호텔이 무슨 호텔인지 물어보았다. 기차가 디종에 정차하면 스콧에게 전보를 쳐서, 내가 기다리고 있을 리옹 호텔의 주소를 알려주는 것 외에는 달리 방법이 없었다. 전보는 그가 집을 나오고 나서야 도착하게 될 테지만, 그의 부인이 다시 그에게 전보를 띄워줄 거라고 생각했던 것이다. 그때까지만 해도 나는 다 큰 어른이 기차를 놓쳤다는 말은 들어본 적이 없었다. 하지만 이번 여행에는 내가 새롭게 배우게 될 많은 일들이 나를 기다리고 있었다.

그 시절 나는 성격이 아주 성마르고 불같이 급했는데, 기차가 몽터로를 지날 때쯤 되자 마음이 차츰 가라앉기 시작하면서 창밖에 스쳐 지나가는 시골 풍경을 즐기지 못할 정도로 화가 나지는 않았다. 정오가 되어 식당차에서 맛있는 점심과 함께 생테밀리옹 한 병을 마시며, 다른 사람이 경비를 대는 여행을 가기로 했던 내가 정말 바보였다는 생각이 들었다. 그리고 우리가 스페인으로 가는 데 써야 할 돈을 지금 내가 이 여행에 다 쓰고 있기는 하지만, 이런 일도 나한테는 좋은 공부라고 생각했다. 그전까지 나는 경비를 분담하지 않고 누군가가 내주는 여행에 따라만 가는 여행은 단 한 번도 가본 적이 없었다. 그래서 이번 여행에서도 숙박비와 식비는 분담하자고 고집했던 것이다. 그뿐만이 아니라 지금 나는 피츠제럴드가 나타날지조차 알지 못하고 있는 것이다. 그렇게 화가 나 있는 동안 내 마음속에서 그는 '스콧'이 아니라 '피츠제럴드'로 강등되어 있었다. 시간이 좀 지나자, 출발할 때 머리끝까지 치밀어 올랐던 화가 어느새 다 풀려 있어 나는 마음이 너무 개운하고 가벼웠다. 아무튼 이런 여행은 나처럼 화를 잘

내는 사람에겐 맞지 않는 것이었다.

리옹에 도착하자 스콧이 파리에서 출발해 리옹으로 떠났다는 사실을 알게 되었다. 하지만 그가 머물고 있는 곳에 대한 언급은 없었다. 나는 내가 기다리고 있는 리옹 호텔 주소를 재차 알려주었고, 하녀는 그에게서 전화가 오면 알려주겠노라고 하면서 사모님은 몸이 안 좋으셔서 아직 주무신다고 했다. 리옹의 유명한 호텔마다 다 전화해서 메시지를 남겼지만 스콧이 있는 곳은 찾지 못했다.

나는 아페리티프나 한잔하면서 신문이나 볼 생각으로 야외 카페에 나갔다. 거기서 불 쇼를 생업으로 하는 한 남자를 만났는데, 그는 이가 다 빠지고 없는 합죽한 입에 동전을 물고 엄지와 검지로 구부리는 묘기도 부렸다. 잇몸이 빨갛게 부어 있었지만 보여주어 살펴보니 눈으로 보기에는 튼튼한 것 같았다. 그는 자신이 하는 일이 나쁜 직업이 아니라고 말하면서 내가 같이 한잔하자고 하자 아주 반가워했다. 입에 불을 머금자 그의 잘생기고 검게 그을은 얼굴이 발갛게 달아오르면서 환하게 빛이 났다. 그는 불 쇼를 하는 것도 손가락과 턱으로 차력술을 보여주는 것도, 리옹에서는 돈벌이가 되지 않는다고 했다. 가짜 불 쇼를 하는 사람들이 자신의 일을 다 망쳐놓았기 때문인데, 그 사람들은 리옹뿐만 아니라 공연 허가가 나는 곳마다 가서 계속해서 망쳐놓을 거라고 했다. 저녁 내내 불 쇼를 했는데도 그날 밤 그의 수중에는 불 이외의 다른 걸 사 먹을 돈이 없다고 했다. 나는 그에게 불 쇼를 하느라 입 안에 남아 있는 석유 냄새가 가시도록 한잔 더 하시라고 권하면서, 웬만큼 저렴하고 좋은 식당을 알고 있다면 우리 함께 저녁 식사나 하자고 말했다. 그는 아주 좋은 곳을 알고 있다고 했다.

276

우리는 아주 저렴한 한 알제리 식당에서 함께 식사를 했는데 그곳의 음식과 알제리 와인이 내 입에 잘 맞았다. 불 쇼를 하는 남자는 좋은 사람이었다. 잇몸만으로도 이가 있는 대부분의 사람들처럼 음식을 꼭꼭 잘 씹어 먹는 그의 모습을 보는 것이 재미있었다. 그가 나에게 무슨 일을 해서 먹고사는지 물어서, 나는 이제 막 첫걸음을 내디딘 작가라고 말했다. 그는 어떤 글을 쓰는지 물었고 나는 소설을 쓴다고 했다. 그는 자신이 아는 이야깃거리가 많은데, 그중에는 지금까지 나온 그 어떤 소설보다 더 무시무시하고 끝내주는 이야기도 몇 가지 있다고 말했다. 자신이 나한테 그런 이야기들을 다 들려줄 수가 있으니 내가 그 이야기를 글로 써서 조금이라도 벌이가 되면, 얼마가 되든 내가 봐서 적당하다고 생각되는 돈을 자신에게 주지 않겠느냐고 했다. 더 좋은 건 북아프리카로 함께 갈 수만 있으면 그래서 나를 블루 술탄의 나라로 데려가면, 그곳에서 지금까지 그 누구도 들어본 적 없는 그런 이야깃거리들을 들을 수 있을 거라고 말했다.

내가 그게 어떤 이야기들인지 묻자 그는 전쟁이며 사형, 고문, 폭행, 말만 들어도 무시무시한 풍습이라든가, 눈으로 직접 보지 않고서는 도저히 믿기 어려운 관습에서부터 흥청망청 방탕한 이야기 할 것 없이, 나한테 필요한 건 어떤 이야기든 다 들을 수 있다고 했다. 호텔로 돌아가 스콧이 왔는지 확인할 시간이 되어 나는 음식값을 계산하고, 그에게 분명 우리는 서로 다시 마주칠 일이 있을 거라고 말했다. 그는 마르세유 쪽으로 일하러 내려간다고 했고, 나는 조만간 우린 어디선가 다시 만나게 될 거라고 하면서 함께 식사하게 되어 좋았다고 말했다. 구부러진 동전을 도로 펴서 테이블 위에 차곡차곡 쌓고 있는 그를 뒤로한 채, 다시 호텔로 걸어왔다.

리옹의 밤거리는 그다지 활기차 보이지 않았다. 그곳은 넓고 모든 것이 아주 바쁘게 돌아가는 자본력이 탄탄한 대도시로, 아마도 돈이 많고 그러한 도시를 좋아하는 사람에게는 멋진 곳일 것이다. 파리에 있는 몇 년 동안 그곳 식당들의 닭 요리가 아주 훌륭하다는 이야기를 숱하게 들었지만, 그날 우리가 먹은 것은 닭이 아니라 양고기였다. 하지만 양고기도 정말 맛있었다.

호텔에는 스콧에게서 아무런 소식도 와 있지 않았다. 익숙하지 않은 호텔의 호사스러움을 누리면서, 침대에 누워 실비아 비치 문고에서 빌려 온 투르게네프의 『사냥꾼의 수기』 제1권 복사본을 읽었다. 지난 3년 동안 나는 그처럼 큰 호텔에서 그토록 과한 호사를 누려본 적이 한 번도 없었다. 창문을 활짝 열어젖힌 나는 베개를 둥글게 말아 등과 머리 밑에 쌓아올려놓고, 투르게네프와 함께 러시아로 건너가 행복해하다가 책을 손에 든 채로 잠들었다. 아침에 프런트에서 한 남자분이 나를 만나러 아래층에 와 있다는 연락이 왔을 때는, 아침 식사 하러 나갈 준비를 하면서 면도하던 중이었다.

"올라오라고 해주십시오." 나는 이렇게 말하고, 이른 아침부터 무척 부산하게 활기를 띠는 도시의 소음을 들으며 계속해서 면도를 하고 있었다.

스콧은 올라오지 않았고 나는 그를 만나러 프런트로 내려갔다.

"정말로 미안하게 됐어. 기차 시간을 혼동하는 바람에 이렇게 되고 말았지 뭔가." 그가 말했다. "자네가 어느 호텔로 갈 건지만 알았어도 일이 간단했을 텐데 말이야."

"됐어." 내가 말했다. 우리는 함께 차를 타고 장거리를 갈 예정이고, 무엇보다 나는 마음 편한 게 가장 중요했다. "그건 그렇고, 몇 시

기차를 타고 내려온 거지?"

"자네가 탄 기차 얼마 뒤에 있던 기차였지. 아주 편하던데, 함께 내려왔더라면 좋았을 걸 그랬어."

"아침 식사는 한 건가?"

"아직 못 했지. 자넬 찾느라 온 시내를 다 뒤지고 다녔으니까."

"저런" 내가 말했다. "그런데 집에서는 내가 여기 있다고 알려주지 않던가?"

"아무 말 못 들었어. 젤다가 몸이 안 좋아서 말이야, 어쩌면 내가 여기 오지 말아야 했던 건지도 모르겠어. 이번 여행은 지금까지 모든 게 다 엉망진창이니까."

"아침 식사부터 좀 하고, 차를 찾아서 타고 가기로 하지." 내가 말했다.

"좋지. 우리 아침 식사, 여기서 하는 건 어때?"

"카페가 더 빠를 텐데."

"하지만 분명 여기 음식이 맛있을 거야."

"그럼 그러지 뭐."

아침 식사는 햄과 계란이 나오는 푸짐한 아메리칸 스타일이었고 무척 맛있었다. 하지만 식사를 주문하고 기다리고 먹고 계산하고 나니 거의 한 시간이 지나버렸다. 그런데다가 스콧은 웨이터가 우리 테이블로 계산서를 갖고 와서야, 호텔에 도시락 바구니를 주문해야겠다고 했다. 나는 말리려고 했는데, 분명 가다가 마콩에서 마콩산 와인 하나는 구할 수 있을 것이고, 돼지고기 파는 가게에서 샌드위치에 넣을 재료 정도는 살 수 있을 것이기 때문이었다. 아니면 우리가 지나갈 때 그런 가게들이 문을 닫았다 하더라도 가는 길에 들를 수 있는 식당은 얼마든지 있을 것이었다. 하지만 그는 내가 리옹에는 닭 요리가 훌륭하다고 했으니, 무슨 일이 있어도 둘이서 닭 요리를 꼭 먹어야겠다고 했다. 그래서 우리는 우리가 직접 사서 먹으면 들 돈의 네 배 내지 다섯 배는 족히 되는 돈을 호텔 점심값으로 지불해야 했다.

스콧은 내가 내려오기 전부터 술을 마시고 있었던 것이 분명했는데, 보아하니 한 잔 더 하고 싶어 하는 것 같아 그에게 출발하기 전에 바에서 한잔하고 싶지는 않은지 물었다. 그러자 그는 자신은 아침부터 술을 마시는 사람이 아닌데, 혹시 내가 그런지 물었다. 나는 전적으로 그때그때 기분이나 해야 할 일이 무엇인가에 따라 달라진다고 말했다. 그는 내가 술이 당기는 것 같으면 자신이 같이 마셔 줄 테니, 혼자서 마시지 않아도 된다고 했다. 그래서 우리는 도시락을 기다리는 동안 바에서 위스키에 페리에를 넣은 스카치 앤 소다 한 잔을 마셨고, 그러고 나니 둘 다 기분이 훨씬 좋아졌다.

스콧이 다 계산하고 싶어 했지만 숙박비와 바에서 마신 술값은 내가 계산했다. 사실 그 부분에 대해서는 여행을 시작할 때부터 마음이 약간 복잡했는데, 내가 돈을 더 많이 내면 낼수록 마음은 오히려 더 편해진다는 사실을 깨달았다. 아내와 내가 스페인에 가기 위해 그동안 모아둔 돈을 다 쓰고는 있었지만, 안 써도 되는 돈을 지금 내가 얼마를 허비하고 있든 실비아 비치에게 신용이 좋으니 돈을 빌렸다가 갚으면 될 거라는 걸 난 알고 있었다.

스콧이 차를 두고 갔다는 정비공장에 도착해서 그의 르노 소형차에 지붕이 없는 걸 본 순간, 나는 너무 놀라 입이 다물어지지 않았다. 마르세유에서 차를 배에서 내리는 과정에서 지붕이 파손되었다고도 했다가, 마르세유에서 또 뭐 어찌어찌하다가 파손되었다고도 하는 스콧의 설명이 무슨 말인지 분명하지가 않았다. 아무튼 젤다가 지붕을 아예 떼어내달라고 하면서 다시 달지 못하도록 했다는 것이다. 스콧은 자신의 아내가 차 지붕을 싫어해서 지붕 없이 리옹까지 달렸는데, 리옹에서 비가 오는 바람에 차를 세웠다고 했다. 차는 지붕이 없는 것 말고는 외관상으로 흠집 하나 없이 깨끗해 보였다. 스콧은 세차와 엔진 오일 같은 몇 가지 비용에 대해 실랑이를 벌인 후, 휘발유 2리터 값을 추가한 비용을 지불했다. 자동차 수리공이 나에게 피스톤 링을 새로 갈아야 하며, 엔진 오일과 냉각수가 충분하지 않은 상태에서 달린 게 분명하다고 말했다. 그러면서 엔진이 과열된 나머지 엔진룸의 페인트가 다 녹아 흘러내린 걸 보여주었다. 내가 신사분을 좀 잘 설득해서 파리에서 피스톤 링만 교체해주면, 차는 성능 좋은 소형차니까 조금만 조심해서 다루면 잘 탈 수 있을 거라고 말했다.

"손님께서 지붕을 다시 달지 못하게 하셨거든요."

"예?"

"하지만 차에 대한 책임은 우리한테 있으니까요."

"그건 그렇지요."

"그런데 비옷이 없으신가요?"

"그렇습니다." 내가 말했다. "지붕이 이럴 거라고는 생각도 못했으니까요."

"손님한테 제발 신중하게 생각 좀 하시라고 말씀해주세요." 그가 애원하듯 말했다. "적어도 차에 대해서라도 말입니다."

"아…" 나는 할 말이 없었다.

리옹에서 북쪽으로 한 시간쯤 달리다가 비가 내려 차를 세웠다.

그날 우리는 비 때문에 아마도 열 번은 더 차를 세웠던 것 같다. 잠시 지나가는 소나기였는데 중간중간 오래 내릴 때도 있었다. 비옷이 있었다면 그런 봄비 정도는 충분히 기분 좋게 맞으며 드라이브할 수 있었을 것이다. 하지만 알다시피 그렇지 못했던 우리는 잎이 우거진 나무 아래나 도로 옆 카페가 보이면 차를 세우곤 했다. 그러면서 리옹의 호텔에서 싸 온 근사한 도시락을 먹었다. 송로버섯 소스를 곁들인 정말 맛있는 로스트 치킨에, 고소하고 바삭한 바게트와 함께 마콩산 화이트 와인을 마시는 맛은 가히 환상적이었다. 스콧은 차를 세울 때마다 마콩산 화이트 와인으로 한 번씩 목을 적시면서 무척 행복해했다. 마콩에 내려 최상급 와인 네 병을 더 사 온 나는 적절한 타이밍에 하나씩 코르크 마개를 뽑았다.

스콧이 전에도 와인을 병째로 마신 적이 있었는지는 모르겠지만, 그때 그는 마치 슬럼가를 구경하면서 돌아다니고 있는 부자 내지는, 난생처음 수영복을 입지 않고 수영하러 가면서 너무 신나 어쩔 줄 몰라 하는 소녀처럼 보였다. 하지만 오후가 되면서부터는 자신의 건강에 대한 걱정을 늘어놓기 시작했다. 그러면서 최근에 폐울혈로 죽은 두 사람에 대한 이야기를 했다. 두 사람 모두 이탈리아에서 죽었는데 그 충격이 그의 뇌리에 너무 깊이 각인되어 있다는 것이었다.

내가 폐울혈이란 말은 폐렴의 옛날 표현이라고 하자, 그는 내가 그 병에 대해서 아무것도 몰라서 하는 소리라며 틀려도 한참 틀렸다고 말했다. 폐울혈이란 원래 유럽의 풍토병이기 때문에 설령 내가 나의 아버지의 의학서적에서 읽은 적이 있다 하더라도, 그 책은 오로지 미국인에게만 국한된 질병을 다루고 있어 내가 그 병에 대해 알 리가 없다는 것이었다. 내가 나의 아버지는 유럽에서도 공부하셨다고 했지만 스콧은 폐울혈은 유럽에서 최근에서야 발생한 병이어서 나의 아버지는 그 병에 대해 전혀 모르실 수 있다고 부가 설명도 했다. 그는 또 질병이란 미국 내에서도 지역에 따라 증상이 다 다르며 만일 나의 아버지가 중서부가 아니라 뉴욕에서 개업을 하셨더라면, 현재 와는 판이하게 다른 질병군 전반에 대해 알게 되셨을 거라고 말했다. 그는 '전반'이라고 했다.

나는 특정 질병이 미국 내 어떤 지역에서는 유행하지만 다른 지역에서는 발견되지 않는다고 한 그의 말에 대해 좋은 지적이라고 말하며, 당시 뉴올리언스에서는 나병 발병률이 높았던 반면 시카고에서는 낮았던 점을 예로 들었다. 하지만 의사들 사이에는 의학지식과 의료정보를 교환하는 시스템이 있고, 그가 폐울혈에 대한 말을 꺼내니까 기억이 나는데, 역사가 히포크라테스까지 거슬러 올라가는『미국 의사협회 저널』에서 유럽의 폐울혈에 관한 권위 있는 논문을 내가 읽은 적이 있다고 말했다. 그 말에 잠시 말문이 막힌 듯한 그에게 나는 마콩산 와인을 자꾸 한 모금 더 하라고 권했다. 적당히 풍미는 진하지만 알코올 함량은 낮은 고급 화이트 와인이야말로 그 병에는 특효약이나 마찬가지였기 때문이다.

와인을 마시고 나자 잠시 기운을 차리는가 싶더니 이내 다시 기력이 떨어지기 시작한 스콧은, 내가 조금 전에 유럽에서 발생했다고 말한 진짜 폐울혈로 인한 고열과 정신착란의 징후가 나타나기 전에 우리가 대도시에 도착할 수 있겠는지 물었다. 대답 대신 나는 그에게 예전에 인후염을 지지러 뇌이에 있는 미국 병원에 갔다가, 기다리는 동안 프랑스 의학 저널에서 봤던 것과 같은 병에 관한 논문을 요즘 내가 번역하는 중이라고 말했다. 하지만 스콧의 마음을 달래준 건,

'지진다'와 같은 단어일 뿐이었다. 아닌 게 아니라 그는 우리가 언제 도시에 도착하게 되는지만 알고 싶어 했다. 그래서 나는 이대로 가면 25분에서 한 시간 사이에는 도착할 거라고 말했다.

그때 스콧은 나에게 죽는 것이 두려운지 물었고, 나는 유독 더 그럴 때가 있다고 대답했다.

이제는 장대같이 굵은 비가 본격적으로 내리기 시작했다. 우리는 인근 마을의 한 카페에 들어가 비를 그었다. 그날 오후에 있었던 일들을 세세히 다 기억할 수는 없지만, 우리가 마침내 도착한 호텔이 있던 곳은 분명 샬롱 쉬르 손이라는 마을이었을 것이다. 너무 늦은 시각이라 약국들은 모두 문이 닫혀 있었다. 스콧은 호텔 방에 들어서기가 무섭게 옷을 벗더니, 아예 침대에 자리보전하고 누워버렸다. 그는 자신이 폐울혈로 죽는 건 아무렇지 않다고 했다. 다만 젤다와 어린 스코티를 누가 건사하느냐가 문제라는 것이었다. 건강은 하지만 나도 나의 아내 해들리와 어린 아들 범비를 건사하느라 정말 힘들게 고생하며 살고 있는 처지에 어떻게 그들까지 돌볼 수 있을지 뾰족한 수는 생각나지 않았지만, 그래도 내가 힘닿는 데까지 최선을 다해보겠다고 말하자 스콧은 고맙다고 했다. 그는 나에게 젤다가 술을 마시지는 않았는지 잘 살펴보고 스코티에겐 영어 가정교사를 붙여주어야 한다고 말했다.

입고 온 옷을 호텔에 말려달라고 맡기고 나자 우리는 잠옷 바람이 되었다. 밖에는 여전히 비가 내리고 있었지만 전등이 환하게 켜진 실내는 눅눅한 기운 없이 밝고 쾌적했다. 스콧은 침대에 누워서 병마와 싸울 힘을 비축하는 중이었다. 그의 맥박을 재어보았다. 72회였고, 이마를 짚어보니 열은 없었다. 가슴에 귀를 갖다 대고 그에게 숨을 깊이 내쉬어보라고 했는데 폐 소리도 아무 이상이 없었다.

"거 봐, 스콧." 내가 말했다. "자네 말이야, 완전히 정상이잖아. 감기에 안 걸리려고 용을 쓰고 싶은 거라면, 그냥 계속 침대에 누워 있고. 내가 레몬에이드하고 위스키를 두 잔씩 주문할 테니까, 아스피린 한 알과 같이 마시고 나면 몸이 개운해져서 코감기도 안 걸릴 거야."

"그런 건 다 민간요법일 뿐이라니까." 스콧이 말했다.

"자넨 열이 전혀 없대도. 열도 없는데 대체 어떻게 폐울혈에 걸릴 거라는 거야?"

"말 함부로 하지 마." 스콧이 말했다. "내가 열이 없다는 걸 자네가 어떻게 알아?"

"맥박도 정상이고, 이마를 짚어보니 열도 하나도 없으니까 하는 말이지."

"이마를 짚어보고 아는 거라고." 스콧이 씁쓸한 표정을 지으며 말했다. "자네가 정말 친구가 맞다면 체온계를 가져다줘야 하는 거지."

"잠옷 바람인데."

"사람을 부르면 되잖아."

나는 벨을 눌러 웨이터를 불렀다. 아무리 기다려도 오지 않아 나는 다시 벨을 울렸고, 결국 그를 찾으러 복도를 따라 내려갔다. 스콧은 두 눈을 감은 채 천천히, 조심조심 숨을 내쉬면서 누워 있었다. 그의 그런 밀랍 같은 안색과 완벽한 이목구비는 마치 죽은 소년 십자군 기사 같아 보였다. 지금 내가 살고 있는 이것이 문학적인 삶이라는 거라면, 난 이제 문학적인 삶에 지쳐가고 있었다. 아까부터 나는 작업을 못하고 있다는 사실이 못내 안타까웠다. 지금까지 살면서 아무것도 못 하고 헛되이 보내버린 하루가 끝나갈 때면 늘 찾아오던 죽음과도 같은 고독이 밀려왔다. 스콧도 그렇고, 이 바보 같은 코미디가 너무 지겨웠다. 하지만 나는 웨이터를 찾아서 체온계와 아스피린 한 통을 사오라고 돈을 주고, 착즙 레몬 두 잔과 위스키 더블 두 잔을 주문했다. 원래는 위스키 한 병을 주문하려고 했는데 호텔에서는 잔으로밖에 팔지 않았다.

방으로 돌아오자 마치 자신의 무덤 위에 놓인 조각상처럼 누워 있는 스콧은, 여전히 눈을 감은 채 감탄스러울 정도로 품위 있게 숨을 내쉬고 있었다.

내가 들어오는 기척이 나자 그가 말했다. "체온계는 구해왔나?"

나는 그의 침대로 건너가 그의 이마에 손을 짚어보았다. 묘비만큼 차갑지는 않았지만 열은 없었고 축축한 식은땀도 느껴지지 않았다.

"아니." 내가 말했다.

"자네가 가져올 줄 알았는데."

"구해달라고 했어."

"그건 이야기가 다르지."

"그렇지. 달라, 그지?"

정상이 아닌 사람에게 화를 낼 수 없는 노릇이라 나는 스콧에게 화를 낼 수가 없었다. 하지만 이 모든 바보 같은 일에 휘말려든 나 자신에 대해서는 점점 더 화가 치밀어 올랐다. 하긴 그의 말도 일리가 없는 게 아니라는 걸 난 너무 잘 알고 있었다. 요즘에는 거의 퇴치된 질병이 되었지만 그 시절 주당들은 대부분 폐렴으로 죽었기 때문이다. 그렇다고 그토록 소량의 술로도 탈이 나는 그를 주당으로 보기도 어려운 일이었다.

당시 유럽 사람들에게 와인이란 건강에 좋은 일상적인 음식이자 행복감과 심신의 건강과 기쁨을 가져다주는 것이었다. 와인을 마신다는 건 속물근성도, 세련됨의 표시도, 너도나도 따라 하는 유행도 아니었다. 그저 밥을 먹는 것처럼 자연스러운 것이었고, 특히 나한테는 없어서는 안 되는 것이었다. 와인이나 사과 주스, 맥주 없이 식사를 한다는 건 나로서는 상상조차 못 할 일이었다. 나는 와인이라면 달콤하거나 달착지근한 와인, 바디감이 너무 묵직한 와인만 아니면 다 좋아했다. 그런 만큼 바디감이 정말 가볍고 달지 않은 마콩산 화이트 와인 몇 병을 스콧과 나눠 마신 것이, 그의 몸 안에서 화학 변화를 일으켜 그를 바보로 만들어놓을 거라는 건 나는 꿈에도 생각하지 못한 일이었다. 더구나 당시 알코올에 대해 무지했던 나는 아침에 마신 위스키에 페리에를 탄 스카치 앤 소다가, 빗속에서 오픈카를 운전하는 사람이라면 누구에게나 해가 된다는 사실은 상상도 하지 못했다.* 페리에의 탄산으로 인해 알코올이 아주 짧은 시간 안에 체내에서 분해되었던 것이다.

웨이터가 내가 부탁한 것들을 가져오길 기다리는 동안 나는 의자에 앉아 신문을 읽으면서, 우리가 마지막으로 차를 세웠을 때 땄던 마콩산 와인병 중 하나를 마저 비웠다. 프랑스에 살다 보면 신문에서 하루하루 추이를 지켜보게 되는 대단한 범죄 사건 몇 건 정도는 늘 접하게 되는데 그러한 범죄 사건들은 마치 연재소설 같은 데가 있어서, 첫 장에 해당하는 사건의 발단부터 봐둘 필요가 있다. 미국의 연재소설에서처럼 전편까지 요약한 줄거리가 나와 있지 않기 때문이

---

* 음주 후 비를 맞거나 찬물로 샤워를 하는 것은 간이 포도당을 공급하는 것을 방해하며, 급작스러운 혈관 수축으로 혈관 파열과 감기 등을 유발할 수 있다.

다. 아무튼 지극히 중요한 1장부터 읽어두지 않으면 미국 잡지 연재물을 볼 때와 같은 재미는 결코 느끼지 못한다. 프랑스를 여행하다가 보는 신문이 보나 마나 하게 느껴지는 것도, 각양각색의 범죄 사건이나 스캔들의 연관 관계가 파악되지 못했기 때문인데, 그로 인해 느긋하게 카페에 앉아서 그런 기사들을 읽는 데서 오는 커다란 즐거움을 놓쳐버리는 것이다. 오늘 밤 나는 파리의 조간신문이나 보면서 사람들 구경도 하고, 저녁 식사 전 아페리티프로 마콩산 와인보다 좀더 권위 있는 무언가를 마실 수도 있을 카페에 있었더라면 훨씬 더 좋았을 것이다. 그러나 지금은 스콧의 상태를 계속 지켜보는 중이고, 나는 내 나름대로의 방식으로 그 상황을 즐기는 중이었다.

웨이터가 착즙 레몬과 얼음, 위스키가 담긴 술잔 두 개와 페리에 한 병을 들고 왔는데 체온계는 약국이 문을 닫아서 사지 못했다고 말했다. 그래도 아스피린은 몇 알 구해왔다. 내가 그에게 체온계를 빌릴 수는 있는지 물어보자, 그 말에 눈을 번쩍 뜬 스콧이 아일랜드인 특유의 심술궂은 표정으로 웨이터를 노려보았다.

"지금 내 상황이 얼마나 심각한지는 말한 거야?" 그가 내게 물었다.

"알고 있을 거야."

"정확하게 잘 좀 설명해주려고 해봐야지."

나는 정확하게 잘 설명해주려고 했고, 내 말을 듣고 웨이터가 말했다. "찾는 대로 가져다드리겠습니다."

"팁은, 뭐든 가져다줄 정도로 넉넉히 준 거지? 저 사람들은 다 팁을 바라고 일하는 거니까."

"몰랐는데, 그런 건." 내가 말했다. "난 호텔에서 따로 챙겨주는 줄 알았는데."

"그러니까 내 말은, 팁을 두둑이 줘야지만 뭐라도 해줄 거란 말이지. 저런 사람들은 거의 다가 닳아빠질 대로 닳아빠진 사람들이니까 말이야."

나는 에반 시프먼이 떠올랐고, 카페에 미국 스타일의 바를 들여놓으면서 평생 기르던 콧수염을 깎아야 했던 클로저리 데 릴라의 웨이터가 생각났다. 그리고 내가 스콧을 만나기 훨씬 전부터 에반이 몽루주에 있는 그 친구의 정원 일을 얼마나 잘 도와줬는지, 우리 모두가 릴라에서 얼마나 오랫동안 좋은 친구 사이로 지냈는지, 그리고 그동안 얼마나 많은 변화가 있었고, 그것이 우리 모두에게 어떤 의미가 있는지에 대해 생각했다. 그러면서 아마 전에도 스콧에게 그런 얘기를 했을 테지만 릴라와 우리 이야기를 다 해줘야겠다는 생각이 들었다. 하지만 나는 그가 웨이터들에게도, 그들이 가진 고민거리에 대해서도, 그들의 인정 넘치는 말 한마디와 그러면서 서로 간에 오가는 정에 대해서도 관심이 없다는 걸 알고 있었다. 당시 스콧은 프랑스인들이라면 아주 질색을 했다. 그가 자주 대하는 프랑스인들이라고 해봐야 대부분이 그가 말을 알아듣지도 못하는 웨이터들이나 택시 기사들, 자동차 수리공, 집주인이 전부였는데, 그나마도 그는 그 사람들을 모욕하고 그들에게 무례하게 행동하는 일이 많았다.

그가 프랑스인보다 훨씬 더 질색한 건 이탈리아인이었다. 술에 취하지 않은 맨정신일 때도 그들에 대한 말만 나오면 차분하게 이야기하지 못했다. 영국인은 보통 때는 싫어했지만 또 어떨 때는 너그럽게 참고 봐주기도 했고, 간혹은 우러러보는 때도 있었다. 독일인과 오스트리아인에 대해서는 어떻게 생각했는지 모르겠다. 당시 그가 그 나라 사람들 아니 스위스인이라도 만난 적이 있기나 했는지도 모르겠다.

그날 저녁은 그가 호텔에서 그토록 차분히 있어줘서 나는 무척 다행이라고 생각했다. 그는 내가 레몬에이드와 위스키를 섞어 함께 건네준 아스피린 두 알을, 아무런 토도 달지 않고 감탄스러울 정도로 담담하게 삼킨 다음 남은 위스키 사워를 홀짝홀짝 마시고 있었다. 그러더니 이제는 눈을 빤히 뜨고는 먼 산을 바라보고 있었다. 나는 신문에 얼굴을 파묻고 예의 '범죄 사건' 기사를 아주 재미있어하고 있었는데, 그 모습이 옆에서 보기엔 너무 재미있어하는 것처럼 보였던 모양이다.

"자넨 말야, 냉정한 사람이지, 아니야?" 스콧이 말했다. 나는 그런 그를 쳐다보고 내 진단이 잘못되지 않았다면 내 처방이 잘못되었으며, 위스키가 우리한테 불리하게 작용하고 있음을 직감했다.

"무슨 말이야, 스콧?"

"자네가 거기 앉아서 그런 상스러운 프랑스 신문 나부랭이나 읽을 수가 있는 걸 보면, 자네한텐 내가 다 죽어가고 있다는 사실이 하나도 중요하지 않다는 거니까 하는 말이지."

"의사를 불러달라는 말이야?"

"됐네. 비열한 프랑스 촌구석 의사는 사양하겠네."

"자네가 원하는 게 뭔데, 그럼?"

"난 체온을 재고 싶네. 그런 다음 다 마른 내 옷을 찾아서 입고 함께 파리행 특급열차를 타고, 뇌이에 있는 미국 병원에 가고 싶다고."

"우리 옷은 아침이나 되어야 마를 거고, 여긴 특급열차 같은 건 없는데." 내가 말했다. "그러지 말고 쉬면서 침대에서 저녁 식사를 좀 하는 건 어떨까?"

"난 체온을 재고 싶다니까."

그렇게 한참을 실랑이한 후에야 웨이터가 체온계를 가져왔다.

"아니 이것밖에 없던가요?" 내가 물었다. 웨이터가 방에 들어왔을 때 눈을 감고 있던 스콧은 최소한 카미유[8]만큼은 병색이 짙어 보였다. 나는 그토록 순식간에 얼굴에서 핏기가 가시는 사람을 본 적이 없었다. 그 피가 도대체 어디로 다 사라졌는지 궁금했다.

"호텔에는 이것밖에 없어서요." 웨이터는 이렇게 말하고 나에게 체온계라고 건네주었다. 그건 탕온계로, 욕조에 담글 수 있도록 금속 탐침이 달려 있고 뒤판은 나무로 되어 있는 욕조용 온도계였다. 나는 레몬에이드를 탄 위스키 사워를 단숨에 꿀꺽 들이켰다. 창문을 열고 잠시 창밖에 내리는 비를 바라보다가 등을 돌리니, 스콧이 그런 나를 지켜보고 있었다.

나는 숙달된 전문가처럼 온도계를 아래로 흔들고 툭툭 털며 말했다. "항문 체온계가 아닌 것만 해도 다행인 거야."

"그런 걸 어디다 넣으려고?"

"겨드랑이지 어디긴." 그렇게 말한 나는 온도계를 내 겨드랑이에 밀어 넣어 보였다.

"그렇게 온도를 올려놓으면 어떡하나." 스콧이 말했다. 나는 다시 온도계를 단번에 휙 털어, 그의 잠옷 윗도리 단추를 풀고 겨드랑이에 온도계를 끼워 넣었다. 그런 다음 내가 미열도 없이 서늘한 그의 이마에 손을 짚어보고 그의 맥박을 재는 동안 그는 앞만 뚫어지게 노려보고 있었다. 맥박수는 72회였다. 그렇게 4분을 기다렸다.

"병원에서는 1분만 있는 것 같던데." 스콧이 말했다.

"이건 그것보다 큰 온도계잖아." 그리고 설명해주었다. "온도계 크기만큼 시간도 정확하게 늘리는 거지. 이건 섭씨온도계라고."

드디어 난 온도계를 꺼내 들고 탁자 위 스탠드 곁으로 가져갔다.

"얼마지?"

"37.6도."*

"정상은 몇 돈데?"

"이게 정상이야."

"확실해?"

"확실하지."

"그럼 어디 자네가 한 번 재봐. 난 확실히 해야겠으니까."

나는 온도계를 다시 털고 내 잠옷 윗도리 단추를 풀어 겨드랑이에 끼워 넣고 시간을 쟀다. 그런 다음 눈금을 보았다.

"얼마지?" 나도 그의 말을 따라했다.

"정확하게 똑같군."

"자네 몸 상태는 어떤데?" 스콧이 물었다.

"아주 날아갈 것 같은데." 그러면서 나는 37.6도가 정말로 정상체온인지 아닌지 기억해내려고 애쓰고 있었다. 하지만 그건 중요하지 않았다. 가만 놔두자 온도계는 줄곧 30에 머물러 있었기 때문이다.

스콧이 약간 미심쩍어하기에 내가 한 번 더 재보겠느냐고 물었다.

"아니." 그가 말했다. "이젠 마음 놓아도 되겠어, 이렇게 빨리 말끔해졌으니까. 난 말이야, 항상 회복력만큼은 대단하거든."

"이제 완전히 멀쩡해졌군." 내가 말했다. "그래도 내 생각엔 좀더

* 우리나라에서는 섭씨 36.5도를 정상 체온으로 보
  지만, 미국에서는 화씨 98.6도, 섭씨로 환산하면
  37도를 정상 체온으로 본다.

침대에 누워 있다가 저녁을 가볍게라도 먹는 게 좋을 것 같은데. 그러면 내일 아침 일찍 출발할 수 있을 테니까 말이야." 나는 우리 두 사람의 비옷을 살 생각이었지만, 그러려면 그에게 돈을 빌려야 했을 것이고 이제는 그런 걸로도 그와 옥신각신하고 싶지가 않았다.

스콧은 침대에 계속 누워 있으려 하지 않았다. 일어나서 옷을 입고 아래층으로 내려가, 젤다에게 전화해서 자신이 괜찮다는 사실을 알려주고 싶어 했다.

"자네 부인이 왜 자네가 괜찮지 않다고 생각할 거라는 거지?"

"오늘 밤이 우리가 결혼한 이후 처음으로 떨어져 자는 밤인 만큼, 난 아내에게 이야기해야 하는 거지. 그게 우리 두 사람에게 무슨 의미인지 자네도 알 텐데, 아니야?"

나는 알 수 있었다. 하지만 바로 어젯밤에는 리옹에 있었던 그가 어떻게 젤다와 함께 잘 수 있었다는 건지는 알 수 없었다. 그렇다고 그런 걸로 따질 일은 아니었다. 스콧은 이젠 위스키 사워를 단숨에 들이켜더니 나에게 한 잔 더 시켜 달라고 했다. 나는 웨이터를 찾아 온도계를 돌려주고 우리 옷이 잘 마르고 있는지 물었다. 그는 한 시간쯤 있으면 다 마를 것 같다고 했다. "룸보이에게 다림질을 맡기면 다 마를 겁니다. 아주 바싹 마르지 않아도 괜찮습니다."

웨이터가 감기를 예방해줄 술을 두 잔 가져왔다. 나는 내 앞에 놓인 술을 홀짝홀짝 마시면서 스콧에게도 천천히 조금씩 마시라고 몇 번이나 말했다. 이제는 그가 감기에 걸릴까 봐, 그것이 걱정이었다. 이제 정말 그가 감기든 뭐든 무슨 확실한 탈이라도 나기만 하면 십중팔구 그를 입원시켜야 될 거라는 건, 일이 이쯤 되면 알고도 남았기 때문이다. 그러나 그는 술기운 탓에 잠시 기분이 좋아져서, 결혼 후 처음으로 젤다와 떨어져서 밤을 보내야 하는 이런 비극적 결과에 아주 즐거워했다. 그러다 결국은 더 이상 기다리지 못하고 가운을 입은 채로 전화를 연결하러 내려갔다.

　전화가 연결되기까지는 시간이 걸릴 거라는 말에 스콧이 방으로 올라오고 얼마 지나지 않아, 웨이터가 더블 위스키 사워 두 잔을 갖고 나타났다. 그때 스콧은 내가 본 중에 술을 가장 많이 마셨다. 하지만 이번에는 아까보다 생생해진 얼굴로 말이 많아져서 나한테 젤다와 함께 살아온 자신의 이야기를 죽 들려주기 시작한 것 외에는, 아무런 반응도 나타나지 않았다. 그는 자신이 어떻게 해서 세계대전 중에 그녀를 처음 만나게 되었는지, 그리고 그 후 왜 그녀를 놓아주어야 했는지, 그러다 마침내 다시 그녀를 되찾게 된 사연에 대해 이야기했다.* 그리고 자신들의 결혼과 관련된 이야기를 한 다음, 약 1년 전 생라파엘에서 그들 사이에 있었던 한 비극적인 사건에 대해 이야기했다. 그건 젤다가 프랑스인 해군 조종사[9]와 사랑에 빠졌던 이야기로, 그때 들었던 이야기의 첫 번째 버전은 정말로 슬펐다. 지금도 나는 그것이 실제로 있었던 이야기라고 믿고 있다. 그가 나중에 자신의 소설에 써먹으려는 듯 들려준 다른 버전의 이야기들도 있었지만, 그 어떤 것도 첫 번째 이야기만큼 애잔하게 다가오지 않았다. 나는 줄곧 그 첫 번째 버전의 이야기가 사실이라고 믿었다, 그 모든 이야

---

　* 피츠제럴드는 1918년 군 복무 시절 앨라배마주 대법관의 막내딸 젤다 세이어(Zelda Sayre, 1900~48)를 만났지만, 미래에 대한 전망이 없다는 이유로 파혼당한 후, 1920년 첫 장편소설 『낙원의 이쪽』(This Side of Paradise)으로 큰 성공을 거두면서 경제적 안정을 얻고 젤다와 결혼할 수 있었다.

기가 전부 다 사실이었는지도 모르겠지만 말이다. 이야기가 거듭될수록 내용은 점점 더 좋아졌지만, 그 어떤 것도 맨 처음에 들려주었던 이야기가 그랬던 것만큼 내 마음이 아프진 않았다.

스콧은 표현력이 좋았고 이야기를 재미있게 잘했다. 그런데 철자를 바르게 써야 한다거나 문장에 구두점을 찍어야 한다는 필요성이라곤 느끼지 않았고, 그런 시도조차 하지 않았다. 그렇다고 그가 나한테 보내준 편지들을 보면서 많이 배우지 못한 사람이 쓴 글을 수정되기 전에 받아 읽는 듯한 느낌은 들지 않았다.[10] 나는 그가 내 이름의 철자를 제대로 쓰기까지 2년이 걸렸다는 사실을 잘 알고 있다. 그런데 그도 그럴 것이 당시로선 내 이름이 철자가 긴 편이기도 했고, 아마도 편한 대로 쓰다 보니 습관이 되어 점점 더 힘들어진 것 같았다. 그래서 그가 마침내 내 이름의 철자를 정확하게 쓸 수 있게 된 것에 대해 나는 대단하게 생각하고 있다. 더 많은 중요한 것들의 철자를 바르게 쓸 줄 알게 되면서, 그는 더 많은 것들에 대해 논리적으로 생각하려고 노력했다.

하지만 그랬던 그가 그날 밤만큼은 생라파엘에서 있었던 일에 대해 자신이 하는 말을, 내가 믿어주고 제대로 알아들어서 정확하게 이해해주기를 원하고 있었다. 나는 그런 그의 말을 아주 정확하게 이해했다. 그가 이야기하는 동안 내 눈앞에는 나지막한 그곳의 뗏목 다이빙대가 펼쳐져 있고, 그 위를 윙윙거리며 1인승 수상비행기가 저공 비행하고 있으며, 그날의 짙푸른 바닷물 색과 수상비행기에 달려 있는 플로트*의 모양과 수면 위로 점점 가까이 드리워지는 플로트의 그

* 수상 비행기가 뜨고 내리는 기능을 담당하는 부력

림자, 햇볕에 그을린 젤다의 구릿빛 피부와 스콧의 황갈색 피부, 짙은 금발의 젤다의 머릿결과 밝은 금발의 스콧의 머릿결, 그리고 젤다와 사랑에 빠진 가무잡잡하게 그을린 그 청년의 얼굴이 선명하게 모습을 드러내고 있었다. 나는 내 마음속에 일고 있는 의문에 대해서는 차마 입 밖에 낼 수가 없었다. 만일 그 이야기가 사실이고, 그 모든 일이 실제로 일어났던 일이라면 어떻게, 스콧은 매일 밤 젤다와 한 침대에서 잘 수 있었던 걸까? 하지만 어쩌면 그래서, 그때까지 다른 누구에게서 들었던 그 어떤 이야기보다 그의 이야기가 더 슬펐던 건지도 모른다. 그리고 그 이야기 역시, 그가 어젯밤 일을 기억하지 못하는 것처럼 그는 기억하지 못하는 이야기일지도 모른다.

전화가 연결되기 전에 때마침 옷이 와서 우리는 옷을 받아 입고 저녁 식사를 하러 아래층으로 내려갔다. 이제 스콧은 어딘지 모르게 약간 불안정해 보였고, 모종의 시비조로 보이는 곁눈질을 하면서 사람들을 쳐다보고 있었다. 아페리티프로 카라프*에 담은 플뢰리** 레드 와인과 함께 정말 맛있는 달팽이 요리가 나왔다. 반쯤 먹었을 때 스콧의 전화가 연결되었다. 그런데 한 시간가량이 지나도 그는 돌아오지 않았고, 결국 나는 바게트 조각으로 파슬리와 갈릭 버터 소스를 싹싹 닦아서 그가 남긴 달팽이까지 다 먹고, 플뢰리도 다 마셔버렸

장치. 물 위에서의 무게를 덜어주고 뜰 때 잘 미끄러지게 하며 안전하게 내리게 해준다.
  * Carafe, 와인을 담아 서빙하는 유리병. 밑은 넓고 목은 좁고 긴 병 모양으로, 일반적으로 프랑스에서는 물병을 말한다.
 ** Fleurie, 프랑스 론주의 플뢰리에서 생산되는 드라이 레드 와인으로 생과일 향이 난다.

다. 자리로 돌아온 그에게 내가 달팽이 요리를 다시 시켜주겠다고 했지만 그는 먹고 싶어 하지 않았다. 그냥 간단하게 먹을 만한 걸로 시켜달라고 했는데 스테이크도, 간 파테도, 베이컨도, 오믈렛도 먹고 싶어 하지 않다가 닭요리는 먹겠다고 했다. 점심때 차갑게 식기는 했어도 아주 맛있는 로스트 치킨을 먹기는 했지만 그곳이 예로부터 닭요리로 유명한 지방이니만큼, 우리는 풀라르드 드 브레스*와 이웃 마을 몽타니에서 생산되는 순하고 상쾌한 맛의 화이트 와인 한 병을 시켰다. 스콧은 음식에는 거의 손도 대지 않고 와인만 아주 조금씩 홀짝거리면서 마시고 있었다. 그랬는데, 그가 갑자기 두 손으로 머리를 감싸 쥔 채 정신을 잃고 테이블 위에 쓰러졌다. 그 모든 건 지극히 자연스러웠고, 거기에 일말의 연극 같은 건 없었다. 오히려 쓰러지는 순간에도 와인을 엎지르지 않고 접시도 깨뜨리지 않으려고 조심까지 하는 것 같았다. 웨이터와 함께 그를 방으로 데리고 올라와 침대에 눕힌 나는 속옷만 남기고 그의 옷을 벗겨서 걸어 놓은 다음 베드스프레드를 걷어 덮어주었다. 창문을 열자 바깥은 어느새 말끔히 개어 있어 나는 창문을 열어둔 채로 방을 나왔다.

다시 아래층으로 내려와 식사를 마저 마치고, 스콧에 대해 곰곰이 생각해보았다. 그가 술이라면 절대 입에도 대서는 안 된다는 건 이젠 분명해진 사실이었고, 그런 그를 내가 제대로 보살펴주지 못한 것도 분명한 사실이었다. 어떤 술이든 그에게는 너무 강한 자극제가 되어 독으로 작용하는 것 같아 다음 날은 술이라는 술은 최소한으로 줄

---

* Poularde de Bresse, 다리에 푸른빛이 선명하게 도는, 프랑스 최고의 닭이라 불리는 브레스 지방의 암 영계로 만든 일종의 찜 요리.

여야겠다고 마음먹었다. 그리고 그에게는, 이제 곧 파리로 돌아가니 글을 쓰려면 나는 술을 줄여서 컨디션을 조절해야 한다는 핑계를 대야겠다고 생각했다. 하지만 그 말은 사실이 아니었다. 내가 컨디션을 조절하는 법은 식후에도, 글을 쓰기 전에도, 글을 쓰고 있는 중에도, 절대로 술을 마시지 않는 것이었기 때문이다. 하지만 생각과는 달리 위층으로 올라간 나는, 창문을 모두 다 활짝 열어젖힌 다음 옷을 벗고 침대에 눕는 것과 거의 동시에 그냥 잠이 들어버렸다.

눈부시게 화창한 다음 날 우리는 파리를 향해 차를 몰았다. 밤새 말끔하게 씻긴 상쾌한 공기를 가르며, 코트도르주를 가로질러 완전히 새롭게 변신한 언덕을 오르고 들판을 지나 포도밭 사이를 달렸다. 스콧은 아주 즐겁고 생기가 넘치며 건강해진 모습으로, 나에게 마이클 알렌[11] 책의 모든 줄거리를 하나하나 다 이야기해주었다. 그에 의하면 마이클 알렌은 내가 관심을 가지고 지켜봐야 하는 작가로, 우리 둘 다 그로부터 많은 것을 배울 수 있다고 했다. 내가 그의 책을 읽어보지 못했다고 하자, 스콧은 그럴 것 없다면서 자신이 줄거리를 다 이야기해주고 등장인물들에 대해서도 다 설명해주겠다고 한 것이다. 그러면서 그때 그가 나에게 들려준 이야기는, 가히 일종의 마이클 알렌에 관한 박사 학위 논문의 구두 발표라 해도 손색이 없을 정도였다.

내가 젤다와 통화할 때 전화 연결 상태는 괜찮았는지 묻자, 그는 나쁘진 않았다고 하면서 서로 할 이야기가 많았다고 했다. 식사 때가 되자 나는 그 식당에 있는 와인 중 가장 약한 와인을 찾아 한 병을 주문했다. 그러면서 스콧에게는, 부탁이 있는데 나는 글쓰기 전에 술을 줄여서 컨디션을 조절해야 하며, 어떤 경우에도 술은 반병 이상 마시면 안 되니 내가 술을 더 시키지 못하도록 해달라고 말했다. 그는 놀랍도록 협조를 잘해주었다. 한 병밖에 없는 와인이 바닥을 드러내려 하자 불안해하는 나를 보고, 자신의 것을 조금 따라주기까지 했다.

그의 집 앞에서 내려 택시를 타고 제재소 집으로 돌아와 아내의 얼굴을 보니 그렇게 좋을 수가 없었다. 우린 함께 클로저리 데 릴라로 한잔하러 갔다. 마치 헤어졌다가 다시 만난 아이들처럼 마냥 행복했다. 아내에게 이번 여행 이야기를 들려주었다.

"테이티, 아니 그럼 재미도 전혀 없었고 배운 것도 아무것도 없었다는 이야기예요?" 아내가 물었다.

"마이클 알렌에 대해 배웠잖아, 내가 귀담아들었더라면 말이야. 그리고 그동안 나 혼자선 풀지 못했던 문제들도 많이 알게 됐지."

"그럼 스콧은 하나도 안 좋았다는 거고요?"

"그랬을지도 모르지."

"저런, 어떡해."

"나 하나 확실히 배운 게 있어."

"뭔데요 그게?"

"좋아하지 않는 사람과는 절대로 함께 여행하지 말 것."

"그래보는 것도 괜찮지 않아요?"

"아니 전혀, 더구나 우린, 스페인에 갈 거잖아."

"그렇죠 참, 그리고 보니 이제 여행 갈 날이 6주가 채 안 남았네. 올해는요, 그 누구도 우리 여행을 망치지 못하도록 하는 거예요, 그럴 거죠?"*

---

* 1925년 6월의 이번 스페인 여행은 헤밍웨이 부부

"그럼 그래야지. 그리고 우린 말야, 팜플로나에 갔다가, 거기서 다시 마드리드로 가서, 거기서 또 발렌시아로 가는 거지."

"으음, 으음, 으음, 음." 내 곁에서 고양이처럼 부드러운 목소리로 아내가 말했다.

"스콧은 참 가여운 친구야." 내가 말했다.

"가엽기는 세상 사는 누구나 다 그래요." 해들리가 말했다. "돈 한 푼 없어도 마음만은 부자인 피더캣*들인 거죠."

"우린 정말로 운이 좋은 거야."

"계속 좋도록 우리가 잘 지켜야 할 거예요."

우리 말이 괜한 입방정이 될까 봐 우리는 둘 다 카페의 나무 테이블을 똑똑 두드렸다. 그 소리에 웨이터가 우리한테 뭐 필요한 게 있는지 보러 왔다. 하지만 우리에게 필요했던 건 그 친구도, 다른 그 누구도 가져다줄 수 있는 것이 아니었다. 이 카페에 있는 나무 테이블 상판을 두드린다고 해서도, 대리석 상판을 두드린다고 해서도. 그러

가 1923년 처음으로 스페인 여행을 한 이후 세 번째 여행이 될 것이었는데, 해들리의 소망과는 달리 헤밍웨이의 고향 친구인 빌 스미스와 도널드 오그던 스튜어트, 영국의 사교계 명사 레이디 더프와 그녀의 연인 팻 거스리, 해럴드 레브가 동행했다. 이후 슈룬스 여행에 합류한 폴린으로 인해 1927년 1월 이혼하게 되면서, 헤밍웨이에겐 이 여행이 해들리와의 마지막 스페인 여행이 되었다.

* 피더캣이란 애칭 짓기 명수인 헤밍웨이가 해들리에게 지어준 애칭 중 하나로, '털복숭이 고양이'라는 뜻이다. 이외에도 비니(Binny), 본즈(Bones), 해쉬(Hash), 푸(Poo), 위키 푸(Wicky Poo)가 있다. 그중에서도 피더캣과 피더 키티(Feather Kitty), 캐서린 캣(Katherine Kat)이 그가 해들리에게 보낸 편지에서 가장 많이 등장했다.

나 그날 밤 그런 사실을 알지 못했던 우리는 마냥 행복하기만 했다.

여행을 다녀오고 하루인가 이틀이 지난 뒤, 스콧이 나에게 자신의 책을 갖다주었다. 하드커버의 책 표지가 요란하기 이를 데가 없었는데, 책 내용과 전혀 맞지도 않는 천박하고 모호한 주제의 표지 디자인에 어리둥절했던 기억이 난다. 책 표지만 보면 무슨 형편없는 공상과학소설로 보일 정도였다. 그러자 스콧은 나에게 그 표지만 보고 책을 판단하면 안 된다며, 그건 소설에서 중요한 의미를 지니는 롱아일랜드의 고속도로를 따라 늘어선 커다란 옥외 광고판을 표현한 것이라고 말했다. 그러면서 처음에는 그 표지가 마음에 들었는데 지금은 마음에 들지 않는다고 했다. 나는 책을 읽기도 전에 그 표지부터 벗겨버렸다.

책장을 덮으면서 나는 앞으로 스콧이 아무리 이상하고 비상식적인 행동을 하더라도 그것을 하나의 병으로 받아들이고, 무슨 일이든 그를 힘닿는 데까지 도와주어야 하며 그의 좋은 친구가 되도록 노력해야 한다는 사실을 깨달았다. 그는 내가 아는 그 누구보다도 장점이 많았고, 그에게는 좋은 친구들도 많이 있었다. 그렇지만 나는 내가 그에게 도움을 줄 수 있는 부분이 있든 없든, 그의 친구 명단에 또 한 명의 좋은 친구로 내 이름을 올렸다.『위대한 개츠비』처럼 훌륭한 책을 쓸 수 있는 그라면, 그보다 훨씬 더 훌륭한 책도 쓸 수 있을 거라고 나는 확신했다. 그때 나는 아직 젤다에 대해 모르고 있었고, 그래서 스콧이 맞서고 있던 그 막강한 적수들에 대해서도 당연히 알지 못했다. 그러나 그들의 정체는 머지않아 알게 될 일이었다.[12]

스콧 피츠제럴드

1) Francis Scott Key Fitzgerald, 1896~1940, 미국의 소설가. 프린스턴대학교 시절 제1차 세계대전의 발발로 입대한 '길 잃은 세대'를 대표하는 작가. 불확실한 미래로 인해 약혼녀 젤다에게 파혼당했지만, 이후 『낙원의 이편』(1920)이 성공하면서 젤다와 결혼한 뒤 호화로운 생활을 했다. 20세기 미국 소설을 대표하는 걸작 『위대한 개츠비』(1925)를 발표했다.

2) Duncan D. Chaplin Jr, 프린스턴대학교의 촉망받는 젊은 야구 선수로, 『뉴욕 타임스』에 기사가 실렸다.

3) 한 전설에 따르면 클로저리 데 릴라의 부지는 신앙심이 깊어 '경건왕'이라 불렸던 카페 왕조 로베르 2세 소유인 보베르성의 영지였는데, 그가 죽은 후 악령이 들렸다가 성왕 루이 9세가 수도회에 영지를 기부하면서 악령이 풀렸다고 한다. 1847년 프랑수아 뷜리에가 세운 댄스홀 클로저리 데 릴라를 사람들은 부르기 편한 대로 뷜리에 댄스홀이라고 불렀고, 손님들에게는 댄스홀 옆 현재의 '포르 루아얄'(Port Royal) 역참이 만남의 장소가 되었다. 1883년 뷜리에의 후손에 의해 지금의 자리에, 클로저리 데 릴라로 다시 태어났다. 르 돔, 라 로통드, 르 셀렉트, 라 쿠폴과 더불어 '광란의 시대'(Les Années folles)의 중심지로 에밀 졸라, 폴 세잔, 앙드레 지드, 장 폴 사르트르, 피카소와 모딜리아니와 같은 일명 '세탁선' 화가들이 사랑한 곳이자, 당시 파리에서 망명 생활을 하던 레닌이 폴 포르와 체스를 두는 곳이기도 했다.

4) George Horace Lorimer, 1867~1937, 『새터데이 이브닝 포스트』의 편집장(1899~1936)이었던 미국의 저널리스트, 작가.

5) William Maxwell Evarts Perkins, 1884~1947, 이전 『뉴욕 타임스』의 저널리스트이자 『위대한 개츠비』, 『태양은 다시 떠오른다』(1926), 『무기여 잘 있거

라』(1929)를 출간한 스크리브너 출판사의 편집자. 당대 가장 유명했던 편집자였다.

6) Gilbert Vivian Seldes, 1893~1970, 미국의 작가, 문화평론가. 『더 다이얼』의 편집자.

7) 개선문 주변의 거리들이 광장을 중심으로 별(Étoile, 에투알)모양으로 모여 있다고 해서 에투알 광장으로 불리다가, 1970년에 현재의 샤를 드 골 광장으로 이름이 바뀌었다.

8) *Camille*, 프랑스의 작가, 극작가 알렉상드르 뒤마 아들(Alexandre Dumas fils, 1824~95)의 『춘희』(동백꽃을 든 여인, *La Dame aux Camélias*, 1848)의 영어 번역본 제목이자 영화 제목(1915년부터 본문에서 헤밍웨이가 이야기한 시점을 포함한 1984년까지 동일 제목으로 제작).

상류층만 상대하는 고급 창녀로 남자를 만날 수 있는 날은 흰색 동백꽃, 생리 중일 때는 빨간 동백꽃을 가슴에 꽂고 다녀 '카미유'(프랑스어로 동백꽃 카멜리아 'camélia'에서 유래한 이름)라고 불린 주인공 마르그리트는 귀족 청년 아르망과 사랑에 빠지지만, 그의 아버지의 간곡한 부탁에 아무 말 없이 아르망을 떠난다. 사랑의 상처로 지병인 폐결핵이 악화되었고, 그간의 경위를 알게 된 아르망이 그녀를 찾아왔을 때는 그를 그리워하다 사경을 헤매던 그녀가 숨진 후였다.

본문의 내용은 헤밍웨이가 죽어가는 카미유의 모습을 묘사한 것인데, 이를 프랑스의 조각가 '카미유 클로델'이라 주장하는 책도 있지만, 이때(1925년) 클로델은 로댕과 결별한 후 우울증과 피해망상증 같은 편집증상을 보여 가족에 의해, 1913년부터 사망한 1943년까지, 정신병원에 수감된 채 세상과 철저하게 단절되어 있었다. 수감 중이던 1934년 현대 여성 예술가회에서 마련해준 단체전시회가 있었지만, 엄밀한 의미에서 그녀가 세상에 알려진 것은 1951년 그녀의 사후 첫 회고전 이후였으며, 1980년대에 와서야 재능을 제대로 평가받았다. 시기뿐만이 아니라 피츠제럴드가 말하는 폐렴과 폐결핵, 헤밍웨이가 피츠제럴드의 얼굴에서 핏기가 사라졌다고 이야기하는 정황으로 판단해도, 클로델일 가능성은 전혀 없다.

9) Albert Édouard Jozan, 1899~1981, 프랑스 해군 대위이자 전투기 조종사. 1924년 7월 스콧이 지중해 앙티브에서 『위대한 개츠비』를 집필하는 동안, 젤다는 젊고 멋진 외모의 알베르에게 완전히 빠져 있었다. 낮에는 해변에서

수영을 하고 저녁에는 그와 카지노에서 춤을 추며 지내던 6주 후, 젤다는 스콧에게 이혼을 요구했고, 스콧은 그녀가 이혼을 포기할 때까지 그녀를 집에 가둬두었다.

10) 스콧은 열렬한 독서가로 일찍이 글쓰기에 재능을 보였고 언어 구사력도 뛰어났지만, 학업에 집중하지 못했다. 프린스턴대학교에서도 대부분의 과정에서 낙제하면서 중퇴했는데, 그 이유 중 하나로 난독증의 가능성을 배제할 수 없다. 프린스턴 시절 피츠제럴드의 동급생이었던 문학 평론가 에드먼드 윌슨은 오타로 가득 찬 『낙원의 이편』의 원고를 읽고 "지금까지 출판된 책의 원고 중 가장 오자가 많고 제멋대로 쓴 단어로 가득한, 마치 글자를 모르는 사람이 쓴 것 같은 가장 읽기 힘든 원고 중 하나였다"고 말했다. 이 시절 편지를 보면 스콧은 어니스트 헤밍웨이(Ernest Hemingway)를 'Earnest Hemminway'로 쓰고 있다.

11) Michael Arlen, 1895~1956, 영국, 미국의 수필가, 소설가, 극작가. 불가리아 태생으로 본명은 디크란 쿠윰쟌(Dikran Kouyoumdjian)이며, 아르메니아에서 영국으로 귀화한 후 다시 미국인이 되었다. 제1차 세계대전 후 런던 사회를 지배하는 화려함과 냉소주의와 환멸을 압축해서 표현했으며, 올더스 헉슬리와 같은 영국의 모더니즘의 거장들과 교류했다. 모더니즘의 요소들이 로맨스 소설과 결합된 지적이고 감상적인 『녹색 모자』(*The Green Hat*, 1924)의 성공으로 부와 명예를 동시에 안았다. 피츠제럴드의 『위대한 개츠비』(1925)에서 모티프를 따온 『남자는 여자를 싫어한다』(*Men Dislike Women*, 1931)가 있으며, 세상을 바꾸려는 이기주의자들에 의한 미래 첨단 기술이 가진 위험을 다룬 『사람의 죽음』(*Man's Mortality*, 1933)이 그의 최고작으로 평가된다. D. H. 로렌스의 『채털리 부인의 연인』(1928)의 등장인물인, 아일랜드의 극작가 마이클리스의 실제 모델이었다.

12) 피츠제럴드는 젤다와 결혼한 후 방탕하고 호화로운 생활에 빠져들었고, 술에 탐닉하고 신경쇠약증세를 보이던 젤다는 결국 1936년에 정신병원에 입원했다. 연이은 작품 실패와 젤다의 병으로 절망에 빠져 자신도 알코올 중독자가 된 그는, 젤다의 치료비를 감당하기 위해 시나리오 작가로 활동하다가 『최후의 대군』(*The Last Tycoon*)을 집필하던 중 1940년 심장마비로 사망했다.

매는 나누지 않는다

  스콧 피츠제럴드가 자신이 세든 틸시트가 14번지의 가구 딸린 아파트로, 그의 아내 젤다와 어린 딸과 함께하는 점심 식사에 우리를 초대했다. 나는 그 아파트가 어두침침하고 바람이 통하지 않아 답답했다는 것과 하늘색 가죽 장정에 금장으로 제목이 찍힌 스콧의 초기 작품들 외에 그들의 물건 같아 보이는 게 아무것도 없었다는 것 말고는, 그 집에 대해 딱히 기억나는 부분이 없다. 그때 스콧은 우리에게 커다란 장부를 하나 보여주었다. 거기에는 그가 매년 출간했던 모든 소설이 계약금과 함께 기록되어 있었을 뿐만 아니라, 영화로 제작된 모든 작품의 판권 판매액이며 모든 책의 판매 부수와 인세 총액도 빼곡히 적혀 있었다. 항해 일지처럼 하나하나 꼼꼼하게 기록되어 있던 그 장부를, 마치 박물관 큐레이터처럼 아무 감정 없이 아주 객관적인 표정으로 우리 두 사람에게 보여주면서 무척 자랑스러워했다. 그는 긴장한 듯했지만 아주 친절하게 자신의 소득명세서가 무슨 풍경화라도 되듯 펼쳐 보여주었지만, 거기에 아름다운 풍경 같은 건 없었다.

  젤다는 전날 마신 술이 깨지 않아 몹시 취한 상태였다. 전날 밤 몽마르트르에 올라갔던 두 사람은 스콧이 술에 취하고 싶지 않아 해서 다투었다고 했다. 자신은 열심히 글을 쓰면서 술은 마시지 않기로 결심했는데, 젤다가 그런 자신을 마치 남의 흥이나 깨고 초나 치는 사람처럼 취급했다고 스콧이 말했다. 앞의 두 단어는 그녀가 스콧에게 입버릇처럼 하는 말이었는데, 그가 그 말을 맞받아쳐서 비난하면 젤다는 이렇게 말하곤 했다. "스콧, 난 안 그랬는데. 그런 말 한 적 없다니까요. 그게 아니래도요." 그러다 좀 있으면 뭔가가 떠오르는 듯한 표정이 되어 즐겁게 웃곤 한다는 것이었다.

그날 젤다의 모습은 그리 좋아 보이지 않았다. 그녀의 짙고 아름다운 금발은 비가 오는 바람에 차를 버려두고 왔던 리옹에서 한 파마가 잘못되어 그때 잠시였지만 머릿결이 푸석푸석한 게 한눈에 보일 정도로 심하게 상해 있었고, 두 눈은 지쳐 보이고 얼굴은 너무 긴장한 나머지 핼쑥해 보이기까지 했다.

겉으로 보기에 그녀는 해들리와 나를 상냥하게 대해주는 것 같았지만, 그녀 마음의 대부분은 그곳에 있지 않고 그날 아침에 돌아온 그 파티장에 여전히 머물러 있는 것 같았다. 그녀와 스콧 두 사람은 모두 스콧과 내가 함께 리옹에 갔다 오는 여행을 하면서 대단히 멋진 시간을 보냈다고 생각하는 듯했고, 그녀는 그 일을 질투하고 있었다.

"자기랑 친구, 두 사람이 여길 떠서 그야말로 그토록 멋진 시간을 함께 보낼 수 있을 때, 나도 여기 파리에서 내 친구들이랑 아주 조금 재미있게 놀아야지만 공평한 것 같잖아요." 그녀가 스콧에게 말했다.

스콧은 우리를 초대한 집주인의 역할을 아주 훌륭하게 해내고 있었지만, 우리는 아주 불편한 점심 식사를 하고 있었다. 그나마 와인이 조금 위안이 되었는데 그것도 대단한 정도는 아니었다. 그의 어린 딸은 금발에 볼이 통통하고 체격이 좋으며 아주 건강해 보였다. 말씨에서 런던 토박이 억양이 강하게 느껴졌는데, 스콧은 딸아이가 자라서 레이디 다이애나 매너스[1]같이 기품 있는 말씨를 쓰길 바라는 마음에 아이에게 영국인 보모를 두었다고 설명했다.

젤다는 매의 눈매와 얇은 입술에, 미국 최남동부 지역의 에티켓과 억양을 지니고 있었다. 그녀를 보고 있으면 그녀의 마음이 식탁을 떠나 전날 밤의 파티장에 갔다가, 다시 고양이 눈처럼 멍한 눈빛으로 돌아와서 즐거워하는 것이 눈에 보였다. 그녀가 그렇게 즐거워하는 표정은 그녀의 가는 입술 선을 타고 살짝 나타났다가 이내 사라지곤 했다. 스콧은 쾌활한 집 주인의 역할을 잘 해내고 있었고 젤다는 그런 그를 바라보고 있었다. 그가 와인을 마시면 기쁜 듯 그녀의 두 눈과 입가에는 미소가 번졌다. 계속 지켜보다 보니, 나는 그 미소가 어떤 의미인지 아주 잘 알게 되었다. 그건 스콧이 글을 쓸 수 없게 되리라는 걸, 그녀는 알고 있다는 의미였다.

젤다는 스콧이 글 쓰는 것을 대단히 질투하고 있었다. 우리 부부가 그들을 알게 되었을 때부터 이미 그러한 그녀의 감정은 어떤 일정한 형태로 고착화되어 있었다. 스콧은 밤새도록 흥청망청 술을 마시는 파티에 가지 않고, 매일 조금씩 운동하고, 규칙적으로 글을 쓰기로 하루에도 몇 번씩 굳게 결심하곤 했다. 하지만 그가 책상에 앉아 펜을 잡고 이제 막 글이 잘 풀리려고만 하면, 젤다는 이렇게 심심할 수가 없다고 불평을 늘어놓기 시작하면서, 결국 펜을 놓게 해서 그를 진탕 술을 마시는 다른 파티로 끌어내곤 했던 것이다. 그러면서 두 사람은 다투고 또 화해했고, 그는 땀을 흘려 술기운을 없애려고 나와 함께 한참을 걷곤 했다. 그리고 이번에는 정말로 글을 쓸 거라고 다짐하고 힘찬 출발을 했다. 그랬다가 또다시, 이번만은 하면서 처음부터 다시 시작하곤 하는 것이었다.

스콧은 젤다를 너무 많이 사랑했고, 그런 만큼 그녀를 향한 질투심 또한 실로 대단했다. 함께 걷는 동안 그는 그녀가 프랑스 해군 조종사와 사랑에 빠지게 된 그 이야기를 몇 번이고 들려주었다. 그와 여행하면서부터 시작된 그 이야기를 지금까지 나는 수도 없이 들었지만, 어떻게 이야기하든 그에게 그건 최고의 이야깃거리였다. 하지만 그 이후로 그녀가 다른 남자 문제로 그를 그때처럼 질투심에 불타오르게 한 적은 없었다. 대신 그해 봄, 그녀는 전과는 달리 여자 문제로 그를 질투심에 불타오르게 하고 있었다. 그는 몽마르트르의 파티에서 자신이 정신을 잃고 쓰러질까 봐 두려웠고, 그녀가 정신을 잃고 쓰러지게 될까 봐 두려워했다. 술을 마시면 의식을 잃어버리는 것이 그들의 한결같은 최강의 방어 수단이었기 때문이다. 두 사람은 술을 잘 마시는 사람이라면 거의 간에 기별도 가지 않을 양의 술이나 샴페인으로도 마시기가 무섭게, 마치 어린아이처럼 바로 눈이 스르르 감기면서 잠이 들어버렸다. 나는 의식을 잃은 두 사람을 본 적이 있는데 취한 게 아니라 마취가 된 것처럼 보였다. 그러면 친구나 가끔은 택시 기사가 그들을 침대에 눕혀주곤 했고, 깨어날 때는 아주 말짱해진 얼굴이 되어 무척 기분이 좋아 보였다. 몸에 무리가 갈 정도의 술을 마시기 전에 의식을 잃은 덕분이었다.

그런데 이제 두 사람은 그런 타고난 방어 수단을 잃어버렸다. 그무렵 젤다의 주량은 스콧을 능가하고 있었다. 그해 봄 스콧은 그녀가 친하게 지내던 친구들과 함께 있다가 정신을 잃지는 않을까, 그들과 어딘가로 갔다가 정신을 잃지 않을까 두려워하고 있었다. 스콧은 그런 곳도, 그런 사람들도 좋아하지 않았다. 그들과 함께 있으면 자신의 주량을 넘는 술을 마셔야 했고, 그러면서도 어떻게든 정신을 차리고 있어야 하며, 그런 사람들과 그런 곳을 참고 견뎌야 했기 때문이다. 그러면서 평소 같았으면 이미 기절하고도 남았을 수위를 넘어서더라도 정신을 차리고 있으려고, 그는 술을 마시기 시작했다. 결국 그에게는 거의 잠시도 글을 쓸 틈이 주어지지 않았다.

그는 언제나 글을 쓰려고 노력했다. 매일매일 노력했다가 매일매일 실패했다. 그는 자신의 그런 실패 원인을 파리 탓으로 돌렸다. 파리가 글을 쓰는 작가에게 너무 최적화된 환경을 갖춘 도시라는 것이었다. 그래서 그는 자신과 젤다가 다시 함께 행복하게 지낼 수 있을 곳이 어디엔가 있을 거라고, 늘 생각했다. 그는 지금처럼 빈틈이라곤 없이 건물들이 빽빽하게 들어서기 전, 끝도 없이 길게 이어진 푸른 바다와 모래사장이 반짝이고 줄줄이 늘어선 소나무들이 바다 속으로 들쑥날쑥 삐져나와 있는 에스테렐산맥이 펼쳐진, 예전의 리비에라를 떠올렸다. 그는 그곳이 여름이 되면 사람들이 찾는 휴양지가 되기 전, 그와 젤다가 처음 알게 된 모습대로의 그곳을 기억하고 있었던 것이다.

스콧은 나에게 리비에라 이야기를 해주며, 내년 여름에 내 아내와 내가 왜 그곳에 가야만 하는지 그리고 어떻게 가는지 교통편까지 알려주면서, 우리가 함께 지내기에 적당하고 비싸지 않은 호텔을 자신이 어떻게든 찾아줄 거라고 했다. 그러면 우리 둘은 매일 열심히 작업하면서 수영도 하고 해변에 누워서 지내다 보면 피부는 구릿빛으로 그을릴 것이며, 술은 점심 식사 전과 저녁 식사 전 아페리티프로 딱 한 잔씩만 하자고 했다. 그곳에 가면 젤다가 행복할 거라고, 그가 그랬다. 수영하길 좋아하고 다이빙 선수라 해도 손색이 없을 그녀가 그렇게 지내는 생활이 행복하다 보면 그가 글쓰길 원하게 될 것이고, 그렇게 되면 모든 것이 다 잘 풀릴 것이다. 그해 여름 그는 젤다와 딸과 함께 그곳으로 갈 거라고 했다.

나는 그가 가능한 한 단편소설을 쓰게 하려고, 그리고 전에 그가 쓰는 방법이라고 설명해준 대로 이야기를 어떤 공식에 맞추기 위해 요령을 부리지 않게 하려고, 그를 설득하는 중이었다.

"이제 자네는 훌륭한 장편소설을 쓴 사람이잖아." 내가 그에게 말했다. "그러니까 값싼 감성팔이나 하는 글을 써서는 안 된다는 말이야."

"바로 그 장편소설이 안 팔리니까 그러는 거지." 그가 말했다. "난 단편소설을 써야 한다고. 그것도 잘 팔릴 단편들로 말이야."

"그럼 가능한 한 최고의 단편소설을 한번 써봐, 가능한 한 솔직하게 말이야."

"나도 그럴 생각이야." 그가 말했다.

하지만 당시 돌아가는 상황으로 봐서는, 그가 어떤 글이든 그나마 썼다는 그 자체만으로 다행스러운 일이었다. 젤다의 말에 의하면, 그녀는 자신을 따라다니는 사람들에게 그렇게 하라고 부추기지 않았으며 그 사람들과 자신은 아무 상관이 없다는 것이다. 그러나 그녀는 그런 상황에 즐거워했고, 스콧은 그녀가 그렇게 좋아하는 것이 싫어 그녀가 가는 곳마다 함께 따라나서야 했다. 그러면서 스콧은 글을 쓰지 못하게 되고 말았다. 그녀가 그 어떤 것보다 더 많이 질투했던 것이란 바로 그의 글이었던 것이다.

그해 늦은 봄에서 초여름으로 이어지는 내내 스콧은 글을 쓰기 위해 고군분투했지만, 아주 잠깐씩 토막토막 글을 쓸 수 있는 것이 고작이었다. 하지만 나와 만날 때의 그는 늘 유쾌한 모습으로, 가끔씩은 과하게 유쾌하다 싶을 때도 있었지만 멋진 농담도 던질 줄 알던 나의 좋은 벗이었다. 나는 그가 힘들어하면 그가 늘어놓는 하소연을 다 들어주고 하면서, 그가 작가로서의 자질을 타고난 만큼 자신만 잘 다스리면 글을 쓰게 될 것이며, 세상에 돌이킬 수 없는 건 죽음밖에 없다는 사실을 깨닫게 해주려고 노력했다. 당시 그는 스스로 자조하는 말을 많이 했다. 나는 그가 그렇게 자신을 돌아볼 수 있는 한, 그에게는 아직 희망이 있다는 생각이 들었다. 그 모든 일을 다 겪은 후 그가 「부잣집 아이」라는 훌륭한 단편을 썼을 때 나는 그가 그보다 더 훌륭한 글도 쓸 수 있다고 확신했고, 이후 그는 그렇게 해주었다.*

우리가 스페인에서 지내던 여름 동안 나는 한 편의 장편소설 초고를 쓰기 시작해서 9월에 파리로 돌아와 글을 마무리 지었다. 그때 스콧과 젤다는 카프 당티브에 있었는데, 그해 가을 파리에서 만난 그는 많이 변해 있었다. 리비에라에 있는 동안 그는 술에 취하지 않고 맑은 정신으로 있기 위한 노력이라곤 아예 시도조차 한 적 없이 지냈을 뿐만 아니라, 이젠 밤은 물론 낮에도 술에 취해 있었다. 그 누가 글을 쓰고 있든 그 사실이 그에게는 더 이상 아무 상관도 없는 일이 되면서, 낮이건 밤이건 취하기만 하면 시도 때도 없이 노트르 담 데 샹가

---

* 피츠제럴드는 1926년 단편소설 「부잣집 아이」이후 1934년 장편 소설 『밤은 부드러워』를 발표했는데, 호평과 동시에 기대에 부응하지 못했다는 엇갈리는 비평도 받았다. 헤밍웨이는 그러한 비평은 인물과 소재에 대한 피상적인 해석이며, 대공황 시대를 살면서 궁핍에 시달리는 미국의 정서가 과잉을 대변하는 재즈 시대의 상징이라 할 피츠제럴드에게 반영된 것이라고 주장했다.

113번지로 찾아오곤 했다. 그가 자신보다 못하거나 그렇다고 생각되는 사람들이 있으면, 누구한테든 아주 무례하게 행동하기 시작한 것도 이때부터였다.

언젠가 한번은 영국인 보모가 쉬는 날이어서 어린 딸을 돌보던 그가 아이를 데리고 제재소 우리 집으로 온 적이 있었다. 대문을 들어와 계단을 막 올라오려 할 때 아이가 화장실에 가고 싶다고 했다. 스콧이 아이의 옷을 내려주려는데, 마침 우리 집 아래층에 살던 집주인이 들어오다가 이를 보고 아주 공손하게 이야기했다. "선생님, 계단 왼편에 보시면 바로 앞에 화장실이 있답니다."

"알았소. 그런데 말이오, 당신, 이리 어쭙잖게 나서다간 내가 저 화장실에 당신 머리도 집어넣어주는 수가 있소." 스콧이 말했다.

그해 가을 내내 그는 별스럽게 고집을 부리고 만사에 까탈을 부렸지만, 그래도 술에 취하지 않았을 때는 장편소설 작업에 들어갔다. 그가 멀쩡한 정신으로 있는 모습은 좀처럼 볼 수 없었어도, 정신이 맑을 때의 그는 언제나 쾌활했고 변함없이 우스갯소리도 잘하고 여전히 자조적인 농담도 한 번씩 던지곤 했다. 하지만 술만 마시면 어김없이 나를 찾아왔다. 술에 취한 그는 젤다가 그의 작업을 방해하는 것과 거의 맞먹을 정도로 내 작업을 방해하면서 즐거워했다. 그런 몇 년이 이어졌지만, 나한테는 그 몇 년 동안 맑은 정신일 때의 스콧보다 더 진실한 친구는 없었다.

1925년 그해 가을, 그는 내가 『태양은 다시 떠오른다』의 초고를 자신에게 보여주지 않으려 한다고 화가 나 있었다. 나는 내가 다 훑어보고 고쳐 쓸 때까지는 아무런 의미도 없을 원고이기 때문에, 그전에는 그 누구와도 의논을 한다거나 미리 보여주거나 하고 싶지 않다고 이유를 설명했다. 첫눈이 오는 대로 우리 가족은 오스트리아의 포어아를베르크의 슈룬스로 내려가기로 한 것도 바로 그런 이유 때문이었던 것이다.

그곳에서 나는 원고의 전반부를 다시 고쳐 썼고, 그 작업을 마친 건 1월이었던 것 같다. 나는 원고를 들고 뉴욕으로 가서 스크리브너 출판사의 맥스 퍼킨스에게 보여준 다음, 슈룬스로 돌아와 원고 전체를 고쳐 쓰는 작업을 마쳤다. 스콧은 내가 수정 작업을 끝내고 편집한 원고를 4월 말 스크리브너 출판사로 보낼 때까지도 보지 못했다. 그해 내가 언제 처음으로 그에게 완성된 글을 보여주었는지도, 그가 언제 처음으로 수정 원고의 교정쇄와 편집된 원고를 보았는지도 기억이 나지 않는다. 아무튼 우리는 원고에 대해 서로의 의견을 이야기했다. 하지만 결정은 내가 했는데, 그런 건 중요하지 않다. 내가 기억하고 있는 건, 그와 함께 원고에 대해 농담하던 일과 늘 그랬던 것처럼 이미 다 끝난 일도 걱정하고 도와주려고 안달하던 그의 모습이다. 그렇지만 내가 혼자서 어떻게든 해보려고 애쓰고 있는 동안에는 그의 도움을 원치 않았다.

우리가 포어아를베르크에서 지내는 동안 나는 그 장편소설을 고쳐 쓰는 작업을 마무리하고 있었고, 스콧은 젤다와 아이를 데리고 파리를 떠나 피레네산맥 아래 자락의 한 온천장에 가 있었다. 젤다는 샴페인을 너무 많이 마신 데서 오는 흔한 장 질환을 앓았는데, 당시 대장염이라는 진단을 받았다. 술을 끊고 글을 쓰기 시작한 스콧은 우리에게 6월에 쥐앙 레 펭으로 꼭 오라고 했다. 그들이 우리 형편에 맞는 비싸지 않은 빌라를 구해줄 것이며, 이번에는 자신이 술을 마시지 않으니 좋았던 옛 시절로 돌아간 것 같을 거라고 했다. 함께 수영도 하면서 건강해지고 햇볕에 피부도 그을리며, 술은 점심 전에 아페리티프 한 잔, 저녁 전에 한 잔만 하자고 했다. 젤다는 다시 건강을 되찾았다. 두 사람 모두 건강하게 잘 지내고 있었으며 그의 소설은 승승장구하고 있었다. 베스트셀러가 된 『위대한 개츠비』를 각색한 연극*이 상연되면서 돈을 많이 벌었고 영화[2]로도 제작될 예정이었다. 그는 이제 아무런 걱정이 없었다. 젤다는 정말 많이 건강해졌고, 모든 일이 정말 꿈처럼 풀려가고 있었다.

5월에 마드리드로 내려가서 혼자서 작업하던 나는 바욘에서 쉬앙레 펭까지 가는 3등칸 기차를 탔는데, 어리석게도 아무 생각 없이 돈을 다 써버린 바람에 마냥 배를 곯고 있었다. 강을 사이에 두고 프랑스와 스페인 국경에 접해 있는 앙다이에서 먹은 게 마지막 식사였다. 그들이 우리를 위해 구해놓은 빌라는 훌륭했고, 스콧이 머무는 아주 멋들어진 집과도 그리 멀지 않은 곳에 있었다. 나는 내 아내와 친구들을 만나자 너무 반가웠고, 아내는 내가 없는 동안에 빌라를 아주 아름답게 잘 가꾸어놓았다. 점심 식사 전에 딱 한 잔만 마시자던 아페리티프가 너무 맛있어서 우리는 몇 잔을 더 마셔버렸다. 그날 밤 우리를 환영하는 파티가 카지노에서 열렸다. 빌라에 함께 머물고 있던 매클리시 부부와 머피 부부,** 피츠제럴드 부부와 우리 부부만의

---

* 영화 감독 조지 큐커 연출의 연극으로, 1926년 2월 2일 브로드웨이에서부터 8월 시카고 공연까지 총 112회 공연되었다.

** 루스벨트 대통령의 신임을 얻어 국회도서관장과 국무차관보를 역임했으며, 시를 쓰기 위해 파리로 온 아치볼드와 에이다 매클리시 부부, 그리고 피카소의 친구이자 프랑스 리비에라에 거주했던 부유한 미국인 화가로, '길 잃은 세대'의 작가와 예

단출한 파티였다. 샴페인보다 독한 술을 마시는 사람은 아무도 없었고 정말로 기분 좋고 즐거운 파티였다. 스콧이 말한 대로, 확실히 그곳은 글을 쓰기에 더없이 좋은 곳이었다. 글 쓰는 사람에게 필요한 모든 것이 다 있었다, 가장 중요한 혼자 있을 수가 없다는 것 말고는.

젤다는 무척 아름다웠다. 매혹적인 황금빛으로 그을린 피부에 머리카락은 아름다운 짙은 금빛이었으며 아주 상냥하고 다정했다. 매와 같은 그녀의 눈동자는 맑고 바다처럼 잔잔했다. 그녀가 내 쪽으로 몸을 기울여 자신의 대단한 비밀 이야기를 들려줄 때까지만 해도, 나는 모든 일이 다 잘되고 있으며 앞으로도 다 잘될 줄로만 알았다. "어니스트, 앨 졸슨[3]이 예수보다 더 위대하다고 생각하지 않으세요?"

그때 폴린을 제외하곤, 아무도 그녀가 한 말에 대해 별다른 생각을 하지 않았다. 그건 젤다가 나와 나눈 그녀의 비밀일 뿐이었다. 매가 사람과 무언가를 나눌 수 있기라도 한 것처럼. 그러나 매는 나누지 않는다. 스콧이 좋은 작품을 쓸 수 있게 됐을 때는 그녀가 제정신이 아니라는 사실을 깨달은 후였다.*

술가 사교모임을 만든 제럴드와 사라 머피 부부를 말한다.
* 1931년 젤다는 정신분열증 진단을 받았고, 1932년 정신병원과 존스 홉킨스 병원에 입원해 있던 동안 유일한 저서인 『왈츠는 나와 함께』를 출간했다. 스콧이 사망한 후 집과 정신병원을 오가던 1948년 3월 10일, 노스캐롤라이나의 하일랜드 정신병원에서 발생한 화재로 사망했다.

매는 나누지 않는다

1) Lady Diana Olivia Winifred Maud Manners, 결혼 후 Lady Diana Cooper, 1892~1986, 영국의 배우, 사교계 명사. 러틀랜드 공작 8세의 딸이자 프랑스 주재 영국 대사였던 노위치 자작 1세의 부인. 영국의 귀족과 지식인들이 모이는 소수 상류사회 집단인 '더 코트리'(The Coterie) 내에서도 가장 아름다운 여성으로 명성이 높아, 당시 신문과 잡지에 수도 없이 등장했다. 엘리자베스 2세의 할머니인 조지 5세의 메리 왕비에게 스피치를 가르쳤다고 한다.

2) 허버트 브레논(Herbert Brenon, 1890~1958) 감독, 워너 박스터(Warner Baxter, 1889~1951) 주연의 무성영화 「위대한 개츠비」(1926)가 파라마운트 픽처스에서 제작되었다.

3) Al Jolson, 1886~1950, 미국의 코미디언이자 팝가수. 무대에서 흑인처럼 검은 분장을 하고 거의 30년 동안 선두를 지키면서, '세상에서 가장 위대한 연예인'이라는 별명을 얻은 팝계의 선구자적인 존재.

크기의 문제

그로부터 오랜 시간이 지나 젤다가 처음으로 당시 신경쇠약이라고 하던 증상을 보이던 때였다. 마침 우리도 같은 시기에 파리에 있게 되어, 스콧이 생페르가와 자콥가가 끝나는 모퉁이에 있던 미쇼에서 함께 점심 식사를 하자고 했다. 그는 대단히 중요한 일로 나에게 물어볼 게 있다고 하면서, 자신에게는 세상에서 그 어떤 것보다 더 중요한 일이니 무조건 사실대로 정확하게 답해줘야 한다고 했다. 나는 내가 할 수 있는 최선을 다해 이야기해주겠다고 대답했다. 옛날부터 그가 그처럼 무조건 진실만을 말해달라고 할 때는, 그렇게 해주기가 무척 힘든 문제들이었다. 나는 정말로 그렇게 해주려고 노력했지만 결국에는 내가 하는 말이 그를 화나게 만들곤 했다. 어쩌다 화를 내지 않을 때면 나중에 화를 내기도 했고, 때로는 한참이나 곱씹어본 후 내 말이 짓밟아 없애버려야 할 대상이 되어 있거나, 가능하다면 때론 나도 내가 했던 말과 함께 없애버려야 할 무언가가 되어 있기도 했다.

점심때 와인을 마셨지만 그에게는 아무런 반응도 나타나지 않았고, 그는 나를 만나기 전에 술을 마시고 와 식사할 생각이 없어 보였다. 우리는 우리가 하고 있는 작업에 대한 이야기와 이런저런 사람들에 대해 이야기를 나누었다. 그는 우리와 연락하지 않고 지내던 사람들 소식도 물어보았다. 나는 그가 좋은 작품을 쓰고 있다는 것과 많은 이유로 작업하는 데 엄청난 어려움을 겪고 있다는 사실을 잘 알고 있었다. 하지만 그가 하고 싶어 한 이야기는 그런 이야기가 아니었다. 나는 그의 입에서 내가 무조건 진실만을 말해야 할 이야기가 나오길 계속해서 기다리고 있었다. 하지만 그는 마치 우리가 업무상 만나 점심 식사를 하고 있는 것처럼, 식사가 끝날 때까지도 말을 꺼내려 하지 않았다.

마침내 우리가 체리 파이를 먹으면서 마지막 와인 잔을 기울이고 있을 때, 그가 입을 열었다. "내가 젤다 외에는 그 누구와도 잔 적이 없다는 걸 자넨 알고 있지."

"아니, 몰랐는데."

"자네한테 이야기한 줄 알았는데."

"안 했어. 자넨 나한테 많은 이야기를 했지만, 그런 이야기는 한 적이 없지."

"바로 그 이야기가 내가 자네에게 물어봐야 하는 이야기야."

"좋아. 어서 이야기해봐."

"젤다가 말이야, 내 모양새로는 결코 어떠한 여자도 행복하게 해줄 수가 없고, 애초부터 그 문제 때문에 심란했다고 해서. 그게 말이지, 아내는 크기 문제라는 거야. 아내한테 그 말을 들은 이후론, 나는 한 번도 예전처럼 느낀 적이 없거든. 그래서 말인데, 난 진실을 알아야겠어."

"진료실로 따라 나와." 내가 말했다. "아니면 자네가 앞장서든가."

"진료실이라니, 어디 말이야?"

"어디긴, 변소*지." 내가 말했다.

우리는 다시 식당으로 돌아와 테이블에 앉았다.

"자넨 말야, 완벽하게 훌륭해." 내가 말했다. "괜찮다고 이 친구야. 자네한텐 아무 문제가 없다니까. 자넨 말이지, 위에서 내려다보니까 작아 보이는 거야. 우리 루브르로 건너가서 거기 인물 조각상들을 잘 봤다가, 집에 가서 거울로 자네 옆모습을 한번 잘 살펴보라고."

"그 조각상들이 정확하지 않을지도 모르는 거잖아."

"조각상들은 썩 훌륭해. 대부분은 그 정도면 만족할걸."

"그런데 아내는 왜 그런 말을 하는 거지?"

"자네더러 폐업하라는 거지. 문을 닫으라는 건데, 그건 사람을 좌절하게 만드는 세상에서 제일 고루한 수법이야. 스콧, 나한테 진실을 말해달라고 했으니까 난 훨씬 더 많은 이야기도 해줄 수 있지만, 내가 한 말이 절대적 진실이니까 내 말만 믿으면 돼. 그런데 말야, 자네라면 병원에 가봤을 법도 한데."

"그러고 싶지가 않았어. 그냥 자네가 사실대로 정확하게 말해주길 원했던 거지."

"그럼 이젠 내 말을 믿는다는 뜻이야?"

"잘 모르겠어." 그가 말했다.

"어서 루브르로 건너가자니까." 내가 말했다. "길만 내려가서 강만 건너면 바로잖아."

우린 함께 루브르로 건너갔다. 스콧은 조각상들을 이리저리 자세

---

* 여기서 헤밍웨이는 'Le water'라고 썼는데, 이는 영어식 표현의 프랑스어로 'water-closet'(수세식 변소)의 끝말을 생략한 말이다.

히 살펴보면서도 여전히 자신에 대해 확신을 갖지 못했다.

"기본적으로 말이야, 편안하게 가만히 있을 때의 크기 문제가 아니야." 내가 말했다. "문제는 다 됐을 때의 크기지. 각도 문제이기도 해." 나는 그에게 베개를 사용하는 법과 그 외에도 그가 알아두면 도움이 될지도 모를 몇 가지 다른 것들에 대해서도 이야기해주었다.

"실은 말이야, 나한테 여자가 있거든."[1] 그가 말했다. "나한테 무척 잘해준 사람인데. 하지만 젤다한테서 그 말을 들은 이후론…"

"부인이 한 말은 잊어버려." 내가 그에게 말했다. "자네 부인은 제정신이 아닌 사람이잖아. 자네한텐 아무 문제가 없다니까. 자넨 그저 자신감을 가지고 그 여자가 원하는 대로 해주면 되는 거야. 자네 부인은 그냥 자넬 망가뜨리고 싶어 하는 것뿐이라니까."

"젤다에 대해 자네가 뭘 안다고 그러나."

"알았어." 내가 말했다. "이 정도로 해두자고. 하지만 자네가 나한테 물어보려고 점심 먹으러 나온 거니까, 난 자네에게 아주 솔직하게 대답하려고 한 거야."

하지만 여전히 그는 확신이 가지 않는 얼굴로 서 있었다.

"우리 그림이나 좀 보러 갈까?" 내가 말했다. "자네 여기서 모나리자 말고 다른 그림 본 적 있어?"

"난 지금 그림이나 볼 기분이 아니라니까." 그가 말했다. "리츠 호텔 바에서 약속도 있고."

그 후 여러 해가 지나고 제2차 세계대전도 끝난 지 오랜 세월이 흐른 후 리츠 호텔 바에서, 스콧이 파리에 살았을 때 호텔 보이였던 바텐더 조르주가 내게 물었다. "파파,* 사람들이 저만 보면 물어보는 그 피츠제럴드라고 하는 분은 대체 어떤 분이셨나요?"

"자네가 그 친구를 몰랐던가?"

"몰랐습니다. 당시 여기 오셨던 손님들은 제가 다 기억하는데도 말이죠. 요즘은 손님들이 그분에 대해서만 물어보시네요."

"그럼 자넨 뭐라고 이야기해주는가?"

"손님들이 듣고 싶어 하는 재미있는 이야기라면 뭐든지요. 제가 그분에 대해서는 아는 게 없으니까 손님들이 좋아할 만한 이야기로 대신하는 거죠. 제가 뭐라고 말하면 될까요, 선생님? 이야기 좀 해주세요. 그분은 어떤 분이셨죠?"

"그 친구는 그러니까, 나처럼 미국인이고 작가였다네. 20년대 초반에, 그 이후로도 얼마간 파리에서도 살다가 나중에는 해외에서도 살았지."

"그런데 대체 왜 저는 그분이 기억나지 않을까요? 훌륭한 작가셨습니까?"

"그럼, 대단히 훌륭한 책을 두 권이나 쓴 친구였다네. 그중 하나는 미완성작**이었는데, 그의 글에 대해 가장 잘 아는 사람들이 말하길, 완성이 됐더라면 대단히 훌륭했을 작품이라고 한다네. 단편도 훌륭한 게 몇 편 있지."

"그분이 우리 바에 자주 오셨던가요?"

---

* Papa. 헤밍웨이의 애칭 중에서 가장 오랫동안 지속되고 가장 많이 알려진 애칭. 1923년 스페인 여행 이후 헤밍웨이는 스스로를 이렇게 불렀다.
** 피츠제럴드는 1939년 할리우드를 무대로 한 『최후의 대군』(1941)을 쓰기 시작했지만, 소설의 절반 정도밖에 쓰지 못한 채 1940년 12월 21일 44세의 나이에 심장마비로 사망했다.

"그랬을 걸세."

"그런데 20년대 초반이라면 선생님께서 여기 오지 않으셨을 때군요. 그때는 가난하셨고 다른 동네에 사셨다고 하셨잖아요."

"돈이 있을 땐 또 크리용 호텔 바에 갔으니까."

"그건 저도 알지요. 선생님과 처음 만났을 때의 기억이 지금도 너무 생생합니다."

"그렇지."

"그런데 참 이상하군요, 저한테 그분에 대한 기억은 없다는 게 말입니다." 조르주가 말했다.

"다 죽고 없는 사람들이니까."

"이 세상에 없어도 사람들 마음속에는 여전히 살아 있는 거죠. 다들 저한테 계속해서 그분에 대해 물어보는 걸 보면요. 그분에 대한 이야기 좀 들려주시지요, 제 회고록에 쓸 수 있게요."

"그러지."

"언젠가 밤이었는데, 선생님과 폰 블릭센 남작님[2]이 오셨던 기억이 있는데요, 그런데 그때가 대체 몇 년도였던가요?" 이렇게 말하고 그가 싱긋 웃어 보였다.

"그 친구도 죽고 없군."

"그렇죠. 하지만 사람들은 그분을 잊지 않고 있습니다. 제 말이 무슨 뜻인지 아시죠?"

"그 친구 첫째 부인[3]이 기가 막히게 글을 잘 썼다네." 내가 말했다. "아마도 그 친구 부인이 쓴 책이 내가 읽어본 아프리카에 관한 책 중 단연 최고일지도 모르겠네. 새뮤얼 베이커[4] 경이 쓴 『아비시니아의 나일강 지류들』을 제외하면 말이지. 이 이야기도 자네 회고록에 적어

놓게나. 요즘 부쩍 자네가 작가들에게 관심이 많으니까 말일세."

"그러겠습니다." 조르주가 말했다. "남작님은 잊을 수 있는 분이 아니죠. 그런데 조금 전에 말씀하신 책, 제목이 어떻게 되나요?"

"『아웃 오브 아프리카』라네." 내가 말했다. "블릭키*는 항상 자기 아내의 글에 대한 자부심이 대단했다네. 하지만 우리가 서로 알고 지내던 땐 부인이 그 책을 쓰기 훨씬 전이었어."

"그럼 사람들이 저한테 계속 물어보는 피츠제럴드 씨는요?"

"그 친구가 여기 다닐 때는 프랑크가 있을 때였지."

"그랬군요. 그런데 그때라면 저도 여기 벨보이였는데요. 벨보이가 못 보는 손님은 없다는 거 아시죠."

"내가 말일세, 파리에서 지내던 나의 젊은 시절에 관한 책을 하나 쓸 건데, 그 책에 그 친구에 대한 이야기도 넣을 생각이라네. 나 자신과 약속했거든, 그 친구 글을 쓰기로 말일세."

"그렇군요." 조르주가 말했다.

"처음 그 친구를 만났을 때 내가 기억하는 모습 그대로 써볼 생각이라네."

"잘됐습니다." 조르주가 말했다. "그럼 그분이 여기 오셨던 분이라면 제 기억도 살아날 겁니다. 아무리 그래도 제가 우리 손님들 얼굴을 잊어버리는 일은 없거든요."

"관광객들도 말인가?"

"물론이죠. 참, 그분이 여길 아주 많이 오셨다고 하셨죠?"

---

* Blickie, 헤밍웨이가 부르던 폰 블릭센 남작의 애칭.

"그랬다는 건 그 친구에게는 여기가 대단히 중요한 의미가 있는 곳이었다는 말이라네."

"기억하고 계시는 모습 그대로 그분에 대한 글을 써주십시오. 그분이 여기 오신 분이라면, 저도 기억이 날 겁니다."

"두고 보자고." 내가 말했다.

크기의 문제

1) 1924년 7월 젤다가 프랑스 해군 조종사 에두아르와 사랑에 빠졌던 일이 있고 2년 후, 피츠제럴드는 당시 17세였던 미국의 영화배우 루이스 모런(Lois Moran, 1909~90)과 만났고, 그녀는 그의 장편소설 『밤은 부드러워』(1934)의 로즈마리의 모델이 되었다. 헤밍웨이는 그녀와 관련하여, 젤다에게 정신분열증세가 나타나기 전에는 스콧은 불륜을 저지르지 않았다고 그를 두둔했다.

2) Baron Bror von Blixen-Finecke, 1886~1946, 스웨덴의 남작, 작가, 아프리카 맹수 수렵가. 그의 『아프리칸 헌터』(*African Hunter*, 1938)는 아프리카 풍물에 관한 명저로 알려져 있다. 1936년 세 번째 부인과의 신혼여행으로, 헤밍웨이와 그의 세 번째 부인 마사 겔혼과 함께 배를 타고 쿠바와 바하마를 일주했다.

3) Baroness Karen von Blixen-Finecke, 1885~1962, 덴마크의 작가. 6촌인 폰 블릭센 남작과 결혼했고, 이자크 디네센(Isak Dinesen)이란 필명으로, 『아웃 오브 아프리카』(1937)와 『바베트의 만찬』(1958) 등을 저술했다. 노벨문학상을 심사하고 수여하는 스웨덴 아카데미의 사무차관인 페테르 엥룬드는, 그녀가 노벨문학상을 받지 못한 것은 '실수'라고 말했다.

4) Sir Samuel White Baker, 1821~93, 영국의 탐험가, 작가. 1869~73년 적도 부근의 나일 분지의 영연방 총독으로 지내는 동안 유럽과 아프리카, 아시아에 걸쳐 경험한 모험들이 무한한 모티프가 되었다. 본문의 책은 『아비시니아의 나일강 지류들』(*The Nile Tributaries of Abyssinia*, 1867)을 말한다.

제3부

파리 스케치

1921년 9월 3일 호튼 베이에서 결혼식 날 해들리

1926년 봄 슈룬스에서 범비

1922년 여름 카르디날 르무안가의 아파트에서 해들리
"전망 좋은 마루에는 스프링이 탄탄하고 푹신푹신한 매트리스에
깔끔하고 멋스러운 커버를 씌워놓은 편안한 침대가 있고,
벽에는 우리가 좋아하는 그림도 걸어놓은 밝고 화사한 집이었다."(72쪽)

1927년 파리에서 범비

1926년 봄 슈룬스

"산에서 지내던 마지막 해에 새로운 사람이 우리의 삶 속으로 깊숙이
들어오면서, 결코 그 어떤 것도 다시는 예전과 같을 수 없게 되었다. 이후에
이어질 그해 겨울과 죽일 듯이 잔인했던 그 여름에 비하면, 눈사태가 일어났던
그 겨울은 마냥 행복하고 천진난만했던 어린 시절의 겨울 같았다."(259쪽)

◀ 나탈리 바니, 1897년경
"에즈라는 부유한 미국 여성으로 예술 후원자인
나탈리 바니 여사와 함께 벨 레스프리라고 하는 것을 만들었다.
바니 여사는 … 자신의 집에서 정기적으로 살롱을 열었는데
정원에는 조그만 그리스 신전이 있었다. … 아무튼
내가 알기로 바니 여사는 자신의 정원에
작은 그리스 신전이 있는 유일한 사람이었다."(367~368쪽)

▶ 우정의 신전(Le Temple de l'Amitié)
자콥가 20번지 바니의 아파트와 이어진 2층 건물의 정원이 딸린
뒤 베란다에 있던 그리스 신전. 프랑스의 희극 여배우
아드리엔 르쿠브뢰르(Adrienne Lecouvreur, 1692~1730)를 위해
삭스 대원수(Maurice de Saxe, 1696~1750)가 세운 것이었다.
2012년에 방문했을 때 개인 소유라 들어가볼 수는 없었다.
2009년 7월부터 집수리 중이라는 안내문이 있었는데,
집수리를 마친 지금도 신전이 남아 있는지는 알 수 없다.

the author   wood-cut from portrait by henry strater

in our time

by

ernest hemingway

A GIRL IN CHICAGO: Tell us about
the French women, Hank. What are
they like?
BILL SMITH: How old are the French
women, Hank?

paris:

*printed at the three mountains press and for sale
at shakespeare & company, in the rue de l'odéon;
london: william jackson, took's court, cursitor street, chancery lane.*

1924

▲ 1924년 쓰리 마운틴 프레스에서 발간한 『우리 시대에』
마이크 스트레이터가 그린 헤밍웨이의 초상화가 판화로 인쇄되어 있다.

◀ 포드의 두 번째 부인, 스텔라 보웬, 1920년경

▶ 보웬의 자화상, 1934년경

◀ 래리 게인즈, 1923년경
"래리 게인즈는 캐나다에서 파리로 온 아마추어급
복싱 챔피언으로, 키가 크고 상처 하나 없이 말끔한 얼굴에
예의가 바르고 온몸이 근육으로 뒤덮인
헤비급 흑인 복서였다."(393쪽)

▶ 권투 경기 기획자이자 매니저, 교수인 아나스타지, 1930년경

보트가 떠 있는 뤽상부르 정원
"그날 범비와 나는 여느 때와 달리 모형 보트 구경을 하려고
뤽상부르 정원에 들르지 않았는데,
보트를 띄우기엔 아직 이른 시간이었기 때문이다."(414쪽)

▲ 1927년 5월 10일, 폴린과의 결혼식 날

▼ 1928년 미국 와이오밍의 셰리든 카운티 북부
스피어 랜치에서의 헤밍웨이와 폴린

이마의 흉터

1928년 3월 4일 밤, 자다가 일어난 헤밍웨이는 아파트 욕실에서
변기 체인인 줄 알고 천장의 채광창 체인을 잡아당기면서,
머리 바로 위에 있던 천장 유리가 그를 덮치는 사고를 당했다.
이 사고로 그의 이마엔 평생 남는 흉터가 생겼다.

1937년 12월 스페인 내전 취재 후 돌아와 발렌시아에서 글을 쓰고 있는 헤밍웨이
이때 스페인 내전을 소재로 한
『누구를 위하여 종은 울리나』가 탄생했고,
이곳에서 세 번째 부인이 될 마사 겔혼을 만났다.

1941년 하와이에서 마사 겔혼과 함께
헤밍웨이는 폴린과 이혼한 지 16일 후인 1940년 11월 20일 마사와 결혼했다.
하지만 그녀가 계속해서 종군기자로 일하길 원하면서 결혼 생활은 힘들어졌고,
결국 1945년 12월 22일 마사의 요구로 이혼하게 된다.

▲ 1930년 플로리다 키웨스트에서 동생 패트릭을 안고 있는 범비

▼ 1936년경 키웨스트 집에서 세 아들과 함께 있는 헤밍웨이
왼쪽부터 둘째 패트릭(마우스), 막내 그레고리(지지), 첫째 잭(범비).

▲ 1935년 바하마 비미니섬에서 잡은 참치와 함께
왼쪽부터 패트릭, 범비와 헤밍웨이.

▼ 1935년 필라호에서 헤밍웨이와 범비

▲ 1941년 아이다호 선밸리에서 오리 사냥에 나서는 헤밍웨이 가족
왼쪽부터 그레고리, 범비, 헤밍웨이, 마사, 패트릭. 범비는 새엄마들 중 마사를
가장 좋아했고, 패트릭도 자신을 유모에게 맡기던 폴린보다 마사를 더 좋아했다.

▼ 1943년경 키웨스트 집에서 패트릭과 함께

▲ 1934년 아프리카 사파리 여행 중 아프리카 영양과 함께

▼ 1941년 아이다호 선밸리에서 꿩 사냥 중인 헤밍웨이

1939년 아이다호 선밸리에서 타이프를 치고 있는 헤밍웨이
아이다호 선밸리 로지 리조트의 스위트룸 206호(현재 228호)
'글래머 하우스'에서 『누구를 위하여 종은 울리나』의
원고를 타이프로 치고 있다.

1952년 아프리카 케냐에서 사파리 여행 중 캠프에서 글을 쓰고 있는 헤밍웨이

▲ 1944년 7월 노르망디에서
노르망디 상륙 작전에 주간지 『콜리어즈』의 종군기자로
합류한 헤밍웨이는 1944년 6월 6일 노르망디에 상륙했다.

▼ 1944년 8월 25일 파리 입성
헤밍웨이는 프랑스 제2기갑부대를 도와 사진 속
장교와 특파원들과 함께 파리에 입성했다.

1956년, 핀카 비히아의 서재에서 책을 살펴보고 있는 헤밍웨이
책은 대략 비슷한 장르별로 정리되어 있지만, 그렇게 꼼꼼하게 분류되어
있지는 않다. 다만 역사서적, 전쟁관련서적, 아프리카나 스페인 등의
지리서적 등은 같은 칸이나 가까운 곳에 정리되어 있다. 파리 시절
셰익스피어 앤 컴퍼니에서 빌려 읽었던 투르게네프와 도스토옙스키 등
러시아 작가의 책도 많이 있고, 미국 작가의 책도 마크 트웨인 네 권, 윌리엄 포크너
다섯 권, 토마스 울프 네 권, 윌리엄 사로얀 두 권 등 다수가 있다.

1946년경 쿠바의 핀카 비히아의 서재에서 글을 쓰고 있는 헤밍웨이

1956년 핀카 비히아 거실 문을 열고 서 있는 헤밍웨이
이 집을 무척 좋아한 헤밍웨이는 아침 일찍 글을 시작해서 작업을 마치면
수영을 하고, 점심을 먹고 나면 술잔을 들고 거실의 안락의자에 앉아
책이나 신문을 읽었다. 그가 글을 쓰는 동안에 문밖에는
그에게 도움을 요청하는 마을 사람들이 기다리고 있어,
그의 요리사 알베르토는 그가 작업을 마칠 때까지
서재 문을 두드리지 못하게 하며 나중에 다시 오면 헤밍웨이가
도와줄 거라고 말하곤 했다. 이곳에서 『누구를 위하여 종은 울리나』(1940)와
『노인과 바다』(1951)가 탄생했다.

1959년경 핀카 비히아의 서재에서 고양이들과 잠들어 있는 헤밍웨이
핀카에 살면서부터 고양이를 키우기 시작한 헤밍웨이의
고양이에 대한 사랑은 대단했는데,
지금도 핀카 비히아를 지키고 있는 고양이들이
이 고양이들의 후손일 것만 같다.

▲ 1960년경 헤밍웨이와 오르도네스
스페인 투우장에서 『태양은 다시 떠오른다』에 등장하는
페드로 로메로의 모델인 투우사 안토니오 오르도네스와 헤밍웨이.

▼ 1960년 5월 15일 카스트로와 헤밍웨이
아바나에서 헤밍웨이가 개최한 낚시 대회에서 우승한 피델 카스트로와
이야기를 나누고 있는 헤밍웨이. 헤밍웨이가 카스트로를 만난 건
이때가 처음이자 마지막이었다.

1944년 5월 24일 런던 도체스터 호텔에서
이날 인터뷰에서 헤밍웨이는 말했다. "집에 돌아가면 난 5시에
작업을 시작합니다. 그동안 죽 그렇게 해왔어요. 난 뭐든 아침 일찍
시작하는 걸 좋아합니다. 시골에 살면서 그렇게 된 것이죠."

1944년 5월 24일 런던 도체스터 호텔에서
제2차 세계대전 종군기자로 런던에 온 헤밍웨이는, 이 사진 촬영 직후인
5월 25일 새벽 3시경 파티가 끝난 후
영국인 의사 피터 고러가 운전하던 차로 호텔로 돌아오다가, 등화관제 중인
거리에서 물탱크와 충돌한다. 그 사고로 머리가 차 앞 유리창에 부딪히고
무릎을 다치는 부상을 당하고 생조지 병원에 실려갔지만,
6월 6일 노르망디 상륙 작전을 위해 5월 29일에 퇴원해버렸다.

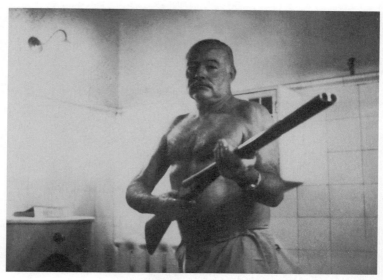

▲ 1953년경, 핀카 비히아에서 경비를 서고 있는 어니스트 헤밍웨이
쿠바 혁명은 그로 하여금 약탈과 납치를 두려워하게 만들었다. 1961년 7월 2일
아침 케첨 집에서 생을 마감한 그의 마지막 모습도 이런 모습이었을까?

▼ 1915년경 찰스(찰리) 스위니
헤밍웨이는 강인한 행동가인 찰스를 존경했고 자신의 이상형으로
생각했다. 헤밍웨이의 장례식에서 열일곱 명의 운구인 중
한 사람으로 마지막까지 헤밍웨이와 함께했다.

새로운 유파의 탄생

파란색 책등을 댄 공책 몇 권과 연필 두 자루, 휴대용 연필깎이(주머니칼로는 깎여나가는 부분이 너무 많았다), 대리석 상판의 테이블, 그윽한 크림커피 향기, 카페를 쓸고 닦으면서 나는 이른 아침에만 느낄 수 있는 냄새. 자 이제, 운만 따라주면 된다. 나는 행운의 부적으로 마로니에 열매 하나와 토끼 발을 오른쪽 호주머니에 넣고 다녔다. 토끼 발은 털이 다 빠져버린 지 오래였고, 뼈와 힘줄은 다 닳아서 만질만질해졌다. 하지만 그 발톱들이 호주머니 속에서 안감을 긁고 있는 게 느껴지면, 나의 행운의 여신이 여전히 나한테 있음을 알 수 있었다.

글이 아주 잘 풀리는 어떤 날은 내 눈앞에 보고 있는 것처럼, 나무가 우거진 숲을 걸어 들어가서 숲속의 빈터에 이르고, 거기서 다시 고지로 오르면, 호수의 지류 저편에 언덕이 휘돌아 있는 시골 풍경이 펼쳐져 있었다. 연필심은 연필깎이로 깎으면 원뿔처럼 생긴 홈 안에서 부러질 수도 있어서 펜나이프*의 조그마한 날을 이용해 연필깎이 안을 깨끗하게 정리하거나, 그렇지 않으면 펜나이프의 날카로운 날

---

* pen knife, 원래 깃펜을 깎는 데 썼던 칼에서 유래
한 말로, 하나 또는 둘 이상의 날을 접을 수 있는
작은 주머니칼.

로 연필을 살살 돌려가면서 뾰족하게 다듬곤 했다. 그러고 나면 다시 땀에 절어 소금기가 배어 나온 배낭의 가죽끈 사이로 한쪽 팔을 밀어 넣고, 다른 팔도 나머지 끈 사이로 밀어 넣은 다음 배낭을 짊어진다. 등에서 전해 오는 묵직한 배낭의 무게감을 느끼면서 호수 쪽으로 발을 옮기기 시작하자, 모카신 아래로 부드러운 솔잎이 밟히는 것이 느껴진다.

그때 누군가의 말소리 들린다.

"안녕, 헴. 뭘 하려고? 카페에서 글을 쓰려고?"

그 순간 나의 행운의 여신은 공중으로 날아갔고, 나는 공책을 덮어 버렸다. 이런 경우는 일어날 가능성이 있는 상황 중 최악이었다. 화를 참을 수만 있다면 참 좋겠지만, 당시 화를 잘 참지 못하던 나는 대뜸 이렇게 내뱉었다.

"이런 빌어먹을 자식, 너야말로 구려터진 네 구역도 아니면서 여기서 뭘 하고 있는 거냐고?"

"아니 아무리 별쭝나게 보이고 싶기로서니, 사람이 말이야, 그렇게까지 무례하게 말할 건 뭐 있어."

"아무 데서나 굴러먹던 그 더러운 말버릇일랑 집어치우고 좀 나가 주시지."

"여긴 누구나 자유롭게 드나드는 카페라고. 나도 너만큼이나 여기에 올 권리가 있는 사람이야, 이거 왜 이래."

"그냥 원래 놀던 프티트 쇼미에르*에나 올라가지 그래?"

* Petite Chaumière, 프랑스어로 '작은 초가집'이란 뜻인데, 1920년대 몽마르트르에 있던 최초의 동성애자 전용 카바레였다.

"나 원 참, 그렇게 짜증나게 굴지 좀 말라고."

이쯤 되면 내가 나갈 수도 있고, 아니면 그냥 어쩌다 한번 와본 것이려니 하면서, 지나가다가 우연히 들렀을 뿐인 저 불청객이 막무가내로 나한테 훼방만 놓지 않길 바랄 수도 있었다. 물론 글쓰기에 좋은 다른 카페들도 있긴 있었다. 하지만 많이 걸어가야 했고, 무엇보다 이 카페가 바로 나의 홈그라운드였기 때문이다. 내가 클로저리 데 릴라에서 쫓겨난다는 건 있을 수 없는 일이었다. 그냥 버티거나 다른 데로 옮기거나 둘 중 하나였다. 어쩌면 옮기는 것이 더 현명한 처사였겠지만, 이미 화가 부글부글 끓어오르기 시작한 나는 이렇게 말했다.

"잘 들어. 너 같은 놈들이 갈 데는 지천에 널렸잖아. 뭐 때문에 여기 와서 점잖은 카페를 엉망으로 만들어놔야 하냐고."

"난 그냥 술이나 한잔하려고 들어온 것뿐이야. 그게 뭐가 잘못됐다는 거야?"

"여기가 일반 가정집이었다면 말이지, 너한테 술 한 잔 주고 나면 네가 마신 술잔은 바로 깨버렸을 거다."

"집이라니, 거기가 어딘데? 거 무지 좋은 데 같은데."

그가 옆 테이블에 자리를 잡고 앉았다. 키가 크고 뚱뚱하고 안경을 쓴 젊은 남자였다. 그가 맥주 한 잔을 주문했다. 내가 과연 그를 무시하고 글을 쓸 수 있는지 한번 보기로 했다. 그래서 나는 그가 없다고 생각하면서 두 문장을 써 내려갔다.

"내가 한 거라곤 말야, 너한테 말을 건 게 다라니까 그러네."

나는 계속해서 문장 하나를 더 써 내려갔다. 일이 정말로 잘되고 있고 그 일이 자신이 정말로 좋아하는 일이라면 어지간해선 꺾이지 않는 법이다.

"누가 보면 네가 엄청 대단해진 줄 알겠네. 아무도 감히 너한테 말을 걸지 못할 정도로 말야."

나는 한 문장을 더 써서 단락을 끝맺은 다음 다시 읽어보았다. 다시 봐도 나쁘지 않아, 다음 단락의 첫 문장을 써 내려갔다.

"자넨 다른 사람 생각을 한다거나, 아니면 그 사람들한테도 힘든 문제가 있을지도 모른다는 생각은 아예 해본 적이 없지."

나야말로 다른 사람들이 넋두리하고 푸념하는 소리를 평생을 들어온 사람이다. 그런 상황에서도 나는 내가 계속 글을 쓸 수 있다는 사실을 깨달았다. 그의 말소리가 여타의 소음보다 더 힘들 건 없었는데, 다른 건 몰라도 바순을 배우던 에즈라가 내는 소리보다 나은 건 분명했다.

"자네가 말야, 작가가 되고 싶고, 그런 욕망이 온몸 구석구석 뼈저리게 느껴지는데도 말야, 좀처럼 때가 오지 않는다고 생각해보라고."

나는 계속해서 글을 쓰고 있었고, 이젠 앞서 얘기한 다른 모든 것들에 더해 행운의 여신마저 나를 향해 손짓하기 시작했다.

"거부할 수 없는 엄청난 폭포수처럼 말야, 감정은 마구마구 솟구치고 뿜어져 나오는데도 말야, 벙어리가 되어 아무 말도 못 하고 말야, 묵묵히 침묵만 지키고 있다고 한번 생각해보라고."

나는 아무 소리가 들리지 않거나 완전히 시끌벅적한 것보다는 낫다고 생각하면서 계속 글을 써나갔다. 이제 그는 대놓고 바락바락 고함을 지르고 있었다. 믿음이라곤 가지지 않는 그의 말들은, 제재소에서 회전 톱에 나무판이 마구 잘려나갈 때 나는 소음처럼 마음을 차분하게 진정시켜주는 데가 있었다.

"우린 그리스에 갔는데." 한참이 지나서야 그의 말소리가 들려왔다. 한동안 그의 말이 내 귀에는 그저 소음으로밖에 여겨지지 않았던 것이다. 그때는 이미 하루의 작업 분량보다 진도가 더 나가 있어, 그쯤 해서 작업을 접고 내일 이어서 해도 되는 상황이었다.

"아니, 그리스*를 쳤다는 거야, 아니면 그리스에 갔다는 거야?"

"수준 이하의 말장난 하곤." 그가 말했다. "내 이야기를 마저 듣기가 싫다는 말이야?"

"응." 나는 이렇게 말하고 공책을 덮어 호주머니에 넣었다.

"어떤 이야기가 나올지 관심도 없어?"

"응."

"어떻게 같은 사람이면서 말야, 다른 사람의 삶과 고통에 대해 관심도 없다고?"

"자네 이야기라면."

"정말 지독하군."

"맞아."

"헴, 자네는 날 도와줄 수 있을 줄 알았는데."

"자넬 총으로 쏘는 거라면 기꺼이."

"그래 줄 거야?"

"아니, 법에 걸려서."

"난 자넬 위해서라면 뭐든지 할 수 있는데."

"정말 그래 주려고?"

---

* grease, 기계의 마찰 부분에 윤활유로 쓰는 끈적끈적한 기름.

"물론이지, 하고말고."

"그럼 그 기분 나쁜 산만 한 덩치로 이 카페 근처에는 얼씬도 하지 말라고. 그것부터 해줘."

내가 자리에서 일어나자 웨이터가 왔고, 나는 계산을 했다.

"헴, 같이 제재소까지 걸어 내려가도 될까?"

"아니."

"그럼, 또 언제 한번 보자고."

"여긴 말고."

"지당하신 말씀." 그가 말했다. "분명히 약속할게."★

"난 글을 써야 하거든."

"나도 글을 써야 한다니까."

"글이 안 써지면 글을 쓰면 안 되는 거지. 글이 안 써진다고 무엇 때문에 그리 우는소리를 하며 야단해야 하는 거야? 미국으로 돌아가라고. 취직을 하든지 목을 매든지 해. 글 쓴다는 말만 하지 말라고. 자넨 절대로 글을 쓰지 못할 거니까."

"대체 무슨 근거로 그런 말을 하는 건데?"

"자네 한 번이라도 자네가 이야기하는 걸 들어본 적 있어?

"난 지금 글 쓰는 이야기를 하고 있는 건데, 뜬금없긴 무슨."

"그럼 입 다물고."

"진짜로 잔인하군." 그가 말했다. "다들 말야, 한결같이 하는 이야기가 자네가 잔인하고 냉혹하고 교만하다는 거야. 그럴 때마다 난 항상 자넬 두둔했다고. 하지만 더 이상은 아니야."

"잘됐군."

"자넨 어떻게 같은 사람한테 이토록 잔인할 수가 있지?"

"모르지." 내가 말했다. "이 친구야, 글이 안되면 평론 쓰는 법을 배우는 건 어때?"

"그래야 할까?"

"괜찮을 것도 같은데." 그를 보며 내가 말했다. "그러면 언제든 글을 쓸 수 있잖아. 그럼 앞으론 때가 오지 않는다고도, 벙어리가 되어 말도 못하고 묵묵히 침묵만 지키고 있다고 걱정할 일도 없을 거고. 다들 자네 글을 참고 삼아 읽을 테니까 말이야."

"내가 훌륭한 평론가가 될 수 있을 것 같아?"

"훌륭할지는 모르겠는데. 하지만 평론가는 될 수 있을 거야. 주위를 둘러보면 자넬 도와줄 사람은 항상 있을 테고, 자네가 자네 사람들을 도와줄 수도 있는 일인 거지."

"내 사람들이라니, 그게 무슨 말인데?"

"자네와 같이 어울려 다니는 사람들 말이야."

"아, 그 친구들. 그 친구들한테는 평론가가 다 따로 있는데."

"꼭 책 같은 저작물을 비평해야 하는 건 아니지." 내가 말했다. "그림도 있고 연극이나 발레, 영화도 있으니까."

"헴, 자네 말을 들으니 무척 흥미로울 것 같네. 정말 고마워. 아주 가슴 설레는 일이군. 창조적이기도 하고."

"어쩌면 창조라는 걸 너무 거창하게 생각하고 있는지도 몰라. 어쨌든 하느님도 단 엿새 만에 천지를 창조하시고 일곱 번째 날에는 쉬셨으니까."

"물론이지, 내가 창조적인 글을 쓰겠다는데 나를 가로막을 건 아무것도 없지, 그럼 그럼."

"하나도 없지. 자네가 스스로의 평론 기준을 어처구니없이 높게 잡지만 않으면 말이야."

"높게 잡을 건데. 그건 장담할 수 있지."

"어련하려고."

이미 그는 평론가였고, 내가 그에게 한잔하겠냐고 묻자 그는 흔쾌히 좋다고 했다.

"헴." 그가 말했다. 순간, 나는 이제 그가 진짜로 평론가가 되었음을 알았다. 평론가들은 대화를 할 때 이야기 끝이 아니라 이야기를 시작하면서 상대방의 이름을 부르기 때문이었다. "난 말일세, 자네 작품이 그냥 좀 너무 삭막하다는 말을 해야겠네."

"어쩌겠나." 내가 말했다.

"헴, 자네 글은 너무 다 없애버려서 말이네, 너무 아무것도 없어. 너무 살이 없어서 너무 빈약하단 말일세."

"저런."

"헴, 너무 삭막하고, 너무 다 없애버려서 너무 아무것도 없고, 너무 살이라곤 없어. 너무 근육밖에 없다고."

나는 죄라도 지은 것처럼 가만히 호주머니 속에 손을 넣어 토끼 발의 감촉을 느껴보았다. "조금 살찌우도록 해보겠네."

"명심하게나, 난 비대할 정도로 살을 찌우라는 건 아니니까."

"해럴드." 나도 그의 평론가 말투를 흉내 내며 말했다. "가능한 한 그러지 않도록 하겠네."

"우리가 이렇듯 의견이 같으니 기쁘군 그래." 남자다운 씩씩한 목소리로 그가 말했다.

"내가 일하고 있을 땐 여기 오지 않기로 한 건 기억하겠지?"

"당연하지, 헴. 물론. 이젠 나도 나만의 카페를 만들 거거든."

"무척 친절도 하군."

"그래보려고." 그가 말했다.

만일 정말로 그 젊은 친구가 유명한 평론가가 되었더라면, 이 이야기는 흥미롭고 교훈적인 이야기가 되었을 것이다. 하지만 그렇게 되지 않았다. 한동안 나는 혹시나 하는 기대에 부풀어 있었지만 말이다.

★ 또 다른 결말

그가 다시 돌아오리라고는 생각하지 않았다. 클로저리 데 릴라는 그가 돌아다니는 구역도 아니었고, 아마 지나가다가 내가 일하는 것을 보고 들어왔을 것이다. 어쩌면 전화하러 들어왔을 수도 있는데, 내가 글을 쓰고 있어서 몰랐을 것이다. 불쌍한 녀석이라는 생각은 했지만 만일 내가 그에게 예의를 차려서 아니, 조금이라도 친절하게 대해주었더라면 상황은 더 나빠졌을 것이다. 아마도 이내 그에게 한 방 먹여야 할 테지만, 그래도 나는 이곳을 택할 것이다. 지금 내가 나의 홈그라운드인 카페에서 그를 때리고, 그래서 무슨 일이 일어났는지 보려고 나머지 녀석들이 우르르 이곳으로 몰려올 짓을 한다면 내 손에 장을 지지겠다. 하지만 조만간은 그렇게 해야 할 것인데, 녀석의 턱이 나가지 않도록 조심해야 한다. 그런 조심이야 될 대로 되라고 해도, 내가 주의해야 하는 건 녀석의 머리가 길바닥에 부딪히지 않도록 하는 것이었다. 그건 늘 염두에 두고 있었다. 저 불쌍한 자식을 피해 다닐 생각도 했다. 상대의 기를 꺾으려는 생각을 단념하려고도 했다. 나는 아주 일을 잘하고 있었고, 그는 나에게 아무런 해도 끼치지 않았다. 그와 그의 패거리들을 마주친다면 남의 일에 상관하지 말라고 하면 되는 것이다. 예전처럼 나는 그에게 충분히 못되게 굴었다. 하지만 내가 달리 어떻게 할 수 있었을까?

아는 사람이 아무도 오지 않아 글쓰기에 좋은 카페라고 하더라도, 그래서 카페에서 글을 쓰고 있는 나를 누가 방해한다 하더라도, 그건 상대가 아니라 어디까지나 내 잘못인 것이다. 하지만 클로저리 데 릴라는 글쓰기에 더없이 좋은 곳이었다. 더구나 집에서 나와 길만 내려가면 되니 너무 편하기도 해, 그런 성가신 일을 감수하면서라도 있을 만한 가치가 충분한 곳이었다. 하지만 아무리 그렇다고는 하더라도, 일을 마치고 나면 찝찝한 기분이 아니라 개운한 기분이 들어야만 하는 것이다. 그렇다. 그리고 무자비해야 할 일은 아니다. 정말 그렇다. 그러나 정말로 가장 중요한 건 다음 날이 순조로워야 한다는 것이었다.

그래서 다음 날 일찌감치 일어난 나는 고무젖꼭지와 젖병을 삶은 다음 분유를 타서 범비 군에게 젖병을 물린 후 식탁에 앉아 글을 썼다. 우리 집 F. 야옹이와 나를 제외한 어느 누구도 깨기 전에. 우리 둘은 서로 말이 없고 사이가 좋았다. 그 어느 때보다 일이 잘됐다. 그 시절 나는 정말로 그 어떤 것도 아쉽지 않았다, 토끼 발조차도. 그렇지만 호주머니 속에 가만히 손을 넣어 토끼 발을 만지고 있으면 기분이 좋았다.

에즈라 파운드와 벨 레스프리*

에즈라 파운드는 지금까지 내가 아는 작가 중에 가장 관대하고 사심이 없는 사람이었다. 그는 늘 자신이 신뢰하는 시인들과 화가, 조각가, 작가들에게 도움이 될 무언가를 하고 있었고, 그가 신뢰하는 사람이든 아니든 어려움에 처한 사람이면 누구에게라도 도움의 손길을 내밀었다. 그는 모든 사람을 걱정했다. 내가 처음 그를 알게 되었을 때 그가 가장 많이 걱정했던 사람은 T. S. 엘리엇[1]이었다. 에즈라는 그가 런던의 한 은행에서 근무해야 하다 보니 시간이 여의치 않아 시작 활동을 제대로 못 하고 있다고 말했다.

에즈라는 부유한 미국 여성으로 예술 후원자인 나탈리 바니[2] 여사와 함께 벨 레스프리라고 하는 것을 만들었다. 바니 여사는 나보다 앞서 활동했던 레미 드 구르몽[3]의 친구로, 자신의 집에서 정기적으로 살롱을 열었는데 정원에는 조그만 그리스 신전이 있었다.[4] 그 시

---

* Bel Esprit, 영어에서는 단순한 재기(才氣)나 재치라는 뜻으로도 쓰이지만, 원래는 프랑스어로 '재주 많은 사람' '재기 발랄한 사람'이라는 뜻으로, '재기 발랄하게 보이려고 애쓰는 사람' '재주가 많다고 자만하는 사람' 등의 부정적인 의미로 쓰이며, 오늘날에는 거의 쓰지 않는 표현이다.

절엔 아주 부유한 미국인과 프랑스인 여성들이 살롱을 개최하곤 했다. 일찌감치 나는 그런 훌륭한 곳은 내가 가까이 하지 않아야 할 곳으로 제쳐놓고 있었는데, 아무튼 내가 알기로 바니 여사가 자신의 정원에 작은 그리스 신전이 있는 유일한 사람이었다.

에즈라가 나에게 보여준 벨 레스프리 안내 책자에는, 바니 여사가 실게 해준 작은 그리스 신전 사진이 있었다. 벨 레스프리의 취지는 엘리엇 선생이 은행에서 벗어나 시작 활동에만 전념할 수 있게 해줄 기금 마련을 위해, 우리가 얼마를 벌든 수입의 일부를 기부하는 것이었다. 내가 보기에도 좋은 생각 같았다. 에즈라는 엘리엇 선생을 은행에서 벗어날 수 있도록 도와준 후에도 우리가 계속 활동을 이어나가면, 모든 사람에게로 그 혜택이 돌아갈 수 있을 거라고 생각했다.

나는 에즈라가 열렬히 신봉하는 이론을 펼친 경제 이론가 더글러스 소령[5]과 엘리엇을 혼동하는 척하면서, 엘리엇을 자꾸 엘리엇 소령이라고 불러서 일을 약간 복잡하게 만들곤 했다. 하지만 에즈라는 내 마음이 진심이고 내가 그러는 데에 악의가 없다는 사실과 내가 '벨 레스프리'로 가득하다는 것을 이해하고 있었다. 비록 내가 엘리엇 소령을 은행에서 벗어나게 하려고 내 친구들에게 기금 마련을 위한 분위기를 조성할 때, 그중 한 친구가 어쨌든 다 좋은데 대체 소령이 은행에서 무슨 일을 하는지 묻거나, 만일 군 조직에서 밀려났다면 연금이나 적어도 약간의 퇴직금을 받지 않느냐고 해서 에즈라를 짜증나게 만들곤 했지만 말이다.

그럴 때면 나는 내 친구들에게, 그런 건 핵심에서 완전히 벗어나는 이야기라며 얼버무리곤 했다. "자네에게 '벨 레스프리'가 있든 없든 말이야. 만일 있다면 자넨 소령을 은행에서 벗어나게 하려고 기부를 하겠지. 없다면 뭐 어쩔 수 없지. 그런데 사람들이 작은 그리스 신전의 의미를 이해하지 못하고 있던가? 그래? 그럴 줄 알았어. 어쩔 수 없지 뭐. 이 친구야, 자네 돈 잘 지키게. 우린 건드리지 않을 테니."

벨 레스프리의 일원으로서 나는 아주 열심히 모금 활동을 했고, 그 무렵 나의 가장 행복한 꿈은 소령이 은행에서 성큼성큼 걸어 나와 자유의 몸이 되는 것을 보는 것이었다. 벨 레스프리가 어떻게 하다가 결국 흐지부지 무산되고 말았는지는 기억이 나지 않는데, 『황무지』의 출판과 관련이 있었던 것 같다. 그 책으로 소령은 다이얼상을 받았고, 그리고 얼마 지나지 않아 한 귀부인이 엘리엇을 위해 그가 창간한 『크라이티리언』이라는 문예지를 후원하면서, 에즈라와 내가 더이상 그에 대해 걱정할 일이 없게 되었기 때문이다.

그 작은 그리스 신전은 내가 아는 바로는 아직도 정원에 그대로 있는 것 같다. 벨 레스프리의 기금만으로 우리가 소령을 은행에서 벗어나게 할 수 없었다는 사실이 나에게는 늘 아쉬움으로 남아 있었다. 마음속으로 나는 혹시라도 그 작은 그리스 신전에 와서 살고 있을지도 모를 그의 모습을 그려보면서, 그렇다면 에즈라가 그에게 월계관을 씌워주러 잠시 들를 때 나도 함께 갈 수 있을지도 모른다고 상상했다. 나는 내가 자전거를 타고 갈 수 있는 곳 중 어디에 좋은 월계수가 있는지 알고 있어서 그가 외롭다고 느끼거나 전처럼 에즈라가 『황무지』 같은 그의 또 다른 장시의 원고나 교정쇄를 검토했을 때, 언제라도 그에게 월계관을 씌워줄 수 있을 거라고 생각했다.

아주 많은 경우가 그랬듯, 나에게는 모든 일이 도덕적으로 좋지 않은 결과를 가져왔다. 소령을 은행에서 벗어나게 하기 위한 용도로 할당해놓은 돈을 내가 앙겡에 가서 흥분제를 맞은 상태에서 경주하는 장애물 경주마에게 걸었던 것이다. 두 대회에서 내가 돈을 건 흥분제를 맞은 말이, 한 경기를 제외하고, 흥분제를 맞지 않았거나 충분하게 맞지 않은 말들보다 앞서 들어왔다. 그중 한 경기는 멋진 우리 말이 과도하게 흥분한 나머지 출발 신호가 떨어지기도 전에 기수를 내동댕이쳐버리고 달아나서, 가끔씩 꿈에서나 할 수 있는 놀라운 점프 기술을 선보이며 장애물 경주 코스를 단독으로 대단히 멋지게 완주했지만, 결국에는 기수에게 따라잡혀서 기수를 태우고 경주를 다시 시작해야 했던 경기였다. 어떤 말보다도 훌륭하게 두각을 드러냈던 경주였지만, 프랑스 경마에서 쓰는 표현대로 옮기자면 등외로 들어왔기 때문에 상금은 없었다.

경마에 걸었던 돈이 더 이상은 존재하지 않는 벨 레스프리로 갔더라면 나는 훨씬 더 기뻤을 것이다. 하지만 경마로 얻은 수익금으로 내가 원래 기부하려고 했던 금액보다 훨씬 더 많은 금액을 벨 레스프리에 기부할 수 있었을 거라고 생각하면서, 나는 나 자신을 위로했다. 어쨌든 그 돈이 아내와 내가 스페인에 가는 경비로 쓰였으니, 결국은 잘된 셈이었다.

1) Thomas Stearns Eliot, 1888~1965, 영국의 시인, 비평가, 극작가. 미국에 서 태어나 하버드대학교 및 소르본, 옥스퍼드대학교에서 문학과 철학을 공 부했으며, 1948년에 노벨문학상을 수상했다. 1922년 『크라이티리언』(*The Criterion*)을 창간했고, 창간호에 유명한 『황무지』를 발표하게 된 데에는 에 즈라 파운드의 도움이 가장 컸다. 『황무지』의 원본 원고는 출판된 분량의 두 배였다.

2) Natalie Clifford Barney, 1876~1972, 미국의 시인, 극작가. 화가인 앨리스 파이크 바니(Alice Pike Barney, 1857~1931)의 딸로 동성애자임을 공개적 으로 밝혔고, 시인 르네 비비엥 등과의 연애 편력이 화려했다. 60년간 파리 에서 거주하면서 문학 살롱을 열어 '길 잃은 세대'의 미국, 영국, 프랑스 작 가와 예술가들을 한데 모으는 데 큰 역할을 했다.

3) Remy de Gourmont, 1858~1915, 프랑스의 소설가, 평론가, 시인. 1891년 『메르퀴르 드 프랑스』(*Mercure de France*)에 평론을 발표하면서 폭넓은 학식 과 섬세한 분석력을 높이 평가받았다. 우리나라에는 그의 대표적인 상징시 「낙엽」이 알려져 있다.

4) 파리 6구 자콥가 20번지의 아파트와 이어진 2층 건물의 정원이 있는 뒤 베란 다를 돌아가면, 우정의 신전(Le Temple de l'Amitié)이라 불리는 그리스 신전 이 있었다. 프랑스의 희극 여배우 아드리엔 르쿠브뢰르(Adrienne Lecouvreur, 1692~1730)를 위해 삭스 대원수(Maurice de Saxe, 1696~1750)가 세운 것 이었다.

5) Major Clifford Hugh Douglas, 1879~1952, 영국의 공학자. 『신용 권력과 민 주주의』(*Credit Power and Democracy*, 1921)와 『사회 신용론』(*Social Credit*,

1924)에서 잘못 설계된 자본주의에 의한 노동 착취나 억압으로는 지속가능한 시장 경제를 영위하기 어렵다고 보고, 화폐 발행에 따른 이익을 국민에게 기본소득으로 배당해야 한다고 주장하면서 화폐 발행의 기초가 사회적 신용이라는 '사회 신용론'을 주창했다. 제1차 세계대전 중 영국 육군항공대 소령이었다.

일인칭 시점의 글쓰기에 대하여

1인칭 시점으로 소설을 쓰기 시작할 때 누구라도 진짜라고 믿을 정도로 이야기를 정말 실감 나게 쓰면, 글을 읽는 거의 대부분의 사람들은 그 이야기가 작가에게 실제로 일어난 일이라고 생각한다. 그런 생각이 드는 것이 당연한 이유는, 이야기를 만들어가는 동안 작가는 글 속에서 이야기를 하고 있는 화자에게 그 일이 일어나도록 상황을 몰고 갈 수밖에 없기 때문이다. 그 작업을 완벽하게 잘해낸다면, 이야기를 읽는 사람들은 그 일이 자신에게도 일어난 일이라고 믿게 된다. 여기까지 할 수 있다면, 자신이 하는 이야기를 독자의 경험 일부나 기억의 일부가 될 무언가로 만들려는 작가의 소기의 목적은 이루어지기 시작한 것이다. 하지만 그러기 위해서는 독자가 단편이나 장편소설을 읽을 때, 자신도 모르는 사이에 자신의 기억과 경험 속으로 비집고 들어와 자신의 삶의 일부가 되어 있어도 눈치채지 못하는 그 무엇이 있어야 하는데, 그것이 쉽지가 않다.

쉽지는 않아도, 거의 언제나 가능한 일이 있다. 그건 문학평론 중 '사립탐정'파에 속하는 평론가들이, 1인칭 시점의 소설을 쓴 작가가 이야기 속의 화자에게 일어난 모든 일을 경험했다고 하는 건 개연성이 없다는 것을 증명해 보이거나 아니면, 작가가 그중 어느 것 하나도 경험하지 못했을 수도 있다는 가능성을 증명해 보이는 것이다. 하지만 그러한 증명이 얼마나 대단히 중요한 일인지, 그 작가가 상상력이나 창조력이 결여되어 있지 않다는 사실 외에 무엇을 증명할 수 있는지는, 나로서는 결코 모를 일이다.

파리에서 글을 쓰던 초창기 시절 나는 나 자신의 경험뿐만이 아니라, 내 친구들과 내가 태어나서 무언가를 기억할 수 있게 된 때부터 알고 있거나 만난 적이 있는 작가가 아닌 모든 사람들의 경험과 지식을 바탕으로 이야기를 지어내곤 했다. 나와 가장 친한 친구들이 작가가 아니라는 사실과 내가 논리 정연하고 똑똑한 사람들을 많이 알고 있다는 사실이, 늘 나에겐 얼마나 큰 행운이었는지 모른다. 이탈리아에서 참전했을 때 나는 그곳에서 내 눈으로 직접 보았거나 내가 직접 겪었던 한 가지의 일로, 초반부터 참전해서 전쟁의 모든 국면을 다 지켜본 다른 사람들이 경험한 수백 가지의 일을 알 수 있었다. 나의 사소한 경험이 그들이 하는 이야기가 사실인지 아닌지를 판단할 수 있는 시금석이 되어주고, 내가 당한 부상이 그들의 마음을 여는 암호가 되어주었던 것이다.

전쟁이 끝난 후 나는 시카고의 19구와 그 외 서부쪽 리틀이탈리아 지역에서, 밀라노 병원에 있는 동안 사귀었던 한 이탈리아 친구와 많은 시간을 함께 보냈다. 당시 젊은 장교였던 그는 수차례에 걸쳐 심한 부상을 입은 친구였다. 내 기억으로는 시애틀인가에서 가족을 만나러 이탈리아에 갔다가, 그곳에 전쟁이 발발하면서 자원입대했다고 했다. 우리는 무척 친하게 지냈고 그는 정말 훌륭한 이야기꾼이었다.

이탈리아에서도 나는 영국군과 영국군 의무대 구급 차량 대원들을 많이 알고 지냈다. 이후 내가 만들어낸 많은 이야기가 그들에게 전해 들었던 일화에서 나온 것이었다. 그때 만나 몇 년 동안 나와 대단히 친하게 지냈던 한 친구가 있었다. 영국의 젊은 직업 군인으로, 1914년 샌드허스트를 졸업한 후 몽스 전투에 출정해 1918년 전쟁이 끝날 때까지 장교로 군복무를 했던, 바로 칭크였다.

남모를 즐거움

신문사 일을 하면서 업무차 유럽 각지를 돌아다녀야 했을 때는, 남 보기에 부끄럽지 않은 양복 한 벌과 점잖은 구두 한 켤레는 있어야 했고 이발소에도 꼬박꼬박 다녀야 했다. 그런데 내가 글을 쓰려고 하면서부터는 그런 모든 것이 부담스러운 골칫거리가 되어버렸다. 그렇게 양복을 차려입고 구두를 신고 이발을 하면서, 내가 사는 좌안을 떠나 우안에 사는 친구들을 만나러 가고 경마대회에도 가고 내 형편에 맞지도 않고 심지어는 나를 곤란하게도 만드는, 온갖 재미있는 일들을 즐길 수 있었기 때문이다.* 내가 우안으로 건너가서 형편에 맞지도 않는, 가장 미미하게는 속 쓰린 후회만 남겨 놓을 뿐인 온갖 즐거운 일에 끼어들지 않을 가장 좋은 방법이란, 바로 이발을 하지 않는 것임을 나는 아주 빨리 깨달았다. 아주 멋져 보였던 에즈라의 일

---

* 파리는 센강을 기준으로, 학문의 전당인 소르본대학교가 있는 젊고 급진적이고 자유주의적 성향의 좌안(rive gauche)과 중세 시대부터 왕궁과 귀족들이 거주하던 곳으로 보수적이고 안정적 성향의 우안(rive droite)으로 나뉜다. 우안의 불로뉴 숲 앞뒤로 롱샹과 오퇴이유 경마장이 있는 16구의 오퇴이유와 파시는 파리의 대표적인 부촌이다.

본 귀족 화가 친구들 같은 머리 모양을 하고 우안으로 건너갈 수는 없을 것이었기 때문이다. 그건 나를 좌안에서 벗어나지 않게 묶어 놓아, 계속 글에만 집중할 수 있게 해줄 더할 나위 없이 훌륭한 방법일 것 같았다.

그때까지 나는 머리카락이 사자 갈기처럼 그렇게 길고 덥수룩하게 자랄 정도로 오랫동안 특파원 일이 없었던 적은 한 번도 없었다. 하지만 두 달이면 남북전쟁에서 살아남은 패잔병 같은 몰골을 하고 있을 것이고, 석 달이 지나면 에즈라의 멋진 일본인 친구들 같은 스타일을 시도해볼 만하게 될 것이다. 그런 나를 보면 우안의 친구들은 어이없어 할 것이다. 내가 욕을 먹게 되는 머리 길이가 과연 정확히 어디서부터일지 감을 못 잡고 있다가 넉 달 남짓 되자 나는 내가 짐작했던 것보다 더 심한 욕을 먹는 존재가 되어 있었다. 내가 그렇게 욕을 먹고 다니면서도 재미있어하는 걸 보다 보니, 아내도 나와 함께 욕먹고 다니면서 재미있어했다.

당시 알고 지내던 외국인 특파원들이 빈민가로 알려진 지대를 구경하면서 돌아다니다가 한 번씩 나와 마주칠 때가 있었다. 그중 한 친구가 나를 길 한쪽으로 데려가더니 생각해주는 듯한 표정으로 진지하게 말했다.

"헴, 자네 이렇게 되는대로 막살면 안 돼. 물론 내가 상관할 바는 아니지마는. 아무리 그래도 이런 데 사는 사람들처럼 이런 식으로 살면 안 되지 않겠나. 제발 부탁이니 좀 잘 추스르고, 머리라도 어떻게 좀 자르고 다니게."

그러다가도 신문사에서 회의가 있다든가 독일이나 근동으로 가라는 지시가 떨어지면, 나는 결국 머리를 자르고 단벌 신사 양복에 멋진 영국제 구두를 꺼내 신어야 했다. 그러면 아니나 다를까, 이내 일전에 나를 추스르게 해준 친구와 만나게 되고, 그러면 그는 바로 이렇게 말하곤 했다.

"어이 친구, 좋아 보이는데. 보아하니 그 말도 안 되는 보헤미안 습성은 버린 것 같군. 그래, 오늘 저녁엔 뭐할 건가? 아주 좋은 데가 있는데. 탁심 레스토랑 건너편이야, 정말 끝내준다니까."

사람들은 언제나 상대를 생각해서 그 사람의 생활에 참견하는데, 마침내 나는 그들이 원하는 것이 무엇인지 알아냈다. 그건 바로 남들과 전적으로 똑같이 행동하고, 일반적으로 인정된 어떤 피상적인 기준과 조금이라도 다르면 안 되며, 그러다가 정기총회에 참석한 외판원들처럼 세상에 있는 온갖 멍청하고 재미없는 방식을 다 동원해 사라져주는 것이었다.

욕먹는 일이 우리한테는 얼마나 즐겁고 재미있는 일인지 그들은 손톱만큼도 알지 못했고, 앞으로도 알지 못할 것이며, 알 수도 없을 것이다. 우리만 아는 즐거움은, 세상의 모든 행복을 의미하기도 하고 세상의 종말을 의미할 수도 있는 사랑에 빠진 즐거움과도 맞먹는 것으로, 간단한 수학 공식만큼 단순하고 마음이 평온해지면서도 알쏭달쏭하고 복잡하기도 했다.

그러한 행복은 남들이 섣불리 손대서는 안 되는 행복인데도, 내가 아는 거의 모든 사람들은 어떻게든 바로잡아주려고 애를 썼다. 그러나 설령 굶어 죽는 한이 있어도 더 이상은 신문사 일을 하지 않기로 작정하고 캐나다에서 돌아온 이상, 우리는 미개인처럼 살면서 우리 부족만의 규칙과 관습을 준수하고 우리 부족만의 기준과 금기사항을 따르고, 우리 부족만 아는 비밀과 사는 재미를 만끽하면서 지냈다.*

이제 파리에 왔으니, 우리는 자유인이었고 나는 더 이상 출장을 다니지 않아도 됐다.

"그런데 나 말이야, 앞으론 머리를 자르지 않을까 하는데." 클로저리 데 릴라의 따뜻한 실내 테이블에 앉아 얘기를 나누던 중에 내가 말했다.

"당신이 자르고 싶지 않으면 자르지 않는 거죠, 테이티."

"사실은 토론토를 떠나오기 전부터 이미 기르고 있었거든."

"정말요, 대단하네요. 그러면 한 달이 지난 거잖아요."

---

* 완성되지 않은 헤밍웨이의 유고에는 다음의 내용이 줄이 그어져 지워져 있었다. "우리는 두 가지 일을 겪으면서 서로 한마음으로 똘똘 뭉쳐 있었다. 첫 번째는 두 편의 단편과 몇 편의 시를 제외하고, 내가 4년에 걸쳐 써놓았던 모든 원고를 잃어버린 일이었다. 나는 『토론토 스타』와 '디 인터내셔널' '유니버설' 두 통신사 일로 로잔 회의에 참석해 취재를 하던 중이었다. 크리스마스 전에 나를 대신해서 통신사 업무를 봐줄 사람을 구해놓은 나는, 해들리에게 연휴 기간 동안 함께 스키를 타도록 내려오라고 편지를 보냈다. 회의는 무척 흥미로웠다. 나는 24시간 보도 체제에 맞춰 두 군데 통신사에 두 사람의 이름으로 기명 기사를 쓰면서, 아주 열심히 일하고 있었다. 하나는 내 이름이었고, 또 하나는 존 해들리였는데 내가 만든 가상의 인물이었다. 연령대는 중년으로, 유럽 정치에 관한 확실한 권위자 정도로 해두었다. 나는 그날의 마지막 특전은 새벽 세 시 조금 전에 전송하고, 다음 날의 첫 특전은 자러 가면서 호텔 프런트 직원에게 맡겨두곤 했다.
해들리가 탄 기차가 도착하기로 되어 있던 날 아침, 역으로 아내를 마중 나가려고 내려갔더니 프런트 직원이 나에게 전보 하나를 전해주었다. 아내는 다음 기차를 타고 오고 있다는 것이었다."

"6주가 지난 거지."

"우리 축하하는 의미로 샹베리 카시스 한잔 어때요?"

주문을 한 후 내가 말했다. "내가 머리가 길어도 예전처럼 좋아해 줄 거야?"

"그럼요. 그동안 끔찍했던 그 모든 것으로부터 벗어나는 거잖아요. 근데 어떤 스타일로 기르려고요?"

"당신 에즈라 집에서 봤던 일본인 화가 세 사람, 기억하지?"

"아, 기억나요, 테이티. 그 사람들 정말 멋있었어요, 하지만 그 정도로 기르려면 시간이 엄청 오래 걸릴 텐데."

"그런 머리가 내가 항상 하고 싶었던 머리거든."

"한번 해볼 수는 있죠, 머리카락은 무지 빨리 자라니까."

"내일 당장 그렇게 되면 좋겠군."

"아무러면, 그런 게 어디 있어요, 테이티. 그냥 머리가 길도록 기다리는 수밖에. 알잖아요, 꽤 오래 걸릴 거예요. 어떡하겠어요, 원래 그런걸요."*

"거참."

* 여기서도 다음의 원고가 지워져 있었다. "겨울에 오스트리아에서 지낼 때 우리는 서로의 머리를 잘라주었고, 둘 다 머리 길이가 똑같아질 때까지 기르고 다녔다. 한 단발머리는 검고, 다른 단발머리는 붉은빛이 도는 짙은 황금색이었다. 밤이면 어둠 속에서 숱 많은 검은 머리가, 또는 풍성한 비단결처럼 붉은빛 도는 황금색 머리가, 춥고 캄캄한 어둠 속에서 따뜻한 침대의 온기에 몸을 파묻은 채, 다른 단발머리의 입술을 스치면서 한 단발머리가 다른 단발머리를 흔들어 깨우곤 했다. 달빛이 환할 때면 서로의 입김이 보이기도 했다."

"어디 한번 만져볼게요."

"여기서?"

"아주 잘 기르고 있네요. 그냥 진득하게 참고 기다리는 거죠."

"알았어. 잊어버리고 있지 뭐."

"어쩌면 말이에요, 머리카락에 대해 생각하지 않으면 더 빨리 길지도 몰라요. 그나마 당신이 그렇게 일찌감치 기를 생각을 했다는 게 너무 다행인데요, 난."

"그건 맞아."

우리는 서로를 바라보며 웃었다. 그러자 아내가 무슨 비밀 이야기라도 하는 것처럼 속삭이듯 말했다.

"테이티, 나, 갑자기 뭔가 재미있는 게 생각났어요."

"뭔데."

"말을 해야 할지 모르겠네."

"말해봐 얼른, 그러지 말고."

"당신 머리가 혹시 내 머리와 똑같아질 수도 있지 않을까 생각했거든요."

"하지만 당신도 계속 기르는 중이잖아."

"아니에요. 내일 가서 끝에 층진 부분은 그냥 잘라버리려고요. 그런 다음 당신 머리가 길 때까지 기다리는 거죠. 우리 같이 그러는 게 좋지 않을까요?"

"그런가."

"그렇게 기다리다 보면 우리 머리 모양이 같아질 거예요."

"그럴 때까지 얼마나 걸리는데?"

"완전히 똑같아지려면, 한 넉 달 정도."

"정말?"

"정말요."

"앞으로 넉 달이나 더 걸린다고?"

"그럴 거예요."

머리를 맞대고 앉은 우리는, 아내가 뭐라고 살며시 속삭이면 나도 그렇게 살며시 속삭이며 대답하고 있었다.

"다른 사람들이 보면 우리가 미쳤다고 생각하겠는데."

"그러는 사람들이 불쌍하고 딱한 거죠." 아내가 말했다. "테이티, 너무 재미있을 것 같지 않아요?"

"그런데 당신 정말 내 머리가 길어도 좋아해줄 거야?"

"그럼요, 맘에 들 거예요." 아내가 말했다. "그보다 우린 정말로 끈기 있게 잘 참아야 할 거예요. 사람들이 정원을 가꾸는 것처럼, 끈기 있게요."

"참아야지. 아니 어떻게든 참을게."

"다른 사람들도 이처럼 단순한 일에 우리처럼 이렇게 재미있어할까요?"

"어쩌면 그게, 그렇게 단순하지 않을지도 몰라."

"글쎄, 그럴까요. 가만 놔두면 기는 건데 그보다 더 단순한 게 어딨어요."

"복잡하든 단순하든 상관없지. 난 그냥 기르는 게 좋으니까."

"나도 그래요. 이렇게 서로 잘 맞다니, 우린 정말 너무 운이 좋은 거 아니에요? 아 정말, 내가 도와줄 수 있으면 좋겠는데, 어떻게 해야 머리가 빨리 자랄 수 있을지 방법을 모르겠네."

"당신 머리와 똑같은 길이로 우리가 서로의 머리를 잘라줄 수 있을까? 그렇게 해서 기르기 시작하면 될 것 같은데."

"당신이 그러고 싶다면 내가 잘라줄게요. 이발소에 가는 것보다 더 간단하겠네요. 하지만 테이티, 나머지 층이 많이 진 부분이 봐 봐요, 여기까지 내려오려면 더 오래 길러야 할 거예요. 앞에서부터 뒤로 죽 내려올 때까지 길어야 하니까. 그래서 시간이 그렇게 오래 걸린다는 말이에요."

"젠장, 그렇게나 오래 걸린다고."

"할 수 있는 게 있는지 생각해볼게요. 그래도 6주는 길렀고, 지금 우리가 이렇게 카페에 있는 동안에도 기르고 있잖아요. 분명 오늘 밤에도 길 거고."

"그건 분명 그렇지."

"뭐가 있나 생각해볼게요."

다음 날 미용실에 다녀온 아내의 머리카락은 귀밑에서 댕강 잘려, 뺨 아래 선까지 와서 목을 완전히 드러내며 찰랑거리고 있었다. 아내가 뒤로 돌자 뒷머리는 아내의 스웨터 목 윗부분에서 3센티미터 정도 올라가 있었다. 막 감고 말린 아내의 머리카락은 빛바랜 황금빛이었다.

"여기 뒷머리 한번 만져봐요." 아내가 말했다.

내가 한 팔로 아내를 감싸자 스웨터를 통해 서로의 심장이 뛰는 것이 전해져왔다. 오른손을 들어 아내의 부드러운 목덜미를 쓰다듬으니 풍성한 머리카락이 내 손가락 밑에서 찰랑거리고 있었다.

"그냥 아무렇게나 막 흔들어봐요." 아내가 말했다.

"있어봐." 내가 말했다.

그러자 아내가 말했다. "이젠 그냥 손으로 쓱쓱 쓸어봐요, 느낌이 어떤가."

손으로 보드랍고 매끈매끈한 머리카락의 묵직함을 느끼면서 목 뒤에서 뭉툭하게 잘린 머리카락을 쓰다듬다가, 내가 살며시 뭐라고 속삭이자 아내가 말했다. "나중에요."

"있잖아." 내가 말했다. "당신."

얼마 후, 다른 이야기를 하다가 아내가 말했다. "곰곰이 생각하다가 방법이 하나 떠올라서 하고 왔는데요. 테이티, 나 머리, 정확히 2.5센티미터 잘랐는데, 모르겠어요? 자른 것처럼 안 보여요? 이제 당신은 무려 2.5센티미터가 길어진 거예요. 거의 한 달은 번 셈이죠."

나는 아무 말도 할 수가 없었다.

"그리고 일주일 지나면 2.5센티미터를 한 번 더 자를 거예요. 그렇게 해도 머리 모양은 당신이 좋아하는 스타일에서 달라지지 않을 거예요. 내 머리가 짧아진 것도 못 알아차린 거죠?"

"응. 아주 멋져."

"내가 얼마나 머리가 좋은지 알겠죠? 그렇게 되면 당신은 두 달을 버는 거예요. 당장 오늘 오후에 가서 자를 수도 있지만, 다음 머리 감으러 갈 때까지 기다리는 게 나을 것 같아서요."*

"지금 이대로도 멋진데."

---

* 프랑스나 유럽 미용실에서는 머리 감겨주는 비용을 따로 받는데, 샤워 시설이 잘 갖춰진 요즘에도 특히 나이 많은 사람들은 머리를 감으러 미용실에 가기도 한다. 샤워기 헤드에 낀 석회를 수시로 닦아주어야 할 정도로, 파리 수돗물에는 석회가 많아 머리가 뻣뻣하고 건조해져 연수기가 있는 미용실에 가는 이유도 있다.

"자, 이제 내가 당신 머리를 일자로 반듯하게 잘라줄게요."

"꼭 그래야 할까?"

"물론이죠, 테이티. 우리 그렇게 얘기한 거 아니었어요?"

"약간 우습게 보일지도 모르는데, 어찌 보면 말이야."

"안 그래요, 우리끼린데 뭘요. 아무튼 누가 본다고 그래요?"

"아무도 없지 뭐."

내가 목에 수건을 두르고 식탁 의자 하나에 걸터앉자, 아내는 자신의 머리와 똑같은 길이로 내 뒷머리를 스웨터 목 윗부분에서 일자로 반듯하게 잘랐다. 그리고 귀 위로 난 머리카락은 모두 뒤로 바짝 빗어 넘기고, 다시 눈 옆에서 위쪽 귓바퀴에 난 옆머리도 가지런히 자르고 나서 말했다. "내가 잘못 생각했어요, 테이티. 넉 달 정도 걸릴 거라고 했는데, 더 걸릴 것 같아요."

"정말이야? 토론토에서 마지막으로 이발하기 한 달도 더 전에도, 옆머리하고 윗머리는 손도 못 대게 했는데. 6주 전에도 뒷머리만 잘랐단 말이야."

"어떻게 당신은 그걸 다 기억할 수 있어요?"

"캐나다를 떠나게 될 거라는 확신이 들자마자였으니까. 그때 일들은 당신도 기억하잖아, 감옥에서 도망쳐 나오는 기분이었지."

"그때라면 그리 늦지 않은 가을이었네요.* 자 됐어요, 테이티. 내가

---

* 1922년 12월 헤들리가 그의 모든 원고가 든 가방을 잃어버린 사실에 충격을 받고 해외통신원으로 출장 다니는 일에도 지칠 대로 지친 헤밍웨이는, 이듬해인 1923년 9월 토론토로 돌아갔다. 헤밍웨이를 오만하다고 생각한 『데일리 스타』새 편집장 해리 하인드마쉬는 그를 하루에 18시간씩 일을

방금 이쪽 머리를 가지런히 잘랐는데, 그래야 이쪽 머리가 층 없이 길어서 흘러내리게 되니까. 여기 내 머리처럼 이렇게요." 아내는 자신의 머리를 귀 뒤로 쓸어 올리더니 앞으로 내려뜨렸다. "여기 이쪽 머리부터 길러야 하거든요. 당신 그쪽 머리는 벌써 제법 길었는데, 한 달 있으면 귀를 덮어서 어쩔 수 없이 머리카락을 귀 뒤로 넘겨야 할 거예요. 당신 왜, 걱정돼요?"

"그런가."

"나도 약간 그렇긴 한데. 그래도 우리 계속 기를 거죠?" 아내가 말했다.

"물론이지."

"당신이 좋다면 나도 좋아요."

"우리 정말로 하고 싶어서 하는 거 맞지?"

"그렇죠?"

"그렇지."

"그럼 우리, 기르는 거예요."

"정말이지?" 내가 말했다.

"그럼요."

시키면서 혹사시켰고, 하루가 멀다 하고 지방 출장을 보내 범비의 탄생도 지켜보지 못하게 했다. 토론토에 오자마자 파리를 떠나온 것을 후회한 헤밍웨이는 하인드마쉬의 끝도 없는 요구에 지치고, 청교도인들에 둘러싸인 토론토 생활에 진저리쳤다. 파리가 그립고 기자의 삶을 살기보다 작가의 삶으로 돌아가고 싶었던 그는, 크리스마스 보너스를 받기 위해 12월 27일까지 기다렸다가 사직서를 내고, 1924년 1월 초 파리로 돌아왔다.

"그러면 누가 뭐래도 달라질 건 없는 거지?"

"아무것도."

"그러면 우린 어제부터 시작한 거야."

"당신은 토론토에서부터 시작한 거죠."

"아니지. 이번엔 다르지."

"우리 그냥 기르기로 하고 아무 걱정하지 말고 즐겁게 지내요. 자, 이제 정말로 시작이 됐는데 어때요, 진짜로 해보니까 좋아요?"

"당신 참 대견해, 이런 생각을 다 하는 걸 보면 말야."

"이제 우리한텐 비밀이 또 하나 생겼네요. 아무 말도 하지 않기예요, 그 누구한테도."

"절대. 그런데 얼마 동안 그래야 할까?"

"한 일 년?"

"안 돼, 육 개월."

"지켜보자고요."

지금 이야기는 매년 겨울이 되면 우리가 오스트리아에 가던 어느 해의 이야기다. 그곳 슈룬스에서는 내가 무슨 옷을 어떻게 입고 다니든 머리를 어떻게 하고 다니든 아무도 신경 쓰지 않았다. 다만 우리가 파리에서 온 사람들이니, 우리가 하고 다니는 스타일이 분명 그쪽에서 유행하는 스타일일 거라고 생각하는 사람들은 더러 있었다. 한때 유행했던 스타일이면 다시 유행할 수도 있었을 것이다.

나폴레옹 3세 스타일로 양 끝을 아주 길게 뽑아 꼬아 올린 황제 수염을 기른 호텔 주인 넬스 씨는, 예전에 프랑스의 로렌 지방에 살았는데 남자들이 모두 다 머리를 길게 길러서, 머리를 아주 바싹 짧게 깎은 사람들은 프로이센 사람들밖에 없던 때가 있었다고 말했다. 그러면서 파리에서 이 스타일이 다시 유행하는 걸 보니 아주 기쁘다고 했다. 내가 갔던 이발소의 이발사는 유달리 유행에 민감하고 이것저것 따지는 게 많은 까다로운 사람이었는데, 내 머리에 지대한 관심을 보였다. 이탈리아 삽화 신문에서 본 적이 있는 헤어스타일이라면서, 아무나 할 수 있는 스타일은 아니지만 유행이 다시 돌아온 걸 보니 반갑다고 했다. 그는 나의 헤어스타일을 수년에 걸친 전쟁에 대한 강한 저항의 표명으로 생각했다. 졸지에 내 머리가 아주 건전하고 바람직한 유행이 되어버린 것이다.

얼마 후 그가 마을에 사는 다른 젊은이들 중에, 아직은 그리 멋지게 보이지는 않지만 나와 같은 스타일로 머리를 기르고 있는 친구들이 몇 명 있다고 말했다. 혹시 내 머리는 얼마나 길렀던 건지 물어보지 않을까 해서 내가 말했다.

"석 달 정도 됐습니다."

"그럼 우리 손님들은 더 참고 기다리셔야겠네요. 다들 하나같이 자고 일어나면 머리가 길어져서 귀밑으로 흘러내길 바라고 있답니다."

"인내심이 필요하지요." 내가 말했다.

"그럼 우리 손님 머리는 언제 유행하는 길이로 되실까요?"

"한 여섯 달쯤 지나야겠죠, 정확히는 모르겠군요."

"우리 가게에 허브로 만든 헤어 제품이 있는데, 완전 대박이 났었답니다. 기가 막힌 발모 촉진제거든요. 어떻게 그걸로 한번 마사지해 보시겠어요?"

"냄새는 어떻습니까?"

"허브향만 난답니다. 아주 상쾌하죠."

그래서 나는 허브향만 아주 강한 헤어 토닉을 사오는 길에, 포도주

방에 들렀다가 다른 와인 통보다 숙성이 덜 되어 거친 풍미가 강한 와인통*에서 그것과 똑같은 냄새가 난다는 사실을 깨달았다.

"그러니까 그 친구가 자네한테도 그걸 팔았단 말이지." 한스가 말했다.

"그런 거지. 어때, 효과는 좀 있어?"

"그 친구 말로는 그렇지. 자네도 한 병 산 건가?"

"응."

"우린 둘 다 바보 멍청이들이야." 한스가 말했다. "우리가 어렸을 때 하고 다니던 머리를 하겠다고 머리카락을 자라게 하는 데 돈을 쓰다니. 그런데 말이야, 정말로 그 머리가 파리에서 유행하는 머리야?

"아니."

"다행이군. 그럼 자넨 머리를 왜 그렇게 하고 있는 거야?"

"그냥, 재미로."

"좋아. 그럼 나도 재미 삼아 해봐야겠네. 그런데 우리, 이발사 친구한테는 이야기하지 않는 걸로."

"그래야지, 다른 사람들한테도."

"그렇지. 근데 부인은 자네 머리를 마음에 들어 하던가?"

"물론이지."

"내 애인도 마음에 든다고 하더라고."

"자네 애인이 나처럼 기르라고 한 거야?"

---

* 여기서 헤밍웨이는 'wine steube'라고 썼는데, 의미상으로 추측하면 '방, 가게'를 뜻하는 'stube'를 '통'으로 이해한 것 같으며 'steube'는 'stube'의 오기인 듯하다.

"그건 아니고. 둘이서 그런 이야기를 했었다는 거지."

"그런데 말야, 시간이 오래 걸려."

"우리 둘 다 한번 진득하게 참아보자고."

그렇게 해서 그해 겨울, 우리한테는 즐거운 일이 하나 더 생기게 되었다.

이상한 복싱 클럽

래리 게인즈[1]는 캐나다에서 파리로 온 아마추어 복싱 챔피언으로, 키가 크고 상처 하나 없이 말끔한 얼굴에 예의가 바르고 온몸이 근육으로 뒤덮인 헤비급 흑인 복서였다. 파리에서는 이러저러한 소개를 통해 아나스타지[2]라는 매니저가 래리를 관리하게 되었다. 그는 프로 권투선수들을 육성하는 도장을 운영하는 사람이었다. 그런데 그 매니저가 즉석에서 그를 캐나다의 헤비급 챔피언으로 홍보해버린 것이다. 당시 진짜 캐나다 헤비급 챔피언은 잭 르노라는 베테랑 프로 복서였다. 그는 양손잡이로 상대의 동작 하나하나를 다 파악하고 강하게 직격타를 날리는 선수였는데, 래리 게인즈가 그와 같은 링에 오른다면 똑바로 서 있을 수도 없었을 것이다.

아내와 나는 파리를 떠나 여행을 갔다가 카르디날 르무안가 꼭대기에 있던 '발 뮈제트' 위의 아파트로 돌아오는 길이었다. 혹시 수표라도 들어 있지 않을까 우편물을 하나하나 뜯어보던 나는 루 마쉬에게서 온 편지 한 통을 발견했다. 그는 『토론토 스타』의 스포츠란 편집장이었는데, 편지에는 래리를 돌봐달라는 그의 부탁과 함께 래리의 주소가 적힌 메모가 동봉되어 있었다. 프랑스 조간 스포츠 신문 『로토』에는 캐나다의 헤비급 챔피언 래리 게인즈가 프랑스를 무대로 데뷔전에 나선다는 기사가 실려 있었다. 데뷔전은 오는 토요일 아나스 타지 권투 도장에서 열린다고 했다. 그곳은 파리에서 두 번째로 가파른 메닐몽탕 언덕 위의 펠포르가에 있었다. 포르트 드 라 빌레트 쪽을 바라보고 도축장* 일대 한가운데 서 있다고 하면, 뷔트 쇼몽 공원 아래를 지나 오른쪽 길을 따라가면 나오는 곳이었다. 쉽게는 메닐몽탕 저수지 바로 앞에 있는 포르트 데 릴라 방면 지하철 종점 바로 전역이라고 하면 대강 짐작할 수 있을 것이다.** 그곳은 아주 거친 패거리들이 사는 구역으로, 교통은 편리했지만 벨빌을 포함해 파리에서도 가장 무법천지에 속하는 세 곳 중 한 곳으로 손꼽히는 곳이었다. 고인 중에 복싱 팬이라도 있었는지 궁금한 생각이 들 정도로 페르라셰즈 묘지와도 아주 가까웠다.***

나는 래리에게 속달우편을 보냈고, 우리는 이탈리엥 대로변에 있는 카페 나폴리탱[3]에서 만났다. 래리는 정말 착한 친구였다. 상처 없이 말끔한 얼굴과 전체적으로 체격이 좋고 예의가 바르다는 점 외에,

---

* 파리 19구에 있는 라 빌레트 공원은 원래 1867년에 세워져 1973년 도시 재개발 계획이 발표되기 전까지 대규모 도축장이었던 곳이다.
** 포르트 데 릴라 지하철역은 현재는 독립지선인 3-2호선(1971년 개통)이지만 당시는 3호선(1921년 개통)에서 연장된 선으로 3호선의 종점이었다. 아나스타지 도장은 1922~33년 루이 아나스타지가 세운 '컨티넨탈 스포팅 클럽'이라는 이름의 식당 겸 체육관 겸 대중 댄스홀로 펠포르가 136-2번지에 있었으며, 여름에는 야외에서 영화를 상영하기도 했다.
*** 아나스타지 도장 옆길 텔레그라프가에는 벨빌 묘지가 있다. 도장에서 벨빌 묘지까지는 걸어서 5분이지만, 페르라셰즈 묘지까지는 20분 정도 걸리는 거리에 있다.

그와 함께 테이블에 앉은 내 눈에 처음으로 들어온 것은 이상하리만치 기다랗게 생긴 그의 손이었다. 나는 그보다 더 기다란 손을 가진 복서를 본 적이 없었다. 일반 권투 글러브는 그의 손에 맞을 것 같지가 않았다. 그는 프랑스로 오기 전 영국에 들러 무제한급 타이틀전에 참가해서 프랭크 무디라는 미들급 선수와 시합을 했다고 말했다.

"그 친구가 이겼어요. 어니스트 씨." 그가 말했다. "글러브가 제 손에 너무 짧아서요. 손이 너무 조여 어떻게 할 수가 없었어요."

당시 프랭크 무디는 상당히 뛰어난 선수였다. 래리가 연습하는 모습을 지켜보던 나는 설령 글러브가 그의 손에 잘 맞았다 하더라도 프랭크 무디가 그를 이길 수밖에 없었을 몇 가지 이유를 알 수 있었다. 우리는 지하철을 타고 펠포르가로 이어지는 가파른 언덕길을 올라갔다. 담으로 빙 둘러싸인 나무가 우거진 공터 안에 아나스타지 권투 도장이 있었다. 그곳은 댄스홀과 식당이 함께 있는 일종의 댄스홀 레스토랑이었는데, 레스토랑 위층에도 공간이 몇 개 있었다. 공터 나무 그늘 아래에 링이 설치되어 있어, 날씨가 좋은 날이면 선수들은 그곳으로 나와 연습경기를 했다. 댄스홀에는 무거운 샌드백 하나와 가벼운 샌드백이 하나, 바닥에는 매트가 깔려 있었고 날씨가 좋지 않을 때는 그곳에도 링을 설치할 수 있었다.

늦은 봄에서 여름, 초가을까지 토요일 밤이면 줄줄이 번호가 매겨진 의자들에 둘러싸인 야외 링에서 시합이 벌어지곤 했다. 시합을 보기에 앞서 손님들은 식당과 댄스홀에 마련된 테이블에서 식사부터 했는데, 그 동네에 사는 경우가 아니면 모두 도장에서 숙식을 했던 선수들이 웨이터가 되어 서빙을 했다. 좌석 번호표는 입구에서 사서 들어왔고 그냥 입장권만 살 수도 있었다. 입장권으로는 그라운드로 들어가 식당에서 술과 함께 식사를 할 수 있었고 경기는 입석으로 관람할 수 있었다. 요금은 저렴했지만 음식은 아주 훌륭했다.

내가 이 모든 이야기를 아나스타지 권투 도장에 갔던 첫날에 다 알게 된 것은 아니다. 나도 말로만 들었을 뿐이며, 그날 내가 알게 된 것은 매년 그맘때쯤은 그곳이 살기에도 좋고 운동하기에도 좋은, 파리에서 아주 건전한 지역이라는 사실이었다. 옷을 벗은 래리의 체구는 헤비급 선수치고는 날씬해 보였다. 골격이 건장하고 온몸이 멋진 근육으로 뒤덮여 있었지만, 아직 다부지지 못해 정말로 덩치만 큰 소년이었을 뿐만 아니라 아는 게 아무것도 없었다. 다만 리치*가 길고 훌륭한 레프트 잽과 멋진 라이트 스트레이트를 날렸고, 아주 발 빠른 풋워크와 몸놀림만큼은 대단히 민첩했다. 그의 다리는 정말로 훌륭했는데, 내가 지금까지 보았던 그 어떤 헤비급 선수보다도 민첩하고 보폭이 넓었지만 실속이 없었다. 말 그대로 그는 아마추어였다.

그는 헤비급 선수가 아무런 가격도 하지 않고 가만히 그에게 접근하는 동안 공격도 하지 않는 그 선수 뒤를 따라다니며, 한 번씩 잠시 잽싸고 전형적인 공격 태세로 스트레이트와 잽을 번갈아 날리면서 춤을 추듯 경중경중 뛰어다니고 있었다. 그러자 아나스타지의 트레이너가 그의 상대로 마르세유 출신의 선수를 링에 올렸는데, 그는 웰터급에서 미들급으로 체급을 상향하고 있는 중인 선수였다. 그 친구는 날아드는 래리의 스트레이트와 쉬지 않고 들어오는 잽 가운데서도 조금씩 거리를 좁혀 접근해왔고, 그가 래리의 몸통을 가격하기

---

* 양손을 좌우로 펼쳤을 때 손이 닿는 범위로, 사정
  거리를 뜻하는 권투 용어.

시작하자 래리는 클린치*로 간신히 버티고 있었다. 측은해서 볼 수가 없었다. 갑자기 래리의 팔이 길어도 너무 길어 보였다. 거리가 좁혀지면서 춤추며 뛰어다닐 공간이 없어져버리자 자신의 긴 팔은 버둥거리기만 할 뿐, 버둥거리는 팔 안에서 상대가 마음껏 레프트와 라이트 훅을 번갈아 넣어가며 몸통을 공격해오자 래리는 클린치 외의 다른 작전이 없음을 알았던 것이다.

"토요일에 래리와 싸울 상대는 누굽니까?" 내가 트레이너에게 물었다.

"걱정 안 하셔도 됩니다." 그가 말했다.

"어떤 헤비급 선수라도 저 친구를 묵사발로 만들어버릴 테니까 하는 얘기죠."

"우리 도장에선 어림없는 일이죠."

"아무래도 링 밖에 세컨드**들을 두는 게 좋겠는데요."

"내가 저 친구 자신감 좀 되찾도록 해주지요." 이렇게 말하고 트레이너는 타임을 외치더니, 이제 막 식당 쪽에서 건너온 새로 온 헤비급 선수를 향해 오라고 손짓했다.

래리는 가쁜 숨을 몰아쉬며 링을 따라 돌고 있었다. 웰터급 선수는 글러브를 벗고 턱을 가슴 쪽으로 숙인 채 씩씩 콧바람을 내뿜으면서

---

* 상대의 맹공격으로 불리하게 된 경우, 재빨리 상대에게 밀접해서 상대의 팔이나 팔꿈치 등을 껴안고 일시적으로 방어하는 방법.

** 경기에서 자기 편 선수에게 작전을 지시하거나, 부상당한 경우에 돌보는 사람을 말한다. 아마추어는 2명, 프로는 3명의 세컨드를 둘 수 있다. 헤밍웨이는 여기서 'corners'라고 표현했다.

섀도복싱*을 하며 링을 돌고 있었다. 그런 그를 래리는 경계를 늦추지 않고 지켜보며 여전히 숨을 가쁘게 몰아쉬면서 서성거리고 있었다. 래리를 돌봐달라, 루 마쉬가 편지에서 그랬다. 이곳은 나는 듣도 보도 못한, 내가 지금까지 봐온 곳 중 가장 희한한 곳이로구나, 하고 나는 생각했다. 래리를 돌봐달라.

"상대가 근접전으로 파고들 때 방어하는 기술은 저 친구한테 안 가르쳐주실 겁니까?" 내가 트레이너에게 물었다. "토요일이 시합이라고요."

"너무 늦었습니다." 트레이너가 나에게 말했다. "저 친구 스타일을 망칠 생각도 없고요."

"저 친구 스타일이라니요?"

"저 친군 풋워크가 환상적입니다." 트레이너가 말했다. "볼 줄 모르시오?"**

그의 말인즉슨 방어술을 가르치려다가 래리의 환상적인 풋워크를

＊ Shadow boxging, 상대방이 앞에 있다고 가상하여 공격, 방어의 모든 기술 동작을 연구 터득하는 것으로 가장 중요한 연습법.

＊＊ 여기서 헤밍웨이는 프랑스어로 'Tu ne sais pas vu?'라고 쓰고 있지만, '못 보셨소?'라고 하려면 'Tu n'as pas vu' + '목적어'가 있어야 하고, '볼 줄 모르시오?'라고 하려면 'vu'의 자리에 동사원형이 와서 'Tu ne sais pas voir?'가 되어야 한다. 여기서는 '알다'라는 뜻의 동사 'sais'를 쓴 것으로 보아, 후자로 이해해야 할 개연성이 높은 것 같다. 이처럼 이 책에는 프랑스어로 된 문장이 아니어도, 헤밍웨이가 프랑스인과 나누었던 대화를 영어로 바꾸면서 어법과 문법상 어색해진 문장을 보강해서 번역해야 했던 부분이 많이 있다.

버려놓을 수 있으니, 그럴 위험을 감수할 수 없다는 것이었다.

새로 온 헤비급 선수는 사고를 당해 지각 능력에 문제가 생기기 전까지 도살장의 가축 사육장에서 도체*를 부위별로 운반하는 일을 하던 동네 청년이었다.

"저 친구는 자신의 힘이 얼마나 센지 모르죠." 트레이너가 나한테 말했다. "복싱에 대해서도 아주 기초적인 것밖에 몰라요. 하지만 말은 아주 고분고분 잘 듣습니다."

트레이너는 그가 링에 오르기 전에 몇 가지 사항을 지시하려 애를 썼지만, 그러한 노력에도 불구하고 그는 이해하기 어려워하는 것 같아 보였다. 지시사항은 간단했다. "커버링**을 올려라." 도체 청년은 고개를 끄덕이더니 정신을 집중하느라 아랫입술을 질끈 깨물었다. 그가 무사히 링 위에 오르자 트레이너는 재차 지시를 했다. "커버링을 올리라니까." 그리고 한 마디 더 덧붙였다. "아랫입술 깨물지 말고." 도체 청년이 다시 고개를 끄덕이자, 트레이너는 타임을 선언했다.

도체 청년은 글러브를 낀 양손이 거의 닿을락 말락 하게 얼굴을 가렸다. 팔꿈치는 몸에 바싹 붙이고 힘겹게 왼쪽 어깨를 치켜올려 가슴을 최대한 감싸면서, 턱은 가슴 쪽으로 한껏 끌어당겼다. 그 상태로 앞으로 내민 왼발에 오른발을 끌어 붙이면서 래리를 향해 천천히 걸어갔다.

래리는 원투 잽을 넣으면서 그를 막아낸 후, 라이트 스트레이트를

---

* 屠體, 도살한 가축의 가죽, 머리, 발목, 내장 등을
떼어낸 나머지 부분.
** Covering, 글러브는 관자놀이와 광대뼈를 가리고,
팔뚝은 턱을 가리는 안면 방어 동작.

날려 도체 청년의 이마를 가격했다. 순간 멍한 듯 생각에 빠졌던 도체 청년은 왼발을 조심스럽게 빼내고, 오른발도 느리지만 정확하게 왼발까지 가져가면서 천천히 뒤로 물러나기 시작했다. 그러자 래리는 신이 나 날뛰는 퓨마처럼 자신의 멋진 풋워크를 마음껏 구사해 잽을 넣고 라이트 스트레이트를 날리면서, 도체 청년에게로 차츰차츰 접근해갔다.

"레프트를 날려." 트레이너가 도체 청년에게 소리쳤다. "레프트 잽을 날리라고."

도체 청년이 천천히 자신의 옆머리를 방어하고 있던 왼쪽 글러브를 내리는가 싶었는데, 갑자기 래리를 향해 미친 듯이 잽을 날렸다. 하지만 래리는 물이 오른 현란한 풋워크로 잽을 피했고, 성큼성큼 뛰어다니면서 멋진 라이트 스트레이트를 날려 도체 청년의 입을 강타했다.

"저 친구가 어깨로 턱을 블로킹*하는 거 보이죠?" 트레이너가 나에게 물었다.

"그럼 배는 어떻습니까."

"래리는 배는 히트 못해요." 트레이너가 말했다.

나는 그렇다면 그가 가장 못하는 것을 가르치는 게 제일 낫겠다는 생각이 들었다.

"래리, 배에 훅**을 날려버려." 내가 말했다. "그렇게 해서 저 친구가

---

* Blocking, 상대의 공격을 피하지 않고 막아내는 것.
** Hook, 팔을 직각으로 구부리고 몸을 비틀면서 측면에서 치는 타격.

가드*를 내리게 하라고."

멋지게 춤추듯 뛰어다니던 래리가 왼손을 내리자 상대의 라이트 펀치에 무방비 상태가 되는가 싶었다. 이 세상에 라이트 펀치를 날리지 않는 헤비급 선수는 없기 때문인데, 순간 그가 도체 청년 배에 레프트 스윙**을 휘둘렀고 도체 청년은 맥없이 털썩 주저앉아버렸다. 그러나 양손은 여전히 머리에서 커버링을 쌓고 있었다.

"아니 대체 당신이 원하는 게 뭐요?" 트레이너가 나에게 물었다. "저 친구 스타일을 바꾸려는 거요?"

"아이쿠, 저런." 내가 말했다.

"래리는 토요일에 시합이 있다고요. 래리가 저 친구 팔꿈치를 치려다 손이라도 부러뜨리길 바라는 거요? 당신 정말 래리를 망치고 싶은 거요? 래리는 내 책임이란 말입니다. 당신이 책임지는 게 아니니, 제발 입 좀 다무시오."

나는 입을 다물었고, 춤추듯 뛰어다니던 래리가 도체 청년이 머리에서 커버링을 쌓고 있는 두 글러브 사이 틈새를 파고들다가, 주변을 빙빙 돌면서 도체 청년의 왼쪽 귀에 이어 이마에 라이트 스트레이트를 날리는 것을 지켜보았다. 도체 청년이 트레이너의 지시에 따라 다시 잽을 넣자, 래리는 한 번 더 그의 입을 향해 멋진 라이트 스트레이트를 날렸다. 이제 그는 날렸다 하면 최소한 스트레이트 펀치였고, 종횡무진 링을 돌아다니고 있었다. 하지만 내 머릿속에는 계속해서

* Guard, 복서가 방어 자세를 갖추었을 때의 팔의 자세.

** Swing, 훅의 자세를 넘어서 크게 반원을 그리듯 옆이나 사선으로 마구 휘두르는 공격.

캐나다의 진짜 헤비급 챔피언 잭 르노와 래리가 앞으로 배워야 할 그 모든 기술에 대한 생각들이 맴돌고 있었다.

래리의 파리 데뷔전 상대는 기술이나 경험 면에서 도체 청년과 별반 다를 게 없는 친구였다. 그는 끝까지 싸우고 싶어 했지만, 계속 커버링을 올리고 있지 못했다. 래리는 연거푸 상대에게 더블 펀치를 날렸고, 그의 솔리드 펀치에 상대가 부상을 당하면서 경기는 중단되었다. 굶주린 듯한 표정의 다른 헤비급 선수는 군대에서 막 제대한 친구였다. 래리가 그의 주변을 이리저리 돌아다니다가 순식간에 날렵한 잽을 날리자 관중은 열광했다. 정말로 훌륭하지만 너무 긴 래리의 라이트 롱 스트레이트에 상대가 휘청거리자, 래리는 이제 자신이 아는 다른 기술은 깡그리 잊어버린 채 마구 스윙을 휘두르기 시작해서, 상대가 로프 밖으로 미끄러져 나가 바닥에 깔린 캔버스 깔개 위로 곤두박질칠 때까지 멈추지 않았다.

경기가 끝나자 래리가 말했다. "죄송합니다. 사모님께도 죄송하다는 말씀 좀 전해주세요. 제가 좋아 보이지 않았다는 거 저도 알고 있어요. 다음엔 더 잘할게요."

"사람들은 멋지다고 생각하는 것 같던데. 다들 무척 열광했잖아."

"아, 그랬나요." 래리가 말했다. "혹시요, 월요일에 저랑 만나서 시합이나 뭐 그런 이야기를 나눌 수 있을까요?"

"물론이지. 저번에 만났던 그 카페, 나폴리탱에서 정오에 보자고."

알고 보니 아나스타지 권투 도장은 참으로 이상한 복싱 클럽이었다.

이상한 복싱 클럽

1) Lawrence Samuel Larry Gains, 1900~83, 1927년 캐나다 헤비급 챔피언이 된 후 본문에서 헤밍웨이가 말한 잭 르노와의 경기에서 승리했고, 1931년 대영제국 타이틀을 차지했다. 당시 최고의 헤비급 선수 중 한 명으로 여겨졌으나, 브리티시 챔피언십과 월드 챔피언십에는 흑인 선수 출전 금지 규정에 의해 거부당했다.

2) Louis Anastasie, 1875~1941, 권투 경기 기획자, 매니저, 교수.

3) Café Napolitain, 이탈리엥 대로가 아니라 카퓌신 대로 1번지에 있었는데, 이탈리엥 대로가 끝나는 교차로에 있어 착각했을 수 있다. 현재의 하마 스테이크하우스(Hippopotamus Steakhouse)가 있는 곳이다.

코끝을 찌르는 거짓말 냄새

포드: 그는 그 어떤 고래가 내뿜는 물줄기보다도 더 역겨운 냄새를 풍기면서 숨을 내쉬는, 거대하고 탐욕스러운 물고기처럼 꼿꼿하게 앉아 있었다.

많은 사람이 포드를 좋아했다. 물론, 그들 중 대다수는 여자들이었다. 하지만 그를 알고 나서 그를 좋아하게 된 남자들도 더러 있었고, 평생을 그에 대한 의리를 지키려고 노력하며 살았던 남자들도 많았다. 그들이라고 하면 H. G. 웰스[1])를 비롯하여, 그가 황금기를 누리던 시절과 찬밥 신세가 된 시절을 다 봐온 사람들이었다.

포드가 『트랜스애틀랜틱 리뷰』를 이끌던 때에 대해서는 당시에도 이후에도 좋은 평판을 받고 있었음에도 불구하고, 그가 황금기를 누리던 시절에 나는 그를 전혀 알지 못했다. 거의 모든 사람이 거짓말을 하면서 살고 있고, 그런 거짓말은 그리 대수로울 게 없다. 그뿐만이 아니라 그들이 하는 거짓말 덕분에 사랑받는 사람들도 있다. 그런 사람들이라면, 지상 최고의 거짓말을 터뜨려주길 우리는 기대에 찬 눈빛으로 기다리기도 한다.

그러나 포드는, 상대에게 상처를 남기는 거짓말을 했다. 그는 돈과 하루하루를 살아가는 데 없어서는 안 되는 것들을 놓고 약속을 했다가, 거짓말을 했다. 그에게 불운이 겹치고 안 좋은 일이 계속되면, 가끔씩 솔직에 가까운 대답을 해줄 때도 있었다. 하지만 수중에 조금이라도 돈이 생기거나 운이 좀 풀린다 싶으면, 그는 도저히 감당이 안 되는 사람이 되어 있었다. 나는 그를 공정하게 대하려고 노력했다. 또한 그에게 가혹해지지 않으려고도, 그를 비판하지 않으려고도 노력했다. 하지만 내가 그와 잘 지내보려고 노력했던 건 어디까지나 노력일 뿐이었다. 아닌 게 아니라 나는 엄정하고 정확한 잣대로 그를 판단했고, 내가 그에 대해 쓴 글은 그 누구의 비판보다도 더 잔혹했다.

내가 에즈라의 아파트에서 포드를 처음 만났을 때는, 아내와 내가 생후 6개월* 된 아이와 함께 캐나다에서 돌아와 에즈라가 사는 집[2]에서 조금 내려오면 있는 제재소 집 아파트를 구해 엄동설한에 이사를 한 후였다. 그날 에즈라는 나에게 포드에게 잘해주어야 한다면서 그가 하는 거짓말을 곧이곧대로 새겨들으면 안 된다고 말했다.

"헴, 선생은 몸이 피곤하면 늘 거짓말을 하시거든." 에즈라가 나에게 말했다. "오늘 밤 선생이 했던 그런 식의 거짓말은 심한 축에도 끼지 못하는 거짓말이야. 몸이 아주 피곤하셨던 어느 날 밤에는, 옛날에 당신이 퓨마 한 마리를 데리고 미국 남서부를 횡단했다는 이야기를 하셨는데, 들어도 들어도 끝이 나질 않더라는 거지."

"남서부에 가보셨던 적이 있긴 한 건가?"

---

* 헤밍웨이가 캐나다에서 파리로 돌아온 때는 1924년 1월 초였는데, 1923년 10월 10일에 태어난 범비는 이때 생후 3개월이었다.

"물론 없지. 헴, 중요한 건 그게 아니야, 선생이 피곤하셨다는 사실인 거지."

그리고 에즈라는 나에게 포드가 포드 매덕스 휴퍼였을 때,* 첫 번째 부인과 이혼이 이루어지지 않자 어떻게 해서 친척들이 있는 독일에 가게 되었는지에 대한 이야기를 들려주었다. 포드는 자신이 독일 시민이 되었다는 것과 독일에서 합법적인 절차를 거쳐 이혼이 성립되었다는 것에 대해, 스스로 확신이 들 때까지 그곳에 머물렀다는 것 같았다.[3] 그런 다음 영국으로 돌아왔는데, 첫 번째 부인은 그런 그의 해결법에 수긍하지 않았다. 그러면서 포드는 종교적인 이유로 혹독하게 핍박받게 되었고 많은 친구로부터 부당한 대우를 받았다. 그 부분에 대해서는 사실은 훨씬 더 많은 이야기가 있었다. 더욱 복잡한 사정들이 얽혀 있었고, 거기에는 세간의 이목을 끌 만한 사람들도 많이 관련되어 있었다. 하지만 이제는 그들 모두에 대한 관심조차 시들해져버린 옛이야기가 되었다. 자신은 이혼이 성립됐다고 확신했고 그런 단순한 판단 착오로 인해 그토록 핍박을 받았다면, 누구라도 같은 사람으로서의 동정 정도는 받을 수 있는 일이었다. 나는 에즈라에게, 포드가 그 모든 일을 겪는 동안에도 피곤했는지 물어보고 싶은 생각이 굴뚝 같았다. 그런데 물어보나 마나 그는 분명 그랬을 것이다.

"그럼 휴퍼라는 성을 바꾼 이유가 그것 때문이었어?" 내가 물었다.

"그 일에는 또 많은 사연이 있지. 선생이 성을 바꾸신 건 전쟁이 끝

---

* 본명이 'Ford Hermann Hueffer'인 포드는, 1919년에 'Ford Madox Ford'로 이름을 바꾸었다.

난 후였으니까."

포드가 『트랜스애틀랜틱 리뷰』를 창간했을 때는 세계대전이 일어나기 전이었다. 집안에 불화가 생기기 전까지 그는 『잉글리시 리뷰』의 편집장이었는데, 에즈라는 그 잡지가 정말로 좋은 문예지였으며 포드가 편집 일을 굉장히 유능하게 잘했다고 말했다.

이제 그는 새로운 이름으로 새 출발을 하고 있었다. 새로운 포드 부인과 함께였다. 그녀는 검은 머리의 아주 상냥하고 젊은 오스트레일리아 여성으로, 이름은 스텔라 보엔*이었고 순수 화가였다. 두 사람 사이에는 줄리아는 어린 딸이 있었다. 나이에 비해 몸집이 크고 피부색이 무척 하얗고 예의가 밝았으며 얼굴도 아주 예쁜 아이였는데, 포드는 그런 딸아이의 생김새나 피부색이 자신이 딸아이만 했을 때와 거의 판박이라고 했다.

나는 포드의 외모나 신체뿐만이 아니라 신체와 관련된 그의 모든 생리 작용에 대해, 누가 들어도 억지라고 할 정도로 강한 거부감을 갖고 있었다. 그와 함께 있을 때면 언제나 바람이 불어오는 쪽에 있으려고 애쓰면서 좀 나아지기는 했지만, 그건 단순히 그의 입에서 나는 냄새 때문만은 아니었다. 그에게는 그가 숨 쉴 때마다 뿜어져 나오는 냄새와는 아무 관련이 없는, 그와는 확연히 다른 또 다른 냄새가 있었다. 그 냄새로 인해, 밀폐된 공간에 그와 함께 있다는 건 나로서는 거의 불가능한 일이었다. 냄새는 그가 거짓말을 하면 더욱 심

* 제1차 세계대전 중 입대한 포드는 1919년 휴가를 나와 바이올렛과 함께 지내던 중, 웨스트민스터 예술대학에 다니고 있던 스텔라(Esther Gwendolyn Stella Bowen, 1893~1947)를 만나 사랑하게 되었고, 1927년에 헤어졌다.

해지곤 했는데, 그건 단내 같기도 하면서 강하게 코끝을 찌를 듯 매
캐하면서 싸한 아주 역겨운 냄새였다. 어쩌면 그가 피곤할 때 그의
몸에서 나오는 냄새일 수도 있었다.

　그래서 언제나 나는 가급적이면 그를 실내가 아닌 바깥에서 만나
려고 했다. 생루이섬의 앙주 강변에 수동식 인쇄기*가 있는 빌 버드⁴⁾
의 인쇄소가 있었다. 나는 그곳으로 포드의 문예지를 편집하는 원고
교정 일을 도와주러 내려가곤 했다. 그럴 때면 항상 인쇄소 밖으로
원고를 가지고 나와 커다란 가로수 그늘 아래, 강변길을 따라 늘어서
있는 야트막한 돌난간 위에 걸터앉아 원고를 읽었다. 강변으로 나오
면 기분이 상쾌해지고 햇빛도 밝아서 그렇지 않아도 밖에 나가 원고
를 읽었겠지만, 포드가 오면 나는 그가 인쇄소 문턱에 발을 들여놓기
가 무섭게 서둘러 밖으로 나가기 바빴다.

*　활판 인쇄소에서 일일이 수공으로 뽑아낸 활자를
　　원고대로 조판한 것을 다시 교정쇄로 만드는 수동
　　인쇄기.

코끝을 찌르는 거짓말 냄새

1) Herbert George Wells, 1866~1946, '타임머신'이란 단어를 처음 사용한 영국의 작가. 『타임머신』(1895) 등 초기에는 공상과학소설을 쓰다가, 제1차 세계대전으로 세계의 운명에 관심을 가지면서 『세계사 산책』(1920)을 저술했다. 100권이 넘는 계몽적 성격의 작품과 사상 소설을 썼다.

2) 1921년부터 에즈라 파운드는 노트르 담 데 샹가 70-2번지에 살았고, 헤밍웨이는 1924년 1월에 노트르 담 데 샹가 113번지의 아파트로 이사 왔다.

3) 포드는 소설가 바이올렛 헌트(Violet Hunt, 1862~1942)와 공공연하게 동거하는 동안에 부인 엘시(Elsie Martindale, 1871~?)에게 이혼을 요구했지만, 독실한 가톨릭 신자인 엘시는 이를 받아들이지 않았다. 포드와 헌트는 이혼 승인을 받기 위해서는 독일 시민이 되어야 한다는, 객관적으로는 이해가 되지 않는 생각으로 독일로 갔다. 포드의 독일 시민권 신청은 거부되고 이혼도 성립되지 않았음에도 불구하고, 이들은 이혼 승인을 받았다고 주장했고, 신문에도 헌트가 '휘퍼 부인'으로 보도되자 엘시는 포드를 명예훼손으로 고소해 승소했다.

4) William Augustus Bird, 1888~1963, 미국의 저널리스트로, '빌 버드'(Bill Bird)라는 이름으로 더 많이 알려져 있다. 1920년대 파리 앙주 강변로 29번지의 '쓰리 마운틴 프레스'(Three Mountains Press)라는 인쇄소를 겸한 작은 출판사를 운영했다. 헤밍웨이의 『우리 시대에』(파리, 1924; 뉴욕, 1925)의 한정판과 에즈라 파운드의 『16편의 캔토스 초고』(*A Draft of XVI Cantos*, 1925)가 이곳에서 발간되었으며, 에즈라가 편집장을 하기도 했다.

범비 군의 가르침

나의 첫 아들 범비가 아주 어렸을 때였다. 우리가 제재소 건너편에 살던 시절이었는데 아이와 나는 내가 글을 쓰던 카페에서 많은 시간을 함께 보냈다. 아이는 겨울이면 늘 우리와 함께 포어아를베르크의 슈룬스에 갔지만, 해들리와 내가 스페인에 갔던 여름철 몇 달은, 아이가 마리 코코트라고 불렀던 가정부와 투통이라고 불렀던 그녀의 남편과 함께, 그들이 사는 고블랭 거리 10의 2번지의 아파트에서 지내거나, 그들이 로어바흐 씨의 여름휴가 때 그를 시중들러 올라가면 범비도 따라가서 그의 별장이 있는 뮈르 드 브르타뉴에서 지내곤 했다. 로어바흐 씨는 프랑스 군사 전문기관의 하사관을 역임했는데, 미국의 경우 선임하사관에 해당하는 계급이었다. 퇴임을 앞두고 편한 한직을 맡아 그 월급으로 마리에게 급료를 주면서 생활하며, 은퇴 후 뮈르 드 브르타뉴로 옮겨가서 살 날이 오기만을 손꼽아 기다리고 있었다. 투통은 범비의 인생에서 인격이 형성되는 시기에 아주 중요한 역할을 담당했던 사람이었다.

클로저리 데 릴라에 사람들이 너무 많아 작업이 힘들어지거나 범비의 얼굴에서 새로운 환경이 필요한 듯한 지루한 기색이 읽히면, 나는 범비를 유모차에 태우고, 좀더 커서는 범비를 걸려서 함께 생미셸 광장에 있는 카페까지 가곤 했다. 그곳에서 내가 크림 커피 한 잔을 앞에 놓고 글을 쓰는 동안, 범비는 파리의 그 동네 사람들과 바삐 돌아가는 그들의 일상을 구경했다. 당시 파리에 살던 사람이라면 모두, 그 누구도 데려오지도 않고 불러내지도 않는 자신만의 개인 공간으로 쓰는 사적인 카페가 있었다. 작업을 하거나 혼자 조용히 책을 읽는다거나 또는 자신들 앞으로 온 우편물을 챙기러 가는 카페였다. 애인을 만나는 카페도 따로 있었다. 거의 대부분의 사람들은 그와는 다른 또 하나의 단골 카페를 정해놓고 다녔는데, 그런 카페는 자신의 애인을 사람들에게 소개할 수도 있을 카페로, 말하자면 공도 사도 아닌 중립 카페였다. 모든 사람이 단골로 다니며 식사도 할 수 있는 편하고 가격도 저렴한 중립 식당도 있었다. 그런 곳은 카페 르 돔과 라 로통드, 르 셀렉트 그리고 19세기 초반의 파리가 무대인 책에 등장하는, 그보다 나중에 생긴 라 쿠폴이나 딩고 바가 몰려 있는 몽파르나스 지구의 카페들과는 성격이 전혀 다른 곳이었다.*

범비는 좀더 자라자 프랑스어를 아주 훌륭하게 구사했다. 내가 글을 쓰는 동안에는 무조건 조용히 해야 한다고 가르치고 지나가는 사람들과 주변을 구경하며 얌전히 있으라고 일러두었는데, 내가 글을 끝내고 공책을 덮기가 무섭게 범비는 그동안 투통에게서 들었던 이야기들을 나에게 무슨 비밀 이야기라도 털어놓듯 쏟아내곤 했다.

"아빠, 아빠 그거 알아? 여자들은 있지, 울 때 있잖아, 아가들이 쉬야하는 것처럼 눈물을 흘린다는 거?" 프랑스어로 범비가 물었다.

---

* 앞의 세 곳 가운데 르 셀렉트는 딩고 바와 같은 해
인 1923년에 오픈했다.

"투통 아저씨가 해준 이야기야, 그 이야기?"

"응, 아저씨가 그랬어. 남자는 그걸 절대로 잊어버리면 안 된댔어."

또 한번은 이런 말도 했다. "아빠, 아빠가 일하는 동안에 있잖아, 괜찮은 암탉* 넷이 지나갔어."

"암탉이 무슨 말인지 알아?"

"하나도 몰라. 나는 그냥 암탉들을 보고 있는 건데. 사람들이 다 보니까."

"투통 아저씨는 암탉에 대해 뭐라고 그러셨는데?"

"으응, 아저씨는 암탉들을 중요하게 생각하시지 않는댔어."

"그럼 아저씨가 중요하게 생각하시는 건 뭔데?"

"프랑스 만세, 감자튀김 만세지."**

"투통 아저씬 참 훌륭하신 분이구나." 내가 말했다.

"그리고 또, 훌륭한 군인이셔." 범비가 말했다. "아저씨는 있잖아, 나한테 가르쳐준 게 엄청 많아."

"아빠는 아저씨가 아주 많이 존경스러운데." 내가 말했다.

"아저씨도 아빠 존경한댔는데. 아저씨가 그랬어, 아빠가 엄청 어려운 일을 하시는 거래. 근데 있잖아 아빠, 글 쓰는 거, 어려운 거야?"

"그럴 때도 있지."

"투통 아저씨는 엄청 어렵다고 하셨는데. 그래서 나한테 언제나 아

---

* 프랑스어로 암탉인 'poule'는 여자에 대한 애칭으로 '아가씨, 여보'라는 뜻이 있다.

** 벨기에와 프랑스가 서로 자신의 나라에서 유래했다고 주장하는 감자튀김에 대해, 프랑스 사람들이 벨기에 사람들에게 하는 일종의 유머.

빠가 하시는 일, 존중하고 방해하면 안 된단다 하셨어."

"너는 아빠 일 존중하고 방해 안 하지."

"아빠, 아빠는 얼굴 빨간 인디언들*이 사는 데서 많이 살아봤어?"

"조금." 내가 말했다.

"아빠 근데 우리 있잖아, 집에 갈 때 실버 비치** 서점 지나서 갈
거야?"

"그러려고. 왜, 아줌마가 좋아?"

"응. 아줌마는 맨날 맨날 나한테 잘해주니까."

"아빠한테도 그런데."

"아빠, 아줌만 이름도 참 예쁘지. 은빛 해변."

"우리 서점에 들렀다가, 점심 먹을 때 아빠가 집에 데려다줄게. 아
빤 어떤 아저씨들하고 점심 약속이 있거든."

"재미있는 아저씨들이야?"

"그냥 아저씨들이야." 내가 대답했다.

그날 우리는 여느 때와 달리 모형 보트 구경을 하려고 뤽상부르 정
원에 들르지 않았다. 보트를 띄우기엔 아직 이른 시간이었기 때문이
다. 집에 도착해서 해들리와 나는 어떤 일로 서로 언성을 높였다. 아
내 말이 옳았고, 내가 아주 많이 잘못한 일이었다.

"엄마가 나빴어. 그래서 아빠가 엄마를 야단친 거잖아." 범비는 프
랑스어로, 여전히 투통의 영향을 받은 쩌렁쩌렁한 웅변조로 말했다.

---

  * Peau-Rouge, 붉은 피부라는 뜻으로 아메리칸 인
    디언을 뜻하는 프랑스어. 얼굴과 몸 일부에 붉은
    염료를 칠해서 불리는 이름이다.
 ** Silver Beach, 범비식의 '실비아 비치'(Sylvia Beach)다.

스콧에게 술에 취하면 나를 찾아오는 버릇이 생기기 시작하면서, 그의 발걸음이 부쩍 잦아진 무렵이었다. 범비와 내가 함께 생미셸 광장 카페에서 작업을 마친 어느 날 아침, 범비가 아주 심각한 얼굴로 내게 물었다. "아빠, 피츠제럴드 아저씨 아파?"

"으응, 아저씨는 술을 너무 많이 마셔서 글을 쓸 수가 없거든, 그래서 아픈 거야."

"그럼 아저씨는 아저씨 일을 존중하지 않는 거야?"

"그건 아니고 아저씨 부인, 아줌마가 존중하지 않는 거지. 아니면 아줌마가 아저씨 일이 부러워 시샘하는 걸 수도 있어."

"그럼 아저씨가 아줌마를 야단쳐야지."

"그게 그렇게 간단한 일이 아니라서 말이다."

"우리 오늘 아저씨 만날 거야?"

"응, 그럴 것 같은데."

"아저씨 또 그렇게 술 많이 마실까?"

"아니. 이제 아저씨 술 안 마실 거라던데."

"그럼 아빠, 내가 어떻게 하는지 봐봐."

그날 오후 스콧과 나는 범비를 데리고 한 중립 카페에서 만났다. 스콧은 금주 중이어서, 우리는 둘 다 생수 한 병씩을 주문했다.

"저는요, 드미 블롱드* 하나 주세요."

"아니 자넨 저렇게 아이가 맥주를 마시도록 놔두는 거야?" 스콧이 물었다.

"투통 아저씨가요, 맥주 조금은 우리 만한 아이에게 나쁘지 않댔어

---

* demi-blonde, 보통 맥주 250시시를 말한다.

요." 범비가 말했다. "그치만 '발롱'*으로 할게요."

발롱은 맥주 반 잔밖에 되지 않는 양이었다.

"대체 투통이 누군데 그래?" 스콧이 나에게 물었다.

나는 그에게 투통에 대해 이야기해주었다. 만일 마르보 대령[1]이나 네 원수가 자신들의 회고록을 썼더라면, 그가 왜 그 회고록에 등장했을지도 모를 인물인지 설명해주면서, 그 사람이야말로 수차례 붕괴되었지만 여전히 건재하는 예전 프랑스 군조직 체제의 전통을 몸소 보여주는 인물이라고 했다. 스콧과 나는 나폴레옹의 군사작전에 대해 이야기했다. 스콧이 모른다고 해서 나는 그에게 1870년 프로이센·프랑스전쟁에 대해 이야기해주었다. 그러면서 슈맹 데 담 능선에서의 니벨 공세[2] 이후 프랑스 군대 폭동에 가담했던 친구들에게서 들었던 몇 가지 일화를 들려주었다. 그리고 투통과 같은 그런 사람들이 어떻게 해서 시대착오적인 사람들이 될 수밖에 없었는지, 거기에는 전적으로 납득할 만한 사연이 있다고 했다. 스콧은 1914~18년에 일어난 세계대전에 대해 대단한 관심을 보였다. 내 주변에는 당시 참전했던 친구들이 많이 있었고, 그중에는 최근까지도 남아 있는 세세한 참상들을 많이 봐온 친구도 있었기 때문에, 실제 모습 그대로의 전쟁 이야기가 그에게는 충격 그 자체였던 것이다. 범비로서는 도저히 이해할 수 없는 그런 이야기들을 범비는 그래도 열심히 듣고 있었다. 그리고 우리는 다른 이야기를 더 나누다가, 생수로 물배만 가득 채운 스콧이 이번에는 정말로 진실하고 거짓 없이 글을 잘 써보겠다는 결의도 가득 차서 자리를 떠난 후, 나는 범비에게

* ballon, 맥주 125시시를 말한다.

왜 맥주를 시켰는지 물어보았다.

"투통 아저씨가, 남자는 무엇보다 자신을 이기는 법부터 배워야 한댔으니까." 범비가 말했다. "그래서 나는 내가 그렇게 할 수 있다는 걸 보여주려고 그런 거야."

"그거는 말이지, 그처럼 단순한 게 아니라서 말이다." 내가 범비에게 말했다.

"전쟁도 단순한 게 아니지, 그치 아빠?"

"그렇지, 아주 많이 복잡하지. 지금 너는 투통 아저씨가 하시는 말을 믿고 따르잖아. 그러다 나중에 크면, 너 스스로 많은 것을 알게 되는거란다."

"그러면 피츠제럴드 아저씨도, 전쟁 때문에 정신이 못쓰게 망가진 거야? 투통 아저씨가 그러셨는데, 많은 사람들이 그렇대."

"아니야, 아저씨는 그래서 그런 건 아니야."

"그래, 그럼 다행이야." 범비가 말했다. "그럼 분명 조금만 아프고 다 나을 거야."

"그런데 있잖아, 전쟁 때문에 정신이 망가졌다고 해도 그건 부끄러운 일이 아니란다." 내가 말했다. "아빠 친구들 중에도 그렇게 된 친구들이 많은데 다 좋은 친구들이었거든. 나중에 다 나아서 훌륭한 일을 하는 친구들도 있어. 우리 친구 앙드레 마송[3] 화가 삼촌도 있잖아."

"투통 아저씨도 그렇게 알려주셨는데, 정신이 망가지는 게 부끄러운 일이 아니라고. 근데 아빠 전에 전쟁 때 있잖아, 대포가 엄청 많았대. 또 장군들은 전부 다 뚱뚱하고 심술쟁이였대."

"그건 아주 복잡한 이야기인걸." 내가 말했다. "언젠가는 너 스스로 그 모든 걸 다 알게 될 날이 올 거야."

"그런데 아빠, 우리한텐 아무 문제가 없어서 좋아. 커다란 문제 말이야. 아빤 오늘 글 잘 썼어?"

"아주 잘 썼지."

"나도 기분이 좋아, 아빠." 범비가 말했다. "아빠, 내가 도와줄 일 없어?"

"넌 언제나 아빠를 아주 많이 도와주고 있는데."

"피츠제럴드 아저씨 불쌍하지, 아빠." 범비가 말했다. "오늘은 아저씨가 술도 안 취하고 얌전히 잘 있고, 아빠도 괴롭히지 않고 아주 착했는데, 그치. 아빠, 아저씨 정말 괜찮을까?"

"그럼 그래야지." 내가 말했다. "그런데 있지, 아저씨가 가지고 있는 문제는 아주 많이 커다란 문제라서 말이야. 아빠가 보기에 아저씨 문제는, 글을 쓰는 작가가 도저히 이겨내지 못할 문제 같거든."

"하지만 아저씨는 분명 이겨낼 거야, 아빠." 범비가 말했다. "오늘은 아저씨가 엄청 착했고, 이상한 말도 하나도 안 했으니까."

범비 군의 가르침

1) Jean-Baptiste Antoine Marcellin de Marbot, 1782~1854, 나폴레옹의 최
   정예부대의 대령이자 루이 필리프의 7월 왕정하의 장군. 저서로 『회고록』
   (*Mémoires*, 1891)이 남아 있다. 『네 원수의 회고록』(*Méonoires du Maréchal
   Ney*, 1833)도 남아 있지만, 후손에 의해 출판된 것으로 내용의 진위는 판단
   하기 어렵다.

2) Nivelle Offensive, 제1차 세계대전이 한창이던 1917년 4월 16일부터 5월
   9일까지 서부전선에서 니벨이 주도한 프랑스군의 공세. 신임 총사령관 니벨
   이 48시간 내에 독일군의 항복으로 전쟁이 끝날 거라고 호언장담하며 자신
   의 계획을 자랑하는 통에, 프랑스군은 독일군의 일선 중대장들까지 니벨의
   세부 계획을 다 알게 된 것도 모른 채 전투를 치르는 결과를 초래했다. 공세
   는 24시간 만에 10만 명의 전사자를 시작으로, 파리로 들어가는 중요한 지
   점인 슈맹 데 담(Chemin des Dames) 능선의 4킬로미터 구간만 간신히 점령
   한 후, 참담한 피해를 입고 중단되었다. 이에 프랑스군의 사기는 완전히 떨
   어졌고 하극상의 풍조가 만연해지면서, 전쟁에 염증을 느낀 군인들이 파리
   를 향해 평화를 요구하는 집단 시위 행진까지 하기에 이르렀다.

3) André-Aimé-René Masson, 1896~1987. 프랑스의 초현실주의 화가. 제1차
   세계대전에 참전해 니벨 공세 때 심한 부상을 입었던 경험이 그에게 커다란
   영향을 미쳤다. 인간의 본질과 운명에 대한 사고를 통찰하고 표현하려 노력
   하면서, 무의식의 자동 작용이라 할 '자동기술법'을 채택한 화법을 고수했
   다. 헤밍웨이는 1922년에서 1923년 사이의 겨울, 거트루드 스타인과 함께
   파리 블로메가 45번지에 있던 마송의 아파트에서 그의 작품 넉 점을 사기도
   했다. 그의 작품 중에는 헤밍웨이를 소재로 한 다수의 석판화가 있다.

스콧과 파리에서 온 그의 운전기사

1928년 가을 스콧과 젤다, 헨리(마이크) 스트레이터,[1] 나의 아내 폴린과 나는 프린스턴대학교 대 예일대학교 미식축구 경기를 본 후, 경기가 끝나고 몰려나온 사람들로 붐비는 기차를 타고 필라델피아로 향했다. 그곳에서 피츠제럴드의 프랑스인 운전기사가 그의 뷰익 승용차에 우리를 싣고 그들이 사는 윌밍턴 외곽의 강가에 있는 엘러슬리라는 저택으로 갈 예정이었다.* 스콧과 마이크 스트레이터는 프린스턴대학교 동창이었고 마이크와 나는 1922년 파리에서 처음 만난 이후로 친해졌다.

스콧에게 있어 미식축구는 대단히 중요한 의미를 지니고 있는 만큼,** 그는 거의 경기 내내 차분하게 경기를 지켜보는 모습을 보였다. 하지만 집으로 가는 기차에 올라타는 순간, 그는 처음 보는 사람들에게 말을 걸면서 질문을 던지기 시작했다. 몇몇 여자들이 그에게 짜증

---

* 윌밍턴에서 5킬로미터 정도 떨어진 에지무어의 델라웨어 강가에 있던 30개의 방이 딸린 3층 저택으로, 피츠제럴드 가족은 이곳에서 1927~29년 동안 지냈다.

** 1913년에 프린스턴대학교에 입학한 피츠제럴드는 학교 미식축구 선수로 활동했다.

을 냈지만, 그럴 때마다 마이크나 내가 그 여자들과 함께 있는 남자들에게 말을 걸어 혹시라도 감정이 격해지는 일이 생기지 않도록 진정시키면서, 스콧이 곤란한 일을 당하지 않도록 분위기를 좋게 무마했다. 우리는 수도 없이 그를 자리에 앉혔는데도 그는 자꾸만 객차 안을 이리저리 돌아다니려고 했다. 그날은 그가 온종일 아주 이성적이고 점잖았던 만큼, 그가 어떠한 심각한 행동이라 하더라도 우리가 못 하게 할 수 있을 거라고 생각했다. 하지만 그때 우리가 할 수 있었던 거라곤, 어떻게든 그를 보호하려고 애쓰는 것 외에는 달리 방법이 없었다. 자신이 말썽을 부리기 시작해도 곧바로 곤란한 상황에서 벗어난다는 사실을 깨닫자, 그는 작전의 폭을 넓혀 지나치게 예의 바르게 행동했다가 무례하게 질문 공세를 퍼붓는 것을 번갈아 가며 보여주기 시작했고, 우리 중 한 사람은 조용히 그의 뒤를 따라다니고 다른 한 사람은 사람들에게 사과하느라 정신이 없었다.

급기야 주변에서 무슨 일이 일어나는지도 모르고 의학 교재를 읽고 있던, 프린스턴대 응원복을 입고 있는 학생 한 명이 그의 눈에 포착됐다. "선생님, 제가 잠깐 봐도 될는지요?" 스콧은 대단히 품위 있는 말씨로 이렇게 말하면서 그가 읽고 있던 책을 휙 뺏어 들었다. 그러고는 대충 훑어보더니 머리를 숙여 정중하게 인사를 한 후 책을 돌려주면서 객차 안에 있는 모든 사람이 다 듣도록 목청을 높여 말했다. "어니스트, 여기 성병 전문 의사 한 사람 찾았어!"

남자는 그런 스콧에게 눈길 하나 주지 않고 계속해서 책만 보고 있었다.

"선생님, 성병 의사 맞으시죠?" 스콧이 그에게 물었다.

"이봐 스콧, 그만 좀 해." 내가 말했다. 마이크는 옆에서 고개만 절레절레 흔들고 있었다.

"선생님, 큰소리로 말씀 좀 해보시죠." 스콧이 말했다. "성병 의사라고 해서 부끄러워하실 거 하나도 없습니다."

나는 스콧을 남자에게서 떼놓으려고 진땀을 흘리고 있었고, 마이크는 마이크대로 그 남자에게 스콧의 행동에 대해 사과의 말만 연신하고 있었지만, 정작 남자는 그런 난리에도 아랑곳하지 않고 애써 책에 집중하려 했다.

"성병 의사라니까 그러네." 스콧이 말했다. "의사여, 네 자신이나고쳐라."*

마침내 우리는 스콧이 그 의대생을 괴롭히지 못하도록 떼어놓았고, 때맞춰 기차가 필라델피아역 안으로 들어오면서 스콧은 아무한테도 봉변당하지 않을 수 있었다. 그 와중에도 젤다는 모처럼 완벽하게 귀부인 같은 자태로, 스콧이 하는 행동을 강 건너 불구경하듯 시치미를 떼고 폴린 옆에 얌전히 앉아 있었다.

그의 운전기사는 파리에서 온 택시 기사로 영어는 말하지도 못하고 알아듣지도 못했다. 스콧의 이야기에 의하면, 어느 날 밤 파리에서 그가 스콧을 집으로 데려다준 덕분에 자신이 강도를 당하지 않았다는 것이다. 스콧은 그런 그를 자신의 운전기사로 고용해 미국으로데려왔다고 했다. 필라델피아에서 윌밍턴을 향해 어둠 속을 달리는차 안에서 우리가 이제 막 술을 마시기 시작하려는데, 운전기사가 자

---

* 「누가복음」 4장 23절, 예수가 고향 나사렛에서 자
  신을 보며 요셉의 아들이 아니냐는 사람들에게
  '의사여, 너 자신을 고쳐라' 하는 속담을 인용하며
  했던 말이다.

동차 엔진이 과열됐다고 걱정을 했다.

"라디에이터에 냉각수를 보충하셔야겠는데요." 내가 말했다.

"아닙니다, 선생님. 그 때문이 아니에요. 주인님께서 엔진 오일을 채워 넣지 못하게 하셔서요."

"아니 어째서요?"

"아주 화를 내시고, 미국 자동차엔 오일을 보충하지 않아도 된다고 하십니다. 시시한 프랑스 차만 오일을 보충해야 하는 거라고 하시면서요."

"부인께 물어보는 건 어떻겠습니까?"

"사모님께선 훨씬 더 화를 내시죠."

"그럼 지금 차를 멈추고 엔진 오일을 보충할까요?"

"그랬다간 끔찍한 난리가 날 수 있습니다."

"일단 차를 세우고 오일을 보충합시다."

"안 됩니다, 선생님. 지금까지 어떤 난리들이 났는지 모르셔서 하시는 말씀입니다."

"지금 엔진이 펄펄 끓어오르고 있는데요." 내가 말했다.

"하지만 제가 휘발유를* 넣고 냉각수를 채우기 위해 차를 세우려면 시동을 꺼야 합니다. 시동을 끈 상태가 아니면 휘발유를 넣어주지 않죠. 그러면 차가운 냉각수로 인해 엔진의 실린더 블록에 금이 갈

---

* 프랑스인 운전기사가 한 말을 헤밍웨이가 영어로 옮기면서 오류가 생긴 부분이다. 'oil'은 프랑스어로 'huile'(기름, 석유, 엔진 오일 등)이고, 휘발유는 'essence'인데, 헤밍웨이는 여기서 'gas'(가솔린, 휘발유)라고 했지만, 운전기사는 '휘발유'가 아니라 '엔진 오일'에 대해 이야기하고 있는 것이다.

거예요. 지금 냉각수는 충분히 있습니다, 선생님. 이 차에는 아주 커다란 냉각 장치가 탑재되어 있거든요."

"제발 좀 차를 세우고 엔진을 켠 채로 냉각수를 넣어보세요."

"안 됩니다, 선생님. 정말입니다. 주인님께서 절대로 못 하게 하실 거예요. 이 차의 엔진은 제가 잘 압니다. 저택까지는 갈 겁니다. 이런 일이 처음이 아니거든요. 저와 함께 정비소에 가주시겠다면, 내일 가시지요. 아가씨를 교회에 모셔다드릴 때 가면 되니까요."

"그럼 그럽시다." 내가 말했다.

"내일 가서 엔진 오일을 아예 교체하겠습니다." 그가 말했다. "몇 통 사다가 숨겨놓고 필요할 때 보충해야겠어요."

"자네 지금 또 엔진 오일 이야기로 떠들고 있는 건가?" 스콧이 말했다. "필리프한테는 그때 우리가 리옹에서 몰고 왔던 그 말도 안 되는 르노처럼, 이 차에도 계속 오일을 넣어야 한다는 어떤 집착 같은 것이 있다니까. 필리프, 여보게, 미국 차는 엔진 오일이 필요가 없다네."

"예 맞습니다." 운전기사가 말했다.

"저 친구는 자꾸 저렇게 쓸데없이 엔진 오일 이야기를 떠들어대서 젤다를 불안하게 만든다니까." 스콧이 말했다. "좋은 친구고 성실한 건 확실한데, 미국 차에 대해선 아무것도 몰라."

악몽과도 같은 드라이브였다. 기사가 집으로 이어지는 샛길로 들어서려 하자 젤다가 자꾸 못 들어가게 했고, 그녀와 스콧은 서로 그 길이 아니라고 우겼다. 젤다는 훨씬 더 가서 들어가야 한다고 주장했고 스콧은 이미 지나왔다고 했다. 운전기사가 계속해서 천천히 차를 모는 동안 옥신각신하던 두 사람은, 젤다가 잠깐 잠이 들어서야 잠잠

해졌다. 그러자 스콧은 기사에게 차를 돌리라고 말했고 그도 깜빡 조는 사이, 그제야 운전기사는 샛길로 접어들 수 있었다.

스콧과 파리에서 온 그의 운전기사

1) Henry Strater, 1896~1987, 미국의 화가. 헤밍웨이의 친구이자 또 다른 '길 잃은 세대'의 인물로, 마이크(Mike)는 그의 별명이다. 1922년 라팔로에서 헤밍웨이의 초상화 두 점과 해들리의 초상화 한 점, 1930년 키웨스트에서 헤밍웨이의 초상화 한 점을 그렸다. 1961년 여름 헤밍웨이의 자살 소식을 들은 그가 말했다.

"완벽주의자인 헤밍웨이와는 잘 지내기가 쉽지 않았다. 하지만 그에게는 그 토록 사람을 압도하는 거부할 수 없는 매력과 살아서 움직이는 활기가 넘쳤 고, 언제나 다시 만나고 싶다는 기대를 하게 만드는 친구였다. …그의 작품 은 언제까지나 살아 있을 것이다. 그가 그의 오랜 친구들 기억 속에 생생히 살아 있듯. 그의 초상화 석 점을 그릴 수 있어서, 참 행복했다."(『아트 뉴스』 에서).

파일럿 피시와 부자들

포어아를베르크에서의 첫해는 아무것도 모르고 천진난만하게만 지낸 해였다. 두 번째 해는 눈사태로 많은 사상자가 생기면서 지난해 와는 전혀 다른 해가 되었다. 그때부터 나는 그곳 사람들과 마을에 대해 많은 것을 알아가기 시작했는데, 그중에는 필요 이상으로 너무 잘 알게 된 사람들도 있었다. 내가 마을 곳곳을 누비며 살피고 다녔 던 건, 새로운 것을 알아가는 재미도 재미지만 눈사태의 위험으로부 터 살아남기 위함이기도 했다. 마지막 해는 악몽 그 자체였다. 지상 최대의 즐거움으로 위장한 살인과도 같은, 죽을 지경으로 고통스러 웠던 한 해였다. 부자들이 나타난 때가 바로 그해였기 때문이다.

부자들은 늘 자신이 나타나기 전에 일종의 파일럿 피시*를 앞세운

---

* pilot fish, 동갈방어. 고래나 상어 옆에 바짝 붙어
다니면서 이들이 먹다가 흘린 먹이 부스러기나 음
식 쓰레기를 먹는데, 그런 모습이 마치 길을 안내
하는 모습처럼 보여 붙여진 이름이다. 키우고자
하는 값비싼 물고기를 수족관에 넣기 전에 미리
그와 비슷한 환경에서 자란 물고기를 넣어 키우다
가, 수족관 물에 좋은 상태의 박테리아 생태계가
만들어지는 2주 정도 후, 진짜 물고기를 옮겨 넣
으면서 버려지는 물고기를 의미하기도 한다. 물잡
이고기라고도 한다.

다. 그런 파일럿 피시는 때론 귀를 조금 닫고 때론 눈도 조금 가리고 있다가, 부자들 앞에만 가면 언제나 나긋나긋한 티를 팍팍 내면서 말도 더듬고 쭈뼛거린다. 그가 하는 말은 이런 식이다.

"글쎄, 내가 뭐 아는 게 있어야지. 아니래도 그런다, 전혀 몰라, 정말이야. 하지만 그 사람들이 좋은 건 나도 어쩔 수가 없어. 그 두 사람 다 너무 좋아서 하는 말이지만. 진짜라니까, 헴, 맹세하지." 또 어떨 때는 이렇게 말한다. "난 그 사람들이 정말 좋아. 자네 말이 무슨 뜻인지 알지 그럼(이쯤에서 피식 웃어 보인다), 그래도 그 사람들이 정말, 진심으로 좋은 걸 어쩌겠나. 그 여자한테는 치명적으로 멋진 뭔가가 있거든."(그러면서 그녀의 이름을 말하는데, 그런 그의 목소리에는 애정이 듬뿍 담겨 있다) "아니라니까, 헴, 그런 바보 같은 소리가 어디 있나. 까다롭게 그러지 좀 말라니까. 난 그 사람들이 진짜로 좋아서 이러는 거래도. 두 사람 다 내가 장담해. 자네도 그 친구(여기서는 어린애 같은 혀짤배기소리로 그의 별명을 부르면서)를 알게 되면 분명 좋아할 거야. 난 그 두 사람이 다 좋아서 하는 말이라니까, 정말이야."

그렇게 해서 부자들과 관계를 맺게 되고, 그러고 나면 그 어떤 것도 다시는 예전과 같을 수 없게 된다. 물론 파일럿 피시는 떠나고 없다. 그는 항상 어딘가로 가기도 하고 홀연히 어딘가에서 나타나기도 하면서, 결코 주변에 오래 머무는 법이 없다. 젊은 시절 이 나라 저 나라, 이 사람 저 사람의 삶에 발을 들여놓았다가 떠나는 것과 같은 방식으로 정계나 연극계도 잠시 기웃거리다가 떠난다. 그는 결코 잡히는 법이 없다. 부자들에게도 잡히지 않는다. 그 무엇에도 그는 잡히지 않는다. 잡혀서 고통받고 죽어가는 사람들은 오로지 그를 믿고 있는 사람들뿐이다. 일찌감치 빌어먹을 상놈이 되기 위한 그 무엇과도 대체될 수 없는 훈련을 받은 그는, 오랫동안 자신의 내면에 잠재해 있는 돈에 대한 집착을 부인해왔다. 하지만 자신의 손에 들어온 돈이란 돈은 악착같이 그러모아 결국은 스스로 부자가 되고 만다.

부자들은 그가 수줍음이 많고 사람을 잘 웃기고 재미있으며, 신출귀몰한 데다 이미 검증된 사람이라는 이유로 그를 좋아하고 신뢰했다. 마찬가지로 그는 누가 봐도 영락없는 파일럿 피시였기 때문에, 당시 그와의 이해관계가 처음부터 끝까지 진실하고 성실했음에도 불구하고, 그들은 그것을 일시적일 뿐인 가식이라 할 수 있었고, 그를 그들과 똑같은 사람이라 할 수 있었던 것이다. 그때 그는 그 사실을 모르고 있었지만 말이다.

주변에 서로를 사랑하고 행복하고 즐겁게 사는 모습이 좋아 보이고, 한 사람 또는 두 사람 모두 하는 일이 정말로 잘되고 있는 사람들이 있으면, 밤이면 철새들이 강렬한 송신탑 불빛에 이끌리듯 사람들은 그들에게로 마음이 끌린다.* 만일 그 두 사람이 경험이 아주 많거나 송신탑만큼이나 튼튼하게 지어졌다면, 새들 말고 그들이 받는 피해는 거의 없을 것이다. 행복하게 잘 살고 하는 일도 승승장구하는 모습으로 사람들의 눈길을 끌어당기는 사람들은 대체로 경험이 부족하다. 하지만 그들은 도를 넘지 않는 법 또한 아주 빨리 터득하면서 적당할 때 빠져나가는 법을 깨우친다. 그러나 그들은, 착하디 착

* 철새들은 별자리를 나침반 삼아 이동하는데, 별빛을 따라 비행하다가 송신탑이나 고층 건물의 불빛을 별빛으로 오인해 경로를 바꾸다가 길을 잃기도 하고, 마법에 홀린 것처럼 송신탑 주위를 빙빙 돌다가 목숨을 잃거나, 탑을 지탱하는 보조 철선에 걸려 최후를 맞기도 한다.

한 데다가 멋지고 매력적이며 가는 곳마다 인기 만점에 너그럽기까지 하면서 이해심마저도 한이 없는 부자들은, 겪어보지 못했다. 그런 부자들로 말하자면 나쁜 점이라곤 눈을 씻고 봐도 찾아볼 수 없는 사람들이며, 매일같이 눈이 휘둥그레질 정도로 멋진 파티를 열어주는 사람들이면서, 자신들에게 필요한 영양분을 다 맛보고 섭취하고 나면, 모든 것을 아틸라[1]의 말발굽에 짓이겨진 풀뿌리보다 더 황폐하게 말라 죽도록 내버려두는 사람들이다.

그해 우리에게 온 부자들도 어김없이 파일럿 피시를 앞세우고 나타났다. 한 해 전만 해도 결코 오지 않았을 사람들이었다. 당시 확실한 건 아무것도 없었다. 내 작업은 여전히 잘되고 있었고 나는 전보다 더 많이 행복했지만, 장편소설이라곤 단 한 편도 써놓은 게 없어 그들에게 확신을 줄 수 있는 건 아무것도 없었기 때문이다. 그들은 결코 확신이 가지 않는 일에 자신들의 시간도 매력도 허비하는 일이 없다. 그들이 그래야 할 이유가 뭐가 있겠는가? 피카소는 자신의 그림에 대한 확신이 있었다. 물론 그들에게 자신의 그림이 알려지기 전에도 그는 확신하고 있었다. 그들은 다른 화가에 대해서도 대단한 확신을 갖고 있었고, 그런 화가는 그 외에도 많이 있었다. 그런데 그건 그들이 그때까지 많은 시간을 투자하고 공을 들여왔던 분야였다. 더구나 그들이 그림을 좋아하고 바보만 아니라면, 그들 눈에 피카소는 충분히 훌륭한 화가이기도 했다.

그런데도 그해 나타난 그들은, 확신하고 있었다. 그뿐만 아니라 역시나 홀연히 나타난 파일럿 피시로부터 우리가 그들을 낯선 사람으로 여기지 않을 것이며, 내가 까다롭게 굴지 않을 거라는 귀띔도 받은 터였다. 물론 그 파일럿 피시는 우리 두 사람의 친구였다.

지금도 그때 일을 떠올리면 몸서리가 쳐진다. 그무렵 나는 『지중해 수로지』 개정판 내지는 『브라운 항해력』에 나오는 도표를 신뢰하듯, 그 파일럿 피시를 신뢰하고 있었다. 나는 그러한 부자들의 매력에 이끌린 나머지 총만 뗐다 하면 누구라도 따라나서려는 새 사냥개*나, 마침내 오롯이 자신만을 바라보고 사랑해주며 인정해주는 누군가를 찾은 서커스단의 조련된 돼지처럼 의심이라곤 할 줄 몰랐고 한없이 어리석었다. 하루하루가 축제일 수밖에 없다는 사실이 나에게는 놀라운 신대륙이라도 발견한 것 같았다. 심지어 나는 내가 다시 고쳐 쓴 장편소설의 일부를 그들 앞에서 소리 내어 낭독하기까지 했다. 그건 작가로 보면 정말로 추락할 대로 추락한 작가였고, 작가 자신에게는 겨우내 눈이 내려 크레바스가 단단히 메워지기도 전에 로프 없이 빙하 스키를 타는 것보다도 훨씬 더 위험할 수 있는 자살행위였다.

그들이 "어니스트, 멋지군요. 정말 멋져요. 얼마나 멋진 글인지 선생님은 모르실 거예요"라고 했을 때, 나는 기뻐서 마구 꼬리를 흔들었다. 그러면서 혹시 무슨 훌륭하고 매력적인 나무막대기라도 입에 물려주지나 않을까 내 눈으로 확인하기 위해, 매일매일이 축제가 되어버린 삶 속으로 풍덩 뛰어들었다. '내 글이 이 자식들 마음에 든다면, 무슨 문제라도 있는 거 아냐?'라고 생각하는 대신에 말이다. 하지만 그런 생각은 내가 제대로 된 프로 작가였더라면 했을 생각이었고, 그리고 내가 정말로 제대로 된 프로 작가였더라면, 그들 앞에서 원고를 낭독하는 행위 따위는 결코 하지 않았을 것이다.

그해 겨울은 공포 그 자체였다. 그 부자들이 나타나기 전에 이미

* bird dog, 사냥할 때 총에 맞은 새를 물어오는 개.

우리한테는, 어쩌면 이 세상에 존재하는 가장 상투적인 수법일지도 모르는 수법을 쓰는, 다른 부자가 침투해 있었다. 그건 미혼의 한 젊은 여자가 결혼한 다른 젊은 여자와 잠깐 아주 친한 친구가 된 다음, 미혼의 그 여자는 자신의 친구와 그녀의 남편이 있는 곳으로 와서 함께 지내고, 그런 다음 알게 모르게 천진난만하고 아무것도 모르는 얼굴로 그리고 집요하고 가차 없이, 그 남편과의 결혼에 착수하는 수법이다. 작가인 친구 남편이 많은 시간을 책을 쓰는 힘든 작업에 매달려 있느라 하루의 일과 중 많은 부분에서 부인의 좋은 남편이나 동반자가 되어주지 못할 때, 그 계획은 상대가 무슨 일이 일어나고 있는지 알아차리기 전까지 대단한 장점을 발휘한다. 작업을 마친 남편 곁에는, 이제 두 명의 매력적인 젊은 여자가 있다. 한 여자는 처음 보는 낯선 여자로, 그의 운이 나쁘다면 두 여자를 다 사랑하게 되는 것이다. 그렇게 되면 승자는 집요한 쪽이다.

정말로 말도 안 되는 바보 같은 이야기로 들릴 것이다. 하지만 두 여자를 동시에 정말로 사랑하고 진심으로 사랑한다는 건, 게다가 미혼인 그 여자가 결혼하기로 작정한다면, 한 남자에게 일어날 수 있는 가장 끔찍하고 가장 치명적인 파멸을 초래하는 일이다. 그러한 상황을 꿈에도 알 리 없는 부인은 남편을 굳게 믿고 있다. 두 사람은 참으로 힘든 시기를 함께 지나왔다. 그러한 시간을 함께 공유하고 있고 지금까지 서로를 사랑해오면서, 이제 그녀는 털끝만큼의 거짓도 없이 진심으로 완벽하게 남편을 신뢰하고 있다.

새로운 여자는 내가 자신만 사랑하는 게 아니라 아내도 사랑한다면, 자신을 진정으로 사랑할 수 없다고 말하고 있다. 물론 처음에는 그런 말을 하지 않는다. 그건 살인이 이루어지고 난 후에야 나오는 말이다. 내가 주변의 모든 사람에게 거짓말을 하고 다니고, 내가 아는 거라곤 두 여자를 진심으로 사랑하는 것이 전부일 때 하는 말이다. 그렇게 나는 불가능한 일을 하고 있다. 한 여자와 함께 있으면 그녀를 사랑하고, 다른 한 여자와 있을 땐 그녀를 사랑하고, 다 함께 있을 땐 두 사람 모두를 사랑하는 시간이 계속 이어진다. 지금 나는 내가 했던 모든 약속을 다 어기고, 예전 같았으면 절대 하지 못하고 하고 싶지도 않을 줄 알았던 온갖 일들을 다 저지르고 있다. 승자는 집요한 쪽이다. 그러나 결국에는 지는 자가 이기는 법이다. 그것이야말로 그때까지 나한테 일어났던 일 중 가장 다행스러운 부분이다. 이러한 일들이 그해 겨울에 대해 내가 기억하고 있는 이야기들이다.

아내와 나는 모든 것을 함께해왔고 함께 있으면서 단 한 번도 지루했던 적이 없었다. 그리고 우리 사이에는 그 누구도 깨뜨릴 수 없는 그 무엇이 있다. 우리는 우리의 아이를 사랑한다. 그리고 파리를 사랑하고, 스페인을, 스위스의 산골 마을들을, 돌로미티산맥을, 그리고 포어아를베르크를 사랑한다. 우리는 우리의 일을 사랑하고, 아내는 나의 일을 위해 자신의 일을 희생했으면서도 단 한 번이라도 그런 이야기를 입 밖에 꺼낸 적이 없었다.

그런데 이젠, 그렇게 사랑하는 두 사람과 그들의 아이 대신, 사랑하는 두 사람이 세 사람이 되어 있다. 처음에는 그 사실이 놀랍고 재미있는 일로 다가오고, 그런 상태의 시간이 한동안 이어진다. 정말로 사악한 모든 것은 분명 천진난만함에서 시작되는 것이 틀림없다. 그렇게 하루를 보내고 또 하루를 보내며 눈앞의 상황을 즐기고 걱정하지 않는다. 나는 두 사람을 다 사랑하고 있고 또 거짓말을 하고 있고 또 그런 상황을 증오하고 있다. 그런 생활이 나를 파멸시키고 있고,

하루 이틀이 지날수록 점점 더 위태로워지고 있고, 그럴수록 나는 점점 더 일에 빠져든다. 그러다가 일에서 벗어나보면, 있을 수 없는 일이 일어나고 있는 현실을 깨닫는다. 그러면서도 그날그날을 그냥 마치 전쟁터에 있는 것처럼 살고 있다. 한밤중에 잠에서 깨어보면 나를 제외한 모두는 아직은 행복하다. 지금 나는 두 사람을 다 사랑하고 있다. 난 이제 틀렸다. 내 안에 있는 모든 것이 반으로 나누어졌다. 나는 지금 한 사람 대신, 두 사람을 사랑하고 있는 것이다.

한 사람과 함께 있으면 나는 그녀와 그곳에 없는 사람을 사랑한다. 다른 한 사람과 함께 있으면 나는 그녀와 그곳에 없는 다른 한 사람을 사랑한다. 두 사람 모두와 함께 있으면 나는 두 사람을 모두 사랑하는데, 이상한 것은 내가 행복하다는 사실이다. 그러나 그러한 상황이 계속되자, 이제는 새로운 여자가 행복하지 않다. 내가 두 사람 모두를 사랑하고 있는 것이 눈에 보이기 때문이다. 하지만 아직은 그런대로 받아들이고 있다. 그녀는 그녀와 단둘이 있으면 내가 자신을 사랑하고 있는지 알고 있다. 그녀는 사람이 누군가를 사랑한다면, 그가 아닌 다른 그 어떤 사람도 사랑할 수 없는 거라고 믿고 있다. 나는 그녀의 마음을 편하게 해주려고, 그리고 비록 나라는 인간은 구제불능인 인간이기는 하지만 나 자신이 편하려고, 다른 한 사람에 대한 이야기는 한 마디도 하지 않는다.

나는 그녀가 도대체 언제 결심을 굳혔는지 알 수가 없다. 어쩌면 그녀 자신도 모를지도 모른다. 하지만 그해 한겨울 어느 시점에, 그녀는 결코 나의 아내와의 우정을 깨뜨리는 일 없이, 손님이라는 자신의 입장에서 누릴 수 있는 이점이라는 이점은 하나도 놓치는 일 없이, 언제나처럼 완벽하게 천진난만한 모습을 유지한 채, 치밀한 계산하에 일부러 멀리 떠나기도 하지만 언제라도 내가 미치도록 그녀를 그리워할 만큼의 시간만 떠나 있으면서, 꾸준히 그리고 집요하게 나와의 결혼을 향해 다가오기 시작했다.

눈사태가 많이 났던 그 겨울은 그때의 마지막 겨울에 비하면 어린 시절처럼 마냥 행복하기만 한 나날이었다.

이제는 여전히 낯선 새로운 여자가 나의 반을 소유하게 되었고, 그 여자가 결혼하기로 작정하고 나섰는데, 나는 나도 결혼생활을 깨기로 했다는 말을 할 수가 없었다. 왜냐하면 나는 그것을 그저 불가피한 과정으로, 종말이 아니라 어쩌면 그냥 넘어가거나 피해 갈 수도 있을 지극히 유감스러운 과정일 뿐이라고 생각하고 있었기 때문이다. 그때 그녀는 유일하게 아주 중대한 실수를 범했다. 바로 양심의 가책이 지닌 힘을 과소평가했던 것이다.

나의 첫 단편집과 이후에 쓴 책들을 출판하기로 계약한 뉴욕 출판사와의 일을 해결하기 위해, 나는 슈룬스를 떠나 뉴욕으로 가야 했다.* 북대서양의 겨울은 매서웠다. 뉴욕에는 무릎 높이까지 움푹움푹

---

* 해들리는 반대했지만 폴린의 강력한 권고로 헤밍웨이는, 보니 앤 리브라이트 출판사와 당사의 인기 작가인 셔우드 앤더슨의 『기분 나쁜 웃음소리』를 풍자한 『봄의 격류』(1926)의 계약을 해지하고, 스크리브너 출판사와 계약하기 위해 뉴욕으로 갔다. 이후 『태양은 다시 떠오른다』(1926)도 스크리브너에서 출판되면서, 헤밍웨이는 해들리에게 이혼의 조건으로 이 책에 대한 인세를 제안했고, 이를 받아들인 그녀와 1927년 1월 이혼한 후 같은 해 5월에 폴린과 결혼했다. 『태양은 다시 떠오른다』의 출판저작권뿐만 아니라 1957년에 제작된 영화 『태양은 다시 떠오른다』의 저작권도 해들리에게 돌아갔다.

빠지는 눈이 내렸다. 파리에 돌아왔을 때 나는 동역으로 가서 나의 아내가 있는 오스트리아에 나를 내려 줄 첫 기차를 탔어야 옳았다. 하지만 나는 두 번째, 세 번째 기차도 타지 않았다.

내가 사랑에 빠진 그 여자가 그때, 파리에 있었던 것이다. 여전히 나의 아내에게 편지를 보내면서.

그때 파리에서 우리가 함께 갔던 곳, 우리가 함께 나누었던 것, 우리가 했던 그 모든 이기적인 행동과 아내를 배신한 대가로 얻은, 믿을 수 없을 정도로 고통스럽고 그런 만큼 너무도 짜릿한 행복감에 젖어 나는 어쩔 줄 몰라 했다. 그 결과 저항할 수 없을 만큼 지독한 행복감만큼이나 절망적이고 암담한 죄책감이 몰려왔다. 하지만 그건 내가 저지른 죄에 대한 혐오감이었을 뿐, 쓰디쓴 회한은 아니었다. 오로지 끔찍한 양심의 가책만이 나를 휩싸고 있을 뿐이었다.

기차가 역사에 쌓아둔 통나무 더미 옆을 지나 안으로 들어오면서 선로 옆에 서 있는 아내가 내 눈에 들어왔을 때, 나는 그녀가 아닌 그 누구를 사랑하기 전에 차라리 죽어버릴 걸 그랬다고 생각했다. 아내는 미소 짓고 있었다. 눈과 햇볕에 그을린 아내의 사랑스러운 얼굴과 아름다운 몸 한가득 햇살이 비치고 있었고, 겨우내 볼품없이 들쑥날쑥 자라난 아내의 붉은빛이 도는 황금빛 머리카락이 햇빛을 받아 반짝이는 모습은 눈물이 나도록 아름다웠다. 그리고 아내 곁에는, 추운 겨울 날씨에 볼이 터서 착한 포어아를베르크 시골 소년 같아 보이는 장밋빛 뺨을 한, 금발의 오동통한 우리의 범비 군이 서 있었다.

"오, 테이티." 내가 품에 안자 아내가 말했다. "드디어 돌아왔네요, 여행은요, 정말 멋지고 성과도 좋았던 거 맞죠. 사랑해요, 우린 당신이 얼마나 그리웠는지 몰라요."

나는 아내를 사랑했다. 아내 외에는 그 누구도 사랑하지 않았다. 단둘이 있는 우리만의 꿈결 같은 시간이 마법처럼 흘러가고 있었다. 늦은 봄 산에서 내려와 파리로 돌아가서 또 다른 일이 생기기 전까지 작업은 잘되고 있었고, 우리는 함께 멋진 여행도 했다. 양심의 가책이란 훌륭하고 유익한 것이었다. 어쩌면 내가 조금이라도 운이 좋고 내가 좀더 좋은 사람이었더라면, 그러한 양심의 가책이 앞으로 다가올 3년 동안 나의 진실하고 변함없는 동반자가 되어주는 대신, 그때까지보다 더 지독한 일을 겪지 않도록 나를 구해주었을지도 모른다.

어쩌면 그런 부자들도 착하고 좋은 사람들이었을지도 모르고 파일럿 피시도 친구가 맞았을지도 모른다. 분명한 건 부자들이 자신들의 목적을 위해 한 거라곤 아무것도 없었다. 그때 그들은 누군가는 그림을 수집하고 또 누군가는 명마를 키워내는 것처럼, 사람을 수집했던 것뿐이며, 나로 하여금 온갖 무자비하고 사악한 결정을 내리도록 뒤에서 나를 도와주었을 뿐이다. 그때는 그 모든 결정이 대단히 불가피하고 필연적이며 훌륭한 것처럼 보였지만, 그 모든 건 기만이 가져온 결과였다. 비록 타고난 성격적 결함으로 내린 결정의 결과는 궁극에 가서는 하나같이 다 좋지 않았지만, 그 결정이 잘못되었다는 이야기가 아니다. 어떤 한 사람과 함께 다른 한 사람을 기만하고 거짓말한 사람은, 결국 언젠가는 또 그렇게 하는 법이다. 그리고 한 번 그런 일을 당하면 다른 사람에게 또 당하게 되어 있다. 내가 잘못된 일을 하고 있을 때 뒤에서 도와주고 부추겼던 그런 부자들을 나는 증오했다. 하지만 모든 앞뒤 사정도 모르는 그들이 그것이 잘못된 일인지, 그리고 그것의 결과가 좋지 않을 것인지 어떻게 알 수 있었겠는가? 그건 그 사람들의 잘못이 아니었다. 그들의 잘못이라면 다른 사람들의 인생에 발을 들여놓았던 것뿐이다. 다른 사람들에게는 불운이었지만, 그들에게는 그 불운이 그보다 더한 악운이 되어 돌아갔다. 결국 그들은 불운이 검은 마수를 뻗칠 수 있는 그야말로 가장 지독하고 비참한 최후를 맞이하기까지, 온갖 불운이란 불운은 다 겪으며 살아야 했다.

그 여자가 자신의 친구를 기만했던 건 소름끼치는 일이었지만, 그건 그런 사실에 혐오감을 느끼지 못했던 내 잘못이며, 눈이 멀어 맹목적이 되어버린 나의 무분별함 때문이었다. 그 속에 휘말려들어 사랑에 빠지면서, 나는 그로 인해 나 자신에게 쏟아지는 모든 비난을 기꺼이 받아들이고 평생을 양심의 가책을 안고 살았다.

그 양심의 가책은 나의 아내가 예전의 나보다, 아니 내가 앞으로 될 수 있을 나보다 훨씬 더 훌륭한 남자와 결혼했고 그녀가 행복하다는 사실을 알기 전까지, 낮이건 밤이건 한 번도 내 곁을 떠난 적이 없었다.*

그러나 내가 다시 부정한 일로 돌아가게 될 거라는 사실을 깨닫기 전이었던 그해 겨울, 슈룬스에서 우리는 정말 행복했다. 그때의 일들이 새록새록 되살아난다. 그해 산에는 봄이 찾아오고 있었다. 그 모

---

* 1927년 봄 헤밍웨이와 이혼한 해들리(Elizabeth Hadley Richardson, 1891~1979)는 저널리스트이자 정치부 기자로 1929년 퓰리처상을 수상한 폴 모우러(Paul Scott Mowrer, 1887~1971)와 1933년 7월 3일 런던에서 결혼한 후 시카고 교외에서 살았으며, 범비와 사이가 좋았던 그에게 대단히 고마워했다. 이후 해들리와 헤밍웨이는 그녀가 남편과 휴가를 보냈던 와이오밍에서 우연히 만났는데, 그것이 이혼 후 그들의 처음이자 마지막 만남이었다.

든 기억이 가슴에 사무친다. 나의 아내와 내가 서로를 얼마나 많이 진심으로 사랑하고 신뢰했는지, 그리고 부자들이 모두 떠난다고 해서 우리가 얼마나 행복해했는지, 그리고 우리가 다시 안전해졌다는 사실에 내가 무슨 생각을 했는지. 그러나 우리는 안전하지 않았다. 파리에서의 삶의 첫 장이 그렇게 끝이 났다.

다시 찾은 파리는 여전히 파리였건만, 예전의 파리가 아니었다. 파리가 변했듯 나도 변했다. 우리는 두 번 다시 포어아를베르크를 찾지 않았으며, 부자들도 그랬다. 파일럿 피시마저도 그랬던 것 같다. 그에게는 부자들에게 안내해줄 새로운 장소가 생겼고 마침내 본인도 부자가 되었기 때문이다. 하지만 가장 먼저 불운을 겪은 사람이 그였으며, 그건 다른 누구에게 닥친 악운보다도 훨씬 더 가혹한 것이었다.

요즘 사람들은 아무도 스키를 신고 산에 오르지 않고, 거의 모든 사람들이 다리가 부러지는 부상을 경험한다. 그런데 지나고 보면 어쩌면 다리가 부러지는 것이 마음이 아픈 것보다 더 견디기 쉬운 일일지도 모른다. 비록 요즘에는 안 다치는 데가 없고 때론 시간이 지나면 많은 경우 부러진 자리가 더 단단하게 붙는다고들 하지만, 그건 난 지금도 잘 모르겠다. 그렇지만 이 모든 이야기는 우리가 무척 가난하고 무척 행복했던, 우리들의 젊은 날 파리의 모습이었다.

파일럿 피시와 부자들

1) Attila, 395~453, 중앙아시아의 투르크계 유목 기마민족인 훈족 최후의 왕. 유럽 훈족 가운데 가장 강력한 왕으로, 서구인에게는 공포의 대명사였다.

아무것도 그러니까 아무것도*

    이 이야기는 해들리와 나, 우리가 안전지대에 있다고 믿고 있었던 시절에 함께한 사람들과 그들과 함께 보낸 장소에 대한 이야기가 될 것이다. 그런데 실은 우리는 안전하지 못했고, 그런 이유로 파리에서의 삶의 첫 장이 끝이 나버렸다. 이제는 스키 바닥에 실스킨을 붙이고 산에 오르는 사람은 아무도 없다. 요즘에는 그럴 필요가 없다. 품질도 다양한 바인딩이 종류별로 나와 있기 때문이다. 궁극적으로 보면 다리가 부러지는 것이 어쩌면 마음이 아픈 것보다 더 견디기 쉬운 일일지도 모른다. 사람들은 어떠한 골절이라도 많은 경우 부러진 자

---

* Nada y Pues Nada(나다 이 뿌에스 나다), 영어로 'Nothing and then nothing'에 해당하는 스페인어. 헤밍웨이의 단편 「깨끗하고 환한 곳」(1933)에도 등장하는 말이다. 스페인의 한 도시 밤의 카페에서, 얼마 전 자살을 시도했지만 실패한 한 노인을 바라보는 나이 든 호텔 웨이터는, 인생이 아무것도 아니라는 사실을 이해하면서 노인에게 동병상련을 느끼고, 노인이 깨끗하고 빛이 환한 카페에 오래 머물도록 해주고 싶어 하면서 혼자 생각한다. "모든 건 아무것도 그러니까 아무것도 그러니까 아무것도 아니었다는 거지."(All was nada y pues nada y nada y pues nada) 영문학자들은 이 부분을 헤밍웨이가 결국 자살하게 된 이유를 설명해주는 대목으로 해석하기도 한다.

리가 더 단단하게 붙는다고 하지만, 그 점에 대해서는 나는 지금도, 바로 오늘 아침까지도, 잘 모르겠다. 그러나 누가 한 말인지 알고 있기에 그 말에 동의는 못 해도, 지지는 한다.

요즘 사람들은 우리 때보다 스키를 더 잘 배워서 우리보다 스키를 훨씬 잘 탄다. 스키를 잘 타는 사람들의 모습을 보면 정말 아름답다. 예전보다 더 빠른 속도로 활강하면서 마치 새처럼, 신비로운 비결을 많이 알고 있는 신기한 새처럼 순식간에 몸을 낮추었다가 바로 내리꽂는데, 눈이 단단히 다져진 트랙이 필요한 그들에게 지극히 위험한 것은 깊이 쌓인 갓 내린 눈밖에 없다.

예전처럼 로프 없이 빙하를 활강하고 스키 패트롤도 없던 때에도, 우리 나름대로 비결을 터득하고 있었던 것처럼, 요즘 사람들에게도 그들만의 비결이 많이 있다. 우리보다 더 훌륭한 스키어인 그들은 설령 리프트가 없다 하더라도 높은 산에서도 스키를 잘 탔을 것이다. 그들에겐 바로 그런 고산 스키가 제격이다. 거기에는 또 다른 문제가 기다리고 있겠지만 말이다.

그들이 여유 있게 일찌감치 출발하고 새로운 복병에 대처할 비결과 실력만 갖추고 있다면, 올해 선밸리 대회에 출전한 선수처럼 질주한다 하더라도 골절상을 입을 일은 없을 것이다. 도처에 구조물이 설치되어 있어 인명사고도 날 리 없다. 요즘엔 일부러 눈사태를 일으키려고 대포를 쏘고 박격포를 퍼붓기까지 하기 때문이다.*

---

　* 대형 눈사태를 예방하기 위해 일부러 박격포를 발사해 인공 눈사태를 일으키는데, 눈이 많이 쌓여 예상치 못한 때에 눈사태가 발생하기 전에 미리 인위적으로 눈사태를 일으켜 사고를 예방하기 위함이다.

그렇다고 하더라도 어떤 특정 조건하에서 다리가 부러지지 않을 거라는 장담은 그 누구도 할 수 없다. 마음을 다친다는 건 그것과는 다르다. 세상에 그런 건 없다는 사람도 있다. 분명한 건 마음이 없는 사람은 마음을 다치려고 해도 다칠 수가 없겠지만, 다치기 시작하면 수많은 것들이 한꺼번에 몰려와 그 사람의 마음을 송두리째 앗아가 버린다는 것이다. 아마 그런 사람들의 마음속에는 아무것도 남아 있지 않을지도 모른다. 아무것도.* 내 말을 믿어도 좋고 안 믿어도 좋다. 또한 그것이 사실일 수 있고 아닐 수도 있다. 그런 걸 대단히 훌륭하게 잘 설명해주는 사람들이 있는데, 바로 철학자들이다.

글을 쓰는 데에도 많은 비결이 있다. 글을 쓰는 당시 어떻게 보이든 상관하지 않고 글을 생략할 대로 생략해도, 잃어버리는 건 결코 아무것도 없다. 오히려 생략된 글이 언제나 남아 있는 글에 힘을 실어주면서 더욱 강한 힘을 발휘하게 되는 것이다. 혹자는 말하길, 글을 쓰다 보면 출판사에 원고를 넘기기 전까지는 그 어떤 글도 자신의 것이 아니라고 하는가 하면, 시간에 쫓겨 글을 급하게 쓰다 보면 결국에는 버려야 할지 모른다고도 한다. 내가 파리에 대한 이 이야기를 썼던 때보다 훨씬 더 많은 시간이 흐른 후 이 이야기를 내 소설에 쓰기 전까지는, 이 이야기도 내 것이 아닐지도 모르는데, 그렇게 되면 이 이야기는 버려야 할 수도 있거나 또다시 도둑맞거나 할 수도 있을 것이다. 다른 이야기를 하는 사람들도 있지만, 그다지 새겨들을 만한 이야기는 못 된다. 그건 연금술처럼 우리 안에 있는 신비한 힘이 만

---

* 헤밍웨이는 여기서 스페인어로 'Nada'(무, 허무, 존재하지 않는 것, 가치가 없는 것)라고 썼는데, 문맥상 '아무것도'라고 번역했다.

들어내는 비법에 대한 것으로, 비법이나 신비한 힘에 대해 알지 못하는 사람들의 글에 많이 등장하는 이야기다.

요즘은 훌륭한 작가보다는 글로 설명을 하려는 사람들이 더 많은 세상이다. 훌륭한 작가가 되기 위해서는 다른 모든 것에 더해 운도 따라줘야 하는데, 바로 그 운이라는 게 항상 따라주는 것이 아니다. 그 점이 유감스럽기는 하지만 그렇다고 불평할 건 없다. 마찬가지로 내가 글로 설명하려 드는 그런 사람들의 생각에 동의하지 않더라도, 나한테 글로 설명하는 방법과 그래야만 하는 이유에 대해 알려주는 그들에 대해 불평해서도 안 된다. 그들은 그냥 그 모든 걸 설명하도록 내버려두면 되는 것이다. 그러나 내가 알고 있는 내 마음속의 공허함과 다른 사람들 마음속에 살고 있는 나의 일부가 조화를 이루도록 하는 것이 어려운 일이라는 건, 틀림없는 사실이다. 내게 행운을 빌어주는 사람이 있는가 하면 그렇지 않은 사람도 있다. 훌륭한 글은 말 한마디로 쉽사리 망가지는 게 아니지만, 그래도 농담은 가려서 할 일이다.

이런 이야기를 하다보니 지난번에 췌장암에 걸려 여전히 옆구리에 담즙 배액 주머니를 찬 채 쿠바에 왔던 에반 생각이 난다. 그때 봤던 그는 아주 말쑥하게 차려입은 모습이었다. 조간신문 『텔레그래프』[1)]에 실을 걸프스트림 파크 경마장에서 열리는 경마대회를 취재하고 있었는데, 그 일이 잘되어 내가 있는 곳으로도 날아온 것이다. 그러면서 그는 자신에게 없어서는 안 될 모르핀도 처방전도 가져오지 않았다. 사람들한테서 쿠바에서는 모르핀 구하기가 쉽다는 말을 들었던 것인데, 사실은 그렇지 못했다. 얼마 전에 단속이 있었기 때문이다. 그는 나에게 마지막 작별 인사를 고하러 온 것이었다. 그러나 당연히 그는 그런 말은 하지 않을 것이다. 그런 그에게서 담즙 배액 주머니에서 나는 특유의 냄새가 났다.

"의사가 틀림없이 갖고 올 건데 뭘." 그가 말했다. "무슨 일이 있나 보지, 늦는 걸 보면 말야. 아픈 모습 보여 미안해, 헴, 귀찮게 하는 것도 그렇고."

"아무리 그래도 지금쯤이면 와야 하는데."

"우리 그동안에 재미있었던 옛날 일이며 좋았던 사람들 이야기나 하자고. 데스노스²⁾ 기억나? 그 친구가 책도 보내줬지 왜. 그 책, 정말로 좋았는데."

"그때는 기억나? 무르시아 병원에 있어야 할 사람이, 눈이 그렇게 펑펑 쏟아지는데도 알파르가타*를 신고 마드리드에 나타난 거야. 자네가 부상당하고 요양 휴가를 나왔을 때였잖아. 자넨 침대 발치에 걸터앉아 담요를 덮고 자고, 존 차나카스가 바닥에서 잤지 아마. 그리고 우리한테 음식을 만들어준 게 존이었던가?"

"존, 그 친구 정말 착했어. 그 친구가 목동이었을 때 봤다던 그 늑대 이야기, 기억나? 자꾸 기침이 나와 내가 사람들 눈치를 아주 많이 보던 때였거든. 그런데 피를 토하고 나니까 그런 게 의미가 하나도 없더라고. 다만 어떻게 해야 할지 난감하긴 했지. 지금 생각해보면 말이야, 파리 시절은 참 행복했던 시간이었어. 키 웨스트도 아주 좋았지. 그래도 단연 최고는 스페인이었어."

* alpargata, 스페인 민속 신발. 흔히 프랑스어로 에스파드리유(espadrille)라고 하는데, 황마를 엮어 만든 짚신 바닥에 캔버스 천을 댄 아주 납작한 신발이다.

"그러다가 전쟁이 또 일어났잖아. 참, 자넨 정말 어떻게 하다가 참전하게 된 거야?"

"간절히 원하면 다 받아주게 되어 있지. 아주 진지하게 제대로 각을 잡았더니 상사를 시켜주더라고. 스페인 내전을 겪고 나면서부터 많이 수월해졌지. 어떻게 보면 다시 학교 다니던 시절로 돌아간 것 같기도 했고, 뭐랄까 꼭 경주마[3]들과 함께 지내고 있는 것 같았으니까. 전투를 과제라고 보면 말야, 아주 재미있는 과제였어."

"자네가 쓴 시는 내가 다 감춰뒀어."

에반의 고통이 극심해지자 우리는 더 열심히, 그 많고 많던 정말로 재미있었던 일과 좋았던 사람들을 떠올리고 있었다.

"헴, 자네가 내 시 생각을 많이 해줬지. 내 시가 꼭 발표되어야 할 정도의 것은 아니야. 하지만 이제 난 말야, 그 시들이 존재한다는 것 자체가 중요한 거라고 믿고 있어. 헴, 우리 둘 다 참 어지간히도 오래 살았어, 안 그래? 그리고 자넨, '나다'에 관한 글을 기가 막히게 잘 썼어."

"나다 이 뿌에스 나다.^{Nada y Pues Nada}" 이 말을 하면서 그때 나는 멕시코 만류와 바다와 그에 얽힌 여러 일들을 떠올리고 있었다.

"헴, 내 상태가 심각하더라도 신경 쓰지 마. 난 이렇게 더닝 씨 이야기랑 그 옛날 파리호[4]를 타고 멋지게 항해하던 중에 봤던 감금실 속 미치광이[5]며, 보스퍼 씨가 사라졌던 이야기들을 하고 있으니 좋기만 하니까. 앙드레하고 장 생각도 나고, 카페에 있던 두 사람, 웨이터들 말이야. 또 앙드레 마송과 호안 미로,[6] 그 친구들한테 일어났던 일도. 그때 일 기억나? 자네가 은행에서 받은 수당을 나한테 줬던 거 말야. 그때 내가 그 돈으로 샀던 그림들은? 누가 뭐래도 자넨 계속 글을 써야만 해, 자네가 글을 쓰는 건 우리 모두를 위한 거니까."

"우리 모두라니?"

"또 시작이군 그래, 자넨 제발 까다롭게 그러지 좀 마. 젊은 날의 우리라는 뜻이지, 내 말은. 그리고 그 시절 가장 좋았던 곳도 되는 거고, 좋지 않았던 곳도 되는 거고, 그리고 스페인도 되고. 그리고 또 다른 곳도 되고, 그때부터 지금 이 시간까지 일어났던 그 모든 일을 말하는 거지. 자넨 언젠가 생각지도 못했던 때에 생각지도 못했던 어딘가에서 있었던 우리만 아는 재미있던 일이며, 그 외 다른 이야기들도 다 글로 써주어야 하는 거야. 다시는 그 일에 대해 떠올리고 싶지 않을 때도, 꼭 그렇게 해줘. 그리고 지금 이야기도 써줘야 해. 난 경마 일로 너무 바빠서 지금 이야기는 할 게 없어서 말야. 오로지 내 이야기밖에 없어."

"그나저나 에반, 그걸 갖고 오는 사람이 이렇게 늦으니 큰일인데. 그거, 모르핀이 바로 오늘 우리의 지금 이야기군."

"그냥 통증일 뿐인데 뭘." 그가 말했다. "늦는 데는 분명 그럴 만한 이유가 있겠지."

"집에 들어가서 뭐가 있는지 좀 찾아보자고. 에반, 자네 수술은 받을 수 있는 거 아니야?"

"그렇지, 당연히 이미 받았지. 우리 이제 서로의 건강에 대한 이야기는 좀 안 하면 안 되겠나? 자네 검사 결과가 음성으로 나와서 난 그게 얼마나 다행인지 모르겠어. 정말 잘됐어, 헴. 자네가 글 쓰는 것에 대해, 내가 자꾸 이렇게 심각하게 이야기해도 뭐라 그러지 마. 난 지금 자네한테, 내가 내 시에 대해 했던 것과 정반대로 해달라고 부탁하고 있는 거니까. 내가 왜 이러는지 자넨 이해하잖아. 우린 한 번도 서로에게 설명 같은 걸 해본 적이 없었으니까. 난 지금 내 이야기를 쓰고 있는 거야. 경마 이야기가 내 이야기니까. 지금 자네 이야기는 아주 흥미진진해서 정말 좋아.* 그리고 말이지, 나한테 그 많은 장소며 사람들을 선물해준 게 바로 자네야."

"에반, 어디 좀 있을지도 모르니까 들어가서 찾아보자고. 배에서 쓰던 게 하나 통째로 남아 있었거든. 어쩌면 배에 놔두기가 그래서 태워버렸을지도 모르겠지만, 그래도 말야."

"의사와 길이 어긋나면 못 만날 수도 있을 텐데."

"다른 의사를 불러야지. 이렇게 못 견딜 정돈데 더 기다린다는 건 말도 안 돼."

"괜히 신경 쓸 것 없어. 내가 가져왔어야 하는 건데. 의사는 틀림없이 오고 있을 거야. 괜찮다면 난 그냥 별채7)에 건너가서 잠깐 좀 누워 있을게. 헴, 글 쓰는 것, 잊지 않는 거지?"

"그럼." 내가 말했다. "글 쓰는 것, 절대 잊지 않을게."

전화를 걸러 밖으로 나가면서 나는 생각했다, 그럼 물론이지.

무슨 일이 있어도 내가 글 쓰는 걸 잊을 일은 없을 것이다. 글을 쓰

---

* 1954년 『노인과 바다』(1952)로 퓰리처상과 노벨상을 수상한 헤밍웨이는 1956년 11월 파리 리츠 호텔에서 작가 아론 에드워드 호치너와 점심 식사를 하던 중, 1927년 루이뷔통에서 그를 위해 특별 제작을 해준 트래블 라이브러리 트렁크 두 개가 1928년 이후부터 호텔 지하실에 보관되어 있다는 이야기를, 호텔 주인 샤를 리츠로부터 전해 들었다. 잊고 있었던 그 트렁크 속에는 그의 파리 시절이 기록된 파란색으로 책등을 댄 공책과 이 책의 원고들이 들어 있었다. 이때는 가방을 되찾은 기쁨에 흥분한 헤밍웨이가 다시 쿠바로 돌아와 이 책을 쓰기 시작하던 때였다.

는 것이야말로 내가 태어난 이유이고, 내가 해야 할 일이자, 지금까지 내가 해온 일이었고, 내가 또다시 하게 될 일이기 때문이다. 사람들이 내 글에 대해, 나의 장편소설이나 단편소설 그리고 그 글을 쓴 나에 대해 하는 그 어떤 말도 나는 괜찮았다.

누가 뭐래도 나한테는 내 개인 소지품이나 에반 시프먼의 미발표된 시 몇 편, 펜으로 표시를 해놓은 지도 몇 장, 심지어는 해당 관청에 인도할 시간이 없어 내가 그냥 가지고 있는 무기류 같은 것까지도 들어 있는, 자물쇠 달린 트렁크나 더플백을 마음 놓고 놓아두거나 보관해도 되는 창고랄까 보관소들이 있기 때문이다.

이 책에는 나의 머리와 가슴속 창고에 넣어두었던 이야기들이 담겨 있다. 비록 그 창고 중 하나는 누군가가 손을 댔고, 나머지 하나는 아예 존재하지도 않지만 말이다.[8]

아무것도 그러니까 아무것도

1) *The Daily Telegraph*, 1855년에 창간된 영국의 일간신문.

2) Robert Desnos, 1900~45, 프랑스의 시인, 초현실주의 운동의 선구자. 최면 상태에서의 꿈을 이야기하는 무의식적인 자동 언어 기술에 천재적인 능력을 발휘하기도 했지만, 그의 시의 참다운 본성은 서정성이었다. 제2차 세계대전에 참전하여 독일군의 전시 포로가 되었다가 석방된 후, 독일 점령 하의 파리에서 비밀 출판되던 문예지 『심야총서』(*Éditions de Minuit*)에 가담해 레지스탕스 운동을 하던 중 체포되어, 체코슬로바키아의 테레지엔슈타트 강제 수용소에서 티푸스로 사망했다.

3) 제2차 세계대전 직전 미 육군에서는 기병대를 기갑부대로 교체하는 문제를 논의했지만, 기마병과 장교들 반대에 부딪히면서 탱크가 전장에 투입된 지 3년이 지나서야 기병대를 해체했다.

4) 대서양 횡단 정기 여객선으로, 1916년에 취항하여 1939년 르 아브르항에서 화재로 전복되었다.

5) 19세기 프랑스 시골 농가에서는, 들판에 통나무로 얼기설기 엮어 동물원 우리처럼 만든 우리 속에 정신병자를 감금시켰다.

6) Joan Miró, 1893~1983, 스페인의 화가. 카탈로니아 지방 특유의 강렬한 꿈과 시정이 감도는 초기 작품에서 조형적인 초현실주의로 전환했다. 헤밍웨이가 그의 스파링 파트너였는데, 다음은 1934년에 헤밍웨이가 쓴 글이다.
"내가 처음 미로를 알게 되었을 때 그는 돈이 너무 없어 근근이 먹고살았다. 9개월 동안 매일같이 그는 어떤 그림을 그리고 있었는데, 아주 커다랗고 정말 멋진 「농가」라는 그림이었다. 「농가」를 완성한 미로에게는, 그리고 『율리시스』를 완성한 제임스 조이스에게는, 그들이 기울였던 노력 그 이상을 기

452

대할 자격이 있었다."

그의 작품이 세간으로부터 이해받지 못했던 1925년 9월 헤밍웨이는 「농가」
를 해들리의 생일선물로 사주었다. 그는 이 그림을 평생토록 간직했는데, 쿠
바의 핀카 비히아의 식당에도 걸려 있었다.

7) 헤밍웨이는 쿠바의 핀카 비히아(Finca Vigía, 망루가 있는 농장이라는 뜻)에
서 1939~60년 동안 살았는데, 처음에는 세를 들어 지내다가 1940년에 세
번째 부인 마사 겔혼(1945년 이혼)과 결혼하면서 매입한 이 집에서 네 번째
부인 메리 웰쉬와도 함께 지냈다. 이곳 집필실에서 『누구를 위하여 좋은 울
리나』(1940)와 『노인과 바다』(1952)가 탄생했다. 본문에서 에반이 말한 곳
은 본채 옆에 헤밍웨이가 새로 지은 작은 2층 별채를 말한다.

8) 헤밍웨이는 해들리와의 파경과 이듬해 아버지의 자살 이후 심해진 음주로,
양극성 장애가 악화되어 피해망상증과 우울증을 앓으면서 메이요 정신병원
에서 전기충격 치료를 받았다. 치료를 받고 나면 자신의 이름조차 기억하지
못할 때도 있었는데, 그건 기억이 자신의 모든 것이며, 그것으로 글을 써야만
살아가는 의미가 있는 헤밍웨이에게는, 더 이상 살아갈 이유가 없어진 것이
라 할 수 있었다. 그가 이렇게 되기까지에는 또다른 배경이 있다. 제2차 세계
대전 후 미국과 소련이 냉전 중이던 1959년에 수립된 쿠바의 피델 카스트로
혁명정부에 대해, 미국은 자신의 코앞에 소련과 가까운 정부가 들어서는 것
을 막고자 군사적·외교적 압력을 가했다. 카스트로에게 호의적이었다는 이
유로 반파시스트였던 헤밍웨이는 매카시즘 열풍에 휩싸인 미국 FBI의 감시
를 받았고, 쿠바는 쿠바대로 그를 미국의 스파이로 몰아 쿠바를 떠나도록 압
력을 가했다. 1960년 11월, 식사 중이던 헤밍웨이가 식당 안에 있던 누군가
를 지목하며 자신을 감시하고 있는 FBI라고 주장했던 것이 시작이었다. 실
제로 FBI 국장인 존 에드거 후버의 감시로 정신적 고통을 당하고 후버의 공
작으로 세금 폭탄을 맞기도 했던 그는, FBI가 자신의 은행 계좌를 감찰하고
우편물을 뜯어 보고 전화를 도청하며 감시한다고 주장했지만, 아무도 그의
말을 믿어주지 않았다. 1942년 10월 8일부터 1974년 1월 25일까지 FBI가
헤밍웨이의 일거수일투족을 보고한 파일이 존재한다는 사실이 밝혀진 건,
1983년 헤밍웨이의 전기를 편찬하던 콜로라도대학교 영문과 교수 제프리
마이어스가 정보공개법을 근거로 공개를 요구하면서였다.

헤밍웨이의 일생

어니스트 헤밍웨이는 1899년 7월 21일, 미국 일리노이 주 시카고 교외의 부촌인 오크파크에서 6남매 중 둘째이자 장남으로 태어났다. 의사인 아버지 클래런스(Clarence Hemingway, 1871~1928)와 어머니 그레이스(Grace-Hall Hemingway, 1872~1951) 사이에서 비교적 유복한 유년기를 보냈다. 뛰어난 성악가였던 그의 어머니는 결혼과 함께 무대를 향한 꿈을 접고 학생들을 가르쳤다. 헤밍웨이는 자신에게 첼로를 가르치고 여자아이의 옷을 입혔던 어머니를 극도로 증오하면서 평생 동안 마찰을 빚었던 반면, 자신을 사내아이답게 키우기 위해 들로 산으로 데리고 다니면서 사냥과 낚시를 가르쳐주며 자연에 대한 사랑을 함께 나누었던 아버지는 많이 사랑했다. 하지만 그의 활화산 같은 정력과 열정은 평생을 증오했던 자신의 어머니 성격과 아주 흡사했다. 그의 어린 시절의 기억 속에는 자연에서의 추억과 함께 부모의 불화와 갈등까지도 고스란히 담겨 있었다.

1913년 오크파크 앤 리버 포리스트 고등학교에 입학한 헤밍웨이는 복싱과 미식축구 등의 선수로 활약했고. 학교 신문 편집을 맡았다. 1917년 졸업 후 대학교에 진학하길 바랐던 부모의 기대와는 달리, 소설가가 되기 전에 신문사 기자로 일했던 마크 트웨인과 싱클

레어 루이스처럼, 고교 시절의 경험을 살려 숙부 알프레드(Alfred Tyler Hemingway, 1877~1922)의 도움으로 『캔자스시티 스타』의 햇병아리 기자가 된다. 비록 그가 일했던 기간은 6개월에 불과했지만, 훗날 헤밍웨이는 '짧은 문장과 부정적이지 않고 긍정적이며 압축적이고 힘이 있는 단어의 채택'이라는 신문사의 기사 작성 지침서야말로, 이때 자신이 배운 최고의 원칙이었다고 회고했다.

유럽에서 발발한 제1차 세계대전이 최종 단계에 이르던 1918년 초, 전초엔 중립을 고수하던 미국이 독일의 무차별 공격으로 마침내 참전을 선언하자, 많은 미국의 젊은이들과 마찬가지로 전쟁의 박진감을 체험하기 위해 19세 청년 헤밍웨이는 육군에 입대하려 했다. 하지만 왼쪽 눈의 시력이 나빠 징병이 유예되면서 캔자스시티의 적십자 신병 모집에 지원하여 구급차 운전병이 되었다. 6월 초 밀라노에 도착한 첫날, 폭파된 군수 공장에서 산산조각이 난 시체들을 운반하면서 전쟁의 공포부터 체험했다. 이틀 후 이탈리아 북부 스키오 전선에 배치되어 병사들에게 초콜릿과 담배를 배달하던 그는, 7월 8일 오스트리아군이 쏜 박격포 파편들이 다리에 박히는 부상을 입었다. 이때 함께 부상당한 다른 부상병을 도운 일로 이탈리아에서 훈장을 받았다. 밀라노 병원으로 후송된 그는 그곳에서 '칭크'를 만났고, 그곳의 미국인 간호사로 연상인 아그네스를 사랑하게 되었다. 두 사람은 미국에서의 결혼을 약속하지만 이듬해 3월 이탈리아인 장교와 결혼한다는 그녀의 편지를 받는데, 그녀가 『무기여 잘 있거라』(*A Farewell to Arms*, 1929)의 캐서린의 모델이 된다.

전쟁이 끝나고 1919년 1월 고향으로 돌아와 이제는 소년이 아니라 참전용사가 된 헤밍웨이는, 전쟁 부상에 대한 보상금 1,000달러

덕분에 거의 일 년 동안 도서관에서 책을 읽고 전쟁 경험담을 강연하면서 지냈다. 그러던 중 한 작은 시민단체에서 했던 강연을 계기로『토론토 스타 위클리』의 편집장을 알게 되면서, 1920년 가을부터『토론토 스타 위클리』의 기자로 일하게 된다. 시카고에서 함께 지내던 친구 형의 집에서 만난 해들리와 1921년 9월 결혼했다. 이때 셔우드 앤더슨을 만나 작가로서의 꿈을 갖게 되었고, 11월경 유럽 특파원의 제안을 받아들인 그는 셔우드 앤더슨의 소개장을 갖고 12월 파리에 도착했다.

파리에서 그의 본격적인 문학 수업이 시작되었다. 1920년대 파리에는 전후 달러의 가치가 급격히 상승한 덕분에 헤밍웨이를 비롯한 미국 문학 속의 모든 '길 잃은 세대'가 그곳에 남아 있었다. 거트루드 스타인을 시작으로 에즈라 파운드, 제임스 조이스, 스콧 피츠제럴드, 포드 매덕스 포드와 같은 저명한 작가들과 친분을 쌓으면서 취재 활동과 함께 집필 작업에 매진했다. 이 시절 그는 스타인의 거실에서 피카소와 미로 같은 화가들과 교류하고, 셰익스피어 앤 컴퍼니와 파리의 카페에서 시야를 넓히고 문장을 다듬으면서 자신만의 문체를 찾아갔다. 그렇게 피카소는 형태를, 제임스 조이스는 형식을, 헤밍웨이는 문장을 파괴했다. 토론토에서 해들리가 장남 범비를 출산한 사이 그의 데뷔작품『세 편의 단편과 열 편의 시』(*Three Stories and Ten Poems*, 1923)가 출판되었다. 이어서『우리 시대에』(*In Our Time*, 파리, 1924; 뉴욕, 1925)와『봄의 격류』(*The Torrents of Spring*, 1926) 그리고 서문에서 '길 잃은 세대'라는 표현을 세상에 알린『태양은 다시 떠오른다』(*The Sun Also Rises*, 1926)를 출판하면서 미국 내에서 명성을 얻었다.

1927년 1월 안타깝게도 두 여자를 모두 사랑하고 있는 자신을 깨달은 그는 해들리와 이혼하고, 같은 해 5월에 폴린 파이퍼와 결혼했다. 1928년 6월 폴린과의 사이에서 둘째 아들 패트릭이 태어났고, 파리를 떠나 새로운 환경이 필요해 플로리다의 키웨스트섬으로 간 그들은 그곳에서 거의 12년을 지내게 된다. 같은 해 12월 6일, 극심한 당뇨병으로 인한 합병증과 우울증에 더해 가족의 앞날에 대한 염려까지 겹쳐 정신이 쇠약해진 그의 아버지가 권총으로 자살했다는 전보를 받는다. 집안의 경제난에 대해서는 염려하지 않으셔도 된다고 한 자신이 아버지에게 보낸 편지가 자살 시도 몇 분 후에 도착했다는 사실에, 더욱 충격을 받은 그가 말했다.

"아마 나도 아버지와 똑같은 방식으로 죽을 것 같군."

이후 파리에서 쓰기 시작한 『무기여 잘 있거라』를 발표하면서 작가로서의 위치를 확립했고, 1931년 11월 셋째 아들 그레고리가 태어났으며, 스페인의 투우를 통한 인간의 두려움과 용기를 다룬 『오후의 죽음』(1932)이 출판되었다.

1933년 헤밍웨이 부부는 동아프리카로 10주간의 사파리 여행을 떠난다. 이때의 경험으로 논픽션 『아프리카의 푸른 언덕』(*Green Hills of Africa*, 1935)과 그의 대표적 단편소설인 「킬리만자로의 눈」(*The Snow of Kilimanjaro*, 1936), 「프랜시스 매코머의 짧지만 행복한 생애」(*The Short Happy Life of Francis Macomber*, 1936)를 발표했다. 1934년 자가용 어선 필라호를 사들였고, 낚시에 심취하면서 쓴 장편소설 『가진 자와 못 가진 자』(*To Have and Have Not*, 1937)를 출판했다. 이 시절이 그의 걸작인 『노인과 바다』의 밑거름이 된 것은 두말할 필요가 없다.

이 무렵 헤밍웨이는 스콧 피츠제럴드의 뒤를 이어 작가로서의 명성을 누리고 있었지만, 이렇다 할 걸작이 없어 초조해져 다시 한번 자신의 피를 뜨겁게 해줄 소재를 찾아 북미 신문 연합 특파원의 자격으로 스페인 내전 취재에 나섰다. 이때 1936년 크리스마스 때 키웨스트로 가족 여행을 와서 만난 적이 있던 『콜리어즈 위클리』의 특파원으로 소설가이자 저널리스트인 마사 겔혼(Martha Ellis Gellhorn, 1908~98)과 재회하고, 함께 전장을 누비면서 사랑에 빠지게 된다. 그녀는 해들리처럼 세인트루이스 출신이자, 폴린처럼 파리의 『보그』에서 일한 적이 있었다. 1937년 말 마사와 함께 마드리드에 머무는 동안 유일한 희곡 『제5열』(The Fifth Column, 1938)을 집필했고, 1939년 봄 필라 호로 쿠바로 건너가 아바나에서 24킬로미터 떨어진 거리에 있는 '핀카 비히아'에서 그녀와 함께 지냈다. 1940년 11월 4일 폴린과 이혼하고, 11월 20일 마사와 결혼하면서 사들인 핀카 비히아로 거처를 옮겼다.

1940년 10월 출판한 스페인 내전을 다룬 장편소설 『누구를 위하여 종은 울리나』(For Whom the Belll Toss, 1940)가 대성공을 거둔다. 제2차 세계대전이 발발하고 1943년 마사가 특파원으로 이탈리아 전선으로 떠난 후, 1944년 봄 그는 전쟁 취재를 위해 도착한 런던에서 등화관제 중에 자동차 사고를 당해 머리에 중상을 입는다. 병문안을 온 마사가 음주가 원인이라며 자신을 매도하고 비난하자, 그는 마음의 상처를 받는다. 전쟁이 끝나고 의기소침해진 그때 『타임』지의 특파원으로 자신의 아내라는 역할보다는 일이 우선이었던 마사와는 정반대 성격인 메리 웰시(Mary Welsh Hemingway, 1908~86)를 만나면서, 1945년 마사와 이혼하고 1946년 메리와 결혼했다.

1946년 『에덴 동산』(The Garden of Eden, 1986)을 집필하기 시작했으며, 1950년에 출간한 『강을 건너 숲속으로』(Across the River and into the

Trees, 1950)의 혹평에 분노한 그는, 1951년 8주 만에 『노인과 바다』 (*The Old Man and the Sea*, 1952)의 초고를 완성하여 1952년에 발표한 『노인과 바다』로 보란 듯이 같은 해 퓰리처상을 수상했다. 1954년에 는 자신만의 독보적인 문체와 스타일로 현대 문학에 미친 지대한 영 향력을 인정받아 노벨문학상 수상이라는 영예를 누린다. 하지만 아 프리카 여행 중에 비행기 사고를 당하면서 수상식에는 참석하지 못 했다. 시력마저 더욱 약해져서 그를 괴롭혔다. 그는 늙어가고 있었던 것이다. 그럴수록 그는 해들리와 함께했던 파리 시절이 그리워졌다. 1956년 11월에 들른 파리에서, 1928년부터 리츠 호텔 지하실에 보 관되어 있던 자신의 선박 여행용 트렁크 두 개를 찾게 되고 가방 속 에 있던 파리 시절 원고를 되찾은 기쁨에 흥분하여 쿠바로 돌아온 그 는 『헤밍웨이 내가 사랑한 파리』(*A Moveable Feast*, 1964)를 집필하기 시 작했지만, 결국 완성하지 못하고 그의 사후에 메리가 정리하여 출판 하게 된다.

　작가로서의 최고의 자리에 오른 그때, 그는 더 이상 글을 쓸 수 없 는 지경에 이르러 있었다. 1959년 피델 카스트로가 쿠바 혁명을 일 으키고 쿠바 내 미국인 소유의 재산을 국유화하려 하자, 그는 쿠바를 떠나 미국으로 돌아와 아이다호주 케첨에 정착한다. 이후 강박증과 우울증, 폭음이 심해졌는데 이때 그의 건강 상태는 자살하기 전 자신 의 아버지의 상태와 유사했다. 1960년 12월 그에게는 고혈압 치료 를 위해서라고 말했지만, 메리는 심각해진 그의 우울증을 혼자 감당 할 수 없어 그를 메이요 클리닉에 입원시켜 열다섯 차례의 전기충격 요법을 받게 했다. 이듬해 1월 퇴원한 헤밍웨이는 아무것도 남아 있 지 않은 폐허, 그 자체였다. 전기충격 요법으로 정신이 망가지고 자신의 재산이라 할 기억이 모두 지워져버려 단 한 줄의 글도 쓸 수가 없게 된 그는 눈물을 흘리며 절규했다. 1961년 4월 메리는 엽총을 들고 있는 그를 발견하고, 또다시 그를 메이요 클리닉에 입원시켜 전기충격 요법을 받게 했다.

6월 30일 케첨의 집으로 돌아온 이틀 후인 1961년 7월 2일, 아침 일찍 일어난 헤밍웨이는 지하실로 내려가 벽장에서 자신이 가장 좋아하는 산탄총을 꺼내 들고 올라왔다. 현관에서 2발의 총알을 장전한 후 입에 총구를 문 채 가볍게 방아쇠를 당겼다. 『노인과 바다』에서 천신만고 끝에 잡은 청새치의 피 냄새를 맡고 다가온 상어에게 허무하게 빼앗긴 후, 노인은 말한다.

"인간에게 패배란 없지. 인간은 파괴될 수는 있어도 패배할 수는 없는 거야."

마지막 순간 헤밍웨이가 떠올렸던 건, 이 말이 아니었을까.

헤밍웨이, 그 궁극의 슬픔

옮긴이의 말

내가 이 책을 처음 알게 된 것은 폭서가 기승을 부리던 2012년 여름 파리로 가는 에어프랑스 비행기 안에서였다. 습관처럼 기내 잡지를 훑어보던 나는 이 책이 실린 헤밍웨이 기사가 눈에 들어오자 심장이 마구 뛰기 시작하면서 마음은 이미 파리 세바스티앙 보텡가* 5번지로 가 있었다.

파리에 도착해서 트렁크를 내려놓기가 무섭게 내 책 『생텍쥐페리, 내 어머니에게 보내는 편지』를 계약하면서 친구가 된 갈리마르 출판사의 편집자 마리본에게 가서, 이 책에 대한 저작권부터 물어보았다. 마리본은 갈리마르의 문고판 폴리오에서 출판된 이 책의 프랑스어 번역본인 마르크 사포르타의 *Paris est une fête*(『파리는 축제』, 1973년)는 한국에서 이미 번역되어 출판되었고, 원제가 *A Moveable Feast***인 헤밍웨이의 영어 원본은 한국에서 번역된 적이 없다는 사실을 확인시켜주었다.

---

* 갈리마르 출판사가 있는 현재의 가스통 갈리마르가.
** 『이동축제일』, 부활절처럼 해마다 날짜가 달라지는 축제일.

그날부터 꼬박 반년을 뉴욕의 스크리브너 출판사로부터 저작권 계약을 위한 답이 오길 기다렸다. 작가 결국 사후 50년이 지나 저작권이 소멸된 이 책의 2009년 개정판에서, 헤밍웨이의 둘째 아들 패트릭 헤밍웨이가 쓴 서문과 그의 동생 그레고리 헤밍웨이의 아들인 션 헤밍웨이가 쓴 도입부를 제외하고, 헤밍웨이의 원고만을 번역하여 출간하기로 했다. 그런데 내가 앞서 계약한 프랑수아즈 사강의 에세이 두 권을 작업하는 동안, 헤밍웨이의 저작권이 소멸된 첫해인 만큼 출판사마다 앞다투어 그의 작품들을 재출간하면서, 이 책도 다른 출판사에서 나보다 앞서 출간되어 나온 것이다.

이 아름다운 책을 누구보다도 먼저 알리고 싶었던 나의 열정과 애착이 컸던 만큼, 스크리브너와 계약하려고 헛되이 흘려버린 시간이 지금까지도 아쉬운 생각이 드는 건 어쩔 수가 없다. 이미 10년이나 지난 일이 되고 말았지만, 헤밍웨이의 발자국을 좇아 이 책에 등장하는 장소마다 그가 말한 순서대로 따라 걷고 그가 맡았던 냄새도 같이 맡아보았던 까닭인지, 나한테는 그 모든 일이 엊그제만 같다.

이 책의 이야기는 1956년 11월 파리로 돌아온 헤밍웨이가, 1928년 3월 임신한 그의 두 번째 부인 폴린이 미국으로 돌아가길 원해 키웨스트로 떠나면서 리츠 호텔 지하실에 맡겨 두었던(아마도 제2차 세계대전 때 독일군에게 호텔이 점령당하면서 없어졌다고 생각했던 것 같다), 작은 선박 여행용 트렁크들을 찾게 되면서 비로소 시작될 수 있었다. 두 개의 루이뷔통 모노그램 라이브러리 트렁크 속에는, 잃어버린 줄로만 알았던 그의 파리 시절의 초기 작품들과 거트루드 스타인과 피츠제럴드 등에 대한 이야기를 기록해놓은 파란색으로 등을 댄 공책, 『태양은 다시 떠오른다』와 관련된 원고가 적힌 공책 몇 권과 책 몇 권, 그리고 오래된 신문 기사 스크랩이며 그 시절 그와 함께했던 타자기와 옷가지들이 들어 있었다. 헤밍웨이와 그의 네 번째 부인 메리는 그 보물들을 대서양을 횡단해서 쿠바의 핀카 비히아로 가져가기 위해, 배 선실 침대 밑에 들어갈 수 있는 납작하면서 아주 커다란 선박 여행용 루이뷔통 스티머 트렁크를 주문해 금색으로 'E. H.'라는 헤밍웨이의 이니셜을 새겨 넣었다.

이후 그가 사망하고 뉴욕으로 거처를 옮긴 메리의 아파트에서, 안에 들어가 놀아도 될 만큼 커다란 트렁크는 어린 손자들에게는, 신기하고 모험으로 가득 찬 세상으로 데려다주는 할아버지의 보물 상자였다.

1922년 12월 헤밍웨이의 첫 번째 부인 해들리가 로잔에 있는 그를 기쁘게 해주려고 그가 쓴 원고를 모두 챙겨오다가 기차역에서 잃어버리고, 이후 그녀와도 헤어지게 되면서 송두리째 날아가버린 자신의 파리 시절을 되찾았다는 사실에 대단히 흥분한 헤밍웨이는, 1957년 가을 쿠바로 돌아와 트렁크 속의 원고들을 다듬고 교정해서 이 책을 쓰기 시작했다. 1958년과 1959년 사이 겨울 아이다호 케첨에서도, 그해 4월 스페인에서도, 다시 돌아간 쿠바에서도, 『라이프』지에 세 편의 르포르타주 형식의 『위험한 여름』(*The Dangerous Summer*, 1985)을 연재하는 동안(1959~60)에도, 그는 이 책을 손에서 놓지 못하고 있었다.

결국 그가 사망하고 3년이 지난 1964년에 메리가 그의 유고를 정리하여 이 책의 초판을 출간했다. 이때 그녀는 헤밍웨이의 최종 원고를 연대순으로 정리하면서 그가 빼놓았던 「새로운 유파의 탄생」을 다시 넣었다. 그러면서 헤밍웨이가 회한에 찬 목소리로 이 책의 도처에 남겨 놓은, 해들리에게 자신의 젊은 날을 사죄하는 기나긴 글들은 모두 빼버렸다. 아주 사소하게는 「취미의 끝」 마지막 단락에서 그가 '폴린과 나'라고 써놓은 것도 '우리'로 바꾸어놓았다. 2009년 개정판에는 그렇게 해서 빠진 모든 원고가 '또 하나의 파리 스케치'라는 소제목 아래 「새로운 유파의 탄생」부터 「아무것도 그러니까 아무것도」까지 추가되었다.

다음은 이 책의 초판에 실린 헤밍웨이의 서문이다.

이 책에는 나로서는 어쩔 수 없는 여러 이유로, 내가 그동안 써 놓았던 많은 장소며 사람들, 그리고 내가 그들에 대해 생각하고 느꼈던 것들에 대한 많은 이야기가 빠져 있다. 그중에는 나만의 비밀로 남겨야 할 이야기도 있고, 그중 일부는 이미 책으로 많이 나와 있어 누구나 알고 있는 이야기가 되어버렸을 뿐만 아니라, 그런 이야기를 다룬 책은 앞으로는 틀림없이 더 많이 나올 것이기 때문이다.

야외에 링이 있고 선수들이 야외 나무 그늘 아래 마련된 테이블에서 웨이터가 되어 서빙을 하던, 아나스타지 권투 도장에 대해서도 이야기하지 않았다. 그곳에서 래리 게인즈가 받았던 훈련과 시르크 디베에서 있었던 20라운드 대격전에 대해서도, 찰리 스위니*

---

* Charles Michael Sweeny, 1882~1963, 수많은 전쟁에 참전하면서 미국의 육군 중령, 프랑스 육군 외인부대, 폴란드 육군 준장, 영국 공군 대령이었던 미국의 언론인. 1922년 헤밍웨이가 『토론토 스타』 해외통신원이던 시절 그리스·터키 전쟁에서

나 빌 버드, 마이크 스트레이터, 앙드레 마송, 미로와 같은 너무 좋은 친구들에 대해서도 이야기하지 않았다. 독일 흑림으로 여행 갔던 일과 그 시절 우리가 사랑했던 파리 주변의 숲들을 헤집고 다니며 매일같이 탐험에 나섰던 이야기도 하지 않았다. 이 책에서 그 모든 이야기를 했더라면 좋았을 테지만 지금은 그런 이야기를 할 때가 아닐 것이다.

책을 읽는 독자가 이 책을 사실이 아닌 지어낸 허구의 소설로 보길 원한다면, 그렇게 볼 수도 있을 것이다. 그런 소설 같은 이야기가 실제 이야기를 쓴 글을 조금이나마 더 잘 이해할 수 있도록 도와줄 가능성은 얼마든지 있기 때문이다.

1960년 봄
쿠바, 산 프란시스코 데 파울라에서
어니스트 헤밍웨이

이 책은 헤밍웨이의 파리 시절 문학 노트다. 이 노트 속에는 그의 인생에서 가장 행복했던, 아니 유일하게 행복했을지도 모르는 그의 젊은 날이 있고, 파리가 있고, 파리의 센강과 뤽상부르와 뤽상부르

만난 것을 시작으로, 헤밍웨이의 장례식에서 그의 관을 운구하면서 마지막 순간까지 헤밍웨이와 함께했던 친구였다. 터키에서 처음 만난 그에게 영감을 받아 『태양은 다시 떠오른다』가 탄생했으며, 스페인 내전에서 그를 다시 만나면서 『무기여 잘 있거라』가 탄생했다. 헤밍웨이는 강인한 행동가인 그를 존경하면서 자신의 이상형으로 생각했다. 찰리(Chalie)는 찰스의 애칭이다.

옆 골목길이 있다. 그리고 그가 제임스 조이스와 에즈라 파운드, 스콧 피츠제럴드, 포드 매덕스 포드와 함께 문학과 예술에 대해 이야기하던 카페들이 있고, 피카소와 파스킨과 세잔의 그림을 보면서 자신만의 문체와 이론을 구축해갔던 플뢰뤼스가 27번지의 거트루드 스타인의 거실이 있다. 그리고 그에게 투르게네프와 톨스토이, 도스토옙스키, 체호프를 만나게 해주고, 헉슬리와 D. H. 로렌스를 읽으면서 그들의 글과 문체를 알게 해준 셰익스피어 앤 컴퍼니가 있다.

제2차 세계대전이 한창이던 1941년, 셰익스피어 앤 컴퍼니의 실비아가 한 독일 장교에게 제임스 조이스가 쓴 『피네건의 경야』(1939)의 판매를 거부했다. 그러면서 서점이 폐쇄되고 모든 서적이 몰수될 위기에 처하자 그녀는 책을 모두 서점 4층에 있던 자신의 아파트에 숨겨놓고, 서점의 간판까지 페인트로 지워버렸다. 하지만 그 일로 그녀는 비텔의 포로수용소에서 6개월간 지내야 했으며, 서점은 독일군에 의해 점거되었다.

주간지 『콜리어즈』의 종군기자로 1944년 6월 6일 노르망디에 상륙한 헤밍웨이는 8월 25일 프랑스 제2기갑부대를 도와 보병사단과 함께 파리에 들어왔는데, 그가 파리 해방을 위해 파리에 입성한 첫 미국인이었다. 1940년 6월 헤밍웨이는 독일군에게 점거되었던 리츠 호텔을 해방시키기 위해 르클레르크 장군에게 병력 지원을 요청했지만 각하되자, 기관총을 들고 프랑스 레지스탕스들과 함께 징발된 지프를 몰고 직접 호텔로 쳐들어갔다. 하지만 호텔을 점거하고 있던 나치 독일의 공군 사령관 괴링과 공보장관 괴벨스는 이미 패주한 후였다.

1944년 8월 26일: 어떤 굵직한 목소리로 나를 부르는 소리가 들렸다. "실비아!" 그 목소리를 따라 거리에 있던 사람들의 목소리가 일제히 내 이름을 부르고 있었다. "실비아!" "오, 헤밍웨이야! 헤밍웨이!" 아드리엔이 울부짖었다. 나는 계단을 뛰어 내려갔다. 길에 나온 사람들과 창문을 열고 내다보는 사람들의 환호성 속에서, 그가 나를 두 팔로 들어 올려 빙그르르 돌리고 키스를 했다. 아드리엔의 아파트로 올라간 우리는 헤밍웨이를 의자에 앉게 했다. 그는 흙과 피로 얼룩진 전투복을 입고 있었다. 철컥하며 기관총을 내려놓은 그는 아드리엔에게 비누가 있으면 하나 달라고 했고, 아드리엔이 우리에게 남아 있던 마지막 비누를 그에게 건네주었다. 그는 자신이 우릴 도울 일이 있는지 알고 싶어 했다. 우리는 우리가 사는 거리의 집 지붕, 특히 아드리엔의 집 지붕 위에 있는 나치 저격수를 어떻게 할 수 있는지 물어보았다. 그는 자신과 함께 온 군인들을 지프에서 내리게 하더니 그들을 지붕 위로 올려보냈다. 그때 우리가 들었던 것은 오데옹가에 울려 퍼지던 마지막 총성이었다. 지붕에서 내려온 일행과 함께 다시 지프에 올라탄 헤밍웨이는, 리츠 호텔 바 지하실을 풀어주러 간다는 말을 남기고 떠나갔다.

—실비아 비치의 『셰익스피어 앤 컴퍼니』(1956)에서

내가 무엇보다 이 책을 알리고 싶어 했던 이유가 있다. 그건 이 책이 말년의 헤밍웨이가 자신의 젊은 날을 함께한 해들리에 대한 회한과 평생토록 간직한 그녀에 대한 사랑을 바치는 오마주라는 사실이다. 또 하나의 이유가 있다면 이 책이 새로운 여자와의 만남과 이별의 산물이 바로 새로운 작품이라고 하는, 헤밍웨이의 세간의 평판에

대한 그의 유일한 변명이 될 수도 있을 것이기 때문이다.

다른 여러 추측과 평판에도 불구하고, 이 책에는 해들리에 대한 회한이 그녀와 헤어진 이후 평생을 지배해온 그의 궁극적 슬픔의 근원으로 나타나 있다.

기차가 역사에 쌓아둔 통나무 더미 옆을 지나 안으로 들어오면서 선로 옆에 서 있는 아내가 내 눈에 들어왔을 때, 나는 그녀가 아닌 그 누구를 사랑하기 전에 차라리 죽어버릴 걸 그랬다고 생각했다. 아내는 미소 짓고 있었다. 눈과 햇볕에 그을린 아내의 사랑스러운 얼굴과 아름다운 몸 한가득 햇살이 비치고 있었고, 겨우내 볼품없이 들쭉날쭉 자라난 아내의 붉은빛이 도는 황금빛 머리카락이 햇빛을 받아 반짝이는 모습은 눈물이 나도록 아름다웠다. 그리고 아내 곁에는, 추운 겨울 날씨에 볼이 터서 착한 포어아를베르크 시골 소년 같아 보이는 장밋빛 뺨을 한, 금발의 오동통한 우리의 범비 군이 서 있었다.(438쪽)

그는 아주 쉬운 말로, 담담하지만 아주 냉혹하고 가차 없이, 자신의 잘못을 고해하고 있다. 그런 그의 고해는 이 책 곳곳에 계속해서 등장한다.

뉴햄프셔에 살던 해들리의 이웃이자 친구로 『첫 번째 헤밍웨이 부인, 해들리』(*Hadley: The First Mrs. Hemingway*, 1973)의 저자 앨리스 소콜로프는, 1971년 겨울 당시 80세였던 해들리와 1971~72년 동안 녹음한 두 사람의 대화 내용을 바탕으로 해들리의 첫 번째 전기라고 할 수 있을 이 책을 쓰면서, 헤밍웨이가 진정으로 사랑한 사람은 해들리라고 말했다.

『해들리』(*Hadley*, 1992)의 저자 조이아 딜리베르토도 위의 대화 테이프를 언급하면서, 그 속에는 『헤밍웨이 내가 사랑한 파리』에 묘사된 해들리보다 훨씬 더 재치 있고 예리할 뿐만 아니라 그에 못지않게 따뜻하면서도 어딘지 쓸쓸해 보이는, 지적인 해들리의 실제 모습이 있다고 했다.

그리고 『헤밍웨이와 파리 아내』(2011)의 저자인 폴라 맥클레인은 2011년 프리랜서 작가인 앨리 베이커와의 인터뷰에서 말했다.

헤밍웨이는 자신의 가슴과 의식 속에 이상적인 여성형으로 자리 잡고 있던 해들리를 평생 동안 사랑했습니다. 이후 그는 자신을 너무도 사랑하면서 철저히 조종했던 폴린을 증오했고, 그런 그녀의 조종에 굴복해버린 스스로를 혐오했죠. 당시 폴린이 해들리에게 보낸 편지를 보면, 병적으로밖에 보이지 않을 정도의 지독한 가식의 가면을 쓰고 여전히 자신은 해들리의 친구인 척했어요. 그때 일련의 사건 이후 헤밍웨이는 여자에 대해, 다시는 해들리에게 가졌던 것과 똑같은 감정을 느끼지 못했던 것 같습니다. 여자에 대한 신뢰감이 무너졌다고 할까요. 하지만 해들리만큼은 그에게 여전히 때 묻지 않은 상태 그대로 남아 있었던 겁니다.

1927년 해들리와의 파경과 이듬해 아버지의 자살 이후 폭음이 심해진 헤밍웨이는 양극성 장애를 앓던 자신의 아버지와 같은 증상을 보이기 시작했다. 메리는 피해망상증과 우울증을 보이는 그의 말을 믿어주는 대신, 그를 메이요 정신병원에 보내 전기충격 치료를 받게 했다.

전기치료의 후유증으로 헤밍웨이는 자신의 이름조차 기억하지 못할 때도 있었다. 머릿속에 저장된 기억이야말로 자신의 재산이자 모든 것이며 그것으로 글을 써야만 살 수가 있고, 문학이 자신이 세상을 사는 원동력이자 이유였던 그에게, 기억이 없어졌다는 사실은 살아 있을 이유가 없어져버린 것이라 할 수 있었다. 헤밍웨이가 사망하기 전까지 오랜 친구였던 작가 아론 에드워드 호치너는 『뉴욕 타임스』와의 인터뷰에서, 헤밍웨이가 했던 말을 자신이 믿어주지 못했던 사실을 두고두고 애석해하면서 FBI가 그를 죽음으로 이끌었다고 말했다.

전기충격 요법으로 인해 정신이 망가지고 기억이 모두 지워져 단 한 줄의 글도 쓸 수 없게 된 그는, 메리에게 무릎을 꿇고 눈물을 흘리며 절규하면서 더 이상 자신을 병원에 보내 전기충격 치료를 받게 하지 말라고 애원했다. 그가 자살한 날은, 1961년 1월 22일 처음 전기충격 치료를 받기 시작해서 6월 30일 서른여섯 번째 전기충격 치료를 받은 이틀 후인 7월 2일 이른 아침이었다. 그는 아이다호 케첨 자신의 집 현관에서 자신의 아버지와 똑같은 방법으로, 평소 애용하던 2연발식 산탄총을 입에 문 채 쓰러져 있었다.

나이가 들어갈수록 헤밍웨이의 눈빛이 왜 그리도 점점 더 깊고 슬퍼져만 갔는지, 이제 나는 알 것만 같다. 이 책은 헤밍웨이라는 인간과 그의 궁극적인 슬픔에 대한 깊은 통찰이다. 사랑하면 잘 알게 되듯, 잘 알게 되면 사랑하게 되는 것 같다.

그는 그리웠던 것이다.

이 모든 이야기는 우리가 무척 가난하고 무척 행복했던, 우리들의 젊은 날 파리의 모습이었다.(441쪽)

나는 그가 살았던 카르디날 르무안가의 집에서 팡테옹을 지나 뤽상부르로, 다시 뤽상부르에서 아니면 소르본대학교 뒷길에서 루브르나 센강으로 이르는 길을 따라 걷다가 돌난간에 걸터 앉는다. 이따금씩 고개를 들어 센강에서 낚시하는 사람들의 모습을 구경하면서 그의 책을 읽다가, 고개를 돌려 강변길을 지나가는 사람들을 바라보고 지나가는 버스도 구경한다. 클로저리 데 릴라에서 글을 쓰던 파리 시절의 그에게서 의욕이 넘치고 무엇이든 할 수 있을 것만 같았던, 잊고 지낸 나의 젊고 싱그러웠던 날이 떠오른다. 책을 읽는 내내 젊음만이 줄 수 있는 생기와 활기가 나의 온몸을 돌아다니는 것을 느낀다.

100년 전 제임스 조이스와 피츠제럴드와 헤밍웨이가 있던 생제르맹 데 프레의 브라서리 리프와 카페 되 마고가 그 자리에 그대로 있고, 그들보다 앞서 앙드레 지드가 있었고, 알베르 카뮈와 생텍쥐페리와 사르트르와 시몬 보부아르와 사강이 앉아 있었던 그 자리에, 내가 앉아 있다는 것, 그리고 그들이 100년 전에 보았던 파리와 지금 내가 보고 있는 파리가 조금도 달라진 것이 없다는 것이 하나도 이상하게 다가오지 않는 파리는, 참 이상한 곳이다.

파리의 풍경과 함께 냄새까지 전해주며 주머니에 넣고 다니면서 언제든지 꺼내 볼 수 있는 '휴대용 파리'(portable Paris)라 할 이 책의 원제 『이동축제일』처럼, 파리는 가는 곳마다 축제 같은 시간이 나를 반겨준다. 어딜 가나 여유가 느껴지며 편안한 웃음이 나오고, 눈이 시리도록 푸른 하늘과 눈부신 햇살이 있다. 밝고 유쾌하고 이야기하길 좋아하는 사람들과의 기분 좋은 관계가 생길 것 같은 설렘과 더불어, 잃어버린 우리의 옛 모습마저 간직하고 있는 파리에서 아련한 향수에 젖게 되는 아이러니함도, 결코 놓칠 수 없는 파리의 선물이다.

파리에서 헤밍웨이의 발자취를 따라가고픈 독자를 위해 책 맨 앞에 간략한 지도를 만들어놓았고, 1, 2, 3부 앞에 본문에 언급되는 장소 사진을 담았다. 조금이나마 도움이 되길 바란다.

2023년 싱그러운 초여름 아침에
김보경

어니스트 헤밍웨이 Ernest Miller Hemingway

1899년 7월 21일 미국 일리노이주 오크파크에서 의사 아버지와 성악가 어머니 사이에서 여섯 남매 중 장남으로 태어났다. 낚시와 사냥, 투우 등 행동의 세계를 통해 자아의 확대를 성취하려 했던 그의 인생관이 작품 전체에 걸쳐 나타나 있다.

고교 시절 학교 신문 편집을 맡아 기사를 쓰면서 졸업 후 대학에 진학하길 바라던 부모님의 뜻과 달리, 소설가가 되기 전 1917년 『캔자스시티 스타』의 수습기자로 일했다. 제1차 세계대전에 미국이 참전을 선언하자 적십자사 구급차 운전병으로 자원해 1918년 6월 이탈리아 북부 전선에 배치되지만, 다리에 중상을 입고 귀국했다. 1919년 캐나다 『토론토 스타 위클리』의 해외 특파원이 되어 유럽 각지를 돌며 그리스·터키 전쟁을 보도했고, 1921년 파리에 와서 스콧 피츠제럴드, 에즈라 파운드 등의 작가들과 교류하면서 본격적으로 소설을 쓰기 시작했다.

1923년 『세 편의 단편과 열 편의 시(詩)』를 시작으로 『우리 시대에』 『봄의 격류』를 발표했다. 1926년에 발표한 길을 잃고 방황하는 젊은이들의 삶을 그린 『태양은 다시 떠오른다』가 성공하면서, 스콧 피츠제럴드와 윌리엄 포크너와 함께 '길 잃은 세대'를 대표하는 3대 작가로 성장하기 시작했다.

1929년에 발표한 『무기여 잘 있거라』로 작가로서 명성을 얻었으며, 아프리카 케냐의 이야기를 다룬 『킬리만자로의 눈』(1936), 스페인 내전을 배경으로 한 『누구를 위하여 종을 울리나』(1940)는 출간되자마자 베스트셀러가 된다. 1950년 『강을 건너 숲속으로』를 발표하지만 주목받지 못했고, 1952년 인간의 절망과 희망과 불굴의 정신을 풀어낸 『노인과 바다』를 발표해 퓰리처상과 노벨문학상을 수상한다.

작가로서의 최고의 자리에 오른 그때, 그는 우울증과 피해망상증에 시달리면서 더 이상 글을 쓸 수 없는 지경에 이르러 있었다. 1959년 쿠바에서 아이다호주로 거처를 옮겼고, 정신병원에서 전기충격 요법을 받으면서 자신의 모든 것인 기억을 모두 잃어버려 고통스러워하던 중, 마지막 전기충격 치료를 받고 집으로 돌아온 이틀 후인 1961년 7월 2일 아침, 케첨의 자택에서 권총 자살로 생을 마감했다.

옮긴이 김보경金昔景

이화여자대학교 경영학과를 졸업하고 홍익대학교 전시기획 과정과 전시
큐레이터를 거쳐 프랑스 파리 4대학(파리-소르본) Cours de Civilisation et
Littérature Française 과정을 수료했다. 일어 · 영어 · 프랑스어 번역 작가로
활동하고 있으며, 역서로는 베른트 브루너의 『곰과 인간의 역사』, 생텍쥐페리
의 『생텍쥐페리, 내 어머니에게 보내는 편지』, 프랑수아즈 사강의 『봉주르 뉴
욕』과 『리틀 블랙 드레스』가 있다. 현재 『나의 아버지, 르느와르』가 작업 중에
있다.

헤밍웨이
내가 사랑한 파리

지은이 어니스트 헤밍웨이
옮긴이 김보경
펴낸이 김언호

펴낸곳 (주)도서출판 한길사
등록 1976년 12월 24일 제74호
주소 10881 경기도 파주시 광인사길 37
홈페이지 www.hangilsa.co.kr
전자우편 hangilsa@hangilsa.co.kr
전화 031-955-2000~3 **팩스** 031-955-2005

부사장 박관순 **총괄이사** 김서영 **관리이사** 곽명호
영업이사 이경호 **경영이사** 김관영 **편집주간** 백은숙
편집 이한민 박희진 노유연 박홍민 김영길
관리 이주환 문주상 이희문 원선아 이진아 **마케팅** 정아린
디자인 창포 031-955-2097
인쇄 예림 **제본** 예림바인딩

제1판 제1쇄 2023년 6월 30일
제1판 제2쇄 2023년 10월 13일

값 22,000원
ISBN 978-89-356-7830-3 03840

• 잘못 만들어진 책은 구입하신 서점에서 바꿔드립니다.